머저리 클럽

머저리클럽

1판 1쇄 발행 2008년 7월 25일
1판 9쇄 발행 2013년 8월 28일

지은이 최인호

발행인 양원석
총편집인 이헌상
편집장 송명주
책임편집 이지혜
디자인 Design Sür
해외저작권 황지현, 지소연
제작 문태일, 김수진
영업마케팅 김경만, 임충진, 곽희은, 주상우, 장현기,
　　　　　임우열, 정미진, 송기현, 우지연, 윤선미

펴낸 곳 ㈜알에이치코리아
주소 서울시 금천구 가산동 345-90 한라시그마밸리 20층
편집문의 02-6443-8855 구입문의 02-6443-8838
홈페이지 http://rhk.co.kr
등록 2004년 1월 15일 제2-3726호

ISBN 978-89-255-2222-7 (03810)

RHK 는 랜덤하우스코리아의 새 이름입니다.

머저리 클럽

최
인
호 장
편
소
설

RHK
알에이치코리아

서문

　요즘 들어 오래전 사진첩을 꺼내 보는 취미가 생겼다. 그런데 한 장 한 장 사진을 들여다보면서 나는 시간을 거슬러 올라갈수록 기억이 더 또렷해지는 묘한 경험을 하고 있다. 불과 5년 전 일은 기억이 희미한데, 중고등학교 까까머리 시절의 기억은 오히려 눈앞에 선명하게 다가오는 것이다. 당시에 있었던 일들뿐만 아니라, 그때 가졌던 생각과 감정까지도 오롯이 전해져와 한 순간 가슴이 먹먹해지고는 한다. 그리고 한편으로는 날것 그대로 살지 못한 그 이후의 시간들이 부끄러워지고는 한다.

누구에게나 그렇듯, 나에게도 학창시절은 가장 찬란했던 시간으로 남아 있다. 안타까운 것은 그 시간을 지나는 동안에는 그 순간들이 얼마나 소중한지 깨닫지 못했다는 것이다. 하지만 지금 생각해보면, 눈 내리는 날 괜스레 눈시울이 붉어지고 낙엽 흩날리는 창밖을 내다보며 슬픔에 잠겼던 건 다시는 돌아오지 않을 어떤 성스러운 시간이 일 초 일 초 흘러가고 있음을 무의식중에 느끼고 있었기 때문이 아니었나 싶다.

이 책의 원고는 내 순수의 끄트머리에서 학창시절의 추억을 평생 남기겠다는 생각으로 마음속에 새기듯 써내려간 것이다. 이 책을 인생에서 가장 소중한 시간을 보내고 있는 이 땅의 청소년들과, 그 시절의 추억을 간직하고 있는 모든 이에게 드린다.

최 인호

차 례

PART - 1 여섯 악동들

차가운 모래를 발길로 차면서 어둠 속에서 끓어오르는 파도 소리,

희게 부서지는 파도, 숨이 탁탁 막혀오는 강한 바닷바람,

그 속을 고개를 숙이고 뚫고 나섰다.

바다는, 겨울의 바다는 싱싱하게 그곳에 누워 있었다.

물보라가 덤벼들고 눈발이,

밤이 부서지는 파도 위에서 춤추고 있었다.

나는 허리를 펴고 우뚝 서서 기묘한 새해 아침,

열일곱 살이라는 새로운 나이가 내게 어떤 의미를 주는 것인가를 알았다.

젊은 사자들

내가 영민이를 사귀게 된 것이 글쎄 다행인지, 아니면 잘못된 일인지 아직도 모르겠다.

그는 중학교를 마치고 다른 학교에서 전학 온 놈이었다. 대개 타교에서 온 놈들은 지독하게 공부만 파서 대부분 안경잡이이거나 지나치게 색시 같은 놈들이어서 으레 본교생 애들에게 순종하고 괄시받는 것이 보통이었는데 이 녀석은 달랐다. 쉬는 시간이면 학교 뒷산에서 낮잠을 자다가 수업 시간에 5분씩 늦는 게 예사고, 선생님에게 별명 붙이는 것도 보통이었으며, 수업 시간이면 뒷좌석에서 끄덕끄덕 조는가 하면, 첫째 시간 끝나기가 무섭게 도시락 비우기 일쑤였다. 그러니 고등학교 입학식이 있은 이틀 뒤 벌써 본교 출신의 운동부 아이들이 녀석을 좀 때려주자고 작당한 것도 무리는 아니었다. 그중에 낀 것이 바로 나였다. 말하자면 녀석과 나는 기묘한 인연으로 친해진 셈이었다.

사실 중학교 모표만 달다가 갑작스레 고등학교 모표를 달고 보니, 갑자기 여드름이 솟는 것 같고, 어떤 녀석은 수염이 거뭇거뭇 나는 판이었다. 게다가 으레 고등학교 1학년쯤이면 아침 학교 오는 길에 자주 만나는 여학생 하나쯤은 비밀스레 갖게 되는 나이였다. 그래서 공연히 어머니에게 덤벼들어보고 싶고, 몰래 숨어 들어가서 본 청춘영화에 출연한 윤정희를 보고 한숨 몇 번 쉬던 기억은 가지고 있게 되는 참 어정쩡한 나이였다.

열일곱 살, 고등학교 1학년이라는 나이가 왜 이렇게 사람을 뒤흔들어 놓는 것일까. 중학교까지는 갈비씨라고 놀림 받던 어떤 녀석은 고등학교 모표를 달자마자 갑자기 역기를 사다 운동을 하는 나이였고, 주간지 가운데 낀 수영복 입은 외국 여인의 젖가슴 위로 자꾸 뜨거운 시선이 가는 나이였다. 그런가 하면 왜 비오는 날이거나 낙엽 지는 가을이면 공연히 수런거려지고, 옆집 예쁜 여학생에게 편지를 쓰고 싶어지는 것일까. 왜 고등학교 1학년 나이면 몰래 동리 어귀에서 개피 담배 10원어치를 사다가 맛도 모르고 나누어 피우고 싶어지는 것일까. 이런 갑작스럽고 어정쩡한 사실들이 이상하게도 고등학교 모표를 달자마자 한꺼번에 욱신거려져 오는 것이다.

그럴 때 영민이라는 녀석은 건방지게도 타교에서 온 주제에 우리가 이 낯선 분위기에서 다소 서성거리는 판에 한 발자국 앞서서 악동 노릇을 하고 있었다.

이것은 모독이다.

우리들 몇은 그렇게 생각했다. 학교 명예에 대한 모독이다. 그래서 우리는 토요일 오후를 기다려 녀석을 흠씬 두들겨주어 다른 타교생들처럼 청소시간에도 도망치지 않는 모범생을 만들자고 결의했다.

그렇다고 우리 친구들, 즉 철수, 동혁, 문수, 영구 그리고 나, 이렇게 다섯이 전문적인 쌈패는 아니었다. 원래 중학교 때까지는 친구가 나까지 여덟이었는데, 세 명은 다른 고등학교로 떨어져서 웬 낯선 목표를 단 뒤로 길거리에서 만나도 서먹서먹한 대화를 나누게 되면서 자연 떨어져 나가게 되었고, 고등학교에 진학하자마자 우리 다섯은 더욱 친해져서 매일 같이 다니고 케이크 집에 가서 빵도 먹고 여학교 예술제라면 빠짐없이 가고, 정 할 일이 없으면 중국집에 같이 모여서 자장면 한 그릇이라도 먹어야 직성이 풀리고는 했다. 그러면서 막연하게 중국집 방 한 칸에 드러누워, 이 지구가 쪼개져 나갔으면 하는 생각만 하고 있는데 영민이라는 아주 그럴듯한 핑계거리가 나타난 것이었다.

시비는 내가 먼저 걸기로 했다. 왜냐하면 녀석은 우리 반이었고 더군다나 내 짝이었기 때문이다.

드디어 토요일 아침이 되었을 때 내 가슴은 감기를 앓을 때처럼 뛰기 시작했다. 수업 시작할 때부터 봄볕 오른 닭처럼 도무지 안정할 수가 없었다. 그러면서도 쉬는 시간이면 가만히 녀석의 곁에 가서 키를 대보았는데, 여느 때는 형편없는 꼬마처럼 보이던 녀석이 나보다 머리 하나는 더 커 보였다. 나는 그렇게 느끼는 나 자신에게 화가 나서 느닷없이 녀석의 뒤통수를 주먹으로 강타하고 싶은 충동을 느끼고 있었다. 나는 기회를 엿보았다. 녀석이 내게 약점이 잡히기를 정신 차려 지켜보고 있었다. 그러나 그날따라 녀석은 고분고분했고 우등생처럼 고개를 세우고 수업을 들었다.

"어떻게 됐냐?"

첫째 시간이 끝나자 옆 반의 동혁이가 007 제임스 본드처럼 다가와서 은밀하게 물었다. "트집 잡았냐?"

"못 잡았다."

나는 그게 내 책임인 것처럼 웃었다.

"오늘따라 자식이 양처럼 순하다."

"원, 이런 병신."

갑자기 동혁이가 낄낄 웃었다. "트집이 잡힐 때까지 기다릴 거냐? 그냥 먼저 시비를 걸어도 되잖아?"

"인마, 그건 비겁해."

나는 좀 얼띠게 말했다. "트집이 잡힐 때까지 기다릴 테다."

"어쨌든 학교 마치고 뒷동산으로 끌고 오는 것 잊지 마라. 그렇다고……."

동혁이는 갑자기 도덕 선생님처럼 진지한 얼굴을 했다. "뭐 우리가 깡패는 아니잖아. 단지 모교의 명예 때문이지."

"알겠어."

"잘해봐."

마침 수업 시작 벨이 울려 녀석은 자기 반 교실로 뛰어가면서 어이없게도 악수를 청했다. 나는 얼떨결에 그 악수를 받았는데, 그것이 내 인생 처음 나눈 악수였다.

마침내 그날 거의 수업이 끝날 무렵에야 나는 트집을 잡았다. 녀석이 내가 잠시 교무실에 다녀온 사이 새로 산 덧신용 흰 운동화를 끌고 화장실에 갔다 온 것이었다.

"미안하다. 덧신 좀 신었다."

"야, 이 자식아!"

나는 순간 녀석의 멱살을 잡았다. 갑자기 손에 힘이 솟고 막연한 분노가 끓어올랐다. "이거 형편없는 자식 아냐!"

둘레에 아이들이 와 모여들었다.

"야, 내가 니 오줌발 묻히라고 새 운동화를 산 줄 알아?"

"그러기에 미안하다고 했잖아."

녀석은 양순한 목소리로 자기 목덜미를 거머쥔 내 손을 풀려고 애를 썼다.

"야 인마, 도대체 넌 돼먹지가 않았어. 건방진 자식! 타교에서 왔으면 얌전하게 있을 것이지."

나는 주위 아이들에게 동의를 얻고 싶어졌다. 그러자 한 아이 두 아이가 "그러기에 말이야.", "자식, 혼 좀 나야 돼." 하고는 내 편을 드는 것이었다. 나는 합리화된 도전에 기막힌 자부심을 느꼈다. 나는 손의 힘을 풀고 나지막하게, 그러나 이를 악물고 녀석에게 말했다.

"끝난 다음에 좀 보자. 알겠어?"

나는 마침 종례 시간에 들어오는 담임선생을 피해서 바로 옆자리의 영민이 녀석에게 매서운 눈초리를 보냈다. 담임선생은 공부 열심히 하라느니, 시험지 값 빨리 반장에게 납부하라느니, 몇몇 얘기만 하고는 사라졌다. 나는 후딱 책가방을 싸서 옆구리에 낀 후, 녀석이 책가방을 다 쌀 때까지 지켜보고 있었다. 아이들은 흘금흘금 내 눈치를 보다가 나하고 눈이 마주치자 피해버렸고 나는 우월감을 느꼈다.

토요일 오후 텅 빈 교정엔 봄볕이 따스하게 피어오르고 있었다. 콰당콰당 부산스레 청소를 하던 청소 당번들도 하나둘 사라지고 빈 학교 운동장엔 누가 버린 것인지 덧신 한 켤레가 햇빛에 유리조각처럼 반짝이고 있었다. 음악실에서 밴드부 학생들의 트럼펫 소리가 꿀벌의 날갯짓 같은 소리를 내고 있었고, 정구장에선 틱툭거리는 경쾌하고 단조로운 운동이 계속되고 있었다. 누가 꼭지를 잠그지 않은 것일까, 수돗가에선 수돗물만 좔좔 흐르고 있었다.

우리는 뒷동산으로 잠자코 걸었다. 앞쪽엔 내가 섰고 한 발 못 미쳐서 녀석이 따르고 있었다. 뒷동산에 아카시아가 무성해서 향기로운 아카시아 꽃 사이로 꿀벌들이 봉봉거리는 소리가 요란스러웠다.

친구들은 벌써 기다리고 있었다. 언덕 위엔 자그마한 공터가 있었다. 그 공터에서 네 명의 친구들이 아카시아 꽃잎을 치약 거품처럼 한 입 가득 먹으며 허이허이 올라오는 우리를 바라보면서 웃고 있었다. 갑자기 뒤따라오던 영민이 녀석이 섰다.

"너, 비겁하구나."

"뭐, 뭐라고?"

"네가 유감이 있다면 내가 혼자 상대해주려고 했다."

녀석은 약간 우울하게 말했다. "하지만 너흰 한패가 아니냐?"

"그래."

나는 은근히 화가 났다. "우린 한패다. 오래전부터 우린 널 주시해왔다. 넌 아주 건방지고 엉뚱한 자식이었어."

"그렇다면 넌 내가 니 덧신 좀 신은 것 때문에 화가 난 것이 아니었구나? 오래전부터 트집을 잡으려고 나를 봐온 거였어."

"……."

"그렇다면 생각해봐라. 털어서 먼지 안 나오는 사람이 있을까?"

"어이, 어이!"

언덕 위에서 동혁이가 손을 나팔처럼 입에 대고 소리를 질렀다. 우리는 잠시 푸른 잔디 위에 나둥그러져 있는 네 명의 친구들을 보았는데 마치 그들은 흰 양처럼 자유스러워 보였다.

"난 갈 테다."

"가다니?"

"간다고 해서 내가 비겁한 녀석은 아니다. 비겁한 것은 오히려 너희들이다."

"뭐, 뭐라고?"

나는 순간 책가방을 던지고 녀석의 멱살을 쥐었다. 우리의 몸은 잔디 위에 나둥그라졌다. 향기로운 초봄의 풀 냄새가, 흙냄새가 코로 스며들었다. 녀석의 교복 단추가 탁구공 같은 소리를 내며 떨어졌다. 나는 이윽고 녀석을 깔아 뉘었다. 친구들이 뛰어 내려왔다.

"일어서라."

나는 일어서서 녀석에게 말했다. 그러자 녀석도 총알 튕기듯 일어섰다. 그 순간 철수가 녀석에게 덤벼들었고, 차례차례 동혁, 문수, 영구가 덤벼들었다. 녀석의 코에서 금세 코피가 흘렀다.

"너희들, 비겁한 녀석들이구나."

녀석은 흐르는 코피를 아무렇게나 주먹으로 닦으며 비감한 소리를 냈다. 녀석의 이마 위에 동전잎만 한 혹이 부풀어 오르고 콧등엔 푸른 멍이 들어 있었다.

"수돗가로 가자."

나는 갑자기 그가 친한 친구처럼 느껴졌다. 그래서 그의 떨어진 책가방을 주워들었다. 우리는 한 무리를 이루어 느릿느릿 산비탈을 내려왔다.

"야, 고개를 뒤로 젖혀."

철수가 볼멘소리로 소리쳤다.

"친한 척하지 마라."

녀석은 피투성이 얼굴로 철수를 노려보았다.

"뭐라고, 이 자식? 아직도 주둥이 살았구나."

"그만해둬."

내가 말렸다. 수돗가의 망가진 수도에서 콸콸거리며 찬물이 흐르고 있었다. 녀석은 얼굴을 통째 수도에 들이댔다.

지나가던 상급생이 물었다.

"무슨 일이냐?"

"아무것도 아닙니다."

"너희들 싸웠구나. 그렇지?"

"아닙니다."

나는 웃었다. "운동을 하다 넘어졌습니다."

나는 상급생이 가기를 기다렸다가 뒷주머니에서 휴지를 꺼냈다.

"어이, 고개를 뒤로 젖혀라. 코를 틀어막아야지."

그러자 이제껏 수돗가에 머리를 틀어박고 있던 영민이가 고개를 들었다. 그의 얼굴에서는 물방울이 함부로 듣고 있었다.

"너희들 다섯 명의 도전은 잘 받았다. 오는 월요일부터는 내 도전을 받아주길 바란다. 오늘은 1대5였지만 월요일부터는 1대1의 도전이다. 설마 비겁하게 다섯 명이 한꺼번에 덤벼들지는 않을 줄 안다."

그리고는 책가방을 끼고 교문을 향해 혼자 걸어갔다. 우리의 시선은 모두 그가 교문을 통해 사라질 때까지 멍하니 녀석의 뒤를 쫓고 있었다.

그날 저녁 우리는 서로의 주머니를 털어 자장면을 사먹으면서 한편으로는 후련했지만 한편으로는 우울해하고 있었다. 거리에는 이미 밤이 내려 있었고, 조금 있으면 밤 열 시…… 사랑의 종이 울리고, 청소년들은 집에 들어가세요, 어쩌고저쩌고하며 달콤한 아나운서의 목소리가 흘러나올 시간이었다. 하지만 꼭 아나운서가 도덕 선생 훈화 같은 소리를 해서가 아니라도 우리는 갈 곳이 없었다. 거리엔, 교복을 입은 우리로서는 갈 곳이 없었다. 영화관에는 벌거벗은 연인들이 껴안고 있는 광고판이 나붙어 있었고, 그 옆에는 '미성년자 절대 불가'라는 팻말이 붙어 있었다. 그랬다. 우리는 미성년자였다. 중국집에서 자장면 한 그릇을 먹다가도 생활지도부에게 걸리면 일주일간 정학이었다. 케이크 집에서 빵 한 조각 먹다가 담임선생에게 걸린 동혁이는 담임선생의 눈초리에 늘 겁을 집어먹고 있었다. 머리를 3센티미터 이상만 길러도 이발사처럼 기계

를 들고 송충이가 나뭇잎 갉듯 고속도로를 머리 가운데에 개통하
는 선생님. 아아, 미성년자, 미성년자…….

이놈은 글쎄 공과대학에 보낼까 해요. 머리가 아주 좋거든요.
아버지는 술만 취하면 친척들에게 선포를 한다. 하지만 나는 알고
있다. 내가 결코 공과대학에 갈 수 있는 머리를 가지고 있지 않음
을. 도대체 왜 내게 그렇게들 극성스럽게 기대하고 있는 것인가.
그들은 기대하고, 성적이 올라주기를 바라고, 집에 일찍 들어오기
를 바라고, 또 머리를 깎고 새로 맞춘 교복의 바지를 재단사처럼 재
고, 바지가 좁다고 호통만 칠 줄 알았다.

아, 이처럼 좋은 토요일 오후에…… 망할 놈의 일곱 시 반까지
학교에 가야 하기 때문에 삼 년 동안 아침을 하루도 먹어보지 못한
어질어질한 등굣길에서 일주일 만에 해방된 이 좋은 토요일 오후
에도 갈 곳은 폐쇄되어 있지 않은가. 그것은 그렇고, 일곱 시 반을
등교 시간으로 정해놓은 사람들은 잔뜩 늦잠을 자면서 말이다. 여
름이면 또 모른다. 겨울에는 꼭두새벽에 일어나 왕십리에서, 수유
리에서, 천호동에서 콩나물시루 같은 버스를 타고 등교해야 하는
우리에게 공과대학을 기대해야 옳단 말인가.

퉤퉤퉤. 동혁이가 침을 뱉었다.

퉤퉤퉤. 철수가 침을 뱉었다.

퉤퉤퉤. 문수가 침을 뱉었다.

"가자, 집에나 가자."

철수가 말했다.

"그래, 집으로 가자."

영구가 말을 받았다. 그래서 우리는 주머니에 10원짜리 차비 한 장이 틀림없이 들어 있는 것을 확인하고 각자 뿔뿔이 흩어지기로 했다. 그날 밤 집으로 돌아오는 버스 속에서 나는 일요일 아침엔 열두 시까지 늦잠을 자보리라 결심했다.

월요일 아침에 나는 영민이가 얼굴에 반창고를 서너 개 붙이고 학교에 나온 것을 보았다. 아직도 눈언저리에 푸른 물이 들어 있어서 나는 가슴이 약간 아팠다. 그래서 무어라고 얘기해주고 싶었으나 그는 나를 흘깃 보더니 모르는 체했다. 오히려 앞뒤의 급우들이 내게 아주 친한 척하면서 붙임성 있게 굴었다. 그런데 그날 수업이 거의 끝날 무렵 철수가 내게 다가왔다.

"동순아, 잠깐 보자."

"왜?"

"그 자식 있잖아, 영민이 자식."

"왜? 그 자식이 선생한테 고자질했냐?"

"아니, 그게 아니라 그 자식이 내게 오늘 저녁에 도전을 했다."

"뭐라고?"

"그것도 학교가 아니다. 학교 앞 석축 있는 데 있잖니, 왜 비석 있는 데 말이다. 거기서 정각 여섯 시에 만나자는구나."

"야, 이거 웃기는데."

"그런데 말이야, 우리들 전원이 보는 앞에서 싸우고 싶다는 거야."

"허 참, 젊은 사자들같이 노는데."

"뭐라고?"

"아냐, 좋아. 여섯 시에 나갈게."

어윈 쇼의 《젊은 사자들》이란 책 속에 등장하는 유태인도 자기를 골탕 먹인 패들에게 하나하나 도전을 한다. 그리고는 탈영해버린다. 나는 잠자코 반창고투성이의 영민이를 쳐다보면서 그와 친해지고 싶다는 생각을 했다. 그러나 그는 나와 친구가 되려고 하지 않을 것이다. 건방진 자식! 자기 자신을 책 속의 주인공처럼 착각하고 있는 자식. 나는 쓴 침을 삼켰다.

그날 저녁 여섯 시 정각에 싸움은 시작되었다. 싸움은 일방적으로 오 분 만에 끝이 났다. 키가 큰 철수가 단숨에 영민이를 깔아 눕힌 것이다.

"그만해라."

동혁이가 옆에서 말렸지만 영민이는 악착같이 더 싸우자고 덤벼들었다.

"너희들에게도 학교에 대한 명예심이 있지만 나는 내 자신에 대한 명예심이 있다."

별 수 없이 철수는 마음에 내키지 않는 싸움을 오분간 더 해야만 했다. 우리 넷은 석축에 앉아서 철수가 영민이를 이겨주기보다는 차라리 영민이가 철수를 때려주기를 바라고 있었다. 벌써 철수는 전의를 잃고 있었다. 그는 그저 이를 악물고 덤벼드는 영민이를 긴 팔로 밀치기만 하고 있었고, 키가 작은 영민이는 껑충이며 덤벼들고 있었다.

먼 거리에선 스산한 저녁연기가 몰려와 짙은 여름 저녁을 한결 무덥게 하고 있었다. 우리는 잠시 후 싸움을 거두고 멍하니 떨어져 나간 명찰, 단추, 배지들을 주웠다. 사라지려는 빛 속에서 명찰이나 배지들은 암울하게 빛나고 있었다. 나는 석양을 받고 온통 얼굴이 부어서 자신의 목표를 찾고 있는 영민이를 바라보며 왠지 울고 싶은 충동을 받았다.

다음 날에도 녀석은 동혁이에게 도전을 해왔다.

"어쩌면 좋으냐?"

동혁이는 큰 체구를 틀며 내게 눈을 끔벅거렸다.

"그냥 집으로 가버리자."

내가 말했다. 하지만 동혁이는 단호하게 내뱉었다.

"그럴 수는 없다. 이건 말하자면, 자존심 문제다. 난 싸울 테다."

우리 다섯이서 여섯 시 조금 지나 축대로 갔을 때 녀석은 먼저 나와 기다리고 있었다. 언덕 위 축대에서 무릎에 고개를 파묻고 거

리를 내려다보는 녀석의 눈은 무척이나 허망하게 보였다. 거리로
는 씽씽 버스가 달리고 수많은 사람들이 축대 아래로 무심하게 걷
고 있었다. 우리는 서로 아무 말도 하지 않았다. 한 학기에 한 번 있
는 신체검사 때 볼기를 까는 것처럼 조용히 웃통을 벗었다.

"너도 웃통을 벗어라."

"싫다."

영민이가 말했다.

"어제처럼 단추가 떨어진다."

잠시 영민이는 동혁이를 올려다보았다. 그리고는 무엇을 생각
하는 눈치더니 잠자코 웃통을 벗었다. 그리고 곧 싸움은 시작되었
다.

그날도 싸움은 일방적이었다. 아이스하키 선수인 동혁이의 완
력을 영민이가 당해낼 수는 없었다. 싸움은 곧 끝이 났다. 영민이
의 얼굴은 놀랄 정도로 부어 있었다.

"동순아."

영민이 녀석이 쓸쓸하게 퇴장한 뒤에 갑자기 동혁이가 나지막
하게 중얼거렸다. "난 사실 그 자식을 때리고 싶지 않았다. 그건 정
말이다. 그런데도 자꾸 때리게 되더군. 왜 그랬을까?"

"모르겠어."

나는 대답했다. "난 정말 그 녀석을 모르겠어."

"그래. 나도 정말 그 녀석을 모르겠어."

잠자코 있던 영구가 말을 받았다.

"내일은 내 차례일 것 같아."

"차례라니?"

"도전해오는 차례 말이야."

"그건 왜?"

"모르겠어. 괜히 그런 생각이 들어."

영구의 우울한 걱정은 그대로 적중했다. 영민이가 다음 날 영구에게 도전을 해온 것이다. 엉망인 얼굴로 그날도 영민이는 영구에게 맞았고, 나는 그날 밤 잠을 이룰 수가 없었다. 남은 것은 문수와 나 둘뿐이었다. 나는 아슬아슬한 불안감 속에 잠이 들었고 밤새도록 전쟁터에서 싸우는 꿈만 꾸었는데 새벽녘에는 어이없게도 몽정을 했다.

그 다음 날인 목요일 차례는 내가 아닌 문수였다. 수업이 끝날 무렵 문수는 약간 겁먹은 눈치로 내게 달려왔다.

"그 자식이 오늘은 나하고 싸우겠다는데 어떡했으면 좋겠니?"

"싸워."

나는 순간 분노가 치밀었다. "사정없이 두들겨 패줘라."

"하지만……."

"뭐가 하지만이야?"

"그 자식 얼굴이 형편없잖아. 마치 형겊 같더라."

"알 게 뭐냐?"

"글쎄."

그는 안경 너머로 수학 문제 풀 때와 같이 곤욕스러운 표정을 지었다. "내가 유아세례 받은 것, 너도 잘 알잖아. 공연히 죄를 짓는 것 같다."

"핫하하."

나는 웃었다. "날 샌 소리 하지 마라."

나는 잔인한 소리를 했다. "때릴 때는 언제고 유아세례는 또 언제냐?"

"알겠다."

문수는 갑자기 안경을 벗어 냅킨으로 닦으면서 볼멘소리를 내었다. "제기랄, 꼭 진딧물 같은 녀석이군."

그날 싸움은 좀 오래 끌었다. 처음에 문수가 바보처럼 얻어맞기 시작했던 것이다. 나는 문수가 힘이 약해서 그런 것이라고는 생각지 않았다. 하지만 녀석은 통 싸움을 하지 않고 슬슬 덤벼드는 영민이를 피하기만 했다. 그러다가 문수의 안경이 떨어졌고 소리를 내면서 깨져버렸다. 그 순간 문수는 미친 듯이 영민에게 덤벼들었다. 그 이후부터는 짧은 시간에 승부가 가려졌다.

한참동안 영민이는 땅에 엎드린 채 일어설 줄 몰랐다.

"일어나라, 이 자식아."

문수가 깨진 안경을 집어 들며 소리를 질렀다. 그러나 영민이는 일어설 줄 몰랐다. "이 바보 같은 멍텅구리 자식아!"

문수는 천천히 울고 있었다. 그의 눈물을 보자 우리는 좀 쑥스러워지기도 하고, 슬퍼지기도 해서 멍하니 서로의 얼굴을 쳐다보고 있었다.

그날 집으로 왔을 때 나는 아주 배가 고팠다. 누이가 어디 아프냐고 물었다. 나는 아프지 않았지만 아프다고 거짓말을 했다. 머리가 굉장히 아프다고, 몸살이 난 것 같다고, 그러면서 누이한테 몸을 기대고 울었다. 누이는 나가서 감기약을 사왔고, 나는 그것을 먹었다.

감기약을 먹으면 이상하게 졸리고 현기증이 난다. 나는 그 노곤한 상태 속에서 점점 잠 속으로 미끄러져갔다. 차라리 다음 날 아침에 눈을 떴을 때 굉장한 열이 나주기를 기원했다. 그래서 학교에 가지 못하게 되기를, 한 이틀 내리 앓아서 일요일까지 삼일 동안을 학교에 가지 못하게 되기를 기원했다.

그것은 비단 내가 학교에 가지 못했다는 것을 합리화시키기 위한 것이라기보다는 다음 날이면 빤히 내게 도전해올 것이라는 것을 알면서도 기피해버릴 때의 쓰라린 자존심을 내가 내 자신에게 맛보게 하지 않기 위한 것이라는 것이 더 알맞은 이유였다. 그러나 다음 날 아침에 나는 건강했고, 학교에 갔다. 나는 흔들거리는 앞니가 빠질 때와 같은 아슬아슬한 불안감과, 또 한편으로는 쾌감 속에서 갈팡질팡하고 있었다.

영민이는 나오지 않았다. 나는 그가 아주 아파서 학교에 나오지 않기를 빌었다. 첫째 시간이 끝나자 휴식 시간에 철수가 우리 반으로 달려왔다.

"어찌됐냐?"

"나오지 않았다."

나는 약간 웃었다.

"그 자식 죽어버렸으면 좋겠다."

철수는 손 매듭을 꺾으며 낄낄댔다.

"하지만 난 꼭 그 자식이 기어서라도 학교에 올 것 같다."

내 예상은 적중했다. 정확히 셋째 시간 수학 시간에 녀석이 어슬렁거리며 교실로 들어서는 것이었다. 꼬락서니가 가관이었다. 얼굴에 가면을 쓴 것처럼 온통 반창고를 붙이고 있었다. 영문을 모르는 선생님과 아이들은 와아, 웃었지만 나는 웃지 않았다.

"인마, 네가 무슨 백가면이냐?"

"교통사고였습니다."

영민이는 똑똑하게 대답했다.

"그래? 그럼 양호실에 가서 누워 있어라."

"책가방은 놓고 가겠습니다."

"조퇴하는 편이 나을 것 같다."

"아닙니다. 괜찮습니다."

"그럼 책가방을 놓고 양호실에 가라. 어이 반장, 담임선생님한테 가서 박영민 군이 교통사고로 지각했고, 양호실에 가서 누워 있다고 전해라."

영민이는 뚜벅뚜벅 책가방을 들고 빈자리로 왔다. 그의 몸에서는 지독하게 파스 냄새가 났다. 그는 내 옆 자리에다 책가방을 놓았다.

"오늘은 네 차례다."

나는 시선을 피하며 햇볕 가득한 운동장을 보았다.

"비겁하게 피하려고 하지는 않겠지? 난 오늘 너하고 싸우기를 기다렸다. 넌 내게 최초의 비겁자였으니까……."

수업 시간이 끝날 때까지 나는 의자에 앉아서 막연하게 숨을 헐떡거리고 있었다.

건방진 자식이다.

나는 책상 위에 연필 깎는 나이프로 홈을 만들어 조그만 볼 베어링을 거기에 굴리는 의미 없는 행동을 반복해가며 영민이 자식을 저주하고 있었다. 하지만 피할 수는 없는 노릇이었다. 그가 도전해왔다면 죽어도 피해선 안 된다. 그것은 최소한의 자존심이다.

오냐.

나는 이를 악물었다.

그 날 오후, 그가 도전해온 석축 있는 데로 나갔다. 이미 어둠이 내려 긴 혼수상태와 같은 저녁놀이 젖은 수채화처럼 빛나고 있었다. 영민이는 그 붉은 저녁놀을 배경으로 마치 암흑색의 강물 밑에서 일순 빛나는 사금처럼 우울하게 앉아 있었다.

"몸은 좀 괜찮으냐?"

나는 영민에게 약간 웃어 보였다. "너무 무리하는 것 아냐?"

순간, 옆쪽의 동혁이가 낄낄거리며 웃었다.

"동순이 너 인마, 잘난 체하지 말고 니 걱정이나 해둬라."

그러자 앉아 있던 영민이가 천천히 몸을 일으키며 나를 올려다보았다. 그와 나의 키는 어중간하여 쌍둥이같이 보였다. 나는 가슴의 고동이 광란과 같은 기대 속에 탁탁 튀어 오르는 것을 느꼈다. 그러나 태연하게 어깨로 숨을 가누면서 책가방을 놓고 웃통을 벗기 시작했다. 단추 많은 교복을 벗어버리자 싸늘한 초가을의 열기가 얇은 가을 스웨터를 입은 상체를 식히며 팔뚝에 여름날의 파도 거품 같은 신선한 생명감을 주었다.

우리는 사라지려는 빛 속에서 서로를 노려보며 잠시 우두커니 서 있었다. 그러나 나는 영민이의 눈빛이 맹수처럼 이글거리면서 타오르는 것을 느꼈다. 여느 때 보던 영민이의 눈빛이 아니었다. 마치 온몸이 화염으로 활활 타오르며 단지 그 눈을 통해서만 내면의 불빛을 엿볼 수 있을 것 같았다. 렌즈로 뜨거운 여름 햇살을 모아 날벌레 한 마리를 태워 죽이듯 무섭게 달아오르고 있었다. 나는 그때야 비로소 영민이의 분노가 유독 내게만 강렬하게 타오르고 있다는 사실을 알아차렸다. 볼록렌즈로 햇빛을 모은 초점에 버둥

거리는 날벌레처럼 나는 그 빛나는 눈빛에 꼼짝 못하는 위압감을
의식했다. 비록 아직 맞부딪쳐 싸우지는 않았지만 이 싸움이 나의
친구 네 명이 이겼듯, 나도 이기리라고는 보장할 수 없는 싸움이라
는 것을 육감적으로 느꼈다. 나는 승산을 이미 잃어버리고 있었다.
이상한 일이었다. 영민이의 작은 몸이 내 가슴을 치고, 그리고 얼굴
을 강타해오는 그 순간에도 나는 전의를 잃고 그저 덜 마른 빨래처
럼 맞으면서 연신 이건 정말 이상한 일인데, 이상한 일인데, 하고
중얼거리고 있을 따름이었었다. 연신 뜨거운 적색 불덩어리가 눈
위를 내리누르고, 그리고는 무언가 센 힘이 가슴에 압력을 가하고
는 다시 정신 차릴 수 없는 재빠른 경지 속에서 녀석의 손이, 그리
고 발이 내 얼굴을, 어깨를, 가슴을 내리치고 있었다.

그러나 나는 이상하게도 힘을 쓰지 않고 있었다. 그러면서도 더
욱 이상한 것이 있었다. 억울하다거나 슬프다거나 약이 오르지 않
았다. 오히려 가려운 데를 꼭꼭 집어가며 긁어주는 것과 같은 거짓
말 같은 쾌감이 온몸에서 욱신거리고 있었다.

"동순아, 정신 차려라!"

철수가 부르짖는 소리를 나는 무아지경에 속에서 들었다. 나는
얼핏 언젠가 TV에서 본 그로기 직전의 일본 권투 선수를 생각해냈
다. 그는 1회전에 이금택에게 강한 어퍼컷을 얻어맞고 다운되었는
데, 그때 누이는 눈을 가리며 마침 연속극이 시작되고 있는 딴 방송
으로 채널을 돌리라고 자꾸 칭얼거렸지만 나는 그것을 마다하고

그 쓰러지는 일본 권투 선수를 낄낄거리며 조롱하고 있었잖은가.

나는 영민이가 주먹으로, 발로 내 온몸에 강타를 가해올 때마다 탄력성 있는 고무줄같이 몸을 퉁기면서 이를 악물고, 그러나 멍하니 서 있었다. 자줏빛 강낭콩 같은 노을 속에서 녀석의 손이 내 온몸을 가로지를 때마다 흰 빛이 그 손에 진득진득 묻어나는 환상을 보면서 나는 웬일인지 그저 나의 죄로 한 시간 내내 교실 앞쪽에서 손을 머리 위로 하고 벌을 서던 기하 시간에서처럼 손끝 하나 움직이지 않고 때리는 대로 맞고 있었다. 그리고 제발 그의 분노가 나를 때리는 그 순간마다 점차로 사그라지기를 기원했다. 나는 그때 녀석의 손끝에서 힘의 무게가 점점 가벼워지는 것을 직감했다.

"덤벼라."

갑자기 영민이가 손을 놓으며 부르짖었다. "이 자식아, 덤비라니까!"

"난 너하고 싸우기 싫다."

나는 히죽 웃어 보이려 했지만 얼굴이 부어올라 섬뜩한 통증이 느껴졌으므로 조용히 말을 뱉었다. "이젠 그만 싸우고 싶다."

나는 벗어놓았던 교복을 얌전히 입기 시작했다. "너한테 졌다."

나는 책가방을 들고, 좀 의아한 눈초리로 어리둥절해하고 있는 동혁이와 철수와 문수 그리고 영구에게 그만 가자고 말했다. 그러면서 나는 내 친구들이 나를 경멸하고 비웃을 것임을 믿어 의심치 않았다. 저마다 한 마디씩 나를 욕하고, 너 하나 때문에 우리 그룹의 명예가, 학교의 명예가 손상되었다고 핀잔을 주리라고 생각했다. 또 사실 그렇게 해줄 것을 기대하고 있었다. 그러나 이상하게도 친구들은 나를 에워싸고, 내 너의 마음 다 알고 있다, 라는 제법 도통한 표정으로 침을 퉤퉤 뱉어가며 나를 무언으로 위로하려 드는 것이었다.

우리는 잠시 비탈길을 내려오며, 언덕 위를 올려다보았다. 우리는 그곳에서 이미 몇 번의 싸움질로 친해져버린 우리의 악동, 박영민 군의 모습을 발견하려고 애를 썼다. 그러나 어둠은 언덕 위를 암실처럼 가려버렸고 우리는 그곳에서 그저 캄캄한 슬픔을 엿보았을 따름이었다.

영민이는 연 일주일 내내 결석을 했다. 또 일주일이 되던 날 담임선생님은 종례 시간에 누구든 학교 마치는 길에 박영민의 집에 들러보라고 말했다. 그러자 반장이 일어나서 말했다.

"저, 박영민은 저번에 교통사고로 다쳤지 않습니까?"

"그래도 부모님이 찾아오시든지, 결석계를 내야 할 거 아냐. 어쨌든 무단결석 일주일 이상이면 정학감이다."

담임선생님이 엄포를 놓는 바람에 우리는 제각기 수군거리며 잠자코 앉아 있을 뿐이었다.

"누구, 집에 가는 길에 들러볼 사람 없나?"

그러나 우리는 빨리 이 종례가 끝나 도시락 냄새가 옅은 분뇨 냄새처럼 후덥지근한 교실을 다람쥐같이 빠져나가려는 아슬아슬한 기대감 속에서 앉아 있을 따름이었다.

　"그럼, 누구 박영민 군의 집을 아는 사람 없나?"

　"아마 우리 반에서는 한 사람도 없을 겁니다."

　이번엔 부반장이 일어서서 한 마디 했다. "그는 타교생이고, 잘 어울리는 편이 아니었으니까요."

　"그래도 한 사람쯤은 집을 아는 사람이 있을 게 아닌가?"

　"제가 한번 가보겠습니다."

　나는 벌떡 일어섰다. "주소만 알면 가겠습니다. 주소를 알려주십시오."

　"오, 김동순 군."

　담임선생님은 갑작스레 말을 낮추었고, 나는 제법 의젓한 표정으로 몸을 세웠다.

　"너희들은 김동순의 태도를 마땅히 본받아야 한다. 무슨 일이든 김동순 군처럼 솔선수범해야 하는 법이다. 그럼, 솔선수범 김동순 군은 내게 와서 박영민 군의 주소를 알아가도록. 이상!"

　"차렷, 경례!"

　내가 고등학교에 올라가서 얻은 '솔선수범'이란 별명이 어떻게 해서 붙여진 것인가를 이제 여러분은 알게 되었다. 중학교 때까지 내 별명은 명예롭지 못하게도 '대까치'였다.

박영민의 집은 금방 찾을 수 있었다. 신촌 로터리에서 보면 우뚝 선 시민아파트 7동이 자리 잡고 있었는데, 거기에 박영민의 집이 있었다. 맨 꼭대기인 6층까지, 동행한 동혁이와 그 길고 긴 계단을 헉헉거리며 올라갔다. 아파트 복도엔 물이 흘러 있었고, 그 진흙탕 위를 조무래기들이 경마장의 말처럼 뛰어놀고 있었다. 아이들의 떠들썩한 고함 소리는 낭하를 울리고, 그 소리는 온 아파트를 경쾌하게 흔들어댔다. 그러자 한 아파트의 문이 열리더니 아이를 업은 아낙네가 나와서 소리를 질렀다.

"야, 이 새끼들아! 좀 조용히 놀지 못하겠니?"

그 소리에 놀란 아이들이 '와아!' 하고 우리 앞을, 옆으로 밀치고 빠지면서 달아나는 통에 우리는 잠시 비틀거렸을 정도였다. 아이들이 사라지기를 기다려 우리는 7동의 609호실을 찾았는데, 놀랍게도 그 방은 방금 쌍소리를 한 여인이 서 있는 방이었다.

우리는 주뼛주뼛 아기를 업은 여인에게 다가갔다.

"저, 박영민 군을 찾아왔는데요."

나는 아주 점잖게 말했다.

"뭐라고?"

여인은 등에 업힌 아기가 우는 소리에 내 말을 못 들은 듯 이맛살을 찌푸렸다.

"저, 박영민 군하고 같은 반 학생인데요, 박영민을 만나러 왔습니다."

"에그, 이 종자야!"

여인은 악을 쓰며 우는 아기의 볼을 손가락으로 꼬집으며 갑자기 욕을 하기 시작했다.

"영민이하고 친군가?"

"아닙니……. 예, 친굽니다."

"영민이는 학교에서 아직 안 왔어요."

"예?"

"아침에 학교 가서 아직 안 왔다니까. 요샌 뭐 도서관에 간대나 해서 매일 늦게 오는 걸."

"……."

우리는 잠시 무거운 쇠망치로 얻어맞은 기분으로 휘청거렸다.

"난 영민이 엄마예요."

"예, 안녕하십니까? 저, 전 김동순입니다."

"그럼 다음에 놀러 와요."

나는 무어라고 한 마디 하려 했다. 하지만 갑자기 동혁이가 넓적다리를 꾸욱 찌르는 바람에 나는 입을 다문 채 문을 닫고 사라지는 여인, 영민이의 어머니를 쳐다보고 있을 뿐이었다.

"이게 어찌된 거냐?"

계단을 내려오며 내가 묻자 동혁은 깔깔대며 웃기 시작했다.

"그래도 모르겠니?"

"난 모르겠다."

"그 자식, 걸작이다. 학교 간다고 그러면서 실상 학교엔 안 나온 거다."

"뭐, 뭐라고?"

"말하자면 집에선 아침에 학교 간다고 하고 나와선 학교엔 나오지 않았다는 말이야."

"아, 아!"

나는 무언가 재미를 느끼면서 감탄했다. 그래, 나도 그 기분을 알고 있다. 중학교 때였던가. 그날은 이상하게 책가방을 들고 학교에 가려고 나왔을 때부터 마음이 들떠 있었다. 마침 월요일이어서, 엊저녁에 신나게 놀던 피로가 아직 몸에 남아 있어 조금 늦잠을 잔 까닭에 이미 지각을 하고 있었던 것이다. 까짓 지각 이유쯤이야 어머니에게 써달라면 하루에도 수백 장쯤은 공짜로 써주시는 것을 내가 모를 리 없었다. 대체로 부모들이 성적표에 도장 찍는 것, 기성회비 내는 것, 교복 새로 맞춰주는 것, 체육복 사주는 것, 이런 것엔 인색하지만 의외로 결석계 써주는 것, 지각 이유서 써주는 것에는 쉽사리 도장을 눌러주고 즐거이 공범자가 되고 싶어 하는 이유는 어디에 있는 것일까.

어쨌든 그날도 나는 아버님의 인감도장이 찍힌 어마어마한 사유, 일테면 생존해 계시지도 않은 할아버님이 일본에서 오시기 때문에 공항에 마중 나갔다 늦는다는 기막힌 이유(나는 이런 기발한 이유를 붙이는 데 아주 천재적인 소질을 가지고 있어, 이러한 교묘한 둘러치기 때문에 친구들은 나를 부러워하고는 했다)를 첨부한 증빙서류를 들고, 열 시쯤 텅텅 빈 버스를 타고 학교로 가고 있었다. 아아, 버스는 텅텅 비었고, 그것은 기막힌 즐거움이었다. 텅 빈 버스에서 내다보는 거리 역시 텅 비어 있었다. 무언가 꿈속의 거리를 산책하는 기분이었다. 나는 차창에 밀려드는 은전처럼 반짝이는 거리의 풍경을 눈을 지그시 감고 감상했다. 두 시간만 늦게 일어나도 이처럼 텅 빈 거리를 볼 수 있다. 지금쯤 이 시간 학교에서는 둘째 시간이 끝났으리라. 우리가 그 지긋지긋한 학교에서 a^2 플러스 b^2을 배우고 있는 동안에 이 거리는 이렇게 생생하게 피어오르고 있는 것이다.

나는 굉장한 해방감을 느꼈다. 그러자 마음 한구석에서 귀여운 악마가 속삭이기 시작했다. 봐라. 오히려 지각하려면 푸욱 지각하는 편이 더 합리적인 것을 모르느냐? 공연히 무슨 양심쟁이라고 두 시간 끝나고 헐떡이며 들어가느니보다는 오히려 오후 거의 중반쯤 헐레벌떡 뛰어 들어가는 지각생이 더 그럴듯해 보이는 법을 모르느냐. 네 가방엔 도시락이 있지 않니. 산보라도 하는 기분으로 너는 어디라도 갈 수 있어. 이것 봐, 이것 봐. 10원짜리 넉 장만 있으면 정릉이나 수유리나 김포공항 행 급행버스를 타고 소풍이나 가듯 저 까마득한 종점으로 가서 도시락을 까먹을 수 있지 않겠어? 더군다나 영어책 값이 무려 2백 원이라고 거짓말을 해서 돈을 타낸 것을 내가 알고 있다. 이것 봐라. 그러면 어디로 갈까? 갑자기 창경원에 가서 홍학들이 춤추는 것을 보고 싶은데, 하지만 그거야 어디

어린애나 할 짓이지. 모자를 뒷주머니에 꾹 감춰 들고 아침부터 동시 상영 극장에 들어가서 눈알이 해태가 되도록 영화를 볼까? 하지만 아무리 모자를 뒷주머니에 집어넣는다 해도 머리가 **빡빡**인데. 그러면 어디로 갈까? 이 좋은 날씨에 어디로 갈까?

그때 내 눈에 들어온 것이 동대문시장이었다. 생기발랄한 아침 시장이 버스 차창 너머에서 벌어지고 있었다. 오라, 시장에 가서 기웃거리자. 살진 생선도 보고, 비단도 보자. 잘하면 시장 한 모퉁이에서 벌어지고 있는 비얌(뱀) 장수의 구성진 가락을 듣게 될지도 모른다.

그래서 나는 동대문에서 차를 내렸다. 나는 지금도 그때의 기억을 잊을 수 없다. 상점마다 들어찬 상품들, 햇빛에 반짝이는 생선 비늘, 그 비릿한 생선 비린내, 싸구려를 외치는 시장거리 깍쟁이들의 미군 작업복 선전을, 내가 10원어치 사먹었던 김 무럭무럭 나던 돼지 대가리에서 잘라낸 귀 조각 두어 개를……

나는 동혁이와 아파트 계단을 내려오면서 영민이가 학교 간다고 책가방을 들고 나섰을 때부터 일주일 동안 매일매일 전개되었을 해방된 거리의 풍경을 상상할 수 있을 것만 같았다. 그 녀석은 어디를 헤매고 있었을까. 우리가 영어를 배우고, 수학을 배우고 있는 동안에 학교 교문 밖, 마당의 비둘기처럼 자글자글 끓어대는 저 도시의 넓은 광장에서 어디를 헤매고 있었을까. 어쩌면 드르륵 드르륵 소리를 내가면서 빈 깡통을 차 내깔기고 있었는지도 몰라. 그것도 아니면 주머니에 양손을 꾸욱 찌르고 휘파람을 획획 날리면서 제2한강교의 철책 위에서 철 지난 납빛 한강물을 보고 있었는지도 몰라. 그것도 아니면 남산 야외음악당 앞에서 도시락을 까먹으면서 혼자서 미끄럼틀에서 미끄럼을 지치고 있었을 거야. 아아, 나는 강한 질투를 느꼈다. 선생님에게서 위임 받은 의무도 이행하지 못한 채 그저 막연한 질투를 느끼며 나는 동혁이와 비탈길을 내려오고 있었다.

그때였다. 우리는 언덕 아래에서 책가방을 든 영민이가 언덕길을 올라오는 것을 보았다. 그는 모자를 푸욱 눌러 쓰고는 책가방을 옆구리에 끼고 허리를 잔뜩 굽힌 채 언덕길을 올라오고 있었다. 군화 끈을 꼭 조이지 않은 탓이었을까. 걸을 때마다 구두끈이 종아리를 때리는 둔탁한 소리를 반복해가면서…….

우리는 비탈길 중간쯤에서 만났다.

"오랜만이다."

내가 말을 꺼내자, 영민이는 처음에 화를 내는 것처럼 입을 다물었다가 이내 얼굴이 풀어지면서 애매하게 웃었다.

"어떻게 왔냐?"

"널 만나러 왔다."

동혁이가 대답했다. "학교에서 야단들이다. 아무리 그렇더라도 연락도 안 하고 결석하면 어쩔 셈이냐?"

"제기랄."

영민이가 낄낄대며 웃었다. "엿이나 먹으라고 그래 줄래?"

"······."

"학교 가고 안 가고는 내 자유다."

"······."

"그래서 너희들 우리 집에 갔었구나?"

"그래."

"그리고 모조리 일러바쳤구나?"

"아니다."

나는 강하게 부정했다. "일러바치다니! 우릴 어떻게 보고 하는 말이냐?"

"그럼 잘됐군. 화났다면 미안하다. 어쨌든 다시 내려가자."

그러면서 그는 방금 올라온 언덕길을 되돌아서 내려가기 시작했다.

그는 우리보다 두어 발 앞서 걸었고 우리는 좀 뒤에 처져서 걸었는데 그는 무언가 골똘히 생각하는 눈치였다.

"앞으로 어쩔 셈이냐?"

조금 뒤 가까운 로터리의 케이크 집에 앉아 동혁이가 포크로 빵을 찍으면서 늙은이 같은 소리를 했다. "학교에 가서 뭐라고 변명할 테냐?"

"학교에선 굉장히 야단들인데······."

나는 뜨거운 엽차를 목구멍에 흘려 넣으며 이미 무서운 존재,

어느새 우리 마음속에서 커다랗게 성장해버린 이 녀석을, '만만치 않은 놈인데' 라는 두려움을 느꼈을 때나 가질 수 있는 지나친 친절을 가장하면서, 그러나 부드럽게 걱정을 했다.

그러나 영민이는 잠자코 굶은 소년처럼 빵을 뜯으며 그저 케이크 집 창 바깥으로 오가는 사람들을 멍하니 바라보고 있었다. 그때 그의 눈동자는 약간 사시같이 초점이 빗나가 보였다.

"그런데……."

나는 딱딱하고 질긴 싸구려 빵을 입 안 가득히 밀어 넣으며 그때까지 계속 생각해온 질문을 했다. "그동안 뭘 했냐? 뭐 하고 지냈냐?"

"응, 뭐라고?"

그제야 약간 사시였던 눈동자에 힘이 모아지고 영민이는 자다 깬 표정을 했다.

"학교에 안 나온 일주일 동안 뭘 하고 지냈냔 말이다."

"글쎄."

갑자기 영민이가 소리 없이 웃었다. "도서관에 갔었다."

"거짓말 마라."

동혁이가 강하게 몰아붙였다. "야야, 도서관에 가려고 학교 빼먹는 천치가 어디 있냐?"

"그건 그래."

이번엔 내가 말을 받았다.

"매일 도서관에 간 것은 아니었지만 도서관에는 갔다. 플라스코의 《제8요일》이란 작품 참 좋더라."

"그래. 그건 나도 읽어 봤는데……."

나는 다행히 그것을 읽어 놓았던 것에 자랑을 느꼈다. "아그네시카가 참 좋더라."

"그래."

"그리고 또 뭐 읽었니?"

"까뮈의 《이방인》도 읽었어."

"좋더냐?"

"아니, 시시했어."

그는 간단히 단정을 내렸다. "거짓말만 써 놨더라."

"야, 이게 무슨 얘기냐? '이방인'이라면 찰슨 브론슨 나오는 영화 얘기냐?"

동혁이가 볼멘소리로 야유했다.

"그리고 또 뭐 했냐? 극장에도 갔었겠구나."

"그래."

그러면서 영민이가 웃기 시작했다. "아침에 극장에 가면 사람이 없잖아. 난 두리번거리다가 여자 화장실에 잽싸게 들어가. 그리고 벽에다, 힛히히……."

"벽에다 낙서하고 그림 그리는 거구나?"

우리는 동시에 함께 웃었다.

그러자 케이크 집 구석에서 이쪽을 흘끔흘끔 보며 자기네를 좀 봐주기를 기대하면서 큰 소리로 고함지르고 마시고 싶지도 않은 엽차를 연거푸 다섯 잔이나 시키던 여학생 세 명이 눈을 동그랗게 뜨고 쳐다보았다.

　"여, 여보슈. 빵이나 먹지 뭘 보슈?"

　웃음 끝에 영민이가 아직 멍이 그대로 남아 있는 눈두덩을 손끝으로 누르며 퉁명한 소리를 냈다.

　"야, 저기 이쁜데."

　동혁이가 세 명 중에 머리를 땋은 여학생을 가리키며 아주 깡패 같은 모습으로 말을 했다.

　이상한 일이었다. 어느 틈엔가 동혁이나 나의 태도는 영민이의 태도를 닮아가고 있었다. 다소 불량해 뵈는 어깻짓과 얘기 중에 퉤퉤 뱉는 타액, 자주 움직이는 손의 제스처, 눈 밑까지 내리누른 모자……. 영민이의 아무렇게나 입은 포대자루 같은 바지를 보며, 어머니가 아침마다 다려주는 내 교복 바지의 **빳빳한** 줄이 부끄러웠다. 그리고 우리의 가지런하고 아직 젖내가 가시지 않은 손과는 다른 지저분한 영민이의 손이 더 부러워 보였다. 그리고 우리의 책가방, 깨끗하게 커버를 씌운 책들이 꼭꼭 들어 있는 책가방보다 잔뜩 낙서가 그려져 있고 월요일이건 화요일이건 영어책과 헤르만 헤세의 《데미안》이 들어 있는 영민이의 책가방이 더 부러워 보였다.

　영민이의 태도에는 '어머님, 학교 다녀오겠습니다.', '잘 다녀

왔습니다.' 라고 꼭꼭 인사하는 우리와는 다른, 비록 지저분하고 교복 팔꿈치가 때에 절어 반들거리고 있지만 분방한 자유가 충만해 있었다. 그는 우리와는 다른 세계 속에서 살고 있는 것이다. 과일 껍질 속에 갇힌 물기 많은 우리는 그 과피(果皮)를 벗겨버리면 사과처럼 변색해버리고 만다. 그러나 그 녀석은 방금 밀림에서 뛰어나온 것 같은 싱싱한 원시의 냄새를 피우면서 낄낄거리고 있는 것이다. 새로운 세계. 유난히 손등에 사마귀를 많이 가지고 있는 영민이는 우리를 사로잡고 만 것이다. 그날 우리는 그 케이크 집에서 급속도로 친해졌다. 하지만 그는 항상 우리보다 우위에 있었다.

"너희 친구들이란 게 바로 내가 때린 녀석들이구나."

그는 입가에 여린 조소를 띠면서 빈정댔다.

"때리다니?"

동혁이가 좀 어색한 목소리로 항의했다. "그건 싸운 거다."

"그거야 피장파장 아니냐? 내가 때린 거나 싸운 거나."

우리는 그가 우리를 때린 것이 아니라 실상은 우리가 그를 녹초가 되도록 패준 것을 알고 있으면서도 그냥 가만히 앉아 있었다. 그가 하는 말은 모두 사실 같아 보였다.

"너희 친구들 형편없이 어리더구나."

"어리다니?"

"글쎄."

그는 손 매듭을 꺾었다.

"너까지 합치면 다섯 명이냐?"

"그래."

나는 대답했다. "어때? 우리 패거리에 들어오지 않을래?"

"글쎄."

우리는 그와 얼마 이야기하지 않았지만 그에게서 정확한 대답, 일테면 그래 혹은 아니야 라는 직선적인 대답을 들은 적이 한 번도 없었다는 것을 알아차렸다. 그는 언제나 모든 질문에 대해서 애매한 태도를 취했다. 언제든지 '글쎄'가 아니면 '그럴까' 하는 정도였다. 후에 안 일이었지만 그는 매사에 그런 식이었다.

"너희 친구들 성격은 어떠냐? 이런 걸 왜 물어보느냐 하면 난 첫째, 깡패 그룹에 들어가고 싶지는 않다. 그리고 또 난 돈 많은 집 아이들하고는 생리적으로 어울릴 수 없어."

"글쎄."

내가 대답했다.

"글쎄."

동혁이도 대답했다. 어느 틈엔가 우리는 영민이의 말투를 닮아 가고 있었다.

그것은 아주 까다로운 질문이었다. 우리들 친구 다섯 명이 과연 그가 말하는 식으로 맹목적 증오의 대상인 부잣집 아들인가, 아니면 최소한도 중산층 집 아들인가를 우리 스스로 판가름한다는 게 용이한 일이 아니기 때문이었다. 또한 우리는 그때까지 우리 자신에게 그런 경제적인 문제를 스스로 자문해본 적도 없었다. 게다가 프롤레타리아니 부르주아 같은, 혁명할 때나 쓰는 빨갱이 용어 비슷한 과격한 언어가 섞인 질문을 받아본 적도 없었다. 그래서 적잖이 당황해하고 있었다. 하지만 그때 생각해낸 것이, 그래도 일주일에 한 번쯤은 부모님이 숨죽인 목소리로 세상 살기 힘들다는 푸념 비슷한 말을 하시던 장면이었다. 그리고 곧장 나는 자신 있게 우리 친구들을 그의 편인 가난한 집 자식으로 넘겨버렸다.

그래서 그날 저녁부터 그 녀석은 우리 친구가 되었다. 우리는 머리를 맞대고 다음 날 어떻게 하면 담임선생님을 속일 수 있을까 하고 음모를 꾸몄다. 그것이 영민이가 정식으로 우리 친구가 된 이후 제일 먼저 꾸몄던 사건이었다. 보통 애들이 사귈 때처럼 우리에 겐 거대한 약속이나 맹세 같은 것은 없었다. 우리는 전국에서 금고를 털기 위해 모인 갱과 같은 이상한 공범의식 속에서 머리를 맞대고 이 최초의 결속을 다짐하기 위한 묘안을 짜내려고 애를 썼다. 결국 우리는 그럴듯한 묘안을 생각해냈는데, 그것은 이 케이크 집 주인인 상이군인 아저씨를 영민이의 아버지로 꾸며 담임선생님을 찾아가게 하기로 한 것이었다.

원래 이 케이크 집 주인은 좀 엉뚱한 데가 있어서 고등학교 모표를 쓴 새파란 애들도 제 한몫은 하는 사내로 취급했다. 게다가 좀 모자란 사람이 으레 그렇듯, 자신의 과거를 자꾸 떠들어대는 사내여서 이 음모에 기꺼이 가담해줄 것 같았다. 그리고 가끔 그의 얘기를 들으면, 저건 분명 거짓말이 빤할 것 같다고 의심을 하면서도 듣는 이의 고개가 저절로 끄덕여지게 만드는 말재주도 있어서 약간 얼빠진 데가 있는 담임 하나쯤 속여 넘기는 것은 문제도 아닐 거라는 결론을 내렸기 때문이었다.

과연 그는 응낙을 했다. 다음 날 아침, 넥타이를 매고 인근 이발소에서 머리까지 깎아 아주 의젓한 학부형이 된 그가 담임선생님을 찾아온 것을 교무실 창문 밖에서 본 우리는 쾌재를 불렀다. 이 첫 번째 음모, 박영민 군이 꾸민 최초의 음모, 갓 고등학교 모표를 쓴 후 수립한 최초의 음모가 성공되어가는 것에 우리는 손뼉을 치면서 기뻐했던 것이다.

그렇게 해서 영민이는 합법적으로 일주일을 더 학교에 나오지 않아도 되었다. 우리는 지루한 수업 시간이 빨리 끝나기를 기다렸다가, 그 케이크 집 구석에 앉아 동네 조무래기들에게서 빼앗은 물총을 들고 활엽수에 무의미한 냉수 세례를 퍼붓고 앉아 있는 우리의 호프 박영민 군을 만나러 뛰어가고는 했다. 그때의 우리는 어서 빨리 박영민 군을 만나 그가 매일매일 엮어가는 새로운 무용담 내지는 모험담을 듣고 싶다는 기대감에 발작할 정도로 심장이 뛰고 있었다. 그것은 지독히 강렬한 쾌감이었다.

아주 멋진날

박영민 군이 합류한 이후 우리 그룹은 성질이 많이 달라졌다. 우리 친구 다섯 명은 뚜렷한 동료의식 없이 막연히 그저 '친구' 일 뿐이었는데, 갑자기 우리 그룹에 들어와 어느 틈엔가 리더 격이 되어버린 박영민 군이 대뜸 우리 무리에 그럴듯한 명칭을 붙이자고 제안을 했다. 참으로 멋진 의견이었다. 그래서 우리는 머리를 맞대고 우리 친구들 모임의 명칭을 짜기로 결의를 보았다.

강철수는 '마라푼다'가 어떠냐고 했다. 마라푼다는 남양지방에 사는 개미 이름으로 아무리 큰 짐승이라도 이 작은 마라푼다에게는 꼼짝 못한다는 얘기를 어디서 들은 모양이었다. 그러나 영민이는 그 이름이 어딘지 모르게 깡패 냄새가 난다며 다른 이름을 생각해보자고 일축해버렸다. 우리는 잠시 그럴듯한 명칭이 없을지

생각에 잠겼다. 그러다가 이문수가 유아세례 받은 목사님 아들답
게 '청포도'가 어떠냐고 말을 해서 우리 모두는 웃었다.

"왜 웃어?"

이문수는 자기의 의견에 아이들이 웃자 안경을 벗으면서 화를
냈다.

"청포도 클럽이라고 하니까, 어딘지 유행가 냄새가 난다."

동혁이가 대답했다. "난 절벽 클럽이란 게 좋겠다."

그러자 이번엔 오영구가 진지하게 말했다.

"난 차라리 '까까중'이라는 이름이 낫겠는데."

"왜 하필이면 까까중이냐?"

영민이가 물었다. "우리가 까까중이라서 그런 이름을 생각해낸
모양이지만 난 반대다."

"그렇다면……."

동혁이가 약간 볼멘소리로 물었다. "도대체 네 생각은 뭐냐? 뭐
라고 이름을 붙였으면 좋겠냐?"

"나는……."

영민이는 잠시 헛기침을 했다. "오랫동안 생각해본 결과 '머저
리 클럽'이란 명칭을 생각해냈다."

"뭐라고? 머저리라고?"

동혁이가 화를 냈다. "머저리 클럽…… 머저리 클럽. 우리가 머
저리냐? 왜 좋은 이름 놔두고 하필이면 머저리 클럽이냐?"

"듣기 싫다."

박영민이 엄숙하게 대답했다. "우리는 머저리다. 그것은 변명할 수 없는 사실이다."

"난 싫다. 우리는 머저리가 아니다."

동혁이가 자리를 박차고 일어났다. "어째서 우리가 머저리냐? 설사 내가 운동만 하고 공부도 못하는 정말 머저리라고 치자. 그래도 내가 머저리라고 내 입으로 말할 수는 없어."

"그럼 넌 똑똑하냐?"

영민이가 엽차 물을 입에 털어 넣으면서 약간 싸늘하게 물었다.

"내가 똑똑한 놈이 아니라는 것은 잘 알고 있다. 하지만 난 머저리가 아니다."

"에이, 이 머저리야."

순간 영민이가 소리를 질렀다. "너는 머저리다, 머저리! 그건 비단 너뿐만이 아니다. 우리도 마찬가지다."

창밖에서는 비가 내리고 있었다. 동혁이가 몇 마디 덤벼들었으나 우리는 그 말을 듣지 않았다. 머저리 클럽. 그것은 참으로 멋진 이름이었다. 통쾌하고도 바보스럽고, 어딘지 유머러스한 이름이었다. 우리는 영민의 지시에 따라 책가방에 머저리 클럽이라는 이름을 잔뜩 그리기로 합의를 보았다. '책가방 좀 보아주세요.', '뭘 봐?'라는 낙서만 잔뜩 해오던 영구는 해골 바탕에 머저리 클럽이란 이름을 쓰면서 자못 의기양양해 있었다. 그리고 우리는 어느덧 학

교를 마치고 나면 책가방을 옆구리에 끼고 영민이를 앞세워 휘파
람을 휘휘 불면서 무슨 재미있는 사건이 벌어지지 않나 어슬렁거
리며 거리를 쏘다니게 되었던 것이다.

'최초의 사건'이 일어난 것은 그즈음이었다.

우리가 타내는 용돈이라는 게 한정되어 있어서 꼭 필요한 경우
에는 시험지대니, 학급자치비니 적당한 거짓말 붙여대고는 했다.
하지만 그것도 매일 그럴 수는 없는 노릇이어서 아침마다 타는 용
돈에서 차비 빼고 식당에서 15원짜리 우동 사먹고 나면 10원짜리
두어 개 정도가 남을까 말까 했다. 그 용돈으로 충당하기에는 우리
에게는 할 일이 너무 많았다. 이를테면 하굣길에 여학생들이 많이
모이는 무궁화 케이크 집에 들러서 오가던 길에 더러 만나고는 하
던 여학생이 보이지 않을까 하는 기대로 최소한 빵 한 조각이라도
뜯어야 했고, 별로 할 일이 없을 때는 길가에 늘어서 있는 노점에서
땅콩이라도 사먹고 어묵도 두어 개 사먹을라치면 돈이 모자라서
친구들끼리 번갈아가며 케이크 집에 시계를 맡겨야 했던 것이다.
그런데 묘하게도 아주 적은 돈으로 시계를 맡기려면 뭔가 좀 아까
운 기분이 들어, 이왕 시계를 맡길 바에야 실컷 먹고 보자는 사고방
식 탓에 다음 날 한 사람이 얼마씩 가져오기로 하고 좀 무리를 하게
되었으니, 각자의 부담은 커져만 가고, 매일 아침 더 많은 용돈을

타내기 위해 어머니와 실랑이를 해야 했던 것이다. 그러자 누이가 눈을 끔뻑끔뻑하며 "내 다 알고 있어, 이 녀석아. 요새 매일같이 시험지 값이다, 수재의연금이다 야단인데, 너 그러면 못쓴다." 하고 깔깔대곤 했다.

그것도 한두 번이지 매일같이 하루하루 소비성 경향이 높아가는 우리의 호주머니 사정을 그런 것으로 충당할 수는 없었다. 더군다나 시계를 중국집에 맡기고 온 날, 하필이면 집에 있는 괘종시계가 고장 나서 시각을 알러 온 어머니에게 직통으로 들키고 말았는데, 그 이후로 늘 의심의 눈초리를 받고 있는 나로서는 아무리 언변이 좋다고 하나 매일매일 다른 핑계를 댈 수야 없는 노릇이었다.

그것은 비단 나 혼자만의 일이 아니었다. 당시 우리 친구 전체가 나처럼 불신임을 받고 있었다. 그리고 그날 '에이, 모르겠다'는 심정으로 우선 근처 케이크 집에 앉아 상대방들의 주머니 사정은 점쳐보지도 않고 무지막지하게 먹어대는 통에 드디어 사단이 나고만 것이었다.

나중에 계산을 하려고 계산서를 보니, 무려 1,000원하고도 530원이 더 나와 있었다. 우리는 각자 가지고 있는 돈에서 차비만 빼고 몽땅 털어놓기로 했는데 돈은 채 절반에도 미치지 못했다. 별 수 없이 그때까지 유일하게 남아 있던 문수의 만년필을 맡길 수밖에 없다는 결론에 이르렀다.

"그런데 만년필을 맡아줄까?"

문수는 고등학교 입학 기념으로 선물 받은 파커 21을 포켓에서 꺼내며 조심스럽게 영민이를 쳐다보았다.

"어디 보자."

영민이가 사마귀 가득한 손으로 문수의 만년필을 받아들었다.

"파커냐?"

"그래. 21이다."

문수가 자랑스럽게 대답했다.

"21이면 좀 곤란하다."

영민이가 시큰둥하게 대답했다.

"그래도 새 것이나 마찬가지다. 난 그걸 결석계 쓸 때밖에 쓰지 않았다."

"장사꾼 자식들은…….."

영민이는 카운터에 앉아 있는 노처녀같이 생긴 신경질적인 부인네를 쳐다보았다. "레테르(상표)를 중요히 여기는 법이다."

"누구 또 뭐 가지고 있냐? 뭐 맡길 만한 거 말이다."

"없다."

동혁이가 말했다. "있는 거라곤 교과서밖에 없다."

"제기랄."

영민이가 침을 뱉었다.

"어떡할까?"

문수가 불안하게 두리번거리면서 과연 무사히 이 케이크 집을 빠져나갈 수 있을지 걱정이라는 듯 영민이를 올려다보았다.

"별 수 없다."

영민이가 말했다. "도망가자."

"뭐라고?"

나는 비명 같은 소리를 질렀다.

"너 지금 뭐라고 했냐?"

철수가 물었다.

"도망가는 거다."

영민이가 이상스레 눈빛을 번득이면서 입구 쪽을 날쌔게 쳐다보았다.

"너희들 천천히 하나둘 나가라. 그리고 각자 헤어져서 보신각 앞에서 기다려라."

"그럴 수는 없다."

문수가 말을 받았다.

"나는 유아세례를 받은 처지다. 차라리 정정당당하게 주인에게 얘기하자."

"웃기지 마라."

영민이가 나지막하게 웃었다. "차라리 벽 보고 얘기하는 게 낫겠다. 잘 들어라. 절대로 우물쭈물해서는 안 된다. 태연하게 나가라. 절대로 우물쭈물해서는 안 된다. 태연하게 얘기를 나누면서 나가라."

"들키면 어떻게 하냐?"

"내가 있잖아. 내가 값을 치를 거라고 해라."

"난 그럴 수 없다."

나는 강경하게 반대했다. "너 혼자만 희생시킬 수는 없다."

"그래."

동혁이도 감격적인 목소리로 말했다. "머저리 클럽끼리 누가 먼저고 나중이고 그럴 순 없다."

"그렇다면……."

영민이가 좀 비웃으면서 동혁이를 쳐다보았다. "어쩔 셈이냐? 묘안이라도 있어? 빨리 나가라. 우물쭈물해선 안 된다. 조금 있으면 모두들 나갈 시간이다. 손님이 없으면 주목 받기 딱 좋다. 뒷걱정은 마라."

"고맙다. 나가자. 빨리빨리 행동을 개시하자."

철수가 책가방을 들고 일어서면서 말했다. 우리는 모두 주춤주춤 일어섰다.

"빨리 나가라."

영민이는 우리에게 얼굴을 돌리지 않고 등만 보인 채 싸늘하게 말했다. 우리는 천천히 카운터 쪽으로 걸었다. 유난히 피가 얼굴로 모여 화끈거리고 있었다. 온몸에 따가운 시선들이 사방에서 부딪쳐오는 것 같았다. 나는 뜨거운 침을 삼켰다. 카운터 앞엔 큰 유리가 있었는데 그 유리에 비굴한 모습의 우리가 투영되었다. 나는 그

거울에서 될 수 있는 한 내 모습을 쳐다보지 않으려고 했다. 마침 카운터 앞엔 여학생 두 명이서 계산을 하고 있었다. 차가운 콘크리트 바닥을 걸어 나가는 우리의 발자국 소리가 유난히 크게 들렸다. 온몸에서 불끈 땀이 솟고, 뜨거운 단내가 나기 시작했다.

우리는 꿈결과 같은 무아지경 속에서 거리로 나왔다. 말하자면 들키지 않고 용의주도하게 빠져나온 셈이었다. 거리엔 수많은 차들이 오가고 있었고, 우리의 땀이 솟은 얼굴 위로 서늘한 바람이 불어왔다.

"뛰어라."

동혁이가 얘기했다.

"뛰다니?"

나는 약간 분개해서 동혁이에게 덤벼들었다. "우리가 왜 뛰냐?"

"뛰라고 했다, 영민이가."

동혁이가 내 눈을 피하며 목소리를 낮추었다.

"필요 없다."

나는 소리 질렀다. "그냥 걸어가기로 하자. 죄를 진 죄수처럼 땅만 쳐다보면서."

무슨 축제날인지, 거리엔 꽃전차가 달리고 술 취한 사람들이 노래를 부르면서 지나가고 있었다. 하지만 그런 것들에 한눈팔지 않고 우리는 보신각 쪽으로만 걷고 있었다. 영민이가 왜 보신각에서 집합하자고 했는지는 알 수 없었다. 아마도 그 순간, 녀석은 연말에

서울 시장이 제야의 종을 치던 광경을 떠올렸을지도 모른다.

　보신각 앞은 어두웠다. 우리는 보신각 앞 철책에 앉아서 영민이가 무사히 도망쳐 나오기를 기다리고 있었다. 나는 우울하게 휘파람을 날렸다. 그러자 하나둘 내 휘파람 소리에 맞추어 휘파람을 날리기 시작했다.

　Take this chains from my heart and set me free.
　내 마음에서 속박을 벗겨주세요.
　그래서 나를 자유롭게 해주세요.

　나는 그때 누군가 내 옆으로 다가오는 것을 보았다. 문수였다. 그는 말없이 내 손을 쥐었는데 그의 손은 뜨겁고 축축했다.
　"우리는 죄를 졌다."
　문수가 숨 가쁜 목소리를 냈다. "우리는 죄인이다."
　나는 잠자코 휘익휘익 휘파람만 날렸다. 모두들 잠자코 휘파람만 날리고 있었다.

　Take this chains from my eyes and let me see.
　내 손에서 쇠사슬을 벗겨주세요.
　그리고 내 눈을 뜨게 해주세요.

우리는 참으로 오랫동안 기다렸다. 초조하고 짜릿짜릿한 비애 속에서 우리의 영민 군을 참으로 오랫동안 기다렸다. 그러나 영민이는 나타나지 않았다. 그래도 우리는 기다렸다. 그러면서도 우리는 영민이라면 무사히 빠져나와 빙글빙글 웃어대면서 와줄 것이라는 것을 알고 있었다.

영민이가 나타난 것은 한참 뒤였다. 그 녀석은 거의 파장이 되어가는 쓸쓸한 거리의 무법자처럼 우울한 모습으로 몸을 들이대었다. 우리는 미친 말처럼 날뛰며 휘파람을 불고 만세를 부르면서, 침을 타악타악 뱉어가면서, 환호성을 질러가면서 영민이를 맞았다.

"무사했냐?"

철수가 일등으로 들어온 마라톤 선수를 맞을 때 같은 감격적인 소리를 냈다.

"혼났다."

영민이가 대답했다. "그 여편네 눈을 피하기가 힘들었다. 당분간은 그 빵집에 못 가게 되었다. 제기랄."

이 사건이 있은 후 우리는 걸핏하면 도망치는 것에 익숙해졌다. 우리는 점점 배짱이 커져서 중국집 2층에서 잔뜩 먹은 후 하나둘 2층 창문 홈통을 잡고 곡마단의 서커스를 실연해보면서 도망치기도 했다.

그러나 그날은 더럽게도 재수가 없는 날이었다. 학교 근처 메밀국수집에서 각자 배부르게 먹고 동시에 도망치기 시작했는데, 웬 건장한 사내가 한 명 따라 나오더니 동서남북으로 흩어지는 우리의 뒤를 쫓기 시작했던 것이다.

나는 차가 질주하는 찻길을 건너서 아무도 내 뒤에 따라붙지 않은 것을 확인하고는 근처의 책방에 들러 〈학원〉을 뒤적이면서 창밖의 동정을 살폈다. 그런데 문수가 거리에 주차되어 있는 차 사이로 빠져 도망가고, 그 뒤로 메밀국수집 사내가 바짝 따라붙고 있는 것이 보였다.

참으로 아슬아슬한 뜀박질이었다. 원래 우리 머저리 클럽에서 운동신경이 제일 둔한 것이 문수였는데, 하필이면 문수의 뒤를 따르고 있는 사내의 발이 굉장히 재빨라서 결국 문수는 붙잡히고 말았다.

"이 도둑놈들아!"

사내가 소리를 지르면서 문수를 몇 대 쥐어박았다. 그러자 거리를 오가던 사람들이 아주 재미있는 구경거리가 있다는 듯 금세 모여들어 사내가 문수를 때리고 있는 것을 지켜보았는데 사내는 사람이 모이자 더욱 기운이 났는지 고래고래 소리를 지르고 있었다.

"아, 요새 녀석들은 맹랑하기 짝이 없어. 잔뜩 먹고 도망치잖아요. 이 새끼야, 벌써부터 그런 심보를 가지면 어떡할 셈이냐!"

국수쟁이는 아주 간첩을 잡은 애국자처럼 흥분해 있었다.

"보아하니 좋은 학교 학생 같은데, 쯧쯧."

구경하던 한 사람이 제법 도통한 목소리를 냈다.

"네 친구들을 불러와!"

사내는 문수의 모자와 명찰을 뜯더니 소리를 빽빽 질렀다. "아마 멀리 도망가진 못했을 거다. 이 근처에 숨어서 지금 붙잡힌 너를 보고 있을 거다."

"아닙니다."

문수는 허덕거렸다. "난 그 애들하고는 모릅니다."

"뭐라고?"

다시 사내의 건장한 손이 문수의 턱을 두어 번 때렸다. 그때였다. 길 건너편 약방 쪽에서 재빠르게 누군가 튀어 나왔다. 동혁이였다. 그는 재빠르게 사내 앞으로 다가서더니 덤벼들었다.

"돈 주면 될 것 아니오. 때리긴 왜 때리쇼!"

"뭐라고? 잘들 논다. 오히려 큰소리야? 옳지, 너도 한패로군. 맛 좀 봐라, 이 자식아!"

사내가 이번에는 동혁이를 때리려 했다. 순간 동혁이의 운동으로 단련된 몸이 솟구치더니 사내의 얼굴을 들이받고 말았다.

"어어, 이 녀석 봐라."

사람들이 하나둘 모여들었고, 거리는 아수라장이 되었다.

"어어? 동순아! 철수야! 영민아! 다 나와라!"

동혁이가 분노에 차서 소리를 질렀다. 그러자 길 건너편 다방

입구에서 철수가 어슬렁거리며 걸어 나왔고, 나는 잠시 나갈 것인가 말 것인가를 생각하다가 나가기로 했다. 그러나 영민이는 나오지 않았다. 사람들은 좌우에서 비참한 꼴로 나오는 우리를 보고 웃었다.

"저 자식은 깡패로군."

술 취한 대학생 둘이서 나를 보고 웃었다.

"자아식들, 우리가 학교 다닐 때하곤 달라. 건방진 자식들."

다른 한 사내가 빈정거렸다.

영민이를 제외한 우리 다섯 명은 메밀국수집으로 끌려갔다.

"너희 같은 놈들은……."

사내가 으름장을 놓았다. "돈을 받는 것보다는 학교에 연락하겠다. 너희들 이름표는 내일 학교 생활지도부 선생에게 넘겨주겠다. 나쁜 새끼들. 빨리 가!"

"봐주십시오."

문수가 깨진 안경을 주워 들면서 하소연했다. "한 번만 용서해 주십시오."

"안 돼."

사내는 악당 같은 단정을 내렸다. "빨리 나가. 나가지 않으면 너희 놈들을 모두 경찰에 넘기겠다."

"여보슈, 형."

동혁이가 나섰다. "형은 우리 같은 동생들 없어요? 잘 좀 봐주세요."

"뭐, 형이라고? 야야, 내가 왜 너희 같은 도둑놈의 형이야? 야 인마, 집어치워. 난 너희 같은 도둑질하는 동생을 둔 적이 없어."

"여보슈. 그럼 아버님. 너무 그렇게 방방 뜨지 마슈. 말끝마다 도둑놈 도둑놈 하는데, 너무 그러지 마슈. 야야, 치사하다 치사해. 나가자, 쌩! 나가자."

동혁이가 소리를 질렀다. 이렇게 해서 우리는 거리로 나왔다.

악몽과 같은 밤이었다. 쓰라리고 분하고 더럽고 치사하고 아니 꼽고 매스꺼운 밤이었다. 우리는 누군가 시비라도 걸어주지 않을까 하는 기분으로 눈빛을 부라리면서 거리를 쏘다녔다. 영민이는 그날 밤 어디로 숨었는지 나타나질 않았다.

"우리는 정학을 맞을 거야."

문수가 안경을 쓰지 않은 타인과 같은 얼굴로 약간 눈물을 흘리고 있었다. "미안하다. 내가 잡히지만 않았어도……."

동혁이가 자포자기한 심정을 숨기고 과장된 목소리를 냈다.

"까짓 일주일 정학, 맞아주자. 드럽다, 드러워."

갑자기 동혁이가 휘파람을 불기 시작했다.

내 마음에서 사슬을 떼어주세요.

그리고 나를 자유롭게 해주세요.

너는 점차 차갑게 되어가네.

더 이상 나를 돌봐주지 않네.

너에 대한 내 사랑은 식어갔지만

가슴의 상처는 아직도 남아 있구나.

다음 날 우리는 첫째 시간부터 생활지도부실로 끌려갔다. '마귀'라는 별명이 붙은 유도 5단의 생활지도부 주임선생은 우리 앞에 나란히 다섯 개의 이름표를 내보였다. 그것은 마치 계급장같이 보였다.

"너희는 비열하고 치사한 놈들이다."

선생은 첫마디를 굵은 바리톤 목소리로 시작했다. "오늘 아침 메밀국수집에서 연락을 받았다. 너흰 얌전한 놈들인 줄 알았는데 이게 무슨 짓이냐?"

"잘못했습니다."

"용서를 하는 것에도 정도가 있는 것이다. 이건 용서될 수 없는 일이다. 제군들은 학교의 명예를 더럽혔다."

"잘못했습니다."

문수가 대답했다.

"넌 너희 아버님을 생각해서라도 그럴 수는 없다. 너무나 더러운 사건이라서 나도 할 말이 없다."

"잘못했습니다."

영구가 대답했다.

"듣기 싫다. 너희들은 용서될 수 없다. 너희들은 퇴학감이다. 설사 딴 학교 애들과 싸움을 했다면 또 모른다. 하지만 이것은 도둑질과 마찬가지다. 나라를 팔아먹은 이완용과 똑같은 놈들이다."

"잘못했습니다."

동혁이가 대답했다.

"다들 수업할 생각은 말아라. 지금 시간이 9시 5분이니까 집에 가서 12시까지 부모님들을 모시고 와라."

생활지도부실에선 웬일인지 땀 냄새 같은 것이 나는 법이다. 나는 알고 있다. 생활지도부실 캐비닛에는 소위 '어머니의 사랑'이라는 잘 길든 나무 배트와 우리 머리를 자르기 위한 가위와 그리고 각자의 비위 사실을 기록한 조서철이 있음을 알고 있다. 그리고 또 우리는 알고 있다. 여기는 변명이 통하지 않는 곳임을. 우리는 모두 밖으로 나왔다.

"어떻게 됐냐?"

영민이가 웃으면서 우리에게 다가왔다.

"부모님 모시고 오란다."

문수가 힘없이 대답했다.

"제기랄! 마치 도둑놈 취급을 하는구나. 넌 어쩔래?"

영민이가 나를 돌아다보았다.

"어머니 모시고 오련다."

"그럼 잘들 해봐라."

마침 수업 시간 시작종이 울리자 녀석은 쿵쾅거리면서 복도를 뛰어갔다. 같은 반 아이들이 변소와 운동장에서 뛰어오다 우리 다섯 명을 보더니 반은 호기심으로, 반은 경멸로 "어떻게 됐니?" 하고 물었다.

　"아는 체하지 마라. 내가 너희들 친구냐?"

　동혁이가 한 대 때릴 듯이 언성을 높였다.

　우리 다섯 명은 운동장으로 나왔다. 운동장엔 아무도 없었고 쨍쨍한 가을 햇볕만 가득했다. 수업을 하고 있는 급우들이 우리를 내다보았다.

　"이 새끼들, 감자나 먹어라!"

　갑자기 동혁이가 그들에게 주먹으로 서너 번 감자를 띄워 보냈다. 하지만 그랬다손 치더라도 우리는 외롭고 쓸쓸해서 자칫하면 눈물이 나올 것 같았다. 운동장에는 눈부신 가을 태양이 빛나고 있었는데 그 운동장 구석에는 중학교 아이들이 턱걸이를 하고 있었다. 우리는 잠시 우두커니 서서 중학교 시절로 돌아가고 싶은 듯이 멍하니 턱걸이하는 꼬마들을 내려다보았다.

　"가자."

　철수가 침을 뱉으면서 말했다. 우리는 느릿느릿 무리를 이루어 사는 열대지방 동물처럼 학교를 나가기 시작했다.

　"뭐냐?"

　수위가 잠을 자고 있다 뛰어나왔다. "어딜 가냐?"

"조퇴합니다."

동혁이가 낄낄 웃었다.

"어디가 아프냐?"

"아닙니다."

동혁이는 수위에게 윙크를 하듯 한쪽 눈을 찡긋거렸다. "아프지도 않고, 집에 무슨 사정도 없는데 조퇴하랍니다."

"누가?"

"생활지도부에섭니다."

"아아, 알겠다. 너희들이 바로 그 메밀국수 먹고 도망친 녀석들이로구나."

수위가 삐걱거리는 철문을 열어주었다.

우리는 잠시 교문을 나서며 학교를 올려다보았다. 얼마나 엄청나게 외롭고 고독했고, 그러면서도 두려웠든지 우리가 거리로 나온 후 문을 닫는 수위의 철거덕거리는 소리가 마치 우리의 목을 조이는 소리 같았다.

우리는 헤어졌다. 나는 천천히 집을 향해 걸으면서 약방에 들러 새코널을 스무 알쯤 사다가 먹을까 하는 궁리를 하고 있었다. 그러면 내 시체 앞에 둘러 모여 모두들 울고 있을 것이다. 그래도 제일 착한 아들이었는데, 어머니는 우시며 내 시체 앞에서 그렇게 얘기하실 것이다. 아주 좋은 동생이었어요, 누이는 이렇게 날 칭찬해줄 것이다.

치사하다, 치사해.

그러자 수면제를 스무 알쯤 먹고 죽은 내 시체가 눈앞에 보이는 것 같아서 눈물이 나올 것만 같았다.

집까지의 길이 아주 멀었으면, 부산만큼이나 멀었으면 좋겠다고 생각했지만 집은 점점 가까워지고 있었다. 흑판에 쓴 수학 방정식처럼 지우개로 지울 수는 없을까. 내 어릴 때 아끼고 아끼던 흔들거리던 앞니가 빠진 뒤처럼 새로운 이가 솟아나지는 않을까.

나는 힘없이 걸으면서 차라리 집에 아무도 없기를 기대했다. 동면하는 개구리처럼 2층 내 방에 누워 두터운 솜이불을 뒤집어쓰고 길고 축축한 낮잠을 몇 년이고 자버리고 싶을 정도였다. 그러나 어머니는 집 정원에서 김장배추를 씻고 계셨다.

"웬일이니?"

어머니는 눈이 동그래지시더니 나를 쳐다보셨다. "어디 아프냐? 안색이 좋지 않구나."

"아니야."

나는 순간 참고 있었던 눈물을 흘리기 시작했다. "학교에서 어머님 좀 오래."

"뭐라고? 아니 왜?"

"제가 일을 저질렀어요."

"일을 저질렀다니?"

정원의 맨드라미 위로 고추잠자리가 맴을 돌고 있었는데 눈물에 젖은 내 눈엔 마치 핏줄처럼 붉게 보였다.

"답답하다. 빨리빨리 얘기를 하렴."

"어머니, 난 아무것도 하지 않았어요. 어머니, 난 정말이에요. 손도 하나 까딱하지 않았어요. 그런데도 선생님들이, 사람들이 나를 도둑놈이래요."

"뭐라고?"

어머니는 수도에 끼웠던 호스를 떨어뜨리면서 휘청거렸다.

어머니는 한복 차림을 하셨다. 나는 어머니 뒤에 서서 죄를 짓고 끌려가는 죄수처럼 천천히 따라갔다. 거리는 이런 일만 아니라면 아주 멋지게 상기해 있었다.

제기랄. 정말 이런 일만 벌어지지 않았다면 아주 멋진 날이었을 것이다.

첫사랑

우리 머저리 클럽은 그 일로 해서 열흘간 정학을 맞았다.

정학 중의 어느 날 아침 동혁이에게서 전화가 왔다. 자기는 엿새간 캠핑을 가겠다고 하면서 나도 가지 않겠느냐고 물었다. 내가 갈 수 없다고 하자 그럼 류색과 버너를 빌려달라고 부탁했다. 그래서 나는 빈 류색을 메고 동혁이네 집으로 가는 버스를 탔다.

그날은 마침 토요일이어서 벌써부터 버스는 만원이었다. 정학 맞은 후 요일 계산을 안 했던 터라 가볍게 불평을 하면서 만원 버스에서 이리저리 시달리고 있는 참인데 누군가 말없이 내 빈 류색을 받아주었다.

"고맙습니다."

인사하고 바라보니, 웬 여학생이었다. 그런데 그 여학생을 바라보는 순간 나는 가슴이 철렁 내려앉는 것 같았다. 바로 그 여자, 내가 밤마다 상상하던 여자가 바로 현실이 되어 그곳에 앉아 있었다. 티 없이 맑은 얼굴로 차창에 스쳐 지나가는 거리를 물끄러미 바라보는 서글서글한 눈매하며 오똑하게 높은 콧날, 스커트 밑으로 유난히 도드라지는 흰 양말의 악센트……. 나는 숨이 가빠지기 시작했다. 웬일인지 눈물이 솟는 것 같은 착각까지 들었다. 그리고 그 여학생이 내 내부로 스며들고 그 여인이 나를 괴롭게 만들 것이라는 즐거운 예감을 느끼고 말았다.

버스는 수유리 쪽으로 달렸다. 종점에 가까워질수록 버스는 텅텅 비기 시작했다. 나는 동혁이네 집으로 가는 정류장에서 내릴 것인가 아니면 그냥 이 여학생이 가는 방향으로 따라갈 것인가 생각했다. 이윽고 나는 동혁이네 집에 가지 않아도 될 것 같은 생각을 했고, 그러자 마음이 아주 가벼워졌다. 신이 주신 이 최초의 연인을 위해서라면 동혁이도 나를 용서해줄 것이다, 라고 생각했다.

여학생은 종점 못 미쳐서야 고개를 돌리며 나를 보더니 내게 말없이 류색을 내밀었다.

"고맙습니다."

나는 떨리는 목소리로 대답하고 류색을 받았다. 다음 정류장에 버스가 서자 나도 따라 내리고 말았다.

수유리 교외의 가을 햇살은 투명하고 맑았다. 송림 사이로 흐르는 물줄기는 햇볕에 반짝거리고 있었다. 꽃을 인 아낙네들이 거리를 오가고 있었고, 가을 하늘엔 구름 한 점 없었다. 여학생은 뒤도 돌아보지 않고 앞만 바라보며 걷고 있었다. 그 무거운 책가방을 들고서도 하나도 기우뚱거리지 않았다.

나는 서서히 그 여학생의 뒤를 밟고 걷기 시작했다. 나는 가벼운 마음으로 휘파람이라도 불고 싶은 충동을 느꼈다. 빈 류색이나마 등에 메기로 했다. 소녀는 미장원을 끼고 옆길로 들더니 주택가로 가고 있었다. 신흥 주택들이 누워 있는 동리 어귀엔 많은 조무래기들이 아우성을 치면서 공받기 놀이를 하고 있었다.

"공 좀 집어 주세요!"

한 소년이 캐치볼을 하다가 공을 놓치자 뒤쪽에서 걸어오는 내게 요구를 했다. 나는 엉거주춤 토끼처럼 달려오는 공을 집어 캐치글러브를 만세나 하듯 들고 서 있는 소년에게 던졌다. 그 통에 나와 소녀의 거리는 좀 멀어졌다. 나는 걸음을 빨리했다.

차라리 이럴 바엔 걸어가서 말 좀 붙여 볼까. 저, 실례합니다. 말을 붙이자. 저, 아까 버스에서 댁이 제 물건을 받아주는 것이 고마워서 인사를 할까 해서 뒤따라 온 것입니다. 결코 절 불한당이라고는 생각지 말아 주십시오, 하고 말을 붙여볼까. 안 돼. 그건 너무 통속적이다. 그렇다면 뭐라고 말을 붙여야 할까.

여학생은 이윽고 어느 큰 집 앞에 섰다. 그리고 초인종을 눌렀다. 나는 태양이 달아오르는 빈 공터에 서서 우두커니 그 여학생을 바라보고 있었다. 그때 나는, 그 여학생이 뒤를 돌아본 것을 기억한다. 그 여학생은 문이 열리자 안으로 들어서며 나를 돌아보았다. 그냥 우연히 돌아본 시선이 아니었다. 적어도 나는 그렇게 확신한다. 그 여학생이 나를 돌아본 그 짧은 순간, 나는 그녀가 내가 뒤를 쫓아온 것을 진즉부터 알고 있었다는 것을 알아차렸다. 그것은 일종의 육감과 같은 것이었다. 아아, 자기를 쫓아오는 것을 알면서도 그녀는 모른 체 내버려두었다. 가슴이 뛰기 시작했다. 나는 몇 분 동안이나 그 여학생이 사라진 철문을 노려보면서 가쁜 숨을 몰아쉬고 있었다. 그리고 좀 후에는 그 집의 문패를 보았다.

김종근.

문패에 그렇게 씌어 있었다. 나는 주소를 적고, 그 집에서 떨어져 다시 온 길을 되돌아가 동혁이네 집으로 가는 버스를 탔다.

그날 저녁, 나는 묘한 기분에 잠겨 있었다. 창문을 열고 어둠이 다가온 거리를 내다보았다. 거리엔 한낮의 잔영과 또 한편의 어둠 같은 것이 혼합되어 있었고, 날씨는 꽤 음산한 기운까지 띠고 있었다.

나는 아주 오랫동안 그렇게 앉아 있었다. 저녁 한기가 스며들어도 꼼짝하지 않고 방 안의 불을 끈 채 저녁 생각도 잊고 앉아 있었다. 모든 생각이 생소해지고 새로워지기 시작했다. 이 저녁은 어제의 저녁이 아니다. 나는 그렇게 생각했다. 이제 나에겐 스위치를 누르면 불이 켜지는 갓스탠드의 은밀한 불빛도 예사 불빛이 아니다. 이제 내게는 바람에 흔들리는 나뭇가지 하나도 예사 나뭇가지

가 아니다. 지금 이 무사무사(無事無事)의 순간, 저 옆집에서 혀를 빼
물고 짖는 개소리도 예사소리가 아닌 것이다. 어린아이의 울음소
리, 속삼임, 가려움, 세탁비누, 재떨이, 학교 거리에 흩어진 많은 담
배꽁초 같은 것도 예사 것이 아니다. 비온 뒤, 나뭇잎의 색깔이 순
간 밝은 색조를 띠고 밝아오는 것처럼 이 모든 사물은 새롭게 새롭
게 날카롭고 명료한 의식을 가지고 내게 달려드는 것이다.

아아, 신기하다.

어릴 때 꽃신을 받쳐 들고 낙숫물을 받아들던 다섯 살 때의 기
억처럼 나는 자그마한 꽃우산을 펴고 이 화환처럼 황홀한 나의 우
주 속으로 뛰어 들어가야 하는가. 나는 갑자기 오랜 암흑 속에서 눈
을 뜬 사내처럼 신기하다. 햇빛은 나의 눈을 찌르고 나는 황홀하
다. 분해 소제한 시계 뒷면처럼 나의 의식은 청신하다.

나는 전화번호부를 뒤져 '김종근'이란 이름을 찾았다. 전화번
호부엔 김종근이란 이름이 세 개나 있었다. 나는 그중에서 수유리
라고 쓰인 전화번호를 발견했다. 나는 떨리는 손으로 전화 다이얼
을 돌렸다. 전화는 두어 번 돌렸을 때야 신호가 떨어졌다. 나는 뜨
거운 침을 삼키며 전화의 벨 소리를 세고 있었다.

하나, 둘, 셋.

그러자 전화가 떨어졌다.

"누구세요?"

맑은 여자의 목소리였다.

"누구세요?"

"……."

나는 그 맑은 목소리가 바로 그 아름다운 소녀의 목소리임을 확신했다.

"누구세요?"

나는 말없이 수화기를 놓았다.

그날 밤 나는 편지를 썼다.

'미지의 여인에게'

서두를 그렇게 썼다가 찢었다.

'미지의 소녀에게'

그렇게 썼다가도 찢었다.

'낯모르는 소녀에게'

그렇게 썼다가도 이내 찢었다.

'미지의 아가씨에게'

그렇게 서두를 시작했다.

　미지의 아가씨에게

　우선 아가씨를 잘 모르는 사람이 편지를 쓰는 것을 용서해주시길 바랍니다.

하지만 저는 그저 거리의 흔히 있는 악의에 찬 편지를 띄워 보내는 그런 사내가 아닙니다. 그렇다고 주간지나 잡지책 뒤 펜팔 난에서 주소나 알아가지고 편지를 띄우는 것도 아닙니다.

나는 아가씨를 잘 알고 있습니다, 미지의 아가씨.

오늘 낮에 나는 아가씨를 처음 만났습니다. 버스 속에서 말입니다. 아가씨는 내 짐을 받아주셨습니다. 아가씨와 내가 시선을 교환한 것이란 것은 오직 그때뿐입니다. 그러면서도 나는 편지를 쓰고 있습니다.

하지만 아가씨. 그 버스에서 아가씨를 만난 것이 처음이라 할 수 있겠지만 그것도 결코 저에게는 처음이 아닙니다. 나는 늘 아가씨를 만나고 있었습니다. 사나운 거리에서 돌아와 어두운 내 방에 틀어박혀 있으면 내가 키우는 내 가슴속의 소녀상은 점점 확실히 자라고 그 형체가 분명해져 드디어는 내 내부에서 내 자양분을 빨고 사는 내 과목(果木)이 되었던 것입니다. 내가 언제나 어디서나 나쁜 짓을 할 때마다 내 가슴속의 그 소녀는 내게 항상 그래서는 안 된다고 타이르고 있었습니다.

나는 내 가슴속의 소녀를 오늘 보았습니다. 그것은 바로 아가씨였습니다.

아가씨.

제 말을 그냥 단순히 웃어넘기시지는 말아주시길 바랍니다. 그리고 사귀고 싶습니다. 같이 공부하고 교회에도 나가고 그림도 그리고 싶습니다. 우리는 어립니다. 흔히들 그렇게 말을 하고 있습니다. 하지만 나는 내가 하고 싶은 것, 해야 될 것, 꼭 해야만 하는 것에 대해서는 냉철하게 판단할 수 있습니다. 나는 아가씨를 알고 싶습니다. 이름도 알고, 무엇을 좋아하는지도 알고 싶습니다.

아가씨, 제가 우등생이 되라고 요구한다면 곧 우등생이 될 것입니다. 아가씨가 내게 수업이 끝나면 곧 집에 들어가라고 요구하시면 꼭 그렇게 할 것 같은 생각이 듭니다.

오늘 나는 댁의 집에 전화를 걸었습니다. 전화를 걸자 아가씨의 목소리가 나왔습니다. 누구세요, 하고 아가씨는 맑은 목소리로 제게 세 번씩이나 물었습니다. 그러나 나는 대답하지 않았습니다.

미지의 아가씨.

《죄와 벌》의 소녀를 좋아하십니까? 나는 그 여자를 좋아하고 있습니다. 여자들은 《바람과 함께 사라지다》의 레트 버틀러 같은 남성상을 좋아한다는 것을 알고 있습니다. 하지만 그것은 단순한 소설의 주인공이 아니겠습니까. 나는 차라리 여인들이 좋아할 남자라면 레트 버틀러보다는 애슐리가 좋을 것 같습니다. 제 말에 동의하세요?

너무 쓸데없는 얘기만 했습니다. 초면에 너무 제 얘기만 한 것 같습니다. 앞으로 편지를 자주 쓰겠습니다. 할 얘기가 생각나면 언제든지 편지를 쓰겠습니다.

그럼 안녕히 주무십시오.

미지의 소년으로부터

나는 흥분해서 편지를 끝마쳤다. 그리고 다시 한 번 읽어보았다. 그러자 내가 거짓말을 잔뜩 써놓은 것 같은 슬픔을 느꼈다. 그래서 나는 찢어버릴까 생각했다. 하지만 나는 편지를 부쳐야 한다고 결심했다. 당장 우표를 사고 봉투에 넣어야 한다고 생각했다. 내일 아침이면 나는 편지를 찢어버릴 것이다. 심한 부끄러움을 느끼면서. 사과 껍질을 깎으면 다음날 아침에 변색하듯이.

나는 거리로 나왔다. 철 이른 크리스마스 캐럴이 거리에 넘쳐흐르고 있었다. 나는 가까운 문방구에서 봉투를 사고, 겉봉투에 주소를 썼다. 이름은 쓰지 않았다. 그러나 이 편지는 그녀의 집에서 반송될지도 모른다. 나는 우울해졌다. 그래서 우선 우체통에 넣는 것은 보류하고 좀 더 생각해보자며 걷기 시작했다.

거리는 추웠다. 슬리퍼 바람으로 걷기엔 을씨년스러웠다. 생각해보자. 생각해보자. 나는 생각을 집중시키려고 애를 썼다.

나는 아주 낯선 거리에 서 있었다. 그곳엔 다리가 놓여 있었다. 나는 그 다리 위에 서서 어둠 속에 흘러가고 있는 물을 물끄러미 바라보았다. 다리 위에서 바라보는 하천 바닥은 어두워서 잘 보이지 않았지만, 나는 그곳에서 때 묻고 초라한 내 그림자를 보았다. 나는 울기 시작했다. 처음엔 조금씩 조금씩 눈물이 흘러내렸으나 나중엔 막 터져 흘렀다. 나는 눈물이 번진 얼굴을 차가운 돌벽에 기대고 숨을 죽이며 울었다. 열일곱이라는 나이에 걸맞지 않게 무언가가 틀어지고 있는 것은 아닐까, 열일곱 살 나이에 어울리지 않게 하루아침에 늙어버린 게 아닐까, 하는 비애를 느꼈다. 나는 편지를 꺼냈다. 편지 봉투 속에서 알맹이를 꺼내 찢기 시작했다. 그리고 그것을 어둠이 흐르는 다리 밑으로 뿌렸다. 종이 쪼가리들은 나비처럼 팔랑이며 어둠 속으로 흩어졌다.

그 날 이후 나는 달라졌다. 꿈을 꾸면 그 여학생만 나타났다. 꿈속에서 그녀의 얼굴은 어찌나 희고 고운지 눈을 똑바로 뜨고 바라볼 수가 없었다. 나는 그녀의 무릎 밑에 꿇어앉아 있었다. 늘 그런 꿈이었다. 늘 그런 식의 꿈만 꾸었다.

친구 녀석들은 내가 개똥철학자 냄새를 피운다고 놀렸다. 이미 정학도 풀렸기에 친구들은 다시 원기를 찾아 빵집에도 가고 여학생도 놀리던 그런 옛 생활로 돌아가 있었지만 나는 무겁게 가라앉아 있었다.

"야야, 너무 냄새피우지 마라."

동혁이가 빈정거렸다. "정학 동안에 금강산 들어가서 도를 닦았나."

영민이도 한 마디 했다.

"저 자식, 요새 좀 이상하다."

그 무렵 영민이는 우습게도 코 밑에 솜털이 나고 있었는데 그것을 자꾸 밀었더니 좀 후엔 제법 뻣뻣한 수염자리가 잡혀가고 있는 터여서 언제나 녀석은 그것을 깎지 않고 카스트로만큼 자라주었으면 기원하고 있었다.

"저 자식, 요새 연애 거는갑다."

"뭐라고?"

문수가 놀라서 말했다. "동순이가 연애를 한다고? 정말 그러니, 동순아?"

"그래."

나는 웃지 않고 대답했다. "정말 연애 걸구 있어."

"망할 것. 야야, 누구 왕년에 연애 안 걸어본 자식 있는 줄 아니?"

동혁이가 퉤퉤 침을 뱉으면서 한 마디 했다.

"어이, 철학자 나리. 연애 걸더라도 여자를 뭐 공주님 모시듯이 하면 안 된다. 《독일인의 사랑》이란 책을 보면 이런 구절이 나오지. 사랑하는 여자를 너무 높이 보면 비극이 옵니다. 알겠어?"

영민이가 낄낄거리며 말을 했다. "여자도 우리하고 다른 게 없

어. 그저 예쁜 여자 보고 마음이 내키거들랑 변소에 앉은 변비증 환
자를 생각하면 된다. 힘을 줘서 이마에 핏줄이 곤두선 여자를 생각
해봐라. 하핫, 하핫하!"

"집어치워!"

나는 분노가 치밀어서 한 마디 했다. "한 마디만 더 하면 가만
안 둔다."

"알겠습니다, 도련님."

영민이가 여전히 낄낄거렸다. "이제 저는 얌전히 가만있겠습니
다."

그리고는 주머니를 뒤져 담배꽁초를 꺼내 불을 붙였다. 우리는
멍하니 영민이가 담배 피우는 모습을 바라보았다.

그날 밤 친구들과 헤어질 때 나는 영민이를 불렀다. 그리고 영
민이를 데리고 근처 케이크 집으로 다시 들어갔다. 나는 영민이에
게 할 말이 있다고 했다. 그러자 그는 그럴 줄 알았다, 그럴 줄 알았
어, 하고는 낄낄거렸다.

나는 영민이에게 모든 사실을 고백했다. 영민이는 매우 진지
하게 얘기를 들어주었다. 그는 담임선생님보다도 더 위엄 있어 보
였다.

"알았어."

영민이는 얘기를 다 듣자마자 대답했다. "무슨 얘긴 줄 알겠
다."

그는 잠시 엽차를 들이켜면서 곰곰이 생각하는 눈치였다.

"가자."

이윽고 영민이가 말했다.

"뭐라고?"

"가자."

"가다니. 어디로?"

"그 여자네 집으로 가자. 집을 기억하고 있겠지?"

"그래."

나는 기가 죽어서 대답했다. "기억하고 있어."

"그럼 가자. 잠깐 가기 전에 우선 그 여학생에게 전화를 걸자."

"전화를 걸자고? 그 여자애 이름도 모르는데?"

"알 수 있지."

그는 웃었다. 그 순간 나는 내 인생을 송두리째 그 녀석에게 맡겨버리고 싶었다. 영민이는 카운터에 가서 동전을 바꿔왔다. 그는 공중전화기 속에 동전을 집어넣었다. 나는 사마귀가 가득한 그의 손이 다이얼을 정확히 돌리는 것을 꿈결처럼 보고 있었다.

"아, 여보세요."

그는 내게 한쪽 눈을 찡긋하면서 정답게 말을 했다. "거기 수유 리죠? 아, 예. 밤늦게 죄송하지만 댁의 따님 좀 바꿔 주십시오. 예, 여긴 저 학교입니다. 학교 관계로 뭐 물어볼 게 있어서 그렇습니다. 예, 아직 안 들어 왔다구요……. 그럼……. 아, 네, 알겠습니다.

저녁 땐 도서관에 나간다구요. 예, 정독도서관요? 알겠습니다. 예, 전화 건 것은 다름이 아니라 방과 후에 학생을 지도하는 사람으로 우선 전화 있는 사람만 불시 체크하고 있습니다. 요새 세상이 세상이니만큼 어머님, 저, 어머님이라고 그러셨죠? 어머님께서는 따님을 더 철저하게 교육시켜야 할 겁니다. 아, 예. 물론 아주 건전한 학생이긴 합니다. 저, 그럼 안녕히 계십시오."

그는 수화기를 놓았다.

"그 애의 이름을 알았다."

"뭐라고? 어떻게?"

"내가 댁의 따님 계시냐고 그랬더니 '아, 소림이 말이에요. 도서관 갔는데요.' 하더군."

"아아, 넌 역시 천재다."

김소림. 김소림.

나는 이제 그 애의 이름을 알았다.

"가자. 이젠 집으로 갈 필요가 없다. 도서관으로 가자."

"도서관이 어딘데?"

"안국동에 있다더라."

"그래, 가자."

우리는 같이 걷기 시작했다.

"고맙다."

나는 조용히 얘기했다.

도서관에 다다랐을 때엔 마침 때 이른 첫눈이 내리기 시작했다. 좋은 징조라고 영민이가 킁킁거렸다.

　우리는 거리에 서서 도서관 문 닫는 시간을 기다렸다. 하늘엔 가득가득 눈이 내리고 있었는데 첫눈 치고는 폭설에 가까웠다. 날이 더운 탓에 눈은 쌓이질 않고 땅 위에 떨어지자마자 녹았다. 그러나 좀 후에는 쌓이기 시작했다.

　가방을 어깨에 멘 채 벽에 기대서 우리는 오랫동안 기다리고 서 있었다. 우리는 입을 벌려 눈을 받아먹었다.

　그때였다. 도서관 시간이 끝났는지 학생들이 꾸역꾸역 나오기 시작했다. 우리는 전신주 뒤에 몸을 숨기고 사람들이 나올 때마다 그녀인지 아닌지 구별하려고 기웃거렸다.

　소녀가 맨 나중에 나오고 있었다. 혼자가 아니었다. 같은 또래의 소녀와 나란히 나오고 있었다.

　"저 여학생이다."

　나는 숨 찬 목소리로 말했다.

　"자, 뒤를 쫓는 거다. 한 여자애가 없어질 때까지 기다리다. 여잔 둘이 있을 땐 절대 응낙 안 한다. 서로의 체면이 있으니까."

　우리는 하얀 초설(初雪)이 내려 쌓이는 거리를 미끄러지지 않으려고 조심조심하면서 그 여학생의 뒤를 밟기 시작했다.

　초설은 예년에 비해선 이른 편이었는데도 함박눈이었다. 거리엔 순설(純雪)의 눈이 쌓여 수은처럼 빛나고 있었다. 철 이른 연말

분위기가 번져서 상가에는 '염가대매출'이라는 구호가 붙여져 있었다.

소녀들의 모습은 인파에 둥둥 떠서 부표처럼 흐르고 있었다. 고려당 케이크 집 버스 정류장 앞에서 여학생들은 섰다. 그녀들의 머리칼 위로 흰 눈이 내려 쌓였고, 소림은 머플러를 뒤집어썼다.

"어쩔 셈이냐?"

나는 영민의 얼굴을 쳐다보았다.

"기다려야지. 저 옆에 선 아가씨가 갈 때까지 기다리는 거다."

"그러다가 우리가 목표한 소림이라는 애가 가버리면 어떡하지?"

"버스에 같이 올라타면 되지."

"둘이 같이 타면."

"그래도 올라타지."

"그래."

나는 끄덕였다. "그것도 그럴듯해."

앙상한 가로수 위에 흰 꽃이 피고 있었다. 나는 손이 시려서 주머니에 손을 넣었다.

그때였다. 소림이와 같이 있던 여학생이 자기들끼리 잘 가, 하면서 버스 속으로 뛰어 들어가버렸다.

"가자."

영민이가 앞장을 섰다. 나는 얼굴이 화끈 달아오르고 숨이 가빠지기 시작했다.

"실례합니다."

영민이가 소림이의 곁으로 다가가면서 한 마디 했다. 그러자 소림이가 놀란 눈으로 영민과, 그리고 그 뒤에 엉거주춤 서 있는 나를 돌아보았다.

"실례합니다만 잠깐만 시간을 내주시겠습니까?"

"……."

소림은 후딱 고개를 돌려서 천천히 옆걸음을 치기 시작했다. 영민과 나는 그 애의 옆걸음을 따라 몇 발자국 걸었다.

"우리가 불한당이라고 생각지는 마십시오. 사실은 저 뒤에 있는 친구와 내기를 걸어서 말입니다. 저 친구와 나는 아까부터 쭈욱 그쪽의 뒤를 밟아왔습니다. 그쪽의 얼굴이 너무 예뻐서 말입니다. 그런데 친구와 내기하기를, 그쪽과 5분 동안 얘기를 하면 저 친구가 내게 빵을 사주고, 내가 5분 동안 얘기를 못하면 내가 빵을 사주기로 했습니다. 아시겠습니까? 전생에 옷자락만 스쳐도 인연이라는데 그저 거지 돈 10원 적선하시는 셈 치고 5분만 얘기해주시면 고맙겠습니다."

"5분 지났어요."

"아닙니다. 이제부터 진짭니다. 지금이 8시 43분이니까, 정확히 48분까지 얘기하면 제가 빵을 얻어먹게 되겠습니다. 해주시겠습니까?"

"저 바빠요."

"알고 있습니다. 그쪽의 집이 수유리라는 것도, A여고 다닌다는 것도, 이름이 김소림이라는 것도, 전화번호는……."

"그런 걸 어떻게 아셨어요?"

"실은 저의 아버님과 소림 씨의 아버님과는 친구입니다. 아버님의 성함이 김종근 씨 아닙니까?"

"어머나, 그래요."

"사실은 저와 아가씨는 소꿉장난 친구입니다."

"거짓말 마세요."

소림이가 까르륵 웃어젖혔다. 웃는 옆얼굴이 눈부시도록 아름다웠다.

"저희 집은 부산이었어요. 부산이 집인데 어떻게 소꿉장난을 같이 하겠어요."

"허허, 저도 부산에서 살았었는데요. 부산 광복동 아니었나요?"

"거짓말 마세요. 저의 집은 부산이 아니었어요."

"헛허허."

영민이가 뒤통수를 긁으면서 웃었다. "사람 무안 주시지 마십시오. 어쨌든 제가 소림 씨에 대해 훤히 신상조사를 했다는 것이 판명된 것은 사실이 아닙니까?"

"그거야 알고 있어요. 그리고 저기 저 사람에게 가서 이르세요.

여학생 뒤를 밟지 말라고요."

"뭐라고요?"

영민이가 비명 비슷한 소리로 말했다. "그럼 알고 계셨군요."

영민이가 내게 혀를 불쑥 내밀며 놀랐다는 시늉을 했다. 나는 다리가 후들거리며 떨려오기 시작하는 것을 느끼고 있었다. 공연히 변의(便意)가 느껴지기도 했다.

"여어, 이리 가까이 와 봐라. 이 공주님이 벌써 자네의 미행을 알아차리셨단다."

나는 천천히 소림이 옆으로 갔다.

"안녕하세요?"

나는 웃어 보이려고 얼굴을 찡그렸지만 거위처럼 쉰 목소리를 내고 말았다.

"이 친구 감기에 걸려서 그렇습니다."

"이제 약속된 5분이 지났으니까 전 그냥 가보겠어요."

"아아, 아닙니다. 아직 2분 30초가 남았는데요."

"그건 엉터리 시계예요."

그러자 소림이는 달려온 버스 속으로 뛰어들었다. 영민은 '올라타자' 하고는 기세 좋게 버스 위로 뛰어올랐다. 나도 버스 위로 올라섰다. 버스 안은 혼잡했다. 이번에는 소림이가 버스에서 뛰어내렸다. 우리도 따라 내렸다.

"왜 이러는 거예요?"

"뭐 말씀입니까? 뛰어내리시기에 저희도 뛰어내렸습니다."

"이젠 용건이 끝났잖아요."

"아닙니다. 아직 멀었습니다."

"뭐라고요?"

"이 친구가 내기에 졌으므로 빵을 사겠답니다. 같이 가서 한 30분만 시간을 빌려주실 수 있겠습니까?"

"참 할 일들이 없네요. 집에 가서 공부나 하세요."

"갑시다."

영민이가 웃으면서 말을 했다. "저 친구가 이제 거의 죽게 되었으니까요."

"아니, 왜요?"

"저 친구는 지금 폐병 3기입니다. 아까 기침하는 것을 보셨죠? 정말입니다."

영민이는 내게 들리지 않게 하려는 듯 고개를 숙이고 점잖고 진지하게 거짓말을 했다. 그런데 나는 정말 폐병 3기의 환자처럼 얼굴이 하얗게 질려 있었다.

"이해해주셔야 합니다. 굉장히 우수한 소년인데 몸이 쇠약하답니다. 그를 위해서 한 30분만 부탁합니다. 저 애는 생각하는 것 모두가 병적입니다."

우스운 일은, 나도 모르는 사이에 기침을 하고 말았던 것이다.

"만일 소림 씨가 그냥 매정하게 집으로 돌아가신다면 저 애에게 마음의 상처를 남기시는 겁니다. 한 30분만 얘기해주십시오."

소림이는 잠시 입술을 깨물며 무엇을 생각하는 눈치였다.

"그럼 좋아요. 여기서 얘기해요."

"어떻게 여기서 얘기할 수 있겠습니까? 가까운 빵집으로 가시면 되지 않겠습니까?"

"거긴 미성년자 출입금지예요."

"그거야 원칙이죠. 예외 없는 원칙이 어디 있겠어요? 자, 가죠."

"좋아요."

소녀는 먼저 빵집으로 걷기 시작했다. 영민이는 내게 한쪽 눈을 찡그려 보였다. 나는 천천히 그들의 뒤를 따랐다.

눈, 눈이 내리고 있다. 하늘을 긁어내리며 새털과 같은 흰 눈이 내리고 있다.

나는 케이크 집으로 들어섰다. 그들은 케이크 집 구석에 앉아 있었다.

"여기 앉아요."

영민이가 자기 옆자리를 비워주었다. 나는 그 소녀를 쳐다볼 수가 없었다. 렌즈를 통해 태양을 보는 것처럼, 소녀를 보았다가는 그대로 눈이 멀 것만 같았다. 일하는 애가 엽차를 날라 오며 무엇을 들겠느냐고 물었다. 그러자 영민이가 소녀에게 무엇을 먹겠느냐고, 이왕이면 제일 비싼 것을 시키라고 낄낄거렸다.

"아이스크림."

소녀가 웃으며 말했다.

"아이스크림."

영민이도 기세 좋게 대답했다.

"어때, 너도 아이스크림이? 그래, 여기 아이스크림 세 개 줘요."

(이 자식이 너무 재고 있구나.)

나는 시선을 내려뜨린 채 생각했다. 제기랄! 주머니에 꼬불쳐둔 천 원짜리 몇 장이 있으니 어떻게든 되겠지.

"야, 동순아, 얘기 좀 해라. 얜 원래 수줍음을 잘 타서 양해해주십시오."

(정말, 자식. 반장 통장 다 해먹어라.)

"야, 동순아, 이거 왜 이래? 고개를 숙이고 있구."

(건방진 자식.)

아이스크림이 나왔다. 우리는 잠자코 아이스크림을 녹이고 있었다. 먼저 후딱 먹어치운 영민이가 받침까지 아작아작 먹어버리더니, 이윽고 일어섰다.

"저, 잠깐 화장실에 갔다 오겠습니다."

"그런데 왜 가방까지 들고 나가시죠?"

"요샌 도난이 많으니까요."

영민이는 갑자기 내 넓적다리를 꾸욱 찌르고 나가버렸다.

소림이와 나는 다시 다가온 침묵 속에서 뻣뻣해져서 동시에 포크를, 혹은 거울을, 혹은 탁자를, 혹은 유리창을 통해 내리는 눈발

을, 혹은 형광등의 차가운 불빛을, 그러다가 후딱 시선이 마주칠 때
마다 얼핏얼핏 놀라 헛기침을 쿵쿵하면서, 그러다가는 공연히 씨
익 웃기도 하면서 침묵과 대결하고 있었다.

"친구분이 아주 재미있네요."

"예."

나는 대답했다. "아주 재미있는 자식입니다."

나는 가벼운 질투를 느꼈다.

"정말 지금 병에 걸려 계신가요?"

"왜요? 그 자식이 무슨 소리를 하던가요?"

"친구분이 댁보고 폐병에 걸리셨다고 하시더군요. 물론 장난으
로 들었지만."

"거짓말입니다."

나는 좀 의기양양해졌다. "그 친구는 그런 거짓말을 상투적으
로 합니다."

"왜 친구를 욕하세요?"

"아닙니다."

나는 방귀를 뀌다 들킨 것처럼 무안해서 얼굴을 붉혔다. "욕하
는 게 아닙니다."

(아아, 나는 소림이 앞에서 약점을 드러내고 말았다.)

나는 식은 엽차를 들이켰다.

"그는 아주 우수한 소년입니다. 정말입니다."

　나는 약점을 커버하기 위해서 진지하게 과장하기 시작했습니다. "아주 별스런 친구입니다."

　"그런데 왜 그 친구는 안 오시죠?"

　"갔습니다."

　나는 대답했다. "집에 갔습니다."

　"아니, 왜요?"

　"일테면 자기딴에는 소림 씨와 내게 시간을 주기 위해서 변소에 가는 척하고 빠져 가버린 모양입니다."

　나는 웃으려고 소림이를 쳐다보았지만 그녀는 꼼짝하지 않았다. 그래서 나도 웃음을 거두었다.

　(용기를 내자, 동순아.)

　나는 나 자신에게 타일렀다. (단도직입적으로 얘기해봐라, 동순아. 무얼 우물거리고 있냐. 빨리빨리, 얘기해봐라.)

　"어떻게 제가 저번에 소림 씨의 뒤를 따라갔던 것을 기억하고 계세요?"

　"그것은……"

　소녀가 웃었다. "그럴 것 같았어요. 태양이 뒤쪽에 있었기 때문에 댁의 그림자가 항상 제 앞쪽에서 우쭐거렸으니까요."

　"아아, 역시 그랬군요. 제가 우스운 얘기 하나 할까요. 전 소림 씨의 집 문패를 보고 전화번호를 알았어요. 그래서 언젠가는 전화를 건 적이 있어요. 그랬더니, 아마 틀림없이 소림 씨로 생각되었는데 누구세요, 하고 묻더군요. 저는 부끄러워서 전화기를 놓았어요. 그런 적 생각나십니까?"

"아, 기억날 듯도 싶어요."

"집에 편지 써도 괜찮겠습니까?"

"안 돼요."

소림이가 강경하게 말했다. "도대체 편지는 무엇 때문에 쓰는 거죠? 전 오늘 그냥 우연히 이 케이크 집에 들른 거예요. 학교 수업 시간에 남자 심리를 배웠는데 남학생들은 뭐 빵이나 같이 먹어주고 그러면 이상하게 오해한다더군요. 댁도 그럴 건가요?"

"아, 아닙니다."

나는 당황해서 말을 막았다. "그런 생각은 하지 않습니다. 다만 소림 씨와 친구로라도 사귀고 싶을 뿐입니다."

"또 학교에서 배웠어요. 남자와 여자는 친구 관계가 성립되기 힘들다고요. 그렇게 생각지 않으세요?"

"전 그렇게 생각지 않습니다."

나는 큰 소리로 부정을 했다. "그런 것은 다 미친 자식들이 얼렁뚱땅 하는 소립니다."

"아니, 뭐라고요?"

"아닙니다. 제가 좀 흥분했습니다."

(아아, 나는 또 다시 두 번째 약점을 보이고 말았다.)

"전 존재할 수 있다고 생각합니다. 편지를 쓰겠습니다. 실상은

편지를 밤새워 소림 씨에게 쓴 적도 있었습니다. 그것을 부치려고
했는데 그만 찢어버리고 말았습니다. 거짓말을 쓴 것 같아서, 순수
해진 내 감정을 속이는 기분이 들어서 찢어버렸습니다. 거기에 뭐
라고 쓴 줄 아십니까?”

“…….”

“소림 씨가 그저 내게 우등생이 되라고 요구한다면 금방 우등
생이 될 수 있다고 썼습니다. 소림 씨가 내게 쌍소리를 하지 말라면
저는 금세 쌍소리를 하지 않겠다고 썼습니다.”

나는 갑자기 시야가 뿌옇게 흐려져 오는 것을 의식했다. 여학
생의 얼굴이 뿌얗게 떠 보였다. 형광등의 불빛이 번쩍 눈앞에 다가
왔다.

“진심이었습니다. 제게 무엇이든 요구해주십시오. 물론 저흰
아직 어립니다. 고등학교 1학년입니다. 새 학기부터는 2학년이 되
지만 저도 일류 대학에 가기 위해선 열심히 공부해야 하는 것 잘 알
고 있습니다. 하지만…….”

나는 목이 메었다. “언제나 소림 씨 얼굴이 눈앞에 어른거리고
있습니다. 제 말을 믿어주십시오. 저는 아까의 그 친구처럼 재미있
는 말을 할 줄도 모릅니다.”

“우린 아직 어려요.”

소림이가 싸늘하게 대답했다.

“남들이 들으면 우리를 당돌하다고 할 거예요. 저 이만 가보겠

어요.”

　“아니, 잠깐! 꼭 두 마디만 묻겠습니다.”

　나는 소림이의 얼굴을 쳐다보았다.

　“편지 써도 되겠습니까?”

　“안 돼요. 집에서 혼나요.”

　“봉투에 제 이름을 써도 괜찮을 겁니다. 제 이름이 원래 여자 이름 같으니까요.”

　“안 돼요.”

　“집에 누이가 하나 있는데 우선 누이보고 전화를 걸어보라 하겠습니다. 그래도 안 되겠습니까?”

　소녀는 싸늘하게 벗었던 머플러를 머리에 썼다.

　“실례 많았어요.”

　나는 다시 소녀를 멍하니 바라보았다. 소림이는 카운터로 가더니 계산을 했다. 나는 깜짝 놀라서 그녀에게로 다가갔다.

　“아니에요. 부담이 돼요.”

　우리는 거리로 나갔다. 이미 눈은 그쳐 있었다.

　“바래다드리겠습니다.”

　“괜찮아요.”

　“화가 나셨습니까?”

　“……”

　“좀 어처구니 없으셨을 겁니다.”

나는 그녀의 오똑한 콧날을 바라보았다. 그녀의 얼굴은 깎아 빚은 듯이 거리에서 내비친 불빛에 번들거리고 있었다.

"언제 또 만날 수 있겠습니까, 시간을 내 주실 수 있겠습니까?"

"안 돼요. 시간이 없어요."

"한 달에 한 번이라도 안 되겠습니까?"

"인연이 있으면 만나겠죠."

"그럼 두 달에 한 번도 안 되겠습니까?"

"미안해요."

소림은 후딱 나를 쳐다보았다. "우리는 아직 어리잖아요. 뭐가 뭔지 모르겠어요."

그녀의 집까지 가는 버스가 왔다. 소림은 타박타박 버스로 뛰어가다가 멈칫 서서 나를 돌아보았다.

"오늘 재미있었어요. 덕분에."

소림의 몸이 버스로 빨려 들어갔다.

나는 우두커니 버스 정류장에 서 있었다. 그녀를 태운 버스가 사라져버린 후에도 멍하니 서서 다시 이어지는 눈발을 쳐다보았다. 웬일일까. 나를 속인 사람이 없는데도 웬일일까. 나는 왜 이렇게 슬픈 것일까. 나는 천천히 집까지 걷기로 했다. 곰곰이 생각해보자고 나는 중얼거렸다. 곰곰이 생각해보자, 동순아. 무엇이 오고 무엇이 갔는가를. 무엇이 눈앞에서 신기루처럼 피었다가 스러졌는가를……

그날 이후부터 나는 입이 무거워졌다. 언제나 필요 이상의 말을 하지 않았다.

크리스마스가 다가오자 백화점에 들러 예쁜 카드를 한 장 샀다. 성모 마리아가 있는 그림이었다. 그것을 소림에게 부치려고 했지만 편지를 부치지 말라는 그녀의 부탁을 상기해냈다. 나는 비애를 느꼈다. 소림이의 눈은, 콧날은, 볼은, 머리칼은 언제나 내 가슴에 살아 있었다. 밤마다 나는 그녀에게 편지를 쓰고는 했다. 그러다가도 다음 날 아침이면 부끄러워 찢어버리곤 했다. 나는 무슨 비밀이나 간직한 소년처럼 행동이 우물거리게 되었다. 집안 식구들은 내가 변했다고 수군거렸는데 예민한 눈치를 가진 누이만이 역시 "너 요새 연애하는 거 아냐?" 하고는 깔깔댔다. 그러면서 누이는 "야야, 웃기지 마라. 너 같은 말상을 누가 좋아하겠냐?" 하고 빈정거렸는데, 확실히 일리가 있는 말이었다. 나는 거울을 볼 때마다 으레 괴로워하고 있었던 것이다. 첫째, 내 눈은 작고, 더구나 턱이 팽이처럼 뾰족하다. 그뿐인가. 거기에 발깃발깃 돋은 여드름을 보라. 약방에 가면 송두루농인가 뭔가 하는 약을 바르라고 야단이지만 아무리 연고를 발라 봐도 차도는 없었다. 누이는 그 약점을 알고 내 얼굴을 볼 때마다 안달이 나서 여드름을 짜주려고 야단이지만 막상 여드름을 짜달라고 맡기면 평소의 원한이 겹쳐 이건 숫제 여드름을 짜는 게 아니라 칼로 도려내는 것이었다. 그러나 내가 그 아픔을 참았다 하더라도 여드름은 수그러들 기세를 보이지 않았다.

내 용모뿐만이 아니었다. 소림이를 인식하게 되고부터는 내 자신에 관한 모든 것이 비관되기 시작했다. 나는 늘 부끄러웠고 늘 송구스러웠다. 신체검사에서 가슴둘레가 1미터가 넘는 녀석을 보아도 부러웠고, 시 쓰고 말 잘하는 녀석을 보아도 부러웠다. 대체로 여학생들은 이상하게도 낙엽 밟는 소리라든가, 황혼이 물들 때라든가, 노오란 오렌지라든가 하는 문구에 사족을 못 썼다. 그런데 나는 글재주도 젬병이었다. 그뿐인가. 체육관에서는 키 큰 녀석들이 농구도 하고 배구도 한다. 네가 할 줄 아는 운동이 무엇이냐. 다른 녀석들은 1학년 종업식 때 우등상도 받았는데, 너는 도대체 무엇이냐. 무엇을 했는가. 동순아, 너는 도대체 무엇을 했느냐? 지금껏 영어 단어도 제대로 외우지 못한 주제에, 운동도 제대로 못한 주제에, 그렇다고 아직 남들이 다 읽는《테스》도,《에반젤린》도,《삼국지》도 읽지 못했다. 그러고서도 무슨 쩍쩍스러운 주제에 너의 황홀한 여신 김소림을 생각하는가. 그녀는 네가 보듯이 투명한 베일 속에 가려 감추어진 신비한 여인이다. 완전무결. 어디 하나 흠 잡을 데 없는 여학생이 아니냐.

나는 생각할 때마다 우울했고 점점 웃음을 잃어갔다. 식욕도 잃고, 몸은 말라만 가고 있었다.

"저 자식은 개똥철학자다. 더럽게 냄새피운다."

동혁이가 나를 볼 때마다 놀려댔다. 하지만 나는 아랑곳하지 않았다. 나는 친구들과 케이크 집에도 잘 어울리지 않았고 틈이 있으면 대낮에도 커튼을 내리고 책을 읽었다. 나는 《폭풍의 언덕》을 대여섯 번 읽었다. 나는 캐서린을 죽여 버리고 마는 히스클리프의 복수심에서 잔인한 공범의식을 느끼며 읽고 또 읽었다. 나는 히스클리프처럼 광야를 헤매는 유령이 되고 싶었다. 나는 평생 결혼하지 않을 결심을 하기도 했다. 그녀의 결혼식에 가서 꽃을 바치면서 쓸쓸히 걸어 나오는 내 모습을 그려보면서 울기도 했다. 천국에서 맺은 사랑이라는 문구를 얼핏 어디서 보자 그 문구가 이상하게도 내 뇌리에 남았다. 도저히 소림이와 나는 맺지 못할 사랑을 하고 있는 듯한 생각이 들었다.

〈한밤의 음악 편지〉를 들어도, 북아현동에 사는 김순돌이가 미아리에 사는 양숙자에게 주는 노래를 들어도 공연히 눈물이 찔끔찔끔 나오고는 했다. 그럴 때는 거의 자정이 가까운 시간이었는데도 나는 뚜렷하게 하는 일 없이 불면의 밤을 보내고 있었다. 그즈음 나는 연가를 지어 소중하게 붙여 놓았다.

연가

한 소년의 마음속을 휘젓고 간 소녀가 있었다.
화지(畵紙) 위에 낙서하듯 상처만 내놓은 소녀였다.
소년은 언제부터인가. 새벽종 울리는 아침이면
두 손 모아 무릎 꿇고 기도하는 버릇이 들었다.

주님의 화안한 은총이 샘에 물고이듯
그녀의 가슴속에 가득하길 빌었다.
소녀는 모른다. 왜 이렇게 어두운 밤인데도
짙은 어둠 속에서 바람이 불고 그 바람 속에서 그녀를 부르는
가냘픈 소리가 잠을 못 이루게 하는 것인가를…….

나는 언젠가는 소림에게 이 시를 보여주리라 결심했다. 나는 그것을 아무에게도 보여주지 않으려고 작정했는데 누이가 보고는 여느 때 놀리던 얼굴을 정색하고는 "얘얘, 너 아주 잘 썼다. 시인보다 잘 썼어." 하고는 정말로 칭찬해주었다. 그러나 나는 기쁘지 않았다. 소림, 김소림……. 전번 초겨울 눈 오는 날 그 케이크 집에서 본 얼굴이 판화처럼 남아 있는 한 나는 하찮은 일에 즐거워할 수가 없었다.

겨울 방학이 되고 크리스마스 전날 밤 나는 그동안 준비해두었던 카드를 들고 잠시 망설였다. 나는 자칫하면 비겁해지려는 마음을 누르고 도서관으로 향했다. 그녀를 만나면 아무 말 없이 카드를 내밀고는 돌아서리라고 생각했다. 그러나 운영 시간이 끝나고 도서관을 나오는 학생들 틈에서 그녀를 찾을 수는 없었다.

나는 거리로 나왔다. 거리거리엔 징글벨이 흐르고 산타클로스 할아버지가 껄껄대며 웃었다. 선물할 물건을 잔뜩 사들고 사람들은 두툼한 오버에 묻혀 거리를 헤엄치고 있었다. 그 틈에서 나는 길

잃은 미아처럼 외로움을 느꼈다. 나는 고개를 숙인 채 거리를 미친 듯이 쏘다녔다. 친구 녀석들이 동혁이네 집 2층에 모여 밤새도록 놀자고 한 청을 물리치고 거리를 누비었다.

"야야, 그 계집애 여간내기 아니더라."

언젠가 정색을 하며 얘기했던 영민이의 얼굴을 생각해가며, 쓸쓸해서 헛기침을 해가며 거리를 방황했다.

그때 나는 번득이는 강한 예감을 느꼈다. 그것은 소위 계시와도 같은 것이었다. 나는 갑자기 숨이 가빠지기 시작했다. 전화를 걸자. 나는 이를 악물었다. 뭐하고 있니, 동순아. 전화를 걸자. 나는 근처 약방에 들어갔다. 전화기 앞에 웬 여인이 수화기를 든 채 웃고 있었다. 나는 주머니에 손을 찌른 채 차례가 오기를 기다렸다. 약방 거울에 비친 내 모습은 매우 상기되어 있었다. 이윽고 내 차례가 왔을 때 나는 꿈을 꾸듯 전화 다이얼을 돌렸다. 가슴이 화끈화끈 달아오르고 심장이 무섭게 고동치고 있었다. 혀가 메말라 파라핀 종이를 씹는 기분이었다. 신호가 가고 한 번, 두 번, 세 번 만에 전화가 떨어졌다.

"여보세요."

웬 남자의 목소리였다. 나는 이를 악물었다. 정정당당히 도전하자. 비굴에 우느니 차라리 분투 중에 쓰러지는 것이 낫다.

"아, 여보세요."

나는 쉰 목소리를 내었다.

"거기 수유리죠?"

"그런데요."

"김소림 양을 바꿔주시겠습니까?"

"실례지만 누구시오."

굵은 나이 든 사람의 목소리였다.

"친굽니다."

나는 떨리는 목소리를 가다듬어 말을 했다. "같은 클럽의 친굽니다."

"오, 그러시오? 그럼 잠깐 기다리시오."

나는 공중전화기 위에 적힌 문구를 보았다. 용건만 간단히. 그렇게 씌어 있었다. 용건만 간단히. 용건만 간단히.

"전화 바꿨습니다."

그 목소리는 아득히 먼 곳에서 들려왔다. 나는 심장이 멎는 충격을 느꼈다.

"아, 여보세요. 안녕하세요?"

나는 말을 꺼냈다.

"저, 동순입니다. 김동순입니다. 기억나십니까?"

"아, 예. 안녕하세요?"

의외의 선선한 대답이었다. 나는 성급하게 말을 하기 시작했다.

"오늘 카드를 샀습니다. 보내고 싶습니다. 그런데 편지를 부치

지 말라는 부탁이 생각나서. 하지만 부쳐도 괜찮겠지요? 허락을 해
주십시오."

"그럼요."

그녀는 대답했다. "부쳐주세요."

"......"

나는 눈시울이 붉어 왔다.

"저, 어떻게 지내십니까?"

"그저 그래요."

"공부 열심히 하십니까?"

"공부는요."

"거 좀 빨리 씁시다."

뒤쪽에 서 있던 사내가 한 마디 했다. 나는 그 자식이 선 채로
돌이 되었으면 하고 기원했다.

"저......"

나는 급하고 답답하고 괴롭고 그러나 즐거워서 조용히 말을 꺼
냈다.

"저, 보고 싶었습니다."

"......예?"

전화기 저쪽에서 반문을 해왔다.

"대답하지 말고 들으십시오. 대답을 하시면 부끄러워집니다.
소림 씨, 보고 싶었습니다. 정말입니다."

나는 거의 목이 메었다. "제가 쓴 시를 부치겠습니다. 읽어주십시오. 아, 여보세요. 여보세요."

찰칵, 전화기 끊는 소리가 났다.

나는 끊어진 전화기를 든 채 얼마 동안 서 있었다. 비록 전화를 그녀가 끊었긴 해도 무언가 달콤한 언질을 받은 것 같은 생각이 들었다. 그래서 유쾌했다. 거리로 나와 그녀에게 카드를 부치고 나는 한참 동안이나 쇼윈도 안을 들여다보면서 쏘다녔디.

그날 밤 나는 갓스탠드에 불을 내리고 곰곰이 생각해보았다. 옆방에선 친구가 별로 없는 누이가 땅콩을 오징어로 싸서 먹어대고 있었다. 어머니는 교회에 나가서 밤을 새우는 모양이었고 아버지는 마작을 벌이고 계신 모양이었다. 집 안은 텅 빈 것처럼 적적했다. 나는 누웠다가는 일어나서 방 안을 서성거리고, 그러다가는 바보처럼 즐거워져서 히히거리며 웃기도 했다. 나는 누이의 방으로 갔다. 누이는 대학교 3년인데도 아직 애인 하나 없었다. 그것은 정말 꼴불견이었다. 언젠가는 웬 남자가 따라온 모양으로 갑자기 대문이 부서져라 두드리기에 나가봤더니 헐떡거리며 "야야, 깡패가 따라온다, 깡패가! 나가봐라!" 하면서 허겁지겁하기에 나는 구두끈을 단단히 조인 후 대문 밖에 나갔던 적이 있었다. 과연 전봇대 옆에 웬 대학생 차림의 남자가 이쪽을 보면서 휘파람을 불고 있었다.

"뭐요?"

나는 앞으로 나가며 웃었다. "당신이 누군데 우리 집 앞에 있소?"

"허허, 이 친구 보게."

남자가 불빛 쪽으로 다가왔는데 머리엔 기름이 번지르르하고 향수 냄새가 나는, 시쳇말로 삼베 가다마이 걸쳐 입은 삼돌이 같은 폼이었다.

"얘, 니가 바로 아까 그 여자의 동생이냐?"

"그 여자라니요?"

나는 일부러 시치미를 뗐다. "누굴 말하는 거요?"

"어따 이놈 아주 기세가 사납구나. 얘, 그러지 말고 우리 잘 사귀자. 나, 원형근이라고 부른다."

그는 느닷없이 나에게 악수를 청하며 손을 내밀었다.

"우리 어디 근처 케이크 집에 가서 빵이나 먹을까?"

남자가 슬쩍 윙크를 해가면서 추파를 보냈다.

"관두슈."

나는 빈정거렸다. "보아하니 우리 누이를 따라오신 모양인데 잘못 봤어요. 우리 누인 솔직히 얘기하지만 임자가 있으니까, 얼른 가쇼."

"헛헛. 얘, 백두산 영봉에 태극기 날리고 몰라. 인마 먼저 깃대 꽂은 사람이 임자다, 임자야."

"내 알려주지만 누이의 임자는 유도가 8단이에요. 가보세요."

나는 후딱 문을 잠그고 들어섰는데…… 어라! 조금 전까지는 무섭다고 펄펄 뛰던 누이가 깨득깨득 웃으면서 대문께서 얘기를 엿듣고 있는 것이 아닌가.

"얘, 동순아. 그 남자 어떻게 생겼대?"

"리처드 기어 닮았던데."

"정말?"

누이가 다그쳐 묻는 소리에 나는 흥이 나서 도대체 저렇게 안달을 할 바에 왜 도망칠까, 차라리 남자의 이야기를 받아들여서 근처 다방에서 공짜 커피라도 한 잔 얻어 마시지 않고서, 하고 생각했다. 하지만 내가 알기로는 누이가 20년을 넘어 살았지만 그때 그 삼돌이 같은 사내의 숨 막힌 추적이 유일무이한 추적일 뿐 남자의 추적은 또다시 되풀이된 적이 없었다. 하지만 누이가 못생긴 편이라고는 생각지 않는다. 누이는 사실 미인 축에 든다. 한 가지 흠이라면 키가 작고 다리가 통통하다는 것인데 때문에 미니 바람이 맥시로 바뀌자 환호작약하는 것은 물론이었다.

"웬일이니?"

누이는 레코드를 들으면서, 오징어를 질겅질겅 씹으며 나를 쳐다보았다.

"크리스마스 날 집에 일찍 들어오고."

"누인 웬일이유? 집에서 오징어나 먹게."

"얘얘, 산타클로스가 밥 먹여 준다대?"

"옳거니."

나는 맞장구를 쳤다. "솔직히 말하면 누이 나이 또래에 보이프렌드하고 이런 밤을 지내지 못하는 게 원통하다, 이 말씀이렷다."

"뭐, 뭐라고?"

순간 누이의 수틀이, 춘향이가 그네 타는 수틀이 내 얼굴을 향해 날아왔다.

"취소, 취소."

나는 판정패를 시인하고 누이가 까 주는 땅콩을 얻어먹으면서 도대체 어디서부터 말을 꺼내야 할까, 조마조마했다.

"누나."

나는 좀 심각한 표정으로 누이를 올려다보았다.

"왜?"

누이는 내가 좀 진지한 낯짝으로 말을 꺼내자 아주 사이좋은 누이 구실을 하겠다는 듯 눈을 살며시 인자하게 내리떴다.

"누나는 누굴 사랑해본 적이 있소?"

"뭐라고?"

누이가 순간 땅콩을 떨어뜨렸다. 그러나 이상하게도 집으려 하지 않았다. "사랑해본 적 있냐고?"

"그래, 솔직히 얘기해줘."

나는 말을 더듬거렸다.

"나, 누나한테 솔직히 고백할 게 있어. 그러니까 솔직히 고백해줘."

"나 말이야."

누이가 나를 향해 아주 예쁜 얼굴을 들었다. "그럼 사랑해본 적이 있지."

"그래?"

나는 이크 하는 심정이 되었다.

"누구야, 응?"

"고등학교 때 영어선생."

"피이."

나는 맥이 빠져버렸다.

"'피이'라니? 네가 '피이' 그랬지만, 나도 지금 생각하면 '피이' 하고 웃어버리지. 얘, 여학생들은 으레 첫사랑 상대자를 선생님들한테서 고르거든. 내가 좋아했던 선생님은 까만 양복에 까만 넥타이, 까만 양말을 신고 있던 선생님으로 얼굴이 하이얗구……."

"왜 여학생들은 그렇게 얼굴이 하얗고 병적인 것만 좋아하지?"

"그야 누구든 그럴 때가 있지. 공연히 폐병이나 앓아보고 싶은 기분을 느낄 때가 고등학교 때 아니겠니?"

"그럼 선생님 말고 또 누굴?"

"그건 비밀이다, 얘."

누이는 무안한 듯 깔깔거렸다. "니가 하느님이라도 난 말 못한다."

"뭐라고?"

"얘, 사랑이라는 것은 털어놓는 것이 아니야. 감싸주고 서로 은
밀한 것이 사랑이야."

드디어 누이는 내 계략에 말려 서투르나마 사랑의 훈시를 하기
시작했다.

"사랑엔 두 가지가 있어. 즉 하나는 아가페의 사랑이고 또 하나
는 에로스적인 사랑이야. 어머니가 아들에게 주는 사랑, 이런 것은
아가페적인 것, 즉 영속적인 사랑이요, 에로스적인 것은 남녀 간의
사랑, 즉 상대편을 획득하려는 사랑이지."

누이는 자기 말에 자기가 웃었다.

"너희 남자들은 여자에게 건방지다느니 뭐니 말이 많지만 내가
알기로는 너희 남자들이 더 틀렸다, 이거야."

"아니, 왜?"

나는 덤벼들었다. 그것은 나 자신의 최소한도의 자존심 때문만
은 아니었다. 일단 말을 꺼낸 이상 나는 남자들을 대표한 토론자였
고, 누이는 여자를 대표한 토론자였기 때문이었다.

"너희 남자들은 자기밖에 몰라. 즉 젠틀한 맛이 없단 말이야.
얘, 서양에선 모두 여성을 우위로 생각하고 남성은 여성에게 봉사
하는 걸 즐거워해. 하지만 얘, 우리나라에선 어디 그러니?"

한바탕 흥분하던 누이는 깔깔 웃으면서 얘길 했다.

"내가 재미있는 얘기 하나 해줄까? 내가 니 나이 또래일 때 집에 오려고 버스를 탔는데 글쎄 차비가 없지 뭐니. 그래서 쩔쩔매고 있는데 멋지게 생긴 남학생이 제가 꾸어드릴까요, 하면서 100원을 주지 않겠니?"

"그래서."

"급한 김에 체면이고 뭐고 돈을 꿨지. 그리고 그 학생의 주소를 적어서 다음 날 100원을 우송했거든. 그런데 며칠이 지나서 웬 남자가 날 찾아왔어. 나가보니 그 사람이 하는 말, '자기는 며칠 전에 당신에게 차비를 꿔준 사람의 형인데 지금 교통사고로 그 사람이 죽어가고 있습니다. 그런데 마지막으로 아가씨를 한 번 보고 싶답니다. 그래서 아가씨를 모시러 왔습니다.' 내가 아무리 쌀쌀하기로서니 그런 청탁을 못 들어줄 수 있겠니? 그래서 그 사람이 열어주는 차를 타고 대학병원으로 갔지. 그런데 막 차가 떠나려 하는데 글쎄 망할 놈의 소가 덤벼든 거야. 그래서 차하고 소하고 부딪쳤거든. 그런데 얘."

누이는 아주 슬프게 내 눈을 쳐다보면서 사뭇 눈물이나 흘릴 것 같은 표정을 지었다.

"차가 넘어갔겠니, 소가 넘어갔겠니?"

"그야, 소가 넘어갔겠지."

나는 어리둥절해서 대답했다.

"그렇지. 소가 넘어갔지. 속아 넘어갔지."

누이는 갑자기 손바닥을 치면서 웃기 시작했다.

"왜 그래? 왜 그러는 거야?"

"속아 넘어갔다면서."

그제야 나는 진상을 알았다. 그러자 은근히 부아가 치밀었다.

"사람 놀리지 말라고."

"아하, 재미있다."

"그럼 하나 또 물어보겠는데 여자들은 어떤 타입의 남자를 좋아할까?"

"리처드 기어 같은 남자."

누이는 냉큼 벽에 붙은 여자같이 생긴 리처드 기어 브로마이드를 가리켰다.

"영화배우 말고! 성격 같은 것 말이야."

"첫째, 잘생긴 편은 아니나 매력 있을 것. 예를 들면 노래를 잘 부른다거나, 글을 잘 쓴다거나, 운동을 잘한다거나, 말을 유머 있게 잘할 것. 둘째, 꽁생원이 아니고 활발하고 성격이 탁 트인 남자일 것. 셋째, 영국 속담처럼 머리는 학자, 눈은 과학자, 손은 기계공, 몸은 하인 같은 사람일 것. 넷째……."

"그만."

나는 숨이 막혀 말을 막았다. "그런 남자가 어디 있어?"

"있지, 있다."

갑자기 누이가 정색을 했다.

"뭐라고?"

"아니, 아니."

누이가 황급하게 얼굴이 빨개지면서 고개를 저었다.

"내 말은 그런 남자가 있을 수 있다는 가능성을 피력한 거야. 얘, 너 요새 사랑에 빠져 있는 모양이로구나."

누이의 시선이 매섭게 내 눈을 찔렀다. "그렇지? 어쩐지 수상하다 했더니."

"어떻게……."

"사랑에 빠진 사람은 눈을 보면 알 수 있단다. 빛이 나거든. 그리고 혼자서 웃기도 하고 울기도 하고 행동이 아주 느려진단 말씀이야. 얘, 동순아. 어떤 애니? 어떤 애야?"

"누이 후배야."

나는 부끄러워하면서 말을 꺼냈다.

"걔 이름이 뭐니."

"누이가 어떻게 알아? 누이가 고등학교 3학년 때 중학교 1학년 이었을 테니까."

"그래도 유명한 애는 다 알아."

"유명하지 않은 애야."

나는 누이의 시선을 피했다. "난 여자가 유명한 건 싫어."

"그럼 너 그 앨 짝사랑하는 거구나?"

"짝사랑이라니! 그 쪽에서도 반응을 보였어."

나는 목소리를 높였다. "우린 서너 번 만났어."

"야야, 남학생은 뭐 만나만 주면 애인으로 오해하는구나."

"아냐."

나는 슬펐다. "그렇지 않아. 난 뭐 그 애를 애인으로 생각하지는 않아. 그냥 알고 지내고, 같이 소풍도 갔으면 좋겠어."

"그건 참 좋은 생각이야. 동순아, 넌 예쁘게 생겨서 여학생들이 졸졸 따라다니겠다."

"뭐라고?"

나는 놀라서 누이를 올려다보았다.

"놀리지 마슈."

"놀리긴. 정말이야, 애. 넌 아주 매력 있어."

나는 좀 어안이 벙벙해졌다. 나는 한 번도 내 얼굴이, 용모가 잘생겼다고 생각해본 적이 없었기 때문이다.

"하지만 애. 넌 몹시 후회할 거야."

누이는 땅콩을 씹으면서 덧붙였다. "내게 얘기를 하고 나면 필시 기분이 공허해질 거야. 사랑 얘기는 그래서 남에게 하지 않는 법이야. 자기 체액으로 녹여야 되거든. 애, 너 진주가 어떻게 생기는 줄 아니? 진주조개가 따로 있는 게 아냐. 그저 입을 벌려 호흡을 하다가 모래 같은 물건을 마시면 그것을 뱉지 않고 자기 부드러운 속살로 싸서 만든다. 뱉어버리거나 피해버리면 진주를 잉태할 수 없지. 그리고 아주 오래 수십 년 동안 자기의 체액, 고통, 쓰라림, 아품으로 그 진주를 녹여. 그러면 찬란한 진주가 생기지."

누이는 애기에 열중해서 레코드가 다 돌아가서 철거덕 철거덕 금속성 소리만 반복하는 것도 잘 모르고 있었다.

"성경에도 말이 있지. 왼손이 하는 일을 오른손이 모르게 하라. 물론 경우가 다르지만 어쨌든 사랑은 표면에 드러내는 것이 아니야. 그리고 정말 부탁할 것은……."

누이는 내 눈을 들여다보면서 말을 이었다. "건전한 연애를 해, 동순아. 너희 때의 연애 감정은 오랫동안 계속되는 것이 별루 없어. 서로 피해를 주는 연애를 해서는 안 돼. 서로 이익이 될 수 있는 연애를 해라. 데이트를 할 땐 도서관에서 하고, 서로 주말시험에 누가 성적을 더 받는가, 내기를 하고 말이야. 어때, 내 의견이? 그리고 쓸데없이 호기심에 이끌린 행동을 해서는 안 된다."

"알겠어."

나는 너무 감격해서 하마터면 누이에게 덤벼들어 뽀뽀까지 해줄 뻔했다.

"아주 좋게 들었어. 나, 내 방에 갈래."

나는 아주 즐거워져서 벌떡 일어났다. 내가 나오려 할 때 누이가 큰 소리로 말했다.

"잘해봐."

그날 밤 나는 편지를 썼다.

'김소림 씨.'

나는 서두를 그렇게 썼다가 찢었다.

나는 서두에 '보고 싶은'이라는 말을 집어넣을까를 고민했다.
그러나 결국 집어넣지 않기로 했다.

　김소림에게

　몇 번이나 망설이다가 건 전화였습니다. 몇 번이나 주저하다
건 전화였습니다. 하지만 소림 씨는 제가 그렇게 망설이다 건 전화
를 부드럽게 아무렇지도 않게 받아주셨습니다. 나는 전화기를 통
해서 소림 씨의 목소리를 들었습니다. 심장이 얼어붙는 것 같았고,
가슴이 뛰었습니다.

　소림 씨, 나는 정말 그 수화기로 뛰어 들어가고 싶은 나머지 숫
제 수화기를 빵처럼 삼켜버리고 싶은 충동을 느꼈습니다.

　소림 씨, 전화로 한 약속을 지켜드리겠습니다. 저는 원래 시를
쓸 줄 모릅니다. 그러니까 졸작이라고 웃어버리셔도 무방합니다.

　연가

　I
　한 소년의 마음속을 휘젓고 간
　소녀가 있었다.
　화지(畵紙) 위에 낙서하듯

상처만 내놓은 소녀였다.

소년은 언제부터인가
새벽종 울리는 아침이면
두 손 모아 무릎 꿇고
기도하는 버릇이 들었다.
주님의 화안한 은총이
샘에 물고이듯 그녀의 가슴속에
가득하길 빌었다.

II
소녀는 모른다.
왜 이렇게 어두운 밤인데도
짙은 어둠 속에서 바람이 불고
그 바람 속에서 그녀를 부르는 가냘픈 소리가
잠을 못 이루게 하는 것인가를…….

위의 시를 제 나름대로 설명해보겠습니다. 우선 1연과 2연은
문자 그대로입니다. 3연을 저는 열 번도 넘게 고쳐 썼습니다. 저는
소녀로 향한 기원이 소녀도 모르게 소녀의 마음속으로 녹아들어갔
음을 그리고 싶었습니다. 그렇습니다. 소림 씨, 저는 치성 하나로

바위도 들어 올렸다는 전설을 믿고 싶습니다.

이즈음에서 나는 펜을 멈추었다. 그녀를 만나고 싶다는 생각이 불현듯 치밀어 올랐기 때문이었다. 그래서 그녀에게 만나자는 약속을 쓸까, 하고 망설였다. 그러자 나는 이미 전화로 그녀에게 사랑의 고백을 하고 난 사실을 상기했고, 자기의 진실을 강조하는 것은 허위라고 스스로 자위했다. 나는 다시 펜을 들어 편지를 이어나갔다.

그리고 소림 씨.
만나고 싶습니다. 만나서 뭣하겠느냐고 묻는다면 할 말이 없습니다만 그냥 얼굴만이라도 보고 싶습니다. 말을 하지 않아도 좋겠습니다. 이 해도 저무는 12월 31일 저녁 6시쯤…….

나는 다시 펜을 놓았다. 어디로 작정할까 망설였다. 케이크 집이라면 어쩐지 싫은 느낌이 들었다. 나는 광화문 지하도와 남산 돌층계를 생각해냈다. 하지만 누구를 만나기로 한 사람이 광화문 지하도에서 할 일 없는 사람처럼 혹은 간첩처럼 우두커니 서 있는 꼬락서니를 생각해봤다. 하지만 그런 곳이 아니면 적당한 장소를 생각해낼 수가 없었다. 나는 참으로 오랫동안 생각했다. 나는 다시 펜을 들고 편지를 써내려갔다.

……명동 성당 성모 마리아상 앞 벤치에서 기다리겠습니다. 설마 안 나오시지는 않으리라고 믿습니다.

오늘은 크리스마스이브입니다. 머지않아 저는 열일곱 살이 됩니다. 이 해를 후회 없이 지내셨습니까? 저는 새해부터 공부를 열심히 하고 싶습니다. 반에서 최소한 5등까지는 하고 싶습니다. 1등 하는 친구는 부럽지 않습니다. 그리고 책도 부지런히 읽겠습니다. 무슨 책을 제일 처음에 보셨습니까? 저는 최근에 《폭풍의 언덕》이란 책을 보았습니다. 아주 좋더군요. 황순원 씨의 〈소나기〉란 단편이 좋다고 하는데 저는 그 책이 없습니다. 혹 있으시면 빌려주시겠습니까?

노래 좋아하십니까? 저는 팝송이라면 쌤 쿡을 제일 좋아합니다. 이미 죽은 흑인 가수이기 때문에 노래만 남았지만, 그 사람은 노래를 목으로 부르지 않고 가슴으로 부르는 것이 들립니다. 클래식도 좋아합니다. 바이올린 협주곡이 제일 좋습니다. 그리고 또 〈마리아〉를 좋아합니다. 전번에 학교 음악 시간에 타리아비니가 부른 〈물망초〉란 노래를 들었습니다. 그리고 또 〈남몰래 흐르는 눈물〉도 들었습니다. 저는 〈타이스의 명상곡〉과 〈남몰래 흐르는 눈물〉을 제일 좋아합니다.

답장해주십시오. 기다리겠습니다. 그리고 꼭 약속한 장소에 나와주십시오. 안 나오신다면 몇 시간이고 기다리겠습니다.

소림 씨의 친구 동순.

방학이 되자 친구 녀석들과는 뿔뿔이 헤어질 수밖에 없었다. 하지만 스케이트를 메고 곧잘 어울리게 되었는데 어느 날 영민이가 나를 보더니 좀 주뼛주뼛하면서 말을 걸어왔다.

"동순아. 너, 걔 만나냐?"

"누구 말이냐?"

나는 스케이트를 발에 신고 끈을 죄면서 그를 쳐다보았다.

"소림이 말이야, 소림이."

"아니."

나는 대답했다. 그러자 영민이는 내 시선을 피하면서, "실은 좀…… 에잇, 관둬라." 하고는 벌떡 일어나 먼저 빙판 가운데로 물 찬 제비처럼 나갔다. 나도 곧 그의 뒤를 쫓았다.

"왜 그러는데?"

나는 입김을 하얗게 내뿜으며 헐떡거리는 영민이를 붙잡았다.

"아니, 무슨 일은 아니고 말이야, 그저 물어본 거야."

영민이는 동혁이 스케이트를 빌려서 신은 탓인지 발목이 아프다면서 사이드 쪽으로 걸어갔다.

"스케이트고 나발이고 발목 아파서 못해 먹겠다."

그날 오후, 마침 동혁이가 속한 우리 학교 아이스하키 선수들의 준결승이 열릴 예정이었으므로 우리는 참으로 오랜만에 다 모였다. 엿장수에게서 산 깨엿을 질겅질겅 씹으며 교가를 고래고래 부르면서, 또 상대편 K고등학교 응원석에 앉은 만만한 녀석들을 공연히 노려보기도 하면서 시합이 벌어지기를 기다렸다. 나는 넌지시 아까 무슨 말을 하려고 했는지, 영민이에게 물어보았다. 하지만 영민이는 들은 척도 하지 않았다.

동혁이가 투구처럼 무장한 채 스틱을 쥐고서 빙판에 나오자 영민이의 선창으로 "브이아이씨티오알와이! 머저리 클럽 민민세!"를 서너 번 외치고는 자리에 앉았다. 동혁이는 이쪽을 보고 씽긋 웃으면서 제법 의기양양해서 자기 포지션에 자리를 잡았다. 드디어 시합이 시작되었다.

1피어리드는 무승부였다. 2피어리드에 들어가자 경기는 열기가 고조되기 시작했다. 우리는 고래고래 소리를 지르면서 동혁이를 응원했지만 동혁이는 한 골도 넣지 못했다. 으레 응원에 기승을 잘 부리는 문수는 안경이 벗겨진 줄도 모르고 펄쩍펄쩍 뛰면서 목이 쉬도록 머저리 클럽 만만세를 외쳤으나 우리 학교는 토털 스코어 5대2로 참패하고 말았다. 제기랄! 침을 퉤퉤 뱉으면서 우리는 거리로 나섰다.

그녀와 만나기로 한 날을 손꼽아 기다렸다. 어찌나 지루한지 하루가 일년처럼 길게 느껴졌다. 하지만 막상 만나기로 약속한 날이 되자 겁이 나고 두려워지기 시작했다. 무슨 말을 할까, 하고 나는 수천 번도 더 생각했다. 바둑 둘 때처럼, 미리 질문을 예상하고, 그러면 이렇게 대답해야지 하며 곰곰이 연구하기까지 했다. 그러나 그렇다고 해도 자신이 있는 것은 아니었다. 나는 만나기로 약속한 여섯 시가 가까워질수록 봄닭처럼 안절부절못하며 무슨 옷을 입을 지조차 결정을 내리지 못하고 있었다. 결국 나는 아버지의 새미 점 퍼를 실례하기로 했다. 원래 아버지는 몸이 비대하고 배가 나와서 옷이 큰 편이지만 점퍼는 남방하고는 달라서 크면 큰 대로, 작으면 작은 대로 입어도 과히 흉하지 않다는 것을 잘 알고 있었기 때문이 었다. 나는 한껏 멋을 내보고 싶었다. 여드름이여, 망할 놈의 심벌 이여, 날 좀 살려주오. 나는 수백 번도 더 여드름에게 간청을 했다. 그러나 그놈의 원수가 하루아침에 없어지지 않는다는 것 또한 잘 알고 있었다.

나는 만나기로 한 30분 전에 집에서 출발했다. 명동엔 사람이 많아서 마치 가마솥같이 들끓고 있었다. 나는 그 인파를 뚫고 언덕 을 허이허이 올라 명동 성당으로 들어섰다. 한적할 것이라고 생각 했는데 굉장한 오산이었다. 무슨 행사가 있는지는 몰라도 많은 사 람들이 신도, 비신도 할 것 없이 벤치에 앉아서 혹은 서성거리면서 이야기를 나누고 있었다. 나는 별 수 없이 서서 기다리기로 했다.

참으로 오랫동안 기다렸다. 시계는 벌써 6시 15분을 돌파하고 30분을 향해서 필사적으로 안간힘을 쓰면서 다가가고 있었다. 나 는 비애를 느꼈다. 그러면서도 한편으로는 희망을 버리지 않았다.

온다. 분명히 올 것이다!

　나는 믿음을 버리지 않았다. 사람이 들어설 때마다 '이번엔' 하며 전전긍긍했다. 시계는 벌써 정각 30분을 가리키고 있었다. 그러나 나는 아직 희망을 버리지 않고 있었다. 명동 성당으로 올라서는 계단 수가 짝수면 그녀가 올 것이라는 생각으로 세어보았다. 홀수였다. 까짓것 미신은 믿지 말자고 생각했다.

　나는 버림받은 고아처럼 쓸쓸하고 외로워서 우두커니 주머니에 손을 찌른 채 다소 큰 점퍼의 깃이 목을 쓰라리게 하는 것을 참으면서 여전히 입구에서 눈을 떼지 않고 있었다. 어디선가 일곱 시를 알리는 시보 소리가 빽 하고 들려왔다.

　그때 나는 내 등 뒤를 두드리는 것을 느꼈다. 그래서 돌아보았는데 그것은 영민이였다. 내가 여자만 주시해 보았지 남자는 무심코 보아 넘겼기 때문에 녀석이 들어서는 걸 보지 못한 모양이었다.

　"웬일이냐?"

　나는 우선 반가운 나머지 웃으면서 물었다.

겨울바다에서, 울다

놀란 것은 나뿐만이 아니었다. 그것은 영민이도 마찬가지였다.

"넌 웬일이냐?"

영민이도 의아한 듯 고개를 갸우뚱거리면서 나를 쳐다보았다.

"응, 저 말이야. 저, 나는……."

나는 부끄러워서 주머니에 손을 찌르며 그의 시선을 피했다.

"소림에게 만나자고 편지를 썼었어. 여기서 지금 이 시각에 만나자고 말이야."

"뭐라고?"

영민이는 순간 비명 같은 소리를 냈다. "여기서 만나기로 했었다고?"

"그래."

나는 대답했다. "며칠 전에 편지를 썼거든."

"도대체 어찌된 영문인지 모르겠군."

영민이는 침을 뱉으면서 낙담한 표정을 지었다.

"동순아."

한동안의 의아함과 수치와 긴장이 사라지자 영민이는 마침 빈 의자에 앉아 요란스러운 야경 저 너머 우리와는 무관한 불빛을 멍하니 내려다보고 있었다.

"그 앤 오지 않을 거야."

영민이가 나지막한 목소리로 말을 이었다. "어제 소림이의 편지를 받았어. 그 편지엔 그저 오늘 이 시간에 이리로 나와주셨으면 감사하다고 씌어 있었을 뿐이야. 이를테면 너와 나는……."

우리는 가벼운 머리칼을 날리면서 불확실한 거리의 불빛으로 행장을 차리고 마치 사이좋은 사이끼리 양지바른 툇마루에 앉아 묵은 손톱을 나우어 깎는 것처럼 어깨를 맞대고 조용히 앉아 있었다. "소림이의 술책에 넘어간 거야."

"그렇다면……."

나는 아까부터 영민이가 소림이 대신 불쑥 뛰어들었을 때부터 무언가 어찔어찔해오고 막연하게 부풀어 오르던 불안감을 짐짓 누르면서 그를 쳐다보았다.

"나는 그 애에게 만나자는 편지를 썼는데, 그게 결국 널 만나자고 쓴 셈이란 말이구나."

"그래."

영민이가 웃었다. "그 말이 아주 그럴듯해."

영민이는 난처한 듯 고개를 흔들거리더니 일어섰다.

"우리, 좀 걷자."

영민이는 먼저 성큼성큼 거리의 인파 속을 향해 발을 내딛었다. 나도 일어나 그를 따라가며 걷기 시작했다. 거리는 사람들의 홍수로 말미암아 기름 끓는 프라이팬처럼 튀어 오르고 있었다. 우리는 잠시 아무런 말도 없이 어깨를 맞대고 가끔 쇼윈도를 들여다보거나 백화점 점원이 손님을 부르는 아우성 소리에 귀를 기울이면서, 그러나 잔뜩 지친 스무 살 먹은 아이 같은 표정으로 거리를 걷고 있었다. 그러다가 불쑥 영민이가 지나가는 말 비슷하게 물었다.

"동순아, 너 《햄릿》 읽었지?"

"응."

"거기에 이런 구절 나오는 것 아니? 햄릿이 호레이쇼한테 이 세상엔 네가 모르는 것으로 가득 차 있단다, 라고 하던 말 말이야."

"몰라."

나는 우울하게 대답 했다. "정말 기억이 안 나."

"넌 지금 날 오해하고 있지 않니?"

불쑥 영민이가 주머니에 꽂았던 손을 빼며 목소리를 높였다.

"아니."

나는 뜨거운 침을 삼켰다. "그렇게 생각하지는 않았어. 다만…… 몇 가지 네게 물어보고 싶어."

나는 이를 악물었다.

"소림이가 네게 편지를 써서 내가 만나기로 한 장소에 나오게 한 저의가 무엇인가를 알고 싶어. 너라면 알고 있다고 믿어. 그리고 그 애가 네게 그런 뜻의 편지를 보냈다면 아마 나 모른 새에 둘이 서너 번은 만났을 것이라는 생각이 들어. 그것이 사실인가를 알고 싶어. 그리고 마지막으로 그 애의 그런 행동이 내게 모욕을 주려는 것처럼 느껴지는데, 도대체 그 이유가 무엇인지 가르쳐 줘."

거리는 시끄러운 소음으로 서서히 들떠 오르고 있다. 우리는 그 속을 길 잃은 두 마리의 들짐승처럼 느릿느릿 걸어가고 있었다. 나는 철근처럼 무거운 절망이 걸음을 옮길 때마다 한 발자국 앞선 거리에 톱밥처럼 뿌려지는 것을 보고 있었다.

"동순아, 우리…… 서로 솔직할 수 있지, 그렇지?"

영민이는 나를 쳐다보았다.

"난 모르겠어. 하지만 네 말마따나 솔직해지려고 노력하겠어. 묻는 말에만 대답해줘."

"소림이에게 내가 먼저 편지를 보냈어."

순간, 영민이가 소리를 높였다. "그래선 안 된다는 것을 알면서도 도저히 참을 수가 없었어."

그는 거의 비명을 지르고 있었다. 우리는 남산 비탈길을 가로질러 오르고 있었다. 차가운 겨울 공기 속에 수은등만이 환히 눈을 뜨고 있을 뿐이었다.

"소림이에게 만나자고 편지를 썼어. 그리고 우리는 만났지. 첫 날 우리는 국립극장에서 연극을 같이 봤어."

헤드라이트 켠 차들이 윙윙거리며 달려와서는 조그맣고 추위 에 떨고 있는 우리 두 명의 모습을 순간 밝혔다가 스러지고는 했다. 누구네 집 담일까. 긴 돌담에 기대어 우리는 겨울 추위보다 더 무섭 고 혹독한 추위 속에서 오들오들 떨고 있었다.

"우리는 이틀마다 만났어. 난 널 볼 때마다 내가 소림이를 만나 고 있다는 것을 알려주고 싶었어. 그건 정말이었어."

"거짓말 마!"

내 입에서 거친 소리가 튀어나왔다. 나는 내게 무엇이 다가오는 가를 알아차리고 있었다. 내 눈 위에 흐르는 부끄러운 눈물. 사내 놈이라면, 열여섯 살 먹은 사내놈이라면 좀처럼 남에게 보이고 싶 지 않은 눈물 두어 방울을, 아아, 창피하고도 창피스럽게 굴러 떨어 뜨리면서 나는 점퍼 깃 속에 얼굴을 묻고 있었다.

"난 비겁한 녀석이야. 난 그것을 알고 있어."

영민이가 교묘하게 말을 했다. 그의 목소리는 겨울의 찬 공기 속으로 서릿발이 뻐글뻐글 솟아오르며 사라져갔다.

"난 네가 소림이를 얼마만큼 좋아하는지 알고 있었어. 하지만 동순아…….."

그는 말을 끊고, 나를 쳐다보았다. "나도 소림이를 좋아하고 있어."

나는 무서워서, 무서워서, 무서워서, 무서워서 무서워서 무서워서 무서워서, 그것이, 그의 말이, 내가 기댄 돌담이, 겨울의 추위가, 소림이가 내가 주저하고 있는 동안에 영민이를 만나주었던 그 수많은 역설이 무서워져서 돌담의 차디찬 벽을 아프게 쥐어뜯고 있었다.

"난 네게 용서를 빌고 싶진 않아. 그것은 더 비겁한 일일 거야."

순간, 나는 ㄱ의 얼굴을 두 손으로 쥐어뜯었다. 그의 몸은 맥없이 내가 끄는 힘으로 빨려 들어왔다.

나는 녀석의 얼굴을 향해 내 온몸을 부싯돌 긋는 것 같은 힘으로 구겨 넣었다.

"치사하고 더러운 자식."

난 녀석이 내가 타격을 가할 때마다 아무런 반항 없이 맞고, 그리고 드디어는 벽에 힘없이 기대는 것을 보았다. 그리고 나는 산 아래를 향해 뛰기 시작했다. 막연한 분노, 핏발 선 배반 의식, 달콤한 거짓말, 뚜렷하게 다가온 패배……. 나는 언덕 아래 흐르는 거리의 불빛 속을 향해서 철책을 뛰쳐나온 맹수처럼 눈물을 터뜨리며 돌진하고 있었다. 그날 밤 나는 김소림에게 편지를 썼다.

오늘 나는 소림 씨를 만나는 대신에 참 엉뚱한 귀양의 계획으로 영민이를 만나게 되었습니다. 그리고 왜 영민이를 내게 보냈는지, 그 이유도 알게 되었습니다. 그것에 나는 감사를 드립니다.

　며칠 전에 나는 조병화라는 시인의 시구에서 다음과 같은 구절을 보았습니다. 잘 기억은 나지 않으나 대강 다음과 같은 구절로 생각됩니다.

　잊어야만 한다.
　진정 잊어야만 한다.
　오고 가는 먼 길에서 인사도 없이 헤어진 당신은 누구던가.
　그 사람을 잊어야만 한다.

　이 구절 외에 더 있지만 그 이상은 기억이 나질 않습니다. 소림 씨. 귀양은 제게 처음으로 와준 소중한 여인이었습니다. 그런데 이제 귀양은 제게서 사라져버리려 하십니다. 귀양은 제가 생각하던 상상 속의 귀양 이외의 소림 씨였습니다. 나는 그것이 서럽습니다. 부서진 파편을 들고 그 몇몇 조각의 잔영 속에서 허무하게 쓰러진 제 믿음을 단지 회상하는 것으로 만족해야 하겠습니까.
　아닙니다. 그럴 수는 없습니다.
　나는 몇 시간 동안 곰곰이 생각해보았습니다. 부끄러운 고백입니다만, 울기도 했습니다. 그러면서 나는 며칠 동안만이라도 이 거리를 떠나고 싶다는 생각을 굳혔습니다. 내일 아침이면 저는 저금한 돈을 갖고 여행을 떠날 참입니다. 어릴 적부터 제겐 겨울 바다를 보는 것이 큰 소망이었습니다. 여름의 바다는 풍성하고 피서객들로 가득 찹니다. 그러나 겨울의 바다는 아무도 돌보지 않아 쓸쓸하고 우울할 것 같은 생각이 듭니다. 그래서 나는 지난여름에 갔었던 D시로 떠나고 싶습니다. 가서 겨울 바다 위에도 갈매기가 우는가, 파도가 모래사장을 핥고 있는가를 보겠습니다. 그럼 다시는 소림 씨에게 편지를 쓰거나, 전화를 거는 폐를 끼치지 않을 것을 맹세하면서 그동안의 호의에 감사합니다. 건강하십시오.

　　소림 씨의 옛 벗, 동순 올림.

　다음 날 나는 서울을 떠났다. 가벼운 차림으로 여행을 떠나는 내 가슴은 무언가 큰일을 해치우고 있다는 느낌을 받을 때의 긴장감으로 충만해 있었다. 나는 집에도 알리지 않았다. 누이에게 약간의 언질을 줄까 했지만 포기했다. 다음 날은 새해였기 때문에 내가 아무리 그럴듯한 핑계를 댄다고 할지라도 허락하지 않을 것이라는 것이 빤했기 때문이었다. 그래서 도착하는 즉시 어머니 앞으로 편지를 띄우고 욕먹을 각오쯤은 단단히 하고 있다.

　구정이 아니어서인지 역은 한산했고 기차 안도 번잡하지 않았다. 난방장치가 잘 안 된 모양인지 출발하기 전부터 발이 시렸다. 눈이라도 퍼부을 듯 찌푸린 하늘이 기차 차창 언저리에 무겁게 가라앉고 있었다. 나는 그 하늘을 배경으로 한 유리창에 입김을 불어 한 조각의 불투명한 젖빛 공간을 만들었다. 그리고 손을 들어 '김소림' 이라고 낙서를 했다. 그러자 순간 덜컹이며 늑골이 삐걱대는 소리를 내면서 기차가 움직이기 시작했다. 떠나간다. '김소림'이라고 쓴 낙서와 함께 기차는 낯선 곳을 향해서 출발하기 시작한다. 며칠간의 불면, 서러운 이별, 그런 것 다 접어두고 기차는 떠나간다. 친구여, 네가 가령 목청 좋은 친구라면 기타를 들고 가장 낮은 노래를 불러다오. 너의 작은 영지(領地)의 숲에서 순간 날아가는 은빛의 새. 그때 낙하하는 비듬과 같은 깃털, 그것을 들고 서러워하며 나를 전송해다오. 기차는 점점 속력을 더한다. 거리가, 산이, 전신주가, 철교 연변에서 손을 흔드는 꼬마들의 손이 스쳐 지나간다. 가방 속에는 옷 몇 벌과, D시까지의 표뿐. 나는 덜컥 두려움을 느낀다. 그러나 짐짓 모른 체한다. 차 안은 장사치들의 느릿느릿한 목소리, 사람들의 사투리 섞인 대화, 그런 어수선함으로 가득 찼다. 앞쪽에 앉은 노파가 손자를 재우고 있다. 손자는 뚜렷한 이유 없이 칭얼댄다. 거의 여섯 시쯤 기차는 D시에 도착할 것이다. 나는 한숨 자려고 눈을 감는다. 눈앞에 또렷이 다가오는 것은 하나뿐. 나는 부정한다. 어리석은 짓이었어, 라고 나는 생각한다. 나는 좀 더 강하게 고개를 흔든다.

　기차는 연착해서 여섯 시보다 30분이나 늦게 도착했다. 내가 한산한 역 구내를 빠져나왔을 때는 마침 성긴 눈발이 흩날리고 있었다. 술 취한 군인 한 명이 거리 뒤에서 오줌을 싸고 있었다. 거리는 낮고 우울한 빛깔로 가라앉아 있었다. 나는 지난여름에 왔을 때 번쩍이는 태양 아래 수많은 사람들이 이 거리 광장에서 서성이던 것을 기억해냈다. 그러나 겨울의 이 거리는 텅 비어 있었다. 나는 아주 오래 기다려 해수욕장으로 빠지는 버스를 탔다. 차는 나 혼자만 태우고 바다로 출발했다. 어둠이 서서히 몰려들고 있었다. 어둠 속에서 눈이 희끗희끗 날리고 있었다.

"바다까지 가세요?"

여차장이 하품을 하면서 물었다.

"네."

나는 대답했다. 작은 소형 버스는 경망스럽게 미끄럽고 울퉁불퉁한 시골길을 재빠르게 망아지처럼 빠져나가고 있었다. 송림이 축축하게 감겨들고 있었다. 운전수가 버스 안의 라디오를 켰다. 그러자 잡음을 내며 노래가 터져 나왔다.

"바다엔 누굴 만나러 가시나요?"

차장이 내게 자꾸 말을 걸고 싶어 하는 눈치였다.

"아니…… 아예, 그렇습니다."

나는 얼결에 수긍을 했다. "친구를 찾아갑니다."

버스 헤드라이트 불빛은 유령처럼 어둠을 밝히면서 전진하고 있었다. 이윽고 아주 오랜 후 버스는 바닷가에 닿았고 나는 혼자 내렸다.

"안녕히 가세요."

차장이 내게 인사를 했다. 나는 아주 오랫동안, 차가 후진을 해서 다시 사라져버릴 때까지 차의 행방을 눈으로 쫓고 있었다. 차의 불빛이 언덕을 돌아 사라져버리자, 내 귀에는 바다의 파도 소리와 강인한 바람소리, 눅눅하고 습진, 허나 매몰찬 바닷바람이 온통 가득히 부벼오는 것을 느꼈다. 머리칼이 사납게 나부꼈다. 나도 어둠 속에서 여름 피서용 방갈로들이 함부로 누워서 바람에 흔들거리는 것을 보았다. 강한 피로를 느끼면서 나는 걷기 시작했다. 그러나 불빛은 아무 데도 없었다. 수많은 사람들로 북적이던 지난 여름날의 거리는 너무나 텅 비어 있었다.

불빛을 찾아 거리를 헤매었다. 그러나 아무데도 불빛은 없었다. 나는 지친 몸을 이끌고 거리 끝에서 끝까지 걸었다. 나는 거리 끝에서야 방갈로 안쪽에 불빛이 새어나오는 것을 발견했다. 나는 미친 듯이 그 쪽을 향해 뛰었다. 어서 오십시오. 해수욕장 선전판의 페인트칠이 벗겨진 채 길가에 서 있었다. 나는 판자벽을 사납게 두드렸다. 한참 만에 안에서 인기척이 났다. 그리고 문이 열리고, 호롱불을 든 여자가 다가왔다.

"저, 하룻밤 신세질까 하는데요."

그러자 여인은 잘 안 들린다는 듯 낯선 얼굴로 나를 쳐다보았다.

"저, 하룻밤을 신세질까 하는데요."

"하지만……."

여인은 알아들었다는 듯 고개를 끄덕이고 나를 위아래로 찬찬히 훑어보았다. "지금은 겨울이라 방이 없습니다."

"여름 별장용 방도 없습니까?"

나는 애원하듯 목소리를 높였다.

"있긴 있지만 불도 안 때고……."

"괜찮습니다."

나는 부드럽게 말을 했다. "아무래도 괜찮습니다."

"그럼 들어오세요."

여인은 호롱불을 들고 앞장을 섰다.

나는 신을 신은 채 마루 위로 들어섰다. 신발에 묻은 모래가 함부로 튀었다. 여인은 방을 하나 지정해주었고, 방 안에 역시 작은 호롱불을 밝혀주었다. 그리고 때 묻은 이불을 가져다주었다.

저녁을 그른 나는 배고픔도 잊어버린 채 가방을 방 안에 내려놓고 바다를 향해 걷기 시작했다. 차가운 모래를 발길로 차면서 어둠 속에서 끓어오르는 파도 소리, 희게 부서지는 파도, 숨이 탁탁 막혀오는 강한 바닷바람, 그 속을 고개를 숙이고 뚫고 나섰다. 바다는, 겨울의 바다는 싱싱하게 그곳에 누워 있었다. 물보라가 덤벼들고 눈발이, 밤이 부서지는 파도 위에서 춤추고 있었다. 나는 허리를 펴고 우뚝 서서 기묘한 새해 아침, 열일곱 살이라는 새로운 나이가 내게 어떤 의미를 주는 것인가를 알았다. 나는 사나운 기세로 덤벼드는 바닷물을 한줌 쥐었으나 물은 손 사이로 빠져 달아났다. 하늘은 어둠과, 그러나 바다보다 밝은 빛으로 내 머리를 온통 가리고 있었다. 그때 바다 한가운데서 가냘픈, 그러나 날카로운 소리가 스며 나와 내 귀를 찌르는 것을 느꼈다. 그 소리는 내 젊은 가슴을 쥐어흔들고, 나를 설레게 했다. 나는 나의 작은 실연쯤은 이 거창한 자연 속에서 아무것도 아닌 것이라는 새로운 계시를 받았다. 그러자 나는 유쾌해졌다. 이 거대한 바다와 하늘. 그 바다를 향해 우뚝 서 있는 내 가슴은 그까짓 여인에게 상처받은 일상사는 한갓 물거품에 불과했다. 나는 눈을 부릅뜨고 마음껏 바닷바람을 들이마셨다.

출발하자.

나는 생각을 했다.

내일 아침 동이 트자마자 출발하자.

나는 다짐을 했다. 그러자 출발하는 것은 지금이어야 한다고 나는 문득 생각했다. 그것은 정말 합당한 결론이었다. 나는 바다를 향해 심호흡을 하고 그 길로 바다를 향해 작별 인사를 했다. 막차가 몇 시냐고 여인에게 묻자 열한 시에 출발한다고 알려주었다. 나는 몇 백 원의 사례를 한 다음 짐을 들고 힘차게 버스 정류장으로 출발했다. 버스는 아주 오랜 후에 왔는데 역시 올 때의 그 버스였다. 차장이 반갑게 인사를 했고 승객은 올 때처럼 나 혼자였다.

"친구 찾았습니까?"

차장이 웃으며 내게 물었다.

"찾았습니다."

나도 따라 웃었다.

PART-2 머저리 Vs 샛별

그때였다.

나는 여학생들 중에 한 명이 웃지 않는 것을 보았다.

얼핏 눈에 들어오는 얼굴은 아니었다.

머리를 길게 땋아서 늘이고 있었다.

그 애는 웃음 대신

손끝으로 손수건을 만지작거리고 있었다.

내리깐 얼굴 위로 비낀 햇살이 아롱지고 있었다.

새로운 시간, 새로운 만남

1

3월 초, 우리는 2학년이 되었다. 내 석차는 523명 중 216등이고 평균 74점이었다. 우리 머저리 클럽 중에 성적이 제일 나은 것은 문수로 58등이었고, 제일 못한 것은 동혁이었는데 409등이고 평균 67점이었다.

"제기랄."

동혁이는 성적을 확인하고는 투덜거렸다.

"운동하느라고 시험공부 못했으니 67점도 장땡이다, 장땡."

우리는 동혁이를 두고 그렇게 낄낄거렸다.

그리고 우리는 반 편성을 받았는데 동혁이와 문수는 나하고 같은 2학년 6반이었고, 영민이는 4반, 철수와 영구는 2반이었다.

우리는 반 편성을 끝내고 참으로 오랜만에 케이크 집에 앉아 빵을 먹으면서 2학년으로 진급한 기쁨을 느끼며 한결 점잖은 채 한눈팔지 않고 조용히 앉아 있었다. 영민이는 나와 시선이 마주칠 때마다 피했다. 하지만 나는 그렇지 않았다. 새해 초 바다에 몇 시간 다녀온 이후로 거짓말이랄 정도로 소림이에 대한 생각은 씻은 듯이 사라졌고 나는 오히려 더 건강해진 셈이었다.

우리는 대충 대학교 진학 문제라든가, 새해 초면 으레 금주다, 올해부턴 당연 금주다, 라고 도대체 며칠 동안도 지켜지지 않을 단주 선언하는 아버지들처럼 새 학기엔 으레 대두되는 신학기의 자기 계획을 털어놓기 시작했다. 다들 한 가지씩 자기의 웅대한 청사진을 내놓았는데, 다행인 것은 그날이 3월 5일이었길망정이지 4월 1일이었다면 누구도 곧이듣지 않을 그러한 포부들이었다. 대부분의 포부가 성적 향상에 대한 것이었다. 특히 동혁이는 2학년 때엔 영어책을 첫 과부터 끝 과까지 씹어 먹듯이 외울 참이라고 말했다.

동혁이가, 도대체 영어엔 왜 그렇게 음식점에 붙인 갈백(갈비백반), 불백(불고기백반), 계백(계장백반), 상백(상치백반) 식의 용어가 많은지, 제기랄 완자(완전자동사), 불자(불완전자동사), 완타(완전타동사), 불타(불완전타동사) 같은 용어가 뭐라는 소리냐, 라는 불평을 해댔다. 그러자 철수가 영어는 그렇다고 치더라도 독일어는 또 뭐냐. 데르, 데스, 뎀, 덴이면 그만이지 동사의 변화는 무슨 말라 죽은 변화냐, 이거 어디 골치 아파 살겠냐, 라고 맞장구쳤다. 그제야 비로소 몇

개월 만에 모두 만나 좀 어색하던 자리가 다시 머저리 클럽 특유의
짓궂고 악동적인 분위기 급전환되었다.

2

새 학기 초 우리들 머저리 클럽 회원은 나름대로 마음을 다잡고
공부를 하느라 전처럼 자주 모이지는 않았지만 여전히 쉬는 시간
에 같이 모여 역적모의하는 버릇은 변함없었다. 그런데 바로 그즈
음 동혁이가 아주 빅 뉴스를 가져왔다. 그의 얘기인즉, 우리 머저리
회원들은 모두 대한민국 정부에서 보증하는 숫총각인 ♂인데, 어
찌 남자가 있는 곳에 우가 없을쏘냐, 이왕이면 우리 클럽에 여자 회
원을 집어넣자, 내 알기로는 Y여고 2학년에 샛별 클럽이라고 있는
데 나하고는 초등학교 동창인 여자애가 주관하는 것으로 매주 토
요일 오후 서대문 로터리 근처 신우관이라는 집회 장소에서 모인
다는 것이었다. 명목상으로는 독서 클럽이지만 까짓 독서야 만화
책 감상이나 하는 셈치고 요는 애프터 미팅이 목적이 아니겠냐는
그런 얘기였다.

모두들 찬성했다. 특히 문수가 "야, 이거 잘하면 나 같은 천하
의 여드름쟁이도 스잔나 같은 여학생 한번 사귀어보겠구나." 하고
환호작약했다. 철수, 영민이도 만만세였다.

"동순이 넌?"

문수가 싱글거리면서 내게 물었다.

"저, 나는……."

나는 조금 당황이 되어서 고개를 숙였다. "그만두겠어."

"뭐, 뭐라고?"

동혁이가 눈을 부릅떴다.

"동무는 반동이요. 다시 한 번 생각해보오."

철수가 한 마디 했다.

"난 정말 그만두겠어."

나는 엽차 물을 들이켜면서 대답했다.

"이봐, 동순 군!"

갑자기 영구가 눈을 부릅뜨고 소리를 높였다. "우리 머저리 클럽은 이날 이 시각까지 한 번도 개인플레이를 해본 적이 없다. 첫째도 단결, 둘째도 단결, 셋째도 단결이었다. 그런데 어찌하여 이 엄숙한 남녀 결단식을 결성하려 하는데 귀공은 반기를 드는고?"

"야야, 그만하자."

영민이가 주위의 눈치를 피해서 한 마디 했다. "동순인 요새 무지무지하게 공부를 파고 있지 않냐. 내버려 두자, 내버려 둬."

영민이가 비로소 나를 두둔했는데 그것은 그 일이 있은 후 비롯된 그의 버릇이었다. 그와 나는 참 이상스러울 정도로 서먹서먹해져서 공연히 쳐다볼 때마다 어색하게 웃다가는 다시 뻣뻣해져서 될 수 있는 한 시선이 마주치는 순간을 피하고 있었던 것이다. 그러

나 그것보다도 내가 내 친구들 간의 환담 속에서 빠지려고 했던 이
유는 바로 내 자신의 이유 때문이었다.

　새 학년부터 나는 열심히 공부했다. 때문에 나의 성적은 무서울
정도로 향상되었다. 물론 저번에 겨울 바닷가에 다녀온 이후로 소
림이의 기억이 희미해지기는 했지만 완전히 사라진 것은 아니었
다. 불쑥불쑥 그 애의 얼굴이 나타나 괴롭히고는 했다. 보고 싶다
거나 만나고 싶다는 그런 감정 때문이 아니었다. 무언가에 지고 말
았다는 패배감 같은 것이었다. 영민이에게, 아니면 소림이에게 지
고 말았다는 열등감 같은 것이 느껴질 때마다 나는 이를 악물고 공
부했다. 빈 시간이면 책을 읽었다. 닥치는 대로 읽었다. 레이몽 라
디게의 《육체의 악마》라는 책도 보았다. 거기에 다음과 같은 문구
가 있었다.

　마르트! 나의 질투는 무덤 속까지 따라다녔다. 나는 죽어서까
지도 곁에 아무도 없는 것을 바라고 있었다. 사랑하는 사람이 자기
가 없는 곳에서 다른 사람들에게 에워싸여서 떠들어대는 것을 본
다는 것은 참으로 견딜 수 없는 일이었기 때문이다. 나는 아직 미
래를 생각할 나이는 아니었다. 내가 마르트에게 바라고 있는 것은
다른 날 그녀와 만나볼 수 있는 저세상이 아니고 어쨌든 그저 무
(無) 자체였다.

밤이면 나는 몇 시간이고 2층 창밖을 통해 하늘 가득히 반짝이는 별들을 바라보며 참으로 묘한 느낌을 맛보곤 했다. 그 별들이 반사하는 반짝이는 빛들이 지구로 오기까지의 수억만 년의 광대한 우주 속에서 나는 참 부질없고 작은 녀석이라는 것을 새삼 느끼곤 했다. 신은 도대체 존재하는 것인가. 자연을 지배하는 초자연의 신은 정말 있는 것인가. 그렇다면 산다는 것은 무엇인가. 세월이 흐른다는 것, 계절이 바뀐다는 것, 몇 십 년 후에 무엇이 될 것인가 하는 막연한 두려움 같은 것, 이러한 것들은 모두 무엇을 의미하는 것일까.

그즈음 내 머리를 온통 지배하고 있는 것은 그러한 생각들이었기 때문에 나는 스스로 친구들의 일이나, 가족들의 일에도 움츠러들고 될 수 있는 한 미동도 하지 않으려는 심산이었다.

"어쨌든 토요일 오후 3시에 신우회관에서 모이기로 했으니까 시간 늦지 않게 다들 모여주기 바란다. 이상!"

동혁이가 마지막으로 말을 하고 난 뒤 우리는 일어서서 우르르 어둠이 깔린 도시의 거리로 빠져나왔다.

책가방을 어깨에 메고 우리는 떠들며, 뚜렷한 목표도 없이 봄이 무르익는 야경을 보면서 걷고 있었다. 거리는 반(半) 성인인 우리 앞에서 너무나 풍요롭게 빛나고 있었다. 버스 정류장이 다가오자 우리는 뿔뿔이 헤어지기로 했는데 영민이가 불쑥 내게 다가왔다.

"바쁘냐?"

그는 책가방 끈을 빙빙 돌리면서 괜히 무안한 표정으로 물었다.

"아니."

나는 단순하게 대답했다.

"그럼 우리 얘기 좀 하자."

영민이가 모자를 눌러쓴 채 먼저 뚜벅뚜벅 앞장서 걷기 시작했다. 우리는 묵묵히 아무런 말도 없이 다시 새로운 행진을 시작했다.

"저, 소림이 얘기야."

그는 얼마만큼 후에 잔뜩 쉰 목소리로 말을 꺼냈다. "소림이가 널 만나고 싶대."

로터리 신호등이 파란불로 바뀔 때까지 우리는 신호등을 보면서 서 있었다.

"전화 좀 걸어 달라더군."

"그만두겠어."

나는 대답했다. "난 이제 잊어버렸어."

신호등이 바뀌자 우리는 길을 건너기 시작했다.

"그 애는 내가 바라는 여인이 아니었던 것 같아."

"그럴까?"

영민이가 부드럽게 수긍을 했다. "그럴지도 몰라."

"몇 달 동안 난 줄곧 그 생각만 해왔어. 이제 소림이는 내게 아무것도 아니야. 부끄러운 얘기지만 나 저번 그 일이 있은 후 바닷가에 갔다 왔어. 가서 겨울의 바다를 보았어. 파도가 성이 나서 바람에 흩날리고 있더군. 소림이를 좋아했던 것은 내 인생 최초의 사랑이었어. 영민아, 우습지 않니? 우리가 사랑이니, 연애니 얘기하는 것. 나 참 좋은 경험을 했던 것 같아."

우리는 벌써 집으로 가는 버스 정류장을 한 정거장 지나치고 있었다.

"물론 깨끗하게 잊어버렸다는 것은 거짓말이야. 하지만 남아 있는 것은 최소한의 자존심 문제일 거야. 일테면……."

나는 말을 끊었다. "내가 너한테는 늘 지고 있다는 감정 말이야. 그런 감정 알겠니? 넌 처음부터 나보다 한 발자국 늘 앞서 있었어. 작년 고등학교 입학 때부터 너는 늘 나를 앞질러 가고 있었어. 그런 감정밖에 남은 게 없어. 정말이야. 너, 내 말 이해할 수 있겠니?"

"그래."

영민이는 선선하게 대답했다. "이해할 수 있고말고."

"어쨌든 내게 남은 것은 이제 공부뿐인 것 같아. 내가 좋아할 수 있는 여자가 어딘가 있을 것 아니겠니? 하지만 우린 아직 그럴 시기가 아닌 것 같아."

"동순아."

영민이가 웃음을 보이면서 나를 쳐다보았다. "우리가 10년 후에 어떻게 변해 있을까? 그때 우리는 어떻게 달라져 있을까? 그리고 그때 우리가 이 길을 걸으면서 이렇게 얘기했던 것을 기억한다면 어떤 느낌이 들까? 궁금하지 않니? 내 생각으로는 우리가 지나온 일들, 일테면 소림이 얘기, 너하고 나하고 싸운 얘기 모두가 꿈만 같을 거야."

"아냐."

내가 말했다. "그렇지 않을 거야. 난 지금 이 순간까지도 생생하게 기억할 거야. 난 세월이 지나간다 해도 우리의 일들, 그리고 내가 지금 느끼는 이런 감정 모두를 소중하게 기억하고 있을 테야. 설사 어른들이야 늘, 너희 나이 땐 모른단다, 좀 더 나이를 먹어 봐야 한단다, 그런 말을 하지만 난 우리 때의 이것이 가장 소중한 것으로 믿고 싶어."

"참! 네게 부탁할 일이 있어."

영민이가 새로운 버스 정류장이 나오자 우뚝 서면서 말을 이었다. "우리 참 서먹서먹한 것 같다. 그런 감정 없애면 좋을 것 같은데."

"이것, 뭐 이러냐? 우리가 뭐, 철학자라도 된 것 같구나. 야야, 이런 얘기 관두자."

"그래, 까짓 관두자."

그가 맞장구쳤다.

우리는 토요일 3시쯤 서대문 로터리에 있는 집회장소로 나갔다. 원래 나는 빠지기로 되어 있었지만, 발기 총회의 첫날만큼은 빠져서는 안 된다는 동혁이의 간곡한 부탁에 별 수 없이 어슬렁거리며 떼를 지어서 책가방을 흔들거리면서 휘파람도 후익후익 불며 나아갔다.

여자 측이 먼저 나와 있었다. 도합 다섯 명의 여학생들이 의자에 앉아 있다가 우리가 어슬렁어슬렁 들어가자 호들갑을 떨면서 공연히 딴 얘기만 떠들어대고 있었다.

"실례합니다. 처음 뵙습니다."

문수가 거드름을 피면서 자기 인사소개를 하자, 별 우스운 얘기도 아닌데 여학생들은 깔깔거리고 손뼉을 치면서 웃음보따리를 풀어 던졌다.

"제기랄, 시어머니 죽었나. 좋아하긴."

영민이가 수군거렸다.

"야, 혜련아."

동혁이가 자기 초등학교 동창생인 혜련이라는 여학생을 부르면서 드디어 협상의 포문을 열었다.

"어어, 어어. 어따 대구 반말이에욧."

한 여학생이 발딱 일어서며 소프라노 음성을 발했다.

"반말하지 마세요오오."

갑자기 다섯 명의 여학생이 합창을 하면서 기선을 제압했다.

"취소하겠습니다."

동혁이가 벌개져서 낯을 붉혔다.

"취이소오 하세요오오."

미리 작전을 짜고 나온 것일까. 여학생들은 공동 작전으로 다시 합창으로 말을 했다.

"허허. 그러기에 제가 취소한다고 하지 않았습니까?"

"자알 하는 짓이다."

문수가 한 마디 했다. 이래서 첫날 첫 대면은 참으로 떠들썩하고, 무엇이 무언지 모르는 그야말로 아우성 속에서 시작되었다.

"저, 혜련 씨. 귀양하구 저하고는 초등학교 동창이니 그야말로 구면이겠사오니 우선 이 회에 사회자로 등단해서 각자를 소개하는 것도 괜찮을 줄 아옵나이다. 어찌 다들 이의가 없사온지."

"없사옵니다."

여학생들이 합창을 했다.

"그럼 S고등학교 2학년 〈머저리 클럽〉과 Y여고 2학년 〈샛별 클럽〉의 합병 공고를 아뢰옵기 이에 공고하나이다."

"브라자."

문수가 느닷없이 일어서며 소리를 질렀다. 여학생들이 그게 뭔 소린지 못 알아들어서 다행이지, 만약 그렇지 않았다면 항의를 제출한다 해도 문수로 볼 때는 변명할 여지가 없었다. 문수의 지론으로 '브라자'라는 것은 '브라보+지화자'로 동서양을 막론한 축배 인사였다. 그래서 그는 말끝마다 브라자, 브라자였다.

"그럼 구태여 회칙이랄까, 법률 따위는 생략하기로 하고, 우선 이 모임의 명칭부터 생각하겠습니다. 좋은 의견 있으면 하나씩 제출하십시오.”

　그러자 아이들이 한 마디씩 일어서서 명칭을 쏟아놓기 시작했
다. 나는 조용히 창 너머로 활짝 핀 개나리의 꽃잎과 그 위에 부서지
는 빛의 양광을 눈으로 쫓고 있었다. 봄볕 그것은 찬연한 빛의 침전
이었다. 나는 가만히 김광림의 〈양지(陽地)〉라는 시를 읊어보았다.

　　양지

　　막
　　울음을 거두고 난 아가의 중머리가

　　후광(後光)처럼
　　돋아나는 한낮
　　병아리가 햇살을 쫓고 있다.
　　흩어진 밥알인 줄 알고.

　　때로는 물매미처럼
　　세발자전거를 타지만
　　뜰 밖으로 못 나가는 동심(童心).

　　아가는 손바닥을 턴다.

순수(純粹)에 부딪친 꽃씨가 떨어진다.

앞자락엔 한 아름 풀내음이
안긴 채,

어느새 뜰에 고인 햇살이
그윽한 시력(視力) 앞에
꽃망울을 터뜨리고 있었다.

"뭐하고 있어?"
문수가 옆구리를 꾹꾹 찌르고 있었다.
"인마, 니 차례야."
"내 차례라니?"
나는 의아해서 좀 얼떤 소리를 냈다.
"자기소개."
"죄송합니다. 이 친구는 시인입니다. 옛날엔 안 그랬는데 요새
와서 시를 씁니다."
동혁이가 목멘 소리를 질렀다. 나는 주춤주춤 일어났다.
"김동순입니다. 제 자랑이라면 일찍 자고 일찍 일어나는 새 나
라의 어린이라는 것입니다."
까르르, 여학생들이 웃었다.

그때였다. 나는 여학생들 중에 한 명이 웃지 않는 것을 보았다. 얼핏 눈에 들어오는 얼굴은 아니었다. 머리를 길게 땋아서 늘이고 있었다. 그 애는 웃음 대신 손끝으로 손수건을 만지작거리고 있었다. 내리깐 얼굴 위로 비낀 햇살이 아롱지고 있었다.

"전 이문수입니다. 보시다시피 저는 목사, 즉 눈이 네 개입니다."

까르륵……. 여학생들이 또 웃었다.

"전 오늘의 이날을 얼마나 기다렸는지 모릅니다. 친구 녀석에게 물어봐주십시오. 전 여학생들하고 이렇게 마주 앉는 것이 일생 처음입니다."

"거짓말 마세요오."

또 합창.

"아닙니다. 믿어주시길 바랍니다. 때문에 오늘 전 몇 가닥 솜털이긴 하지만 수염도 깎고, 얼굴에 아모레 아이러브라는 화장품도 발랐습니다."

"그건 여성용 화장품이에요오."

또 합창.

"어쨌든 지도 편달을 주시기 바랍니다. 거지 적선해주시는 셈 치고 여러분의 뜨거운 한 표를 아니 뜨거운 사랑을 부탁합니다."

까르륵……. 여학생들이 웃었다.

나는 웃음의 소용돌이 속에서 웃지 않는 여학생을 주시하고 있었다. 그녀는 방금 창문을 통해 날아 들어온 벌 한 마리를 눈으로 쫓고 있었다. 눈이 부시도록 희었다.

이번에는 여학생들의 자기소개가 있었다. 하나하나 일어서서 자기 인사를 했다.

"강혜련입니다."

부회장으로 뽑힌 여학생이 일어서서 한 마디 했다.

"어, 나하구 종씬데."

철수가 반가운 듯 중얼거렸다.

"우리 집은 딸만 일곱입니다. 그중에서 셋쨉니다."

"저는 장말숙입니다."

키가 남자보다 크고 몸이 건장한 여학생이 남자 같은 큰 목소리로 말했다.

"전 농구선숩니다. 우리 학교에서 센터를 맡고 있습니다. 하지만 물론 후보입니다."

나는 그 여학생의 시선을 쫓고 있었다. 우리의 시선은 닿을 듯 말 듯 엇비끼고는 했다. 이윽고 그 여학생의 차례가 왔을 때 여학생은 살그머니 일어났다.

"전 노승혜라고 합니다."

여학생은 한 마디 하고 낯을 붉혔다.

"취미는 책 읽깁니다."

승혜, 노승혜. 가만히 이름을 불러보았다. 아름다운 이름이었다. 그러자 갑자기 가슴속으로 이상스런 기운이 스며들었다. 그녀의 이름이, 시선이, 맑은 눈이 내 가슴속으로 흘러들어와 내 삶을 간여할 듯한 예감을 느꼈다. 나는 놀란 나머지 축축해진 손을 들어 얼굴을 감싸 쥐었다. 아니다. 그런 감정이라는 것이 이렇듯 첫눈에 혹은 막연한 감정으로 느껴지는 것은 아니니까. 나는 손을 내리며 고개를 흔들었다. 바로 그 순간에 우리의 눈이 닿았다. 그 여학생의 눈이 얼핏 나의 시선과 닿았고, 그때 그녀는 고개를 숙이고 있었다.

"그럼 오늘은 그만하기로 하고 오늘 결정된 안건을 발표하겠습니다. 우선 본회의 명칭은 여학생들의 간곡한 아우성에 의해서 샛별이란 이름으로 낙찰되었습니다. 다음 본회의 회원은 일주일에 책을 한 권씩 읽어온 후 그 내용을 토론하기로 했습니다. 다음 회의 의제는 모파상의 《여자의 일생》입니다. 다음 본 샛별회의 결성을 축하하기 위해서 간단한 다과회, 즉 애프터 미팅을 준비했습니다. 나가시는 길에 요 앞 가고파 케이크 집에 모여주시기 바랍니다. 그리고 끝으로 잘나가다 좀 주책없는 말이긴 합니다만 회비 문제입니다."

까르륵……. 여학생들이 웃었다.

"한 달에 3천 원씩 투자해주시기 바랍니다."

나오는 길에 문수가 내 곁으로 다가왔다.

"동순아, 여자애들 중에서 누가 제일 괜찮대?"

"몰라."

나는 웃으면서 말했다. "너는 누가 제일 낫더냐?"

"난 말이야."

문수는 수줍게 낄낄거렸다.

"혜련이가 제일 낫더라."

"혜련이면 동혁이하고 초등학교 동창애 말이냐."

"그래."

그는 손바닥을 마주 비비면서 히죽거렸다. "그 애가 스잔나하구 닮았더라. 난 스잔나 같은 여자애하구 연애 걸어봤음 한이 없을 것 같다."

"잘해봐."

나는 그의 손을 두드리면서 웃었다. "그리고 난 샛길로 빠질 테니 나중에 애들한테 얘기해줘."

"아니, 왜?"

"집에 무슨 일이 있어서 그래. 정말 가봐야겠어."

"제기랄, 또 공부냐? 그래, 내가 애들에게 잘 얘기해줄게."

"잘해봐."

나는 햇살이 가득한 언덕길 샛길로 접어들었다. 누구네 집 담일까. 긴 돌담 위로 개나리가 잔뜩 고개를 내밀고 있었다. 그리고 그 담 안쪽에서 맑은 피아노 음색이 단조롭게 흘러나오고 있었다. 나는 햇살이 비추는 골목길에서 잠시, 내가 이처럼 뚜렷한 할 일 없이 친구들의 모임에서 샛길로 빠지는 이유가 무엇일까 생각해보았다. 그러나 답을 생각해낼 수 없었다.

아아, 아무도 나의 고통은 모른다.

나는 투석투석 운동화를 끌며 '나는 때때로 고아처럼 느낀다'는 흑인 영가의 제목을 생각해냈다. 나는 휘파람을 휘익휘익 불기 시작했다. 버스 정류장으로 나와서 버스를 막 타려고 할 때 나는 언덕 위에서부터 승혜라는 여학생이 혼자 타박타박 걸어오는 것을 발견했다. 걸을 때마다 땋아 늘인 머리칼이 한들거리고 있었다. 나는 멈칫거리며 버스에서 내려 길옆으로 비켜섰다. 그녀는 버스 정류장을 지나서 충정로 쪽으로 걸어 올라가기 시작했다. 나는 무심코 그녀의 뒤를 따르기 시작했다. 하지만 그녀는 조금 걷다가 길거리를 훑어보더니 걸음을 빨리해서 꽃집 안으로 들어갔다. 나는 잠시 무료하게 전봇대에 몸을 기댄 채 그녀가 나오기를 기다렸다. 나온다 한들 무엇을 얘기할 것인가. 나는 혼자서 망설였다. 꽃집 안 쇼윈도를 통해서 꽃들이 보였다. 거리에 내놓은 꽃들 위에 햇빛이 부서지고 있었다. 나는 눈을 가느다랗게 뜨고 그 꽃 위에 아롱이는 봄볕의 난무를 눈으로 가늠하고 있었다.

얼마 후 승혜가 나왔을 때 나는 그녀가 꽃을 한 아름 안고 있는 것을 보았다. 그것은 정말 아름답고 성스럽기까지 했다. 꽃을 안고 있는 그녀의 희디흰 얼굴 위엔 꽃처럼 신비로운 미소까지 깃들어 있는 듯이 보였다. 그녀는 길을 거슬러 내 쪽으로 다가오고 있었다. 나는 무엇을 망설이고 있는지, 스스로를 꾸짖었다. 순수하자. 그까짓 망설임, 주저함 접어들고 순수해지자.

"어디 가십니까?"

나는 지나치는 그녀를 불러 세웠다.

"아!"

승혜는 지나치려다 말고 나를 쳐다보더니 우뚝 섰다.

"웬일이십니까? 집회 끝나고 다과회가 있는 줄 알았는데."

"그건 피차 마찬가지예요."

"그렇군요."

나는 부끄러워져서 크게 웃었다.

"어디 문병 가시는 길입니까?"

누가 시키지도 않았는데 승혜는 먼저 걷고 있었다.

"아버님 문병을 가는 길이에요."

순간 승혜의 눈망울이 흐려졌다.

"그렇다면 제가 가는 길까지 모셔다 드리겠습니다. 괜찮겠어
요?"

"가까운 길인데요, 뭐."

승혜의 얼굴에 반사된 꽃잎의 색깔은 마치 누이의 손톱에 물들
였던 봉선화의 꽃물보다도 짙어 보였다.

"친구들이 아주 재미있는 분들이더군요."

승혜가 눈으로만 웃었다.

"예, 그렇습니다. 아주 걸작인 친구들입니다. 그건 그렇고, 승
혜 씨 친구들도 마찬가지더군요."

"아주 재미난 친구들이에요."

우리는 오누이처럼 길을 헤엄쳐서 올라가고 있었다. 이상하게
도 구면인 듯한 느낌이 훈훈하게 스며들어 처음 본 사람을 보았을
때 무슨 말을 해야 할까 하는 식의 부담스러운 어색함이 그녀와 나
사이에는 존재하질 않았다.

"참! 시를 쓰신다면서요."

"아닙니다."

"전 첫눈에 시를 쓰시는 분인 줄 알았어요."

"글쎄요."

나는 애매하게 웃었다.

"좋은 시 많이 쓰세요."

승혜가 지나가는 말 비슷하게 부드러운 목소리를 냈다.

"다 왔어요."

로터리 근처의 병원에 이르자 승혜가 멈추며 나를 올려다보았
다. 꽃 속에 묻힌 그녀의 얼굴은 마치 한 폭의 그림 같았다.

"그럼 다음 주에 뵙겠습니다."

우리는 헤어졌다.

나는 잠시 병원 앞뜰을 조용히 가로질러 꽃을 안고 가는 그녀의
옆모습이 화단 같다는 착각을 느끼고 있었다. 병원 창문마다 비낀
햇살의 반사는 그녀의 배경에서 마치 수천 개의 모자이크 조각처
럼 빛나고 있었다.

싱싱한 여름

Y여고 여학생들과 결성한 소위 샛별 클럽은 우리 친구들의 가슴을 풀빵처럼 부풀게 하고 있었다. 이를테면 모든 얘기가 "야야, 샛별 클럽을 만든 후부터 말이야."로 시작하거나, 혹은 "야야, 그 일이 있은 후부터 말이야."로 시작되었다. 특히 문수가 그랬는데 문수는 말끝마다, "스잔나, 즉 강혜련이라는 여학생 말이야."로 시작하곤 했다. 그러나 그것은 비단 문수 혼자만 그런 것이 아니었다. 동혁이도 마찬가지였다. 동혁이는 내심 농구 선수인 장말숙이란 여학생을 염두에 두고 있었는지, 아이들이 "그 장말숙이란 여학생, 혹시 남자 아냐? 가만 보면 턱 밑에 수염도 난 것 같아." 하고 한마디 하면 동혁이는 장비처럼 눈을 부라리면서 "야야, 그래도 나는 건강한 여자가 좋더라." 하고 아우성치는 것이었다.

어쨌든 우리들 머저리 회원들의 발걸음은 소위 그 회합의 결성 이후 무협소설의 노영란처럼 가벼워지고 있었던 것이 사실이다. 그래서 모두 샛별 클럽에서 도스토예프스키의 《죄와 벌》을 읽어오기로 했으면 만사 젖혀놓고 도서관에서 그것을 읽었으며, 때문에 우리는 한 마디씩 서로 토의를 하느라고 그야말로 개똥철학자 냄새를 풍기곤 했다.

과연 여자들의 힘은 무서웠다. 생전 운동화를 씻지 않던 철수도 자주 운동화를 씻었고, 옷도 늘 깨끗하게 입었다. 어쨌든 우리 친구 녀석들은 모두 멋을 부리기 시작했다.

어느덧 계절은 여름으로 접어들고 있었다. 거리의 가로수는 한결 짙푸르게 물들어 있었고 학교 교실에서 내다보이는 아카시아 나무의 향기로운 향기는 여름을 이야기해주고 있었다.

나는 빈 시간이면 학교 뒷동산에 앉아 햇볕이 흰 아카시아 꽃잎 위에서 크림처럼 녹는 것을 바라보거나, 누워서 맑은 하늘 위로 피어오르는 구름을 망연히 쳐다보곤 했다. 그때 내 머리에 떠오르는 것은 박목월의 시였다.

> 목련꽃 그늘 아래서
> 베르테르의 편지를 읽노라.
> 구름꽃 피는 언덕에서
> 피리를 부노라.

아아, 멀리 떠나 와,

이름 모를 항구에서 배를 타노라.

돌아온 4월은

생명의 등불을 밝혀 든다.

빛나는 꿈의 계절아,

아름다운 무지개 계절아.

내가 누워 있는 풀숲은 아무에게도 밝혀지지 않은 으슥한 숲으로, 나는 어떤 때엔 거의 어두워질 때까지 그곳에 누워 있곤 했다. 가까운 정구장에서 볼을 때리는 유연한 소리를 들으며 누워 있는 내 가슴엔 사뭇 초여름의 짙은 향기가 가득 차고 있는 것처럼 느껴졌다.

하늘에다 노승혜의 얼굴을 떠올렸다가 지우고는 했다.

나는 소나무의 솔잎을 뜯어 이 사이로 쑤셔 넣어 아릿아릿한 아픔과 또 한편의 쾌감 속에서 이 사이로 고여 드는 피를 조금씩 조금씩 삼키고 있었다. 그럴 때엔 이상하게도 가슴이 불처럼 투명하게 끓어올라 무언가 적어보고 싶은 충동을 이기지 못하는 것이었다.

아아, 나는 어쩌면 시인이 되어가고 있는지도 모른다.

그것은 바람이 솔잎 사이로 스쳐 지나가면서 부드러운 풀의 노래를 엮어나갈 때 퍼뜩퍼뜩 느껴지는 가슴 벅찬 희열이었다.

우리 회원들은 모처럼의 일요일을 틈타 가까운 산으로 등산을 가기로 했다. 그것은 순전히 문수의 제안이었다. 그 계획은 착착 진행되어 여학생 측은 식사준비, 남학생 측은 식사의 재료, 즉 쌀과 찌개거리 준비를 맡기로 합의를 본 후 각자 자기가 맡은 할당량을 준비했다.

내게 맡겨진 것은 포터블 전축과 레코드판 그리고 양파, 감자, 고추장이었다.

우리는 일요일 오전 아홉 시경, 종로 5가 효제초등학교 앞 정문에서 만나기로 했다. 전날 저녁 밤 열 시쯤 문수에게서 전화가 왔다. 녀석의 목소리는 홍역에 걸린 것처럼 바들바들 떨리고 있었다.

"뭐하냐?"

녀석이 물었다.

"보다시피 전화 받고 있는 중이다."

나는 오징어 발을 씹으면서 대답했다.

"그것 말고 뭐하냐?"

"오징어 먹고 있다."

"제기랄."

문수는 길게 한숨을 쉬었다. "준비는 다 됐냐?"

"다 됐다."

나는 대답했다. "넌?"

"나두 준비는 다 됐다. 그런데……."

녀석이 말을 끊었다.

"도무지 잠이 오지 않는다."

"아니, 왜?"

"모르겠어. 제기랄, 왜 잠이 오지 않는지 모르겠어."

문수는 다시 길게 한숨을 쉬었다.

"야, 너희 집 전화 오래 받으면 꾸중하시냐?"

"아니. 어른들은 모두 잠이 들었어."

"잘됐다. 그럼 너, 나하고 열 시간 동안이라도 좋으니 얘기 좀 하자."

"그것도 괜찮지."

나는 웃으면서 대답했다.

"얘, 동순아."

갑자기 침묵 끝에 문수 녀석이 큰 소리를 냈다.

"죽지 않았으니까 소리를 좀 낮추어라."

"너 강혜련이를 어떻게 생각하니?"

"짜아식."

"아니, 정말이야. 너 강혜련이가 꼭 〈스잔나〉의 리칭같이 생기지 않았니?"

"그건 그래. 꼭 눈이 그렇게 생겼더군."

"고맙다, 진짜 니가 내 친구다."

그는 감격에 목이 메어 소리를 질렀다. "니가 옆에 있으면 뽀뽀라도 해주겠다."

문수는 잠시 한숨을 내쉬고 말을 이었다.

"얘, 동순아. 니가 알다시피 내가 여자하고 얘기해본 것은 초등학교 때 빼놓고는 처음 아니냐."

"그래."

"그런데 그 강혜련이를 보고 나니 도무지 환장하게도 잠이 안 온단 말이야. 너, 내 말 듣고 있냐?"

"듣고 있다."

"정말이지, 동순아? 나 오늘 중대한 결심을 했어. 야, 내 말 듣고 있니?"

"듣고 있다잖아."

"나, 내일 말이다. 내일 정릉에 가서 혜련이한테 고백할 거다. 사람 없는 기회를 잡아서 나하고 사귀자고 고백하겠어. 정말이다. 나 말이야, 흥분하면 물불 안 가리는 성격이잖아. 만약 거절하면 그 앞에서 혀 깨물고 죽어버릴 거다. 너, 내 말 듣고 있니?"

"듣고 있다니까."

"내 보기엔 혜련이도 날 싫어하는 눈치는 아니었어. 내 부끄러운 고백 하나 할게. 이건 너 혼자 알고 아무에게도 얘기하지 마라. 맹세하겠니? 하늘과 땅 걸어서 너하고 나하고 비밀이라는 것을 맹세하겠니?"

"맹세하겠다."

"사실은 말이야, 저, 집회 끝나고 혜련이에게 내가 인형을 선물

했어. 양배추 인형 말이야."

"그래?"

"그랬더니 혜련이가 고맙다고 받았어. 그리고 내가 교회 나가 십니까, 그랬지. 그랬더니 교회 나간대. 그래서 우리 집 교회로 나와 주십사 하고 청했어. 그랬더니…… 얘, 내 말 듣고 있냐?"

"있다니까!"

"허락했어, 허락했다니까. 동순아, 혜련이가 승낙해줬어. 얘얘, 아버지가 들어오시는 모양이다. 전화 끊을게. 잠깐! 정말 너 이 얘기 아무에게도 하지 마. 그리고 내일 정말이야. 내일 틀림없이 정식으로 프러포즈하겠어. 정말이야. 그럼 잘 자라."

"그래, 잘 자."

짤깍, 전화가 끊겼다. 나는 웃으며 열린 창밖으로 무수히 반짝이는 별들을 올려다보고 있었다. 브라자, 문수! 브라자! 너의 결심을 축하한다.

그때였다. 때르릉 전화벨이 울렸다. 나는 전화를 받았다.

"아, 저 동순이 친군데요. 동순이 있어요?"

"납니다."

"야, 이 자식! 건방지게! 나 동혁이야."

"웬일이냐?"

"그냥, 그냥 전화 걸었어."

동혁이가 말끝을 흐렸다.

"너, 지금 뭐하냐?"

"보시다시피 전화를 받고 있다."

"자아식, 준비는 다 됐냐?"

"그래."

"저, 동순아. 왕초들이 전화 오래 쓰면 뭐라고 야단이냐?"

"아니, 괜찮아. 왕초들은 잠드셨어."

"자알 됐다. 나하고 얘기 좀 하자. 너, 상말숙이를 어떻게 생각하냐?"

"어떻게 생각하다니?"

"일테면 애들은 그 애가 남자같이 생겼다고 놀리지만, 난 뭐랄까, 너한테 솔직히 고백하지만 난 여학생이 건강치 못하고 공부만하고 개똥철학자 냄새만 풍기는 게 싫더라. 너, 그 애가 친구 녀석들 말처럼 신통치 못하다고 생각하냐?"

"천만에! 야, 그 장말숙이 정말 시원스럽게 생긴 아가씨더라."

나는 비위를 맞추었다.

"고맙다, 동순아. 넌 역시 내 친구다. 나, 사실 고백하는데 내일 산에 가서 말숙이에게 정식으로 프러포즈하려고 한다. 너도 알다시피 내가 여자하고 얘기해본 적이 초등학교 때 말고는 어디 있었니? 내일 아이들이 비켜섰을 때 조용한 숲속으로 가서 고백하겠어. 사귀고 싶다고."

"축하한다."

"실은 동순아, 내가 이건 비밀이지만 너한테만 얘기하는
데……. 야, 이건 아무에게도 얘기하지 마라. 이건 너하고 나하고
만의 비밀이니까. 저 사실은 내가 말숙이에게 그림물감을 선물했
어. 집회가 끝난 후 따라가서 모나미 그림물감을 사줬어. 그랬더니
그 애가 고맙다고 그러면서 자기가 조금 있으면 농구시합 나가는
데 초대권을 한 장 주겠대."

"축하한다. 잘해봐."

"고맙다. 그런데 참, 넌 누구에게 마음 있니? 혜련이니, 아니 명
숙이, 아니 그럼 승혜냐?"

"모르겠어, 난 모르겠어."

"어쨌든 고맙다. 잘 자라."

짤깍, 전화가 끊겼다. 시계를 보았다. 시계는 열시 반을 가리키
고 있었다. 나는 쿨쿨 터져 나오려는 웃음을 참고 2층 계단을 올라
갔다. 그래, 자식들아, 잘해 봐라. 그리하여 내일 산에서는 말하자
면 각개전투가 벌어질 판이군.

그러자 나는 순간 쓸쓸한 비애감이 가슴에 차는 것을 느꼈다.
나는 누구에게 고백할 것인가. 내가 승혜를 좋아하는 것을 누구에
게 고백할 것인가. 내가 그녀를 병원 앞까지 바래다주었던 것을 누
구에게 고백할 것인가.

나는 갓스탠드에만 불을 켜고, 방의 스위치를 내렸다.

다음 날 나는 정각 아홉 시에 효제초등학교로 나갔다. 벌써 거의 다 모여 있었는데 남자들은 어디서 준비했는지 등산모에 파커까지 뒤집어쓰고 한껏 멋을 부리고 있었다. 여학생들도 마찬가지였다. 그녀들도 짙은 원색의 옷을 입고, 스타킹까지 멋을 부리고는 따로따로 모여서 재잘거리고 있었다.

"다 왔냐?"

내가 동혁이에게 물었다. 동혁이는 내 시선을 받자 슬금슬금 피하며 대답했다.

"여학생 측에서 승혜라는 아가씨가 안 왔고, 우리 측에선 철수가 미도착이다."

"처, 철수 이 자식은 꼭 이런 일에 지, 지각이라니까."

문수가 웬일인지 말을 더듬으면서 큰 소리로 한 마디 했다.

"얘, 너 웬 일이냐? 왜 말을 더듬어?"

영민이가 의아한 듯 문수를 쳐다보았다.

"모, 모르겠어. 이, 이, 이상하게 오늘 아침부터 마, 말이 잘 안 나온다."

"자아식."

나는 빙긋이 웃어주었다. 그때 승혜가 먼발치서 오는 것이 눈에 띄었다. 그녀는 짙은 푸른색 반소매 스웨터를 걸치고 차양 큰 모자를 쓰고 있었다.

"야야, 망할 계집애. 지각은 웬 지각이니?"

말숙이가 큰 소리로 소리를 지르며, "출발합시다!" 하고 이쪽 남자 팀을 보고 목소리를 높였다.

"미안합니다만 우리 팀에선 한 명이 미도착입니다."

영구가 껌을 씹으며 변명했다.

"정말 이거 초판부터 왜 이래요?"

"무, 무슨 여, 여자가 참을성이 없습니까? 춘향이도, 이도령 기다리는데, 뺏다 2백대 마, 맞은 걸 몰라요?"

문수가 말을 더듬으며 한 마디 했다.

"아니, 그럼 댁들이 이도령이란 말이에요?"

말숙이도 지지 않았다.

"춰이소오 하세요오."

순간, 여학생들이 합창을 했다.

"춰이소오 못하겠습니다. 댁들을 춘, 춘향이로 대우해 주었으면 고맙게 생각하실 일이지, 무슨 말이 그렇게 많습니까?"

"잘한다."

영민이가 맞장구쳤다.

그때 철수가 배낭을 둘러메고 나타났다. 더군다나 기타를 칠 줄 아는 녀석은 기타를 들고 황야의 무법자처럼 휘파람을 불며 유유히 등장했다.

"늦어서 미안합니다. 자, 출발합시다."

이렇게 해서 우리는 출발했다. 각자 원대한 포부를 안고, 우리는 사람들로 붐비는 버스를 탔다. 날씨는 쾌청하고 하늘엔 구름 하나 없었다. 단지 약간 무더운 감만 들었을 뿐 등산하기엔 알맞은 날씨였다. 우리는 재잘거리면서, 떠들썩거리면서 버스에 실린 채 산으로 가고 있었다.

정릉 입구에 도착한 것은 거의 열 시가 가까워서였다. 산으로 올라가는 언덕길은 인파로 들끓고 있었다.

우리는 앞서거니 뒤서거니 하면서 언덕길을 올랐다. 골짜기마다 무너져 내리는 흰 물줄기 속에서 동리 조무래기 애들이 무어라고 소리를 지르면서 멱을 감고 있었다.

여학생들은 뒤쪽에서 올라오고 있었고, 우리 남학생들은 앞쪽에서 성큼성큼 올라가고 있었다. 약골인 문수가 제일 먼저 지치고 말았다. 그는 땀을 흘리며 숨을 허이허이 몰아쉬고 있었다. 운동으로 단련되어서인지 동혁이는 성큼성큼 평지 걷듯 산비탈을 오르고 있었다.

"동혁이 너 저, 정말 그러기냐?"

문수가 여학생들에게 들리지 않게 작은 목소리로 동혁이에게 항의를 했다. 여학생들 앞에서 지쳐버린 인상을 주기는 싫었던 모양이었다.

"쉬었다 가요오오."

여학생들 측이 산 중턱 평탄한 잔디 위에 앉으면서 손을 입가에 나팔처럼 대고 합창을 했다. 우리는 어슬렁어슬렁 여학생들이 앉은 잔디로 합류했다.

"어, 어떻게 생각하십니까? 힘, 힘들게 산꼭대기까지 올라가는 것보다는 차, 차라리 여기서 밥해 먹고 내려가는 게 조, 좋지 않겠습니까?"

문수가 한 마디 했다.

"좋아하시네."

장말숙이가 일어서면서 말을 받았다. "산꼭대기까지 올라가야 해요."

"그, 그럽시다, 젠장! 그, 그럽시다."

언덕 아래서부터 서늘한 바람이 불어왔다. 산 중턱에서 보는 서울 시가는 게딱지처럼 누워 있었다.

"야아호오!"

갑자기 문수가 일어서면서 느닷없이 아우성을 발했다.

"그래, 야호다, 야호야!"

철수가 웃으면서 한 마디 했다.

"자, 다시 출발합시다."

그래서 우리는 다시 출발했다. 짙푸른 녹음 사이로 투명한 햇볕이 분가루처럼 흩날리고 있었다. 흰 나비 두 마리가 쌍을 지어 나뭇잎 사이를 떠다니고 있었다. 땀이 온몸에 흘러내려 눈을 쓰라리게 하고 있었다. 산 아래보다는 사람이 줄어 산꼭대기 부근은 한결 호젓했다.

　문수는 숫제 급성 맹장염 걸린 모습으로 겨우겨우 불평을 해가면서 좇고 있었는데 더욱이 가관인 것은 산비탈에서 넘어져 바지의 엉덩이 부분이 찢어져버린 것이었다. 찢어진 바지 사이로 동전 잎만 한 맨살이 드러나자 여학생들은 시원하시겠네요, 하고 놀리곤 했다.

　산은 올라갈수록 새로운 풍경이 나타나곤 했다. 산에서 바라보는 서울 시가는 먼지와 연기 속에 누워 있었다. 우리는 크게 숨을 들이쉬면서 차갑고 신선한 공기를 들이마셨다. 이름 모를 꽃들이 숲속에 피어 있었고, 우리가 걸을 때마다 날곤충들이 뛰어오르곤 했다.

　아주 오래 걸려서 우리는 산정에 도착했다. 물이 흐르는 곳을 찾아 우리는 류색을 던져버리고 잠시 쉬었다.

　차갑고 깨끗한 물이 바윗돌을 감돌아 흘러내리고 있었다. 나는 조용히 친구들과 떨어져서 녹음 우거진 숲속으로 천천히 빠져 들어갔다.

　나는 거기에서 야생초 위에 흰 나비 한 마리가 날개를 접고 꽃잎 위에 쉬며 자는 것을 보았다. 나는 살금살금 다가가 나비 위로 손끝을 날렸다. 그러나 나비는 내 손보다 빨라서 날아가 버리고 말았다. 어디로 날아간 것일까.

　나는 자꾸 숲으로 빠져 들어가고 있었다.

　그때였다. 나는 승혜가 물가에 앉아 혼자서 꽃잎을 뜯어 흘러내리는 물에 던지는 것을 발견했다. 그녀의 희디흰 얼굴 위로 녹음의 푸른 그늘이 빛나고 있었다.

"무엇을 하고 계십니까?"

나는 조용히 승혜에게 말을 날렸다.

"아, 예."

그러나 승혜는 부끄러운 짓을 하다 들킨 것처럼 낯을 붉혔다.

"아버님 병환은 다 나으셨나요?"

"아니요."

햇볕이 아롱진 물가의 반사가 가늘게 그녀의 얼굴 위에서 너울거리고 있었다. 그녀는 눈을 가느다랗게 뜨고 흘러가는 물을 바라보았다.

"아직 퇴원하시지 못하셨어요."

우리는 개울을 마주하고 앉았다.

"시를 많이 지으세요?"

"아닙니다."

나는 웃었다. "나는 시를 지을 줄 모릅니다. 그런데……."

나는 승혜를 올려다보았다. "우리는 참 이상하게도 이렇게 친구들의 무리 밖에서 만나곤 하는군요."

야호오! 문수가 지르는 소리인지 먼 곳에서 고함소리가 들려왔다.

"동순 씨 학교 신문에서 동순 씨의 시를 봤어요. 전 문예반이고 동순 씨 학교 신문이 저희 학교에도 오니까요. 퍽 좋은 시더군요."

"아, 예……. 저, 〈사과〉란 시 말씀이신가요?"

"예, 그 시 말이에요."

"부끄럽습니다. 아주 유치한 시입니다. 전 원래 글과는 담을 쌓았습니다. 그런데 요새 자꾸 끌쩍여보고 싶습니다."

"아니에요. 아주 좋은 시였어요."

　　달 돋는 사과.

　　등성에 핀

　　향기 발그런

　　하이얀 꽃.

　　나비 스치는 소리.

　　나비 접히는 소리.

　　달 돋는 사과

　　등성에 앉아

　　흐느껴 피리를

　　부는 여인.

　　옷자락 스치는 소리.

옷자락 접히는 소리.

"이렇게 끝나는 시죠, 아마?"

동순아아아!

문수의 고함소리가 골짜기를 흔들어대고 있었다.

"동순 씨를 찾는가본데요? 자, 가기로 하죠."

우리는 동시에 일어섰다. 풀숲을 빠져나온 햇볕이 그녀의 벌린
손가락 사이로 금지환처럼 번득였다.

"산을 좋아하십니까?"

"예, 좋아해요."

"고향이 어디십니까?"

"충청남도 예산이에요."

"고향이 있다는 것은 좋은 일일 것입니다. 전 고향이 서울입니
다. 그것은 불행한 일인 것처럼 느껴집니다. 고향이 있다는 것은
꿈이 있다는 것이 아닐까요?"

"고향은 마음속에 있는 거잖아요."

우리는 나란히 걸었다.

"야, 이 자식 봐라."

드디어 풀숲으로 문수가 뛰어들었다.

"실, 실례합니다. 야, 이 자식아! 너라고 공짜루 놀구먹, 먹으라
는 법은 없잖니? 쌀을 씻고 찌개를 끓여야 할 게 아냐."

"오우케이."

우리는 찌개거리를 들고 나와서 물가에 앉아 감자를 씻고, 양파 껍질을 벗기기 시작했다. 문수가 주위의 눈을 피해서 숟갈로 감자를 듬썩듬썩 짜개며 내게 속삭였다.

"이제 보니 니가 승혜에게 홀딱 빠진 모양이구나."

"아냐."

나는 웃으면서 고개를 저었다.

"거, 거짓말하지 마라. 니 얼굴에 그렇게 씌어 있는데도. 어쨌든 밥 먹고 휴식시간에 어저께 너한테 결심한 대로 할 거야."

"잘해봐라."

버너는 네 개였다. 하나엔 찌개, 또 하나엔 고기 찜, 나머지 두 개엔 밥.

우리는 맹렬한 기세로 불길이 코펠을 핥는 주위에 둘러앉아 밥이 익기를 기다리고 있었다. 철수가 기타를 집어 들었다. 그는 이윽고 손을 흔들어 기타를 튕기면서 크게, 목청껏 노래를 부르기 시작했다.

"사랑해, 당신을. 정말로 사랑해. 당신이 내 곁을 떠나간 후에."

그러자 조용히 하나둘 그 노래를 따라 부르기 시작했다. 그것은 참 조심스러운 반응으로 처음엔 남자들 속으로부터 시작되었다. 그러나 여자 측에서도 조용조용 노래를 따라 부르기 시작했다.

그래서 드디어는 떠나갈 듯한 합창이 어우러졌다. 노래에 소질

있는 여학생은 알토로 소리소리 지르면서 온 산 골짜기를 쩡쩡 울
리도록 노래의 함성을 띄워 보냈다.

"얼마나 눈물을 흘렸는지 모른다오. 예이예이예이……."

밥은 쉿쉿 소리를 내면서 끓고 있었다. 김이 빠져나가지 않게
코펠 뚜껑 위에 둔 육중한 돌 때문에 밥은 신중하게 뜨거운 김을 내
뿜으면서 끓어오르고 있었다.

우리는 눈을 가느다랗게 뜨고 짙은 녹음과 더불어 피어오르고
온몸 근육에 소용돌이치는 젊음이랄까, 맹렬한 기쁨을 소리소리
질러가는 노래로써 표현하면서 우리의 즐거운 식탁이, 즐거운 밀
어가 빨리 익어가기를 기원하고 있었다. 그뿐만 아니었다. 동혁이
와 문수에겐 새로운 전조가 열리는 것이다.

그들이 어젯밤 내게 전화로 따로따로 맹세했듯이 그들은 스스
로의 맹세를 저버리지 않을 것이다. 그것은 맹렬한 식욕을 충족시
킨 다음의 문제가 아니겠는가. 옛말에 금상산도 식후경이란 말이
있지 않은가.

이문수 군의 속사정

산에서의 하루가 얼마나 즐거웠던지, 우리는 마음껏 떠들고, 마음껏 웃고 노래를 불러서 거의 목이 쉬었을 정도였다. 산 위에서 내려다보이는 서울 시가와 벌판과 한강이 한 폭의 동양화처럼 보여서 저 속에서 항상 의식하고 있는 공부는, 대학 입시는, 부모님들의 걱정은, 선생님들의 꾸중은, 우리의 가슴을 횅하니 뚫고 있는 나이답지 않은 고독감은 한갓 먼 이야기처럼 여겨지는 것이었다. 더구나 식사를 하고 난 후의 식곤증에, 우리는 포식한 어린아이처럼 누워서 그리고 뒹굴면서 빛나는 태양을, 수목을 노래하고 있었다. 그러나 동혁이와 문수는 노래를 부르면서도 행여 말숙이와 혜련이가 일행에서 떨어져 숲속으로 들어가는 기회를 포착하려는 심사에선지 후딱후딱 눈을 돌려 여자 쪽을 엿보곤 했다.

드디어 말숙이가, "애애, 누구 나하고 곤충 채집 갈 사람." 하고 자기 친구들에게 동의를 구하다가 아무도 없자 혼자서 숲 속으로 들어가기 시작했다. 그러자 동혁이 갑자기 007 같은 눈을 번득이면서 말숙이가 사라진 숲 속으로 사라져버리고 말았다. 나는 순간 쿡쿡 웃었는데, 그러자 내 웃음과 거의 동시에 웃음을 터뜨린 문수가 나지막이 속삭였다.

"애, 동순아. 왜 혜, 혜련이는 숲, 숲 속으로 안 가는지 모르겠다."

"좀 기다려봐."

"그, 그런데 동순아. 난 한, 한 가지 걱정이 생겼어."

"뭔데?"

"말, 말이 자꾸 더듬거려진단 말이야. 혹, 혹시 혜, 혜련이에게 프, 프러포즈하는데 말을 더듬으면 어, 어떡하니? 아, 아니 그것보다도 숫제 말, 말이 안 나오면 어떻게 하지?"

"넌 성질이 급해서 그래. 마음을 느긋하게 가지면 괜찮아."

"그, 그래도 말이야."

그 순간 혜련이가 모자를 눌러쓰고 혼자서 숲 속으로 천천히 걸어 들어가는 것이 눈에 들어왔다.

"난, 난 가겠어. 하지지만 동순아, 너 나하고 같이 가지 않을래?"

"뭐라고? 문수야, 너 프러포즈 둘이 하는 것 봤니?"

"아, 알겠어."

갑자기 문수는 입술을 깨물더니 비장한 얼굴이 되었다. 나는 여태껏 문수가 그처럼 엄숙하고 도통한 모습을 한 것을 본 적이 없었다.

"동순아, 나, 나 거절당하면 혼자서 산, 산을 내려가겠어. 그러니까 차, 찾지 말아줘."

그는 마치 총탄이 비 오듯 쏟아지는 전쟁터 속을 수류탄 하나 들고 혈혈단신 뚫는 육탄용사처럼 용감하게 숲 속을 향해 돌진하기 시작했다. 브라자, 이문수. 브라자, 이문수. 나는 숨 가쁘게 사라져가는 빈약한 이문수 군의 뒷등을 바라보면서 목마르게 성원을 속으로 외치고 있었다.

어느 정도 포식한 점심도 거의 소화가 되어가고 있었고, 이젠 하산할 시간이었다. 식기를 씻으러 시냇가로 갔다.

"이 자식들, 어디 갔어?"

철수가 코펠 뚜껑을 닦으면서 불평했다.

"제기랄! 누군 밥 먹고 설거지하기 좋은 줄 아나. 문수하고 동혁이 자식들, 행방불명인데."

"나침반이 고장 난 게지."

영민이가 낄낄거리면서 한 마디 했다.

"뭐라고?"

"왜 그럴 수도 있잖아?"

"알겠다, 알겠어. 자알 하는 짓이다."

영구가 씽긋이 웃으면서 말했다.

그때였다. 숲 속에서 말숙이가 튀어 나오더니 좀 있다가 동혁이
가 천연덕스러운 표정으로 휘파람을 불며 나타났다. 더군다나 그
는 손에 가득히 버찌를 들고 있었다.

"누구, 버찌 먹을 사람."

"여기다, 여기."

영민이가 아우성쳤다.

"웬 버찌냐?"

나는 동혁이가 내게 줄 때를 기다려 한쪽 눈을 찡긋거리면서 물
었다.

"사랑의 버찌다."

"뭐라고?"

"말 마라, 말 마. 묻지를 말아라. 한 시간 동안 나무 타면서 버찌
만 따주었다. 덕분에 이 이빨 봐라."

동혁이가 입을 벌려 보였는데 그의 이는 보라색으로 잔뜩 물들
어 있었다.

어느덧 해가 기울고 있었다. 골짜기마다 무너져 내리는 물소리,
바람소리는 한결 깊어가고 있었고, 가까운 산 그림자가 조금씩 양
지를 먹어가고 있었다.

바람이 우리의 얼굴을 스치고, 달아오른 한낮의 열기를 식히고

있었다. 그러나 우리는 아직 하산할 수 없었다. 혜련이가 숲에서 나온 지 오래되었지만 문수는 감감무소식이었기 때문이었다. 별수 없이 우리는 한 사람씩 흩어져서 문수를 찾을 수밖에 없었다.

"문수야아아!"

우리의 고함소리는 온 골짜기를 흔들어대고 있었다. 그러나 나의 가슴엔 언뜻 집히는 것이 있었다. 그것은 문수가 숲 속에 들어가기 전에 한 말이었는데 능히 평소의 문수로 보면 자기 혼사 산을 내려갔음직한 일이었기 때문이었다. 물론 문수의 프러포즈가 거절되었다는 것을 가장했을 때의 일이겠지만 혜련이의 뾰루퉁한 표정을 보면 문수의 염원이 한갓 물거품이 돼버린 것이 거의 확실했다.

그러나 나는 찾을 수 있는 데까지는 찾아보기로 작정했다.

"문수야아아!"

여기저기서 문수를 부르는 고함 소리와 메아리 소리가 온 산을 흔들어대고 우리의 외침은 엇갈려서 산비탈을 타고 흘러가버리거나, 푸른 하늘 저 바같으로 사라져버리고 있었다.

"어떡할래."

동혁이가 씩씩거리면서 소리 질렀다.

"설마 무슨 일이야 있을라고."

철수가 근심스럽게 한 마디 했다.

"길이야 잃어버렸을라고."

"그래도."

영구가 쉰 목소리로 말했다.

"찾아보는 데까지는 찾아보자."

"괜찮을 거야."

내가 큰소리로 말했다. "내려가자. 늦었다."

"괜찮겠니?"

영민이가 말을 했다. "정말 괜찮을까?"

"괜찮다니까."

"그럼 가자."

"그래, 그럼 가자."

우리는 이미 정리된 류색을 하나씩 지고 준비를 완료한 다음 여학생들 쪽에 소리를 질렀다.

"갑시다아!"

이래서 우리는 출발했다.

내려왔을 때의 서울 시가는 한밤중이었다. 우리는 종로 5가에서 내려 각자 헤어지기로 했다. 한바탕 뜀박질하고 났을 때와 같은 나른한 피로가 우리를 사로잡아 오늘 하루도 저물고 말았군, 하는 식의 안이한 기쁨이 가슴에 차고 있었다.

"자, 그럼 다음 토요일 날 보기로 하고, 여기서 빠이빠이 합시다."

동혁이가 엄숙하게 한 마디 했다.

"각자 집 방향이 같은 쪽끼리 모여 섭시다."

"청량리 방향."

영구가 소리 높여 버스 차장처럼 소리를 질렀다.

"신촌 방향."

나는 여학생들에게 동의를 구하면서 말했다. 그러자 혜련이가 내 쪽으로 다가왔다.

"자, 그럼 헤어지기로 합시다."

우리는 각자 헤어서서 밤이 이슥한 거리로 뿔뿔이 흩어지기 시작했다. 나는 혜련이와 어느 정도 간격을 유지하면서 걷고 있었다.

"집이 어디십니까?"

"신촌이에요."

"오늘 재미있었습니까?"

"예, 아주 재미있었어요."

버스 정류장이 보였다.

"한 두어 정류장 걷는 것이 어때요? 그리고 혜련 씨에게 할 말도 있으니까요."

"그럼 걸어요."

어젯밤 문수가 전화를 걸어 내게 했던 얘기를 궁리했다. 그러나 나는 하는 편이 나을 것이라는 생각을 했다.

"문수 군을 어떻게 생각하십니까?"

나는 불쑥 말을 꺼냈다.

쇼윈도에서 내비친 불빛이 혜련이의 개성적인 얼굴을 빛내고 있었다. 우리는 잠시 아무런 말 없이 밤이 무르익는 거리를 헤엄치듯 뚫고 걸었다. 혜련이의 류색에서 들꽃이, 이름 모를 야생초가 어둠 속에서 화안히 돋보이고 있었다.

"문수가 어제 전화로 혜련 씨를 좋아한다고 말했습니다. 그리고 오늘 산에서는 기어코 혜련 씨에게 고백하려고 결심했습니다. 정말입니다. 그 애는 진실한 말일지라도 그렇게 지나가는 말처럼 우스꽝스럽게 말할 줄밖에 모릅니다."

우리는 거리의 신호등에 걸렸다. "그리고 문수는 만일 혜련 씨가 자기의 고백을 거절한다면 먼저 산을 내려가버리겠다고 공언했습니다. 그렇다고 문수를 입이 헤픈 놈으로 여기시지는 말아주시길 바랍니다. 오히려 입이 헤픈 편은 지금 이렇게 얘기하고 있는 저이니까요."

신호등이 푸른색으로 바뀌자 우리는 나란히 길을 건넜다.

"저는 친구 중에서 문수를 제일 좋아합니다. 문수는 꽤나 유쾌하고 낙천적인 것처럼 보입니다. 우리는 언제나 문수의 얘기엔 그만 웃고 맙니다. 하지만 문수의 가슴속에 있는 고독은 누구도 모릅니다. 문수는 절대 그런 내색을 하지 않습니다. 언젠가……."

나는 말을 끊었다. 우리는 어느새 새로운 버스 정류장을 놓쳐버리고 있었다. "나는 문수가, 우리가 무심코 죽여버린 곤충 한 마리에 눈물 흘리는 것을 본 적이 있습니다. 그 애는 우리가 생각지 않는 떨어지는 나뭇잎에도 가슴 아파하고, 비 맞는 꽃잎에도 슬퍼하곤 했습니다. 그 애는 언제나 늘 자기보다는 남을 위하여 희생했으며, 남의 일에 늘 동정을 느끼면서 비분강개했습니다. 여름방학이면 문수는 늘 농촌으로 계몽운동을 하러 떠납니다. 말로는 쉬워도 그는 실천으로 보여줄 수 있는 친굽니다. 나는 문수를 정말 누구보다도 좋아하고 있으며 사실은 그 애를 존경하고 있습니다."

거리의 소음 속에서 우리들의 등산화는 투벅투벅, 혹은 자박자박, 같은 보조를 맞추고 있었다.

"오늘 산에서 문수의 행동이 혹 어긋났던 일이 있더라도 양해해주시기 바랍니다."

"그건 동순 씨의 일이 아니에요."

처음으로 혜련이가 입을 열었다.

"그건 문수 씨의 일이에요. 그리고……."

혜련은 이쪽으로 얼굴을 돌리지 않고 말을 했다. "산에서의 일은 문수 씨와 저와의 일일 뿐이에요."

"알겠습니다."

나는 부끄러워져서 웃었다. "사과하겠습니다."

"그런 뜻에서 말한 것은 아니에요. 산 속에서 문수 씨는 제게 한 마디도 하지 않았어요. 그것뿐이에요. 오히려 제가 서너 마디 했을 뿐이에요. 그런데도 문수 씨는 바위처럼 무슨 말을 할 듯 할 듯하다가는 끝내 일어서서 먼저 산을 내려가고 말았어요."

"하하하!"

느닷없이 웃음이 터져 나왔다. 조걸조걸하고 유쾌한 웃음이 나를 못 견디게 사로잡았다.

"그게 무슨 일 때문인지 아십니까?"

"글쎄요."

혜련이도 따라 웃었다.

"녀석이 갑자기 말을 더듬기 시작했거든요. 그게 오늘 아침부터란 말이에요. 그래서 그래서 하하하……."

나는 도저히 다음 말을 이을 수가 없었다.

"웃지 말고 얘기하세요."

"아닙니다. 전 유쾌합니다. 아주 유쾌합니다. 하하하하!"

나는 거리의 전봇대에 몸을 기대고 한없이 웃음의 홍수를 터뜨렸다.

"정말 문수 만세입니다. 이문수 군 만세입니다."

"아니, 무슨 뜻이에요."

"아닙니다. 아무것도 아닙니다."

나는 그제야 웃음을 거두었다. "문수는 산에 오를 때부터 줄곧 그 걱정만 하고 있었습니다. 이상하게도 말을 더듬거리게 됐는데, 혹 혜련 씨한테 말을 하다 더듬는다면 수치라고 생각했단 말입니다. 그러니 어찌 혜련 씨 앞에서 말이 나올 수 있었겠습니까?"

이번엔 혜련이가 웃기 시작했다.

"나, 문수 씨에게 레코드 한 장 선물하겠어요. 오빠가 운영하는 레코드점이 이 근처에 있어요. 같이 가서 골라주시겠어요?"

"좋습니다."

우리는 길을 건너 삼일로 빌딩 지하실로 들어갔다. 지하실 입구
에 레코드점이 있었다. 두어 명의 손님이 판을 고르고 있었다.

"웬일이냐?"

웬 사내가 등산복 차림의 혜련을 보고 눈을 둥그렇게 뜨더니 물
었다.

"산에 다녀오는 길이에요. 장사 잘돼요?"

"그저 그렇지. 들어와요. 친구인 모양인데."

"우리 같은 클럽의 회원이에요. 인사하세요, 동순 씨. 우리 오
빠예요."

"김동순입니다."

"야, 아주 잘생긴 청년인데. 자, 앉아요."

나는 의자에 앉았다. 좁은 레코드점 안의 확성기 안에서 뜨거운
노래가 울려 퍼지고 있었다.

"골라주세요."

혜련이가 판을 고르면서 내게 부탁했다. "전 요새 뭐가 유행하
는지 모르겠어요."

"저도 잘 모르겠습니다."

"〈러브 스토리〉 어때요? 그게 좋던데."

"그게 좋겠네요."

"오빠, 이것 한 장 싸주세요."

사내는 딴 흥정을 하고 있다가 혜련의 레코드판을 들고 흰 포장지로 싸서 주었다.

"오빠, 이것 외상이에요."

"알겠다, 요것아."

갑자기 사내의 손이 혜련의 코를 날쌔게 쥐더니 비틀었다.

"안녕히 계십시오."

나는 인사를 했다. 우리는 나란히 계단을 올라 거리로 나섰다.

"오빠가 아주 재미난 분이시더군요."

"아주 성질이 괴짜예요. 독립심이 아주 강한 분이에요."

우리는 버스 정류장에 섰다. 사나운 기세로 버스들이 밀리고 있었다.

"그리고 참……."

혜련이가 밝은 표정으로 레코드판을 내 앞으로 밀었다. "이것, 문수 씨에게 전해주세요."

"제가 전하는 것보다는 직접 전해주시는 게 좋을 텐데요."

"아니에요."

혜련은 강하게 고개를 저었다. "제가 전해주는 것보다는 오히려 동순 씨가 전해주시는 게 나을 거예요."

"알겠습니다."

나는 웃었다. "그렇게 하겠습니다."

"그리고 꼭 오늘 중으로 전해주세요."

차양 넓은 등산모 밑으로 양순한 그러나 또렷또렷한 혜련의 눈빛이 빛나고 있었다. "그럼 오늘 이만 실례하겠어요."

버스가 오자 혜련은 그 쪽으로 다가갔다.

"집이 같은 방향이라도 오늘은 제가 먼저 가겠습니다. 그럼."

혜련의 몸이 버스 안으로 빨려 들어갔다. 나는 잠시 레코드판을 들고 서 있었다. 이윽고 버스가 떠나자 나는 서서히 공중전화기가 어디 있는가를 살피기 시작했다. 술 취한 취객 두어 명이 내 몸을 스치고 지나갔으므로 나는 까딱하면 혜련과 문수, 문수와 혜련의 사랑의 레코드판을 떨어뜨릴 뻔했다.

공중전화기 박스는 가까운 곳에 있었다. 들어서서 동전을 통 안에 집어넣었다. 두어 번 신호가 가자 짤깍 명쾌한 금속성 소리가 나더니 신호가 떨어졌다.

"아, 거기 문수 있습니까?"

"실례지만 누구십니까?"

"저 친구예요. 동순이에요."

"잠깐 기다리세요."

웬 여인의 목소리였다. 나는 수화기를 들고, 전화박스 유리창에 희미하게 떠오른 나의 모습을 쳐다보고 있었다.

"전화 바꿨습니다."

문수의 힘없는 목소리가 전화기를 통해서 들려왔다.

"문수냐? 나, 동순이다."

"동순이냐?"

"어떻게 된 거야?"

"잘못했다."

문수의 목소리는 점점 더 기어들어가고 있었다. "용서해 다오."

"진척이 잘 안 됐냐?"

"진척이고 뭐고 말 한 마디도 못했다. 어떻게 된 판인지 말이 한 마디도 나오지 않더구나."

"그런데 지금은 어째서 말이 청산유수로 잘 나오지?"

"그것 참 이상하더라. 산에서 내려오니까 말이 술술 잘 나오더군. 산에선 귀신에 씌었던 모양이야."

"어쨌든 나와라."

"지금 열 신데, 어딜 나가냐?"

"아홉 시밖에 안 되었는데, 뭘."

"그래도 곤란하다. 왕초들이 엄연히 자리 틀고 앉아 있다."

"너한테 줄 선물이 있다."

"고맙지만……."

문수는 쓸쓸하게 말했다. "내일 받겠다. 나는 지금 피로하다. 패전지장이 무슨 변명이 있을 수 있겠느냐."

"내 선물이 아니다."

"그럼 누구 선물이냐?"

"혜련이, 강혜련 씨의 선물이다."

"농담 마라."

문수가 한참 있다가 한 마디 했다. "날 놀리지 마라."

"정말이다. 레코드판이다."

"레코드판이라니?"

"혜련이가 돌아오는 길에 내게 사주었다. 그리고 너한테 전해 달라는 거야. 그것도 오늘 중으로 전해달라고 했어."

"정말이냐?"

"정말이다."

"신에게 맹세해라."

"맹세했다."

"신 가지고는 안 된다. 아무래도 네가 날 놀리는 것 같다. 다시 묻겠는데 너 정말로 대답해라. 정말이냐?"

"정말이다."

"사나이 대 사나이다. 진 놈은 똥개 아들이다. 빈대다. 쥐새끼 다. 거짓말한 놈은 말라빠진 무 꼬랑지다. 원수놈의 빨갱이다. 이 완용이다. 매국노 도깨비……."

"그만해둬라."

"그럼, 마지막으로 묻는다. 정말이냐?"

"정말이다."

"만세!"

갑자기 고막이 얼얼했다. 정말 전화선을 통해서 들었기에 망정이지 얼굴 마주치고 들었다간 고막이 터질 뻔했을 정도의 아우성이었다.

"감격했다. 내가 뭐하고 있는 줄 아냐?"

"모른다."

"울고 있다. 압박과 설움에서 해방된 민족이다."

"자아식, 빨리 나와라. 아니, 그만두겠다. 뭐, 너 피로하다며? 그리고 왕초들이 둥지 틀고 앉아 있다며?"

"취소한다. 취소하겠다. 거기 어디냐?"

"여기 홍제동 화장터다."

"농담하지 말고. 내가 오늘 저녁 메밀국수 사주겠다. 어디냐?"

"종로 2가 고려당 앞 공중전화 박스 안이다."

"5분만 기다려라. 날아가겠다."

"꼭 5분 동안 기다리겠다. 그 새에 안 나오면 집으로 가겠다."

"야, 동순아. 니가 정말 내 친구다. 살려다오. 곧 갈게."

나는 수화기를 놓았다. 그리고 박스에서 나와 철책에 몸을 기대고 서 있었다. 나는 자꾸 쿡쿡 웃음이 나오는 것을 참을 수가 없었다. 피로하긴 했지만, 즐겁고도 상쾌한 기쁨이 가슴 밑바닥에서부터 차오르고 있었다. 나는 사람들이 오갈 때마다 행여 문수가 오는 것이 아닐까 눈을 크게 뜨고 밀물처럼 흐르는 인파 속을 뚫어져라 살피고 있었다. 밤의 거리는 이미 지쳐 가고 있어서 귀가하는 사람들의 발걸음은 한결 빨라지고 있었다. 그때였다. 나는 길 건너편 택시 정류장에서 택시가 멎더니 웬 사내가 미친 듯이 뛰어오는 것을 보았다. 아주 재빠른 기세였다. 경마장의 말처럼 뛰면서 인파에 부딪치고 있었다. 문수였다. 집에서 신는 고무신에 러닝셔츠 바람이었다. 녀석의 안경이 거리의 네온에 순간 번득였다. 녀석은 뛰면서, 신발을 질질 끌면서, 어깨를 춤추듯 흔들면서, 사람 사이를 물고기처럼 헤엄치며 뛰어오더니 느닷없이 나를 껴안는 것이었다.

그리고 나를 야구시합 끝나고 이긴 팀이 자기 팀 주장 들어 올리듯 추켜세웠다. 그러면서 나를 전화박스에 밀어 붙이더니 숨 가쁜 키스를 글쎄 몇 가닥 있는 수염 때문인가 제법 꺼끌꺼끌한 감촉을 주면서 내 입술에 마늘 냄새 나는 입을 부비기 시작했다.

가을의 노래

개학이 되자 우리는 새까맣게 탄 니그로 같은 얼굴을 번득이면서, 다시 지리한 학교 종이 땡땡 친다 어서 모여라라는 노래를 부르며 일찍 일어나는 새 나라의 어린이처럼 부지런히 학교로 향했다.

문수만이 만리포에서 연 1주일 동안 설사를 해서 43Kg에서 40Kg으로 준 것 이외엔 모두 무사했다. 샛별 클럽의 여학생 마님들도 토실토실하게 살이 올랐고 여름 방학 이후 모두들 더욱 예뻐져서 쳐다보기에도 눈이 시릴 정도였다. 1차 회담이 신우관에서 있었는데 모이자마자 다짜고짜로 영민이가 말문을 열었다.

"난 여러분들이 혹 담임선생님하고 설악산에서 바람이나 나지 않았나 걱정했습니다."

"뭐라구요?"

말숙이가 굵은 목소리로 아우성을 발했다. "정말 이러기예요?"

"뭐, 틀린 말 했습니까?"

문수가 거들었다. "그런 것쯤 약과입니다. 난 여러분들이 혹 디스코에 미쳤다가 정학이나 맞지 않았나 걱정했는데요."

"정말 뭐 어째요?"

"허허, 왜들 그래, 왜들?"

동혁이가 능청스럽게 말리는 척했다.

"아니, 그런 여학생이 어디 있어요?"

"있습니다!"

문수가 꽥 고함을 질렀다. "그뿐인 줄 아슈? 골빈당 당수 같은 여학생들이 집에 가자마자 책가방 내던지고 미니스커트에 속눈썹까지 붙이고 땋은 머리를 풀어 헤치고서는 마치 외국 여성들처럼 왔다리갔다리 하는 것을 이 두 눈으로, 아니 이 네 눈으로 똑똑히 보았습니다."

"취이소오하세요오오."

여학생들이 일제히 책상을 두드렸다.

"취이소오 못하겠습니다."

영민이가 말을 받았다. "이런 사실이 엄연히 존재하는 한 취이소오는 이 몸이 죽고 죽어 백골이 진토가 된다 할지라도 못하겠습니다."

"증거를 대세요."

말숙이가 이를 악물고 덤벼들었다.

"증거요? 대지요. 암, 대고말고요. 우리 앞집에 사는 명자라는 아가씨가 그러하시옵고, 뒷집에 사는 숙자라는 여학생도 분명 그러하옵니다."

문수가 거품을 물었다.

"고등하교 시절 한참 좋은 화춘지절(花春之節)에 담임선생님을 짝사랑쯤 해보는 것은 인지상정(人之常情)이요, 유난히 얼굴이 핼쑥한 음악선생 짝사랑해보는 것쯤이야 사춘기 소녀로서는 누구나 거쳐야 하는 관문인 줄 알고 있소이다. 하기야 고등학교, 대학교를 졸업하면 이곳에 계신 여러 선생님들은 언제 고등학교 영어선생님을 짝사랑했던가 까마득히 잊어버리고는 다섯 살이나 일곱 살쯤 나이 차이가 나는 S대학 공대를 우수한 성적으로 졸업한 친구와 우리보다 먼저 결혼할 줄로 아뢰나이다. 그에 비하면 우리의 짝은 어디에 있을까요. 무엇을 하는 님일까, 만나보고 싶어지는구려. 아마 저희들 나이가 열여덟 살이니 열여덟에서 일곱을 빼면 열한 살. 지금쯤 초등학교 4학년인 애기 숙녀한테 장가를 들게 되는 우스꽝스러운 전도가 눈에 선해지는 것입니다."

"그 자식, 장가 되게 들고 싶나보군."

철수가 빈정거렸다.

"말이 잠시 빗나갔습니다. 선생님 짝사랑하는 그런 가슴 두근거리는 연정쯤이야 잘못 발전되지 않는 한 주간지에 40대와 10대의 사연 운운하고 떠들썩거리지는 않습니다만, 한창 발랄하게 자라나야 할 아가씨들이 어두운 디스코장에서 청춘을 불살라야 옳겠습니까? 자못 눈물이 앞을 가리고 콧물이 뒤통수를 쳐 비분스럽고 오호 통재라, 애재를 금치 못하는 바입니다."

"옳소."

남학생들이 일제히 박수를 쳐댔다. 그러자 혜련이가 발딱 몸을 일으켰다.

"그렇다고 남성 동지들이 모두 옳다고 뽐내실 필요는 없을 것입니다."

"우리가 언제 뽐냈습니까?"

영구가 한 마디 했다.

"야야, 좀 조용히 하자."

문수가 얼굴이 벌게지면서 영구를 만류했다.

"너 이 자식, 편들기냐?"

영민이가 귓속말로 넌지시 찔렀다.

"남학생들도 마찬가지예요. 도저히 신사적인 데가 없고 비열하고 비겁하고 우둔하고 바보 같고 멍청이 같고……. 또 없니, 얘?"

"또 많지, 많어."

말숙이가 말을 받았다. "빙충이 같고 야만스럽고 불친절하고 좀스럽고 음흉하고……."

"조용, 조용합시다."

회장인 동혁이가 일어서면서 장내를 정리했다.

"여러 회원님들이 이렇게 한 달여 보지 않았는데도 다들 몸 건강한 것을 하느님께 감사하면서 방학 중에 있었던 회원들의 동정을 발표하겠습니다. 먼저 남성 동지 쪽의 소식통에 의하면 철수 누나가 8월 2일자로 시집을 가셨다고 합니다."

"어머, 어머!"

여학생들이 환호성을 발했다.

"조용합시다. 철수 누나가 시집간 거지 댁들이 시집간 것은 아니지 않소. 철수의 매부 되시는 분은 공군 파일럿 대위라고 하십니다. 다음 소식. 문수군의 집 개가 새끼를 8월 20일 오전 3시경에 무사히 분만하셨다고 합니다. 본인의 말로는 순종 스피치라 합니다만 제가 알기는 그 무시무시한 복날을 무사히 보낸 개고기의 진미 똥개로 알고 있습니다. 어쨌든 도합 여덟 마리를 낳으셨다 하오니 운수 좋으신 분은 한 마리쯤 양도 받으실 수 있을 것으로 압니다. 다음 동순 군이 방학 동안에 아무데도 놀러 가지 않고 독수공방 책과 씨름하여 바야흐로 눈병까지 났다 하옵니다. 공부도 좋지만 쉴 때 쉬는 것이 옳은 처사인 줄 알겠습니다. 다음은 여성 동지 소식인데 혜련 씨 오빠가 레코드점을 삼일 빌딩 지하실에서 내고 있다 합니다. 가시면 싸게 염가로 사실 수 있다고 합니다. 단, 샛별 회원에 한합니다."

우리는 떼를 지어서 로터리를 향해 걸어 나오기 시작했다. 거리는 많은 학생들이 오가고 있었고 기운을 잃어가는 여름 햇살이 눈부시게 타 오르고 있었다.

"난 갈게."

나는 버스 정류장쯤에 서서 아이들에게 말했다. 남자 측들은 큰소리로 손을 저으면서 작별 인사를 했고 여학생들은 "안녕히 가아세요." 인사를 하고 미리갈을 나풀거리면서 사라져갔다. 나는 책가방을 추겨 들며 버스 정류장 철책에 몸을 기댔다. 그때였다. 누군가 옆에 서더니 매우 조심스러운 목소리로 말을 걸어왔다. 여자목소리였다.

"저, 동순 씨…… 안녕하세요?"

나는 후딱 고개를 돌려 소리 나는 쪽을 보았다.

"아!"

나는 짧게 탄성을 발하면서 모자를 올려 썼다. 거의 반년도 넘어 소림이를 보자 내 얼굴은 뜨겁게 달아오르고, 한 순간 그녀에게 무자비한 사랑을 느꼈고, 드디어는 겨울 눈 내리는 D시 해수욕장에서 거품 부서지는 파도를 바라보면서 울었던 지난겨울을 생각해냈다.

"오랜만입니다."

나는 조용히 말했다.

"살이 찌셨군요."

소림이가 입을 가리면서 웃었다.

"아예, 소림 씨도 얼굴이 많이 좋아지셨습니다."

"먹고 자는 것밖엔 없으니까요."

"피차일반이군요."

말이 끊겼다. 우리는 무슨 말을 해야 할지, 어색한 침묵 속에서 사나운 기세로 돌진해 들어오는 버스들을 동시에 쳐다보기도 하고, 그러다가는 이유 없이 씨익씨익 웃기도 했다.

"어디 가는 길이세요?"

"아, 예. 집으로 가는 길입니다."

"요즘은 여학생 뒤를 따라가는 일 없으세요?"

"없습니다."

나는 쑥스럽게 웃으면서 대답했다.

"아직도 댁이 수유리이신가요?"

"이사 갔어요."

소림이 밝은 표정으로 말했다. "전화번호도 바뀌었어요."

나는 내가 타야 할 신촌행 버스를 두어 대 놓치면서 지금 이 순간에 내가 취해야 할 가장 현명하고 좋은 행동이 무엇일까를 생각하려고 애를 썼다. 나는 이 여인에게 쓰라린 상처를 입었다. 정말 나는 순수한 감정으로 이 여인을 사랑했다. 하지만 나는 지고 말았지.

"참, 같은 서울에 살고 있으면서도 우연히 만나기란 쉬운 일이 아니더군요."

소림이가 말을 했다.

"아, 예."

나는 수은처럼 빛나던 남산 어귀 가로등 밑에서 영민이의 가슴을 치고 엉엉 울었던 지난겨울을 다시 상기했다. 이 여인은 그것을 모르고 있을 것이다. 내가 얼마나 괴로워했던가를 모르고 있을 것이다. 불면의 밤을 수없이 지내고 한 순간이나마 매일처럼 목욕탕에서 몸무게를 재듯 죽음을 스스로 가늠해보던 지난겨울을 까마득히 잊어버리고 있을 것이다. 최초로 내게 무거운 고독을 선물한 이 여학생은 아주 시치미를 떼고 있는 표정으로, 그리고 밝은 표정으로 이야기를 걸어오고 있는 것이다. 나는 우울해지고, 무언가 납덩어리처럼 무거운 기세로 가슴을 눌러오는 비애를 느꼈다.

"요샌 영민이 자주 만나세요?"

나는 시선을 피하면서 조심스럽게 물었다.

"어어, 영민이라구요? 가끔, 아니 아주 우연스럽게 말이에요."

"영민이는 제가 제일 좋아하고 있는 친구입니다."

나는 푸른 하늘 위로 바람에 흔들거리는 백화점 선전용 애드벌룬을 쳐다보면서 말을 꺼냈다.

"정말입니다. 영민이는 우리와 다른 그 무엇이 있습니다. 언젠가 저는 영민이가 거리의 부랑자를 보고 느닷없이 주머니의 돈을 털고는 차비도 없이 집으로 걸어갔노라던 얘기를 듣고 영민이가 우리와는 다른 따스한 인간미를 가지고 있다는 것을 알았습니다."

솔직하자, 동순아. 너는 지금 거짓말을 하고 있을지도 모른다. 동순아, 너는 지금 네 감정을 스스로 속이고 있을지도 모른다. 나는 이를 악물고 나의 이러한 얘기가 얼마나 순수하지 못한지를 무섭게 느꼈고, 순간 나는 자신에게 혀를 깨물고 싶은 혐오감을 느꼈다.

"동순 씨, 자신의 얘기를 하세요."

소림이가 아주 낮은 소리로, 그러나 찌를 듯이 말했다.

"버스가 왔군요. 전 이것을 타고 집으로 가겠어요. 동순 씨 주소와 전화번호는 제가 알고 있어요. 전화해도 괜찮겠어요?"

"이사 갔습니다."

나는 거짓말을 했다.

"전화번호도 바뀌었습니다."

"어쨌든 제가 연락할게요."

소림의 뒷모습이 버스 속으로 빨려 들어갔다. 나는 멍하니 철책에 몸을 기댄 채 무서우리만치 강한 두려움을 느꼈다. 그것은 자신에 대한 죄책감이었다. 나는 밀고를 하고 나오는 기분으로 천천히 거리를 걷기 시작했다.

동순아, 너의 감정은 순수한 것이 아니었다. 칭찬을 받기 위한 유치원 생도처럼 너는 칭찬을 받기 위해서 순수하지 못하게 남의 칭찬을 했다. 너는 자기 자신을 속이고 있다. 우리는 왜 남에게 인식을 받기 위해서 마음에도 없는 이야기를 늘어놓아야만 하는 것일까. 나는 묵묵히 길을 걸으면서 내 가슴 위에 포화상태를 이룬 설

탕물 속에 가라앉은 설탕의 앙금처럼 더러운 자기기만이 서서히
가라앉는 수치감을 느꼈다. 나는 심호흡을 했다.

이 세상의 어디에는
부서지는 괴로움도 있다 하니
너는 그러한 데를 따라가 보았느냐.
물에는 물소리가 나듯
네가 자라서는 부끄러우며 울 때
나는 네 부끄러움 속에 있고 싶었네.
아무리 세상에서 찾다찾다 없어도
너를 만난다고 눈 멀으며 쏘다녔네.

  나는 고은이라는 시인의 〈누이에게〉라는 시의 한 구절을 퍼뜩
생각해냈다. 그때의 수치심은 이상하게도 훗날 내가 자라났을 때
에도 두고두고 잊히지 않는 상흔을 주고 있을지도 모른다. 하지만
모든 것은 자라날 때 아픔이 있어야 하지 않은가. 접목을 할 때 나
뭇가지를 꺾어 상처를 내는 예식을 거행하는 것처럼, 내 마음에 상
처를 그어 내린다는 것은 무언가 새로운 접목이 아니겠는가.

  계절이 가을로 깊어가자 아침저녁 스치는 바람이 차가워지고,

저녁마다 뜰의 벌레소리는 점점 요란해졌다. 나는 유독 이 해의 가을에 계절을 실감하고 있었다. 학교 수업 시간이면 열린 창문으로 물든 나뭇잎들이 한결 밝아오고 햇볕에 젖은 나뭇잎들은 수채화처럼 떨리고 있었다. 그것은 정말 아름다운 자연의 바꿈이었다. 간혹 못된 바람에 노랗게 물든 나뭇잎 한 조각이 권태로운 교실로 날아들어와 책상 위에 떨어지곤 했다. 그럴 때마다 나는 그 나뭇잎들을 주워들고 죽어가는 나뭇잎에서 빛나는, 그러면서도 가라앉은 나지막한 숨결을 느끼곤 했다. 학교 운동장 위론 여름빛보다 더욱 싱그러운 가을 햇볕이 눈부시게 반짝이고 있었는데 그 빛은 이미 따스함을 상실하고 있었다.

나는 빈 수업 시간이면 친구들과 멀리 떨어져 햇볕 들지 않는 곳으로 잔뜩 쌓인 낙엽을 밟으면서 혼자 걸었다. 낙엽들은 발아래에서 폭신한 감촉으로 밟히고, 문득 문득 고개 들어 바라보는 하늘로는 철새들이 화려한 색종이 같은 나뭇잎과 그 사이로 떼를 지어 날아가고 있었다. 나는 간혹 수업을 빼먹고 나무들 사이에 드러누워 먼 교실의 수업 종소리를 꿈결처럼 들으면서 나뭇잎들이 어우러져 풍기는 짙은 가을의 향내를 맡고 있었다. 그때 내 주머니에는 인근 문방구점에서 산 엽서가 대여섯 장 있었는데 볼펜을 꺼내어 무언가 그저 끌쩍여 먼 이름 모를 항구라든가, 이름 모를 산촌으로 편지를 부치고 싶다는 충동을 느끼고는 했다.

가을은 이미 깊어 내 주위에 온통 가득 차 있었다. 나는 그럴 때마다 승혜가 내 곁에 앉아서 나를 위한 노래를 불러주었으면 좋겠다고 생각했다. 그리고 그저 아무런 말도 없이 하늘로 흘러가는 구름이라든가, 떨어져 흩어지는 나뭇잎을 바라보기만 해도 좋겠다고 생각했다. 나는 눈을 가느다랗게 뜨고 저 빛나는 짙은 갈색 밤나무 낙엽 사이로 승혜가 다가오고 있다고 혼자 확인하면서 눈을 들어 바라보곤 했지만 그럴 때마다 나비들이 나풀거리며 채광 속을 부유하는 열대어처럼 날아가고 있을 뿐이었다.

나는 비밀을 간직한 소년처럼 승혜를 내 가슴속에서 키우고 있었다. 아끼는 것을 숨겨두고 싶은 느낌으로 가능한 한 편지도 부치지 않았고 전화도 걸지 않았다. 그저 승혜는 내 가슴속에서만 점점 자라고 있어 드디어는 내 가슴에 깊은 뿌리를 내리며 성장하고 있었다.

숲 사이로 흘러내리는 차가운 냇물을 손으로 받쳐 들면 청빛으로 빛나고 있었다. 나는 풀숲에 누워 시집을 읽거나 혹은 수없이 시를 지었다. 그리고 쉴 새 없이 승혜에게 편지를 썼다. 모래사장을 거닐 때 똑같은 돌멩이 가운데서도 유독 눈을 끄는 돌멩이가 있는 것처럼, 쌓인 낙엽들 가운데서도 유독 빛나는 나뭇잎을 주우면 시집 책갈피에 집어넣었다. 이제 그 낙엽들은 책갈피 속에서 한겨울을 지낼 것이다. 서랍 어두운 곳에 들어 있는 지난봄의 꽃씨처럼 파종을 기다리면서 책갈피 속에서 동면할 것이다. 그리하여 내가 그 시집을 꺼낼 때마다 지난 가을을 생각하게 해줄 것이다. 그리고 모든 것을 얘기해줄 것이다. 그 해의 가을이 어떻게 와서 어떻게 갔는지를, 그 해의 가을에 나는 무엇을 슬퍼하며 무엇을 보며 울었는가를.

어느 날 저녁 때 겨울을 재촉하는 가을비가 내리고 있었다. 비는 어둠과 나무 위로 부드럽게 내렸다. 나는 거리로 나섰다.

불현듯 지금 이 시간에 승혜를 만나고 싶다는 생각이 미친 듯이 덤벼들었다. 그것은 마치 오랫동안 망설이던 일을 가장 적당한 시기를 기다린 뒤에 이제야 해야 한다고 다짐하는 것과 같았다. 그래서 공중전화 박스 속으로 들어가 주머니를 뒤져 동전을 꺼냈다.

전화는 두 번 만에 떨어졌다.

"여보세요."

저편에서 물어왔다.

"저, 노승혜 씨 좀 바꿔주십시오."

나는 급한 마음에 숨이 가빠지고 있었다.

"전데요. 누구신지요?"

"저 동순입니다. 안녕하세요?"

"오랜만이에요."

전화기 속에서 맑고 부드러운 승혜의 목소리가 들려왔다.

"저, 뵙고 싶습니다. 지금 나오실 수 있겠습니까?"

"늦었는데요."

좀 후에 망설이더니 승혜가 대답했다. "벌써 밤 여덟 시예요."

"안 됩니다. 오늘은 꼭 뵙고 싶습니다. 잠깐이면 됩니다."

"거기 어디예요?"

"광화문입니다."

나는 가을비에 젖은 채 공중전화 박스 유리창에 나의 모습이 우울하게 떠오르는 것을 바라보았다.

"그럼 혜화동으로 와 주시겠어요? 제가 나가는 시간과 동순 씨가 이리로 나오는 시간과 거의 같을 테니까 말이에요."

"알겠습니다."

"혜화동 로터리에 큰 케이크 집이 있어요. 거기서 만나기로 해요. 허지만 전 금세 들어와야 하니까 30분만 뵙도록 해요."

"좋습니다."

나는 대답했다.

저쪽에서 먼저 전화를 끊었다. 나도 전화기를 놓으면서 비가 내리는 거리를 주머니에 손을 찌른 채 걷기 시작했다.

가을비는 텅 비고 냉랭한 느낌을 주었다. 중앙청으로 꺾어드는 길목의 가로는 찬 잎새를 떨어뜨리며 떨고 있었다. 거리의 수은등 불빛이 섞여 흘러내리고, 사납게 달리는 차들의 불빛은 부옇게 젖어 있었다.

노승혜.

나는 가을비가 송골송골 이슬방울처럼 떨어지는 것을 바라보

면서 가만히 승혜의 이름을 불러보았다. 그러자 가슴이 무겁게 무
겁게 뛰기 시작했다.

나는 어느 잡지에서 읽은, 가평에 살고 있는 박동석이라는 중학
생의 작품을 떠올렸다. 제목은 〈가을의 노래〉였다. 그때 나는 그
작품을 보고 무섭게 감동한 적이 있다. 나보다 두 살이나 어린 소년
은 당선 소감에 다음과 같이 쓰고 있었다.

강이 내려다보이지요. 과묵하신 어머니의 가슴속으로 뜨겁게
흐르는 목소리가 들리지요. 함께 흐르고 싶던 별빛 노리 안에서 온
통 우울을 버리고만 싶은 심정입니다. 시를 쓰는 사람은 마음이 곱
다던 어머니의 동화를 일깨울 때마다 어머니 두 눈망울에 비치는
깊은 종소리가 별빛처럼 저며 왔습니다. 어머니! 어머니가 주시던
시. 가장 귀중한 눈물을 이젠 알 듯합니다. 보석보다도 값지고 깨끗
한 그 눈물 앞에서 나를 추수할 수 있다는 의욕을 일으키곤 합니다.

갑자기 그 낯모르는 소년의 시를 생각해낸 이유가 바로 그 당선
소감의 마지막 구절 때문이었다. 무서우리만치 가라앉아 있었던
그 소년의 시와, 무언가를 내면의 가슴속에 마치 기도하듯 써내려
간 당선 소감 중 '보석보다 값지고 깨끗한 그 눈물 앞에서 나를 추
수할 수 있다는 의욕을 일으키곤 합니다.' 라는 말은 내가 승혜를

생각할 때마다 느끼는 감정을 대신해주고 있었다.

노승혜, 그녀는 내 가슴속에서 비밀스럽게 자라고 있었다. 그녀의 순수하고 맑은 영혼 앞에 설 때마다 나는 용서받고 싶어지고, 그리고 추수 뒤 빈들의 정적과 같은 충만한 기쁨을 느끼곤 했다.

긴 창경원 돌담 밑을 묵묵히 걸었고, 그리고 어둠에 잠긴 칙칙한 숲 속에서 풍겨 오는 비릿한 숲 냄새를 맡았다.

나는 구부정히 비에 젖어 케이크 집 안으로 들어섰다. 유난히 밝은 케이크 집 안엔 아무도 없었다. 단지 승혜만이 물빛 스웨터를 입고, 오똑하니 앉아 있다가 나를 보고 맑게 웃었다.

"안녕하세요?"

승혜가 먼저 손으로 입을 가리면서 부드럽게 말했다.

"온통 비에 젖었네요."

"걸어왔습니다."

"몸에 해로울 텐데. 전 감기에 걸렸어요. 오늘 학교에도 못 가고 줄곧 누워 있었어요."

"그럼 공연히 나오시라고 했군요."

"천만에요."

승혜는 창밖으로 흘러내리는 가을비를 망연히 쳐다보았다.

"무엇을 하고 지내셨습니까?"

나는 굳어서 딱딱해진 빵을 한 조각 집으면서 케이크 집의 밝은 불빛 속에 마치 유리로 빚은 듯 희고 아름다움 승혜의 눈을 쳐다보았다.

"글쎄요."

승혜가 막연히 대답을 했다. 큰 눈이 종이 먹은 양처럼 유순하게 흔들렸다.

"이것저것 하면서요. 동순 씨는요?"

"아무것도 안 합니다."

나는 조금 화난 듯이 대답했다. "정말 이러다간 내가 무엇이 될지 모르겠습니다."

우리가 앉은 투명하고 큰 유리창 위로 가을비가 송골송골 맺히고 그 이슬마다 야경이 깨어지고 있었다.

"요샌 무섭도록 외로워지곤 합니다. 가슴엔 외로움이 쌓여 두텁게 층을 이루고 있습니다."

나는 승혜의 눈을 응시하면서 말했다. 물빛 스웨터를 받쳐 입은 승혜의 흰 얼굴이 조금씩 움직였다.

"하루에 수십 통씩 승혜 씨에게 편지를 쓰곤 했습니다. 그러나 다 쓰고 나면, 역시 나는 거짓말쟁이로구나 하는 느낌이 들었습니다. 그래서 그것을 태워버리고 맙니다."

"저어……"

승혜가 웃으면서 말을 막았다. "우리 즐거운 얘기만 하기로 해요."

"싫습니다."

나는 단호하게 말했다. "오늘은 제가 무슨 얘기를 하든 들어주십시오. 오늘은 제가 주인입니다. 항상 승혜 씨가 제게 주인이었습니다. 하지만 오늘은 제가 주인이 되겠습니다. 그것은 최소한도의 저의 권리입니다."

승혜가 후딱 고개를 떨어뜨렸다. 그녀의 손이 가늘게 떨고 있었다.

"저, 이럴 줄 알았으면 오늘 안 나올 걸 그랬어요."

그녀가 기침을 했다. "전 동순 씨를, 언제나 제게 따스한 말을 해주시는 좋은 친구로 생각하고 있었어요. 하지만 지금처럼 어려운 말을 하신다면 무언가 무서워져요."

다시 그녀는 시선을 떨어뜨린 채 기침을 했다.

"저 한 삼 일 동안 줄곧 집에서 앓고 있었어요. 감기약을 먹으면 어찌 그리 어지러운지. 하지만 정말 저는 참 좋은 시를 읽었어요. 강은교라는 여류시인의 〈나의 평화주의(平和主義)〉란 시였어요. 읽어보신 적이 있으세요?"

"없습니다."

나는 대답을 했다. 그때 갑자기 그녀가 얼굴을 들었다. 맑고 큰 그녀의 눈이 부드럽게 나를 쳐다보았다.

"우리가 지금 어디에 있을까요?"

승혜의 흰 얼굴이 비 내리는 창밖으로 비껴지면서 표면을 향해 솟구치는 은빛 물고기의 비늘이 일순 번득이듯 빛났다.

"제겐 언니가 하나 있었어요. 그런데 제가 아주 어릴 때 돌아가
셨어요. 겨우 나만한 나이 때에요. 언니가 간혹 혼수상태 속에서
눈을 뜨고는 '승혜야, 지금 내가 어디에 있니?' 하고 묻곤 하셨어
요. 그때 저는 '언니야, 언니는 지금 우리 집 건넌방에 있어.' 하곤
했어요. 그러면 언니는 마치 백 미터를 뛰어온 육상 선수처럼 숨을
몰아쉬면서 '글쎄 그럴까?' 하고 말하곤 했어요. 글쎄요. 우리는
지금 혜화동 로터리에 있는 모양이죠, 아마."

승혜가 웃었다. 그리고 힘들여 기침을 했다.

"나는 가끔 언니의 그 말을 생각하곤 해요. 우리가 지금 어디에
있는가. 그리고 먼 날 우리가 무엇이 되어 만날까 하는 느낌 같은
것 말이에요."

창밖의 가로수에서 비에 젖은 낙엽이 떨어지고 포도 위에 수북
이 깔려 있었다.

"며칠 전 저는 그 여류시인의 〈나의 평화주의〉란 시를 읽으면
서 갑자기 동순 씨를 생각했어요. 그때 정말 동순 씨가 제게 가장
친한 친구처럼 생각이 들었어요. 내가 이 다음 대학에 들어가고 그
리고 다시 졸업을 한 후에라도 저는 동순 씨를 스스럼없이 대할 수
있는 친구로 남을 거라고 생각했어요. 그러자 얼마나 기뻤는지 몰
라요. 〈나의 평화주의〉란 시 제목에서도 저는 언제나 가라앉아 있
는 동순 씨를 생각했어요."

우리가 물이 되어 만난다면

가문 어느 집에선들 좋아하지 않으랴.

우리가 키 큰 나무와 함께 서서

우르르 우르르 비오는 소리로 흐른다면

흐르고 흘러서 저물녘엔

저 혼자 깊어지는 강물에 누워 죽은

장미 뿌리를 적시기도 한다면

아아, 아직 처녀인

부끄러운 바다에 닿는다면

그러나 지금 우리는 불로 만나려 한다.

벌써 숯이 된 뼈 하나가

세상에 불타는 것을 쓰다듬고 있나니

만 리 밖에서 기다리는 그대여

저 불 지난 뒤에

흐르는 물로 만나자.

푸시시푸시시 불 꺼지는 소리로 말하면서

인적 그친

넓고 깨끗한 하늘로 오라.

나는 가만히 승혜의 얼굴을 쳐다보았다.

"좋은 시입니다."

"우리가 물이 되어 만난다면 가문 집에선 모두 좋아하겠죠?"

승혜가 비로소 나를 쳐다보고 웃었다. 그러자 갑자기 놀랍게도 나의 가슴이 가라앉는 것을 느꼈다. 한참 웃다 그친 어린아이가 불쑥 느끼는 주위의 무서우리만치 가라앉은 정적처럼 나는 아주 안온한 평정을 느꼈다.

"배고프시죠?"

"고픕니다."

이번엔 내가 크게 웃었다. "지금껏 줄곧 저녁을 굶고 있었습니다."

"나가요."

승혜가 일어섰다.

"제가 저녁을 사 드릴게요."

"하지만 감기가 심해지지 않을까요?"

"괜찮아요. 이미 벌써 나아버린 걸요."

그러나 승혜는 거푸 기침을 했다. 그래서 우리는 웃었다.

우리는 비 내리는 거리로 나섰다. 우리는 승혜가 들고 나온 우산을 누가 들 것인가를 두고 가벼운 언쟁을 했다. 나는 내가 들겠다고 고집을 부렸다. 그러나 승혜는 내게는 책가방이 있으니 우산은 마땅히 자기가 들어야 한다고 했다. 하지만 나는 내가 남자니까 그

리고 승혜 씨는 감기에 걸려서 기운이 없으실 테니까 내가 들어야
한다고 우겼다. 그러자 승혜는 웃어버렸다. 그것은 유쾌한 언쟁이
었다. 나는 오른손으로 우산을 받쳐 들었다. 그리고 우리는 걷기
시작했다.

"뭘 드시겠어요?"

"라면 먹겠습니다."

"라면이라고요?"

"예. 거 만두도 하고, 국화빵도 파는 조그만 음식점에서 뜨끈뜨
끈한 라면을 먹겠습니다."

"그건 너무 소박한 욕망인데요."

승혜가 웃었다.

"오늘 글쎄 우리 집 돼지가 맹장염에 걸렸거든요."

"돼지가 맹장염에 걸립니까?"

"그럼요. 그걸 몰랐나요? 그래서 제가 오늘 면도칼로 수술을
해주었어요. 그리고 수술을 해준 대가로 사례금을 두둑이 받았어
요."

승혜는 갑자기 손에 들고 있는 자그마한 주머니를 흔들어 보였
다. 그러자 그 안에서 찰랑찰랑 동전 소리가 났다.

"아, 알겠습니다. 돼지 저금통의 배를 갈랐군요. 그래 얼마나
나왔어요?"

"자그마치 만 원하고도 삼백 원이 나왔어요."

"정말 굉장하시군요. 난 작심삼일이라 제일 큰 복돼지 저금통을 사고도 글쎄 불과 1주일이 못 되어서 배를 가릅니다. 그럼 숫제 오백 원도 채우질 못하죠."

"오늘은 제가 재벌이니까 마음 놓고 시키세요."

"그럼 불고기를 먹어도 괜찮습니까?"

"물론이죠."

"됐습니다. 그럼 이 근처에서 누굴 좀 불러 같이 가도 괜찮습니까?"

"누군데요?"

"문수네 집이 바로 이 근처입니다. 바로 저기 보이는 교회 안집이 문수네 집입니다."

"물론이죠."

"그 애는 불고기 2인분은 거뜬히 먹어치웁니다. 그래도 문제없습니까?"

"문제없어요."

"그럼 가십시다."

우리는 교회로 들어갔다. 오늘이 무슨 요일인지 저녁 예배 찬송가 소리가 들려오고 있었다.

"종교가 있습니까?"

나는 열린 문틈으로 수많은 사람들이 앉아서 예배를 드리고 있는 모습을 쳐다보았다.

"저희 집에서는 천주교를 믿고 있어요. 세례명은 노안나예요."

"노안나, 노안나……. 아주 좋은 이름이네요."

우리는 교회 뒤로 돌아갔다.

"여깁니다."

나는 일본식 목조 건물 위로 문수네 방 불빛이 켜져 있는 것을 보았다.

"문수야아!"

나는 큰 소리로 2층 문수네 방을 향해서 소리를 질렀다. 그러자 잠시 뒤에 문수네 방 창문이 열리고 문수의 머리가 바깥으로 나오더니 어둠에 채 눈이 익지 않은 탓인지 이쪽을 두리번거렸다.

"나다. 니 형님이시다."

"어? 너 이 자식 동순이 개똥철학자로구나. 웬일이냐?"

"니가 보고 싶어서 왔다."

"기다려라. 곧 내려가서 뽀뽀라도 해주겠다."

2층 창문이 닫히더니 층계를 쿵광거리며 내려오는 소리가 아득히 먼 곳에서 들려오는 것처럼 이어지더니 드르륵 느닷없이 봉창문이 열렸다.

"들어와라, 밤의 방문객이여. 내 너를 환영하노라. 이 어두운 밤과 밤으로 이어진 여로에서 얼마나 고생이 많았느냐? 내 이제 널 반갑게 맞아들이겠으니 지체 말고 짐의 품안에 들어올지어다."

"미안하외다. 나는 혼자의 몸이 아니올시다. 폐하, 노승혜 씨하고 같이 온 줄로 아뢰옵니다."

"옛? 승혜 씨하고?"

"안녕하세요?"

그제야 승혜가 어둠 속에서 나타났다.

"헷헤헤, 노승혜 군. 아니, 아니 노승혜 씨. 이, 이거 미안합니다."

"또 말더듬기냐?"

"너, 너무 졸지에 당한 일이라서. 저 누추하지만 들어와 주신다면 영광으로 알겠습니다. 여황 폐하."

"왕초 계시잖느냐?"

"왕초는 교회에서 설교 중이시고, 왕녀는 목하 외출 중이시다. 이 집에선 내가 지금은 새끼 왕이다."

"어쨌든 나와라."

"이 캄캄한 밤중에."

"승혜 씨가 불고기를 사주신단다."

"오우, 만세! 불고기 만세! 아니, 노승혜 씨 만세. 기다려라. 이 꼴로 갈 수 있겠냐? 정장을 하고 나올란다."

"뭐 어떠냐? 그냥 잠깐 나가자."

"기다리라니까."

문수는 바람처럼 날쌔게 쿵쾅거리며 2층으로 기어 올라가더니 글쎄 1분도 못 돼서 다시 나타났지만 옷차림은 그냥 그대로였다.

"어찌된 판이냐?"

"안 되겠다. 집이 비어서 안 되겠다."

"식모 아줌마가 있잖아. 동생들도 있고."

"그래도 안 되겠다. 지금 전화가 왔는데 곧 왕녀가 오신다는 거다. 이거 모처럼 소하고 이빨 전쟁 벌여볼 판인데 운수가 없는 편이다. 미안합니다, 승혜 씨. 다음 기회로 미루기로 하죠. 집에 무슨 사정이 있어서요."

"너 이 자식, 나중에 후회하지 않겠지?"

"할 수 없지. 자, 두 분이서 맛있게 드십시오."

"그럼, 안녕히 계세요."

승혜가 문수에게 인사를 했다.

"그럼 내일 학교에서 보자."

문수가 갑자기 내게 다가와서 부드럽게 말했다.

"곧 열 시다. 늦기 전에 집에 들어가라. 그리고……."

문수가 느닷없이 승혜의 눈을 피해서 내 귀를 잡아 뜯었다. "이 눈치 없는 조조 자식아, 내가 집에 도둑이 들어도 불고기를 마다할 놈이냐? 하지만 이 개똥철학자야. 모처럼의 데이트에 왜 나까지 끌고 가겠다는 거냐. 춘향이하고 이 도령 데이트에 방자가 향단이도 없는데 미쳤다고 끼냐? 이 멍텅구리, 거지발싸개 같은 우매한 온달이 사촌동생 같은 자식아. 승혜 씨하고 모처럼 데이트에 왜 나는 생각해냈냐? 어쨌든 우정이 고맙긴 하다만 보아하니 데이트 자금이 없는 모양이니 내가 너에게 이천 원을 꾸어주겠다. 불고기는 얻어 먹는다손 치더라도 보아하니 감기가 걸린 모양인데 하다못해 약방에서 감기약이라도 사드려라. 이 온달이 사촌 같은 무지몽매한 여포 자식아. 그럼 우중의 센티멘털한 데이트 많이 해라. 안녕히 가십시오. 우리의 존경하옵는 노승혜 씨."

"예, 안녕히 가세요."

승혜가 저만큼 교회 돌계단에 서서 대답했다.

"고맙다. 진짜 네가 내 친구다."

드르륵 봉창문을 닫고 문수는 사라져버렸다. 나는 그가 준 꾸깃꾸깃한 돈을 주머니에 넣고 킬킬거리면서 승혜에게 뛰어갔다. 그러면서 나는 눈을 돌려 문수의 집을 쳐다보았는데 문수의 방엔 불이 켜져 있었다.

"문수가 글쎄 제게 2천 원을 꾸어주었습니다."

나는 여전히 킬킬거렸다. "데이트 자금에 보태 쓰라고 말입니다."

"의리가 깊은데요."

승혜가 웃었다. 그리고 기침을 했다.

"그뿐만이 아닙니다."

나는 너무 유쾌해서 여전히 웃으며 말을 이었다. "문수가 우리를 못 따라 나온 것은 집 사정 때문이 아니라는군요."

"어머, 그럼 우릴 속였군요."

"그래요. 속였습니다. 글쎄 모처럼 둘이서…… 얘기해도 화 안 내시겠습니까?"

나는 머뭇거리면서 승혜를 쳐다보았다.

"무슨 얘기인데요?"

"둘이서 모처럼 데이트하는 데 자기가 방해꾼이 되니까 빠지겠다는 거예요."

"어머나."

우리는 한참 웃었다. 유쾌하고 즐거운 웃음이 우리를 못 견디게 사로잡았다.

"하지만 승혜 씨도 절 속이신 게 있지 않습니까?"

"뭔데요?"

"제가 승혜 씨에게 좀 전에 전화를 걸었을 때는 30분만 시간을 내주시겠다고 했지만 벌써 아홉 시 반이니 승혜 씨는 제게 무려 두 시간을 넘게 할애해주시는 게 아닙니까? 물론 고마운 처사이긴 해도."

"집에서 허락을 받았어요. 어머니한테요. 같은 샛별회의 회원인 남학생과 만나기로 했노라고요."

"일일이 집에서 허락을 받습니까?"

"예."

"어머님이 이해심이 많으신 편이군요."

"그런 게 아니라 제가 평소에 신용을 지켜드렸으니까요."

"어이쿠, 한 대 얻어맞았습니다."

우리는 자꾸 유쾌하게 웃었다.

그날 저녁 승혜에게서 불고기 2인분을 대접 받았다. 승혜는 자상하게도 잘 익은 고기만을 내게 밀어주었다. 그 모습이 하도 진지해서 마치 내게 익은 고기를 밀어주는 것이 그녀의 막중한 의무인 것처럼 보였다. 승혜는 내 누이 같았다. 그래서 나는 그녀가 밀어주는 대로 꾸역꾸역 받아먹었다. 나는 그녀가 주는 고기 한 점 한 점이 그녀의 마음속에 싹트는 조용하고 빛나는 사랑임을 의심치 않았다. 누이처럼 앉아서 내게 밀어주는 행동에 열중해서 자신이 먹는 것을 잊어버린 승혜의 모습은 내가 먼 훗날 생각해도 지워지지 않을 판화처럼 깊게 내 마음속에 박혀 있었다. 그것은 마치 햇볕 잘 드는 툇마루에 앉아서 봉선화 물을 들이는 누이의 열중한 모습처럼 보였다.

식사를 마친 뒤 나는 승혜를 그녀의 집까지 바래다주는 것이 마땅한 의무라고 우겼다. 그러자 그녀는 집에 혼자 갈 수 있으니 미아보호소 사람처럼 자기를 바래다주는 것은 자존심의 문제라고 주장했다. 그러나 나는 그녀가 감기에 걸렸고 몸이 아프므로 바래다주는 것이 당연하다고 우겼다. 그러자 그녀는 웃으면서 양보를 했다. 그녀는 내게 무엇이든 웃으면서 양보를 했다. 내가 우기면, 밥투정하는 소년처럼 고집스럽게 우기면 무엇이든 용인해주겠다는 듯 웃으면서 양보해 주었다.

우리는 늦게 버스를 탔다. 그녀는 차 뒷좌석에 앉아 기침을 했다. 그리고 기침이 끝나면 나를 보고 미안해요, 하고 또 웃었다. 나는 그녀가 화를 내는 것을 한 번도 본 적이 없었다. 창밖엔 여전히 비가 내리고 있었다. 가을비가, 차가운 가을비가.

버스를 채운 사람들은 몇몇뿐이었다. 다들 차창에 기대어 자고 있었다. 즐거워하는 것은 우리뿐이었다. 그럴 수밖에. 우리는 젊고 건강했으니까. 버스 안 라디오에선 이선희의 〈J에게〉가 흘러나오고 있었다.

우리는 말이 없었다. 말이 필요 없었다. 말을 하지 않아도 즐거웠다. 승혜가 감기에 걸려서 걱정이었지만 그것만 빼면 정말 완전 무결하게 즐거웠다.

성북동 종점에 내렸을 땐 비가 그쳐 있었다. 나는 약방에서 그녀를 위해 감기약을 서너 개 샀다. 그녀는 그것을 한꺼번에 먹겠다고 했다. 그리고 고맙다고 했다. 그리고 밤이 늦었으니 여기서 돌아가라고 했다. 나는 그럴 수 없다고 했다. 그녀의 집까지 바래다주어야 한다고 우겼다. 그러나 그녀는 여기서 버스를 타고 가라고 했다. 나는 내가 남자이고 힘이 세니 집까지 바래다주겠다고 했다. 그러자 승혜는 자기는 집이 요 앞이니까 버스를 타는 것을 봐야만 물러가겠다고 했다. 그러나 나는 그녀가 감기에 걸렸으므로 몸이 아플 거라고 우겼다. 그러자 승혜는 웃으며 양보했다. 누구네 집 담일까. 우리는 한없이 높고 한없이 길고 차고 축축한 축대 옆을 나란히 걸었다. 담 안의 나뭇잎에서 떨어진 몇 방울의 빗방울이 얼굴을 적셨다. 오늘 즐거웠습니다, 하고 내가 말했다. 그 소리는 밤과 비, 그리고 가을의 낮은 침묵 속으로 사라져버렸다. 저두요, 하고 승혜가 말했다. 그리고 기침을 했다. 승혜 씨는 제가 말을 할 때마다 따라하는군요, 하면서 나는 웃었다. 나는 줄곧 웃었다.

"다 왔어요."

그녀가 말했다. "바로 보이는 저 집이 우리 집이에요."

"그럼 안녕히 계세요."

"잘 가세요"

"잠깐."

내가 그녀를 불러 세웠다. "저, 지금 바로 이 순간에 제게 명령 하나만 해주세요. 그럼 꼭 지킬 것 같아요."

나는 숨 가쁘게 승혜를 올려다보았다.

"명령이라니요?"

승혜가 웃었다.

"가령 아침에 일찍 일어나세요, 하고 명령하신다면 죽을 때까지 일찍 일어날 것 같아요. 정말이에요."

그러자 승혜가 머뭇거리더니 말했다.

"공부 열심히 하세요. 얼마 안 있으면 학기말 시험이죠? 그때

평균 90점 이상 맞기로 약속해요. 하시겠어요?"

그녀가 기침을 하며 웃었다.

"하겠습니다."

나는 단정을 내렸다. 하고말고. 90점 이상 맞고말고.

"그럼 안녕히 주무세요."

"그럼."

그녀는 집 문 앞에서 초인종을 눌렀다. 나는 어둠 속으로 사라지는 그녀를 지켜보았다. 그러자 그녀도 나를 보았다. 나는 어둠속에 몸을 숨긴 채 그녀가 안으로 들어가고 얼마 후 2층의 불이 켜지는 것을 보았다. 나는 홀로 서서 저미는 고통에 몸을 비틀거렸다. 똑바로 기억하자. 나는 생각했다. 이 가을에 무엇이 내게 올 것인가를…….

나는 버스 종점으로 내려오면서 좀 전에 승혜가 읊어준 시를 생각했다.

우리가 물이 되어 만난다면
가문 어느 집에선들 좋아하지 않으랴.
우리가 키 큰 나무와 함께 서서
우르르 우르르 비오는 소리로 흐른다면

만 리 밖에서 기다리는 그대여

저 불 지난 뒤에

흐르는 물로 만나자.

푸시시푸시시 불 꺼지는 소리로 말하면서

인적 그친

넓고 깨끗한 하늘로 오라.

작은 슬픔

가을은 짧았다. 황홀한 낙엽이 찬란하게 채색되더니 이내 떨어져 뒹굴고, 곧 음산한 겨울이 다가오고 있었다.

나는 줄곧 승혜만을 생각하며 나날을 보내고 있었다. 지독한 열병이었다. 그날 둘이 비를 맞으며 '우중(雨中)의 데이트'를 한 다음 날부터 나는 지독한 열로 일주일을 앓아누워 있었다. 열은 40도를 오르내렸고 학교를 거의 열흘간 쉬어야 했다.

앓는 동안에 나는 언제나 승혜만을 생각했다. 온몸에 열이 나면 눈앞에 짜릿짜릿한 빛들이 어우러져 피어올랐다가는 사라지곤 했는데 그럴 때마다 승혜는 나의 환상 속에서 줄곧 웃고만 있었다. 그러나 승혜를 마음속에 떠올릴 때면 지난 과거가 떠오르고, 그리고 부끄러워지고는 했다.

우리는 무엇 때문에 살아가고 있는 것일까. 왜 우리는 누구든 나를 인정해 주리라는 기대 속에서 자기 자신에 속으면서 살아가고 있는 것일까. 무거운 책가방 속에 수학책이, 영어책이 들어 있듯이 왜 우리는 무거운 의무를 지고 살아야 하는 것일까. 우리는 손에 손금을 안고 있으나 그 무게는 느끼지 않는다. 손금처럼 지울 수 없는, 그러면서도 무게를 느끼지 않는 승혜에 대한 나의 사랑은 무엇을 의미하는 것일까. 왜 나는 그녀를 생각할 때마다 가슴이 뛰는 것일까.

노승혜.

무엇이 그녀를 내게 오게 한 것일까. 이 수많은 인구 중에서 그녀가 유독 내게만 와 주는 인연은 과연 무엇 때문일까. 신이 있는 것일까. 그녀가 내게 친구로 지내고 싶다는 말을 했을 때 왜 나는 크게 부정을 하며 애인으로 있고 싶다는 말을 하지 못했을까. 그것은 나 자신을 속이고 있는 것이 아닐까.

왜 우리는 거짓말을 해야 하며 우리는 진실치 못하는 것일까. 쉴 새 없이 자라나는 손톱처럼 깎아내도 깎아내도 커지는 진실하지 못한 허위여, 그대는 무엇인가.

왜 우리는 기쁨 속에서도 슬픔을 아울러 생각하는 것일까. 왜 나는 승혜를 사랑하면서도 그녀와의 이별을 미리 생각하며 겁을 내고 있을까.

성인이라는 것은 무엇일까. 미성년자라는 뜻은 무엇인가. 담배를 하루에 두 갑 넘게 피우며 다방을 무상으로 출입할 수 있다는 졸업은 우리에게 무엇을 줄 수 있는가.

왜 물고기는 진화하지 못했을까. 그것은 잘 때도 눈을 뜨고 자기만 하기 때문일까. 눈을 감고 사고할 줄 아는 동물만이 진화를 하는 것일까.

병이 다 나았을 때 나는 5킬로그램이나 줄어 있었다. 다리엔 힘이 하나도 없었으며 거울을 통해 본 내 얼굴은 동화 속에 나오는 눈물 많은 소년처럼 수척해 있었다.

오랜만에 학교에 갔을 때 머저리 클럽 제위들은 나를 축하한답시고 한바탕 떠들썩하고는 그동안 앓고 나더니, 쌍꺼풀이 생기고 알랭 들롱이 이빨 썩을 때처럼 멋있어졌다고 야단이었다. 그리고 원수 같은 학기말 시험이 다가오는데 무슨 김장 대책 세우듯 월동 대책이라도 세워야 하지 않겠느냐고 철수가 떠들어대고, 문수는 이번 시험엔 왕초들 미안해서라도 70점 이상은 맞아야 되겠다고 잔뜩 다짐을 하고 있었다.

"동순이 너 이 자식, 내가 아이들한테 얘기는 안했다만 2천 원 꾸어준 것은 갚아야 하지 않겠냐?"

문수가 애들 눈을 피하면서 내게 질질거렸다. 그때 우리는 점심을 왕창 뻐개고 한창 빛바래 가는 초겨울 양지쪽 체육관 앞 돌계단에 앉아 있었다.

"그리고 말이다."

문수는 내게 속삭이듯 빈정댔다. "빗속을 둘이서 데이트했으면 결과 보고는 해야 할 것 아닌가. 이거 불고기 2인분을 꿀꺽하지 못한 것도 억울한데, 이 자식아, 역사는 빗속에서 이루어지더냐?"

"뭐라고? 불고기님이 어쨌다고?"

동혁이가 얼핏 들었는지 큰 소리로 끼어들었다.

"불고기 각하를 꿀꺽하게 해준다고?"

"허어, 귀는 밝구나, 귀는 밝아. 어쨌든 혜련이가 말이야."

문수는 껄껄거리면서 말머리를 돌렸다.

"혜련이가 누군데?"

영구가 얼빠진 소리를 했다.

"야, 거 몰라? 문수 사모님 말이야."

영민이가 큰 소리로 소리쳤다.

"문수가 누군데?"

영구가 다시 얼빠진 소리를 냈다.

"너 정말 이러기냐? 이 무지몽매한 바보 온달 같은 녀석아."

"계속해라, 계속해. 혜련이가 뭐 어쨌다는 얘기냐? 설마 얼굴에 여드름이 만발하다는 시시한 얘기는 아니겠고."

영민이가 주머니에서 깨엿을 꺼내더니 느닷없이 오드득 깨어 물면서 말을 거들었다.

"그럼 너희 머저리 클럽에게 빅뉴스를 알려주겠단 말이다. 말인즉슨 무언고 하니, 우리의 위대한 혜련 씨께서 오는 12일부터 학기말 시험이 시작되고 18일 시험이 끝나는데, 그 다음 곧 크리스마스가 오는 데 있어서 같이 즐겁게 놀 수 있는 플랜을 짜자는 제의를 해왔단 말씀이다, 말씀은."

"크리스마스가 밥 먹여준대냐?"

철수가 빈정거렸다.

"너 정말 나 목욕(모욕)시키기냐?"

"참아라, 참아. 주먹이 울어도 참아라, 참아. 참는 자에게 복이 있나니 천국이 저의 것이요."

"계속해라, 문수 군."

영민이가 이번에는 주머니에서 호콩을 꺼내서 씹기 시작했다.

"웬 거냐?"

동혁이가 물었다. "그 호통과 깨엿이 웬일이냐?"

"동무, 숱한 인민을 두고 혼자 먹는 동무는 반동인 줄 모르오?"

"실은 아까 변소에 다녀오는 길인데 중학교 3학년 우리의 사랑스러운 어린 양들이 무엇을 먹고 있더란 말씀이야. 그래 내가, 인마 이런 걸 길거리에서 우물우물 먹으면 학교 체면에 손상되니까 압수다, 하고 큰소리쳤더니 한 녀석이 선배님 여기는 길거리가 아니잖습니까, 그러잖아."

"그래서? 그 자식 정말 뻣뻣한데."

"그래서 내가 얘기해 줬지. 너희들은 인격이 덜 도야되었기 때문에 견물생심이라, 주머니에 넣고 다니다간 아무데서라도 먹고 싶은 마음이 생길지도 모르니 북괴가 호시탐탐 노리는 이때 주머니에 갖고 다니지 말고 내가 압수하겠다 하면서 주머니에 있던 깨엿 두 근, 호콩 등을 압수했더니 그 녀석 하는 말, 참으로 흥미진진합니다. 이러잖아."

"핫하하, 허허허."

우리는 웃었다.

"야, 그 자식 멋있는 자식인데."

"어쨌든 나눠 먹자."

동혁이가 영민이의 주머니를 뒤져 한입 털어 넣으면서 낄낄거렸다.

"야, 내 얘기는 정말 안 듣겠다는 거냐?"

문수가 순간 계단 아래로 뛰어 내려가더니 계단에 앉아 있는 우리들을 향해 아우성을 쳤다.

"너희 이 눈치 없는 조조 멍텅구리 거지발싸개 같은 우매한 온달이 사촌 같은 녀석들아. 이 천하에 빈대 쥐 이완용 매국노 김일성잭 파란스 같은 종자들아, 내 얘기 좀 들어라. 이 중대한 시기에 땅콩 몇 개 가지고 운운하게 되었냐?"

"옳소."

영민이가 박수를 쳤다. "우리의 위대한 이문수 군을 국회로 보냅시다."

"옳소. 우리의 즐거운 크리스마스 준비위원장 동무 이문수 군 만세."

"제군들은 진정하라."

문수는 느닷없이 두 손가락으로 V자를 그렸다.

"그럼 어쩔 셈이냐? 혜련이가 여성들과 남성들 간의 두터운 우정을 크리스마스를 기회로 디욱 더 두텁게 하자는 판인데 누구 좋은 의견 가진 것 있냐?"

"그럼, 그 아가씨가 우리보고 올나이트하자는 거냐?"

동혁이가 물었다.

"그것 좋다, 좋아."

철수가 소리 질렀다.

"천만에! 이 비상시국에 사춘기적 소년 소녀들이 밤을 새우면서 포커라도 해야 속 시원하다는 얘기냐? 그런 소리는 아니고 우리끼리 성가대를 조직해서 가난한 집집마다 돌아다니고, 고아원에도 선물을 갖다 주자는 얘기다."

"야야, 그게 무슨 소리냐?"

영민이가 이빨 빠진 소리를 내었다. "우리가 뭐 다 늙어가지고 자선사업이라도 해야 한단 말이냐? 싫다, 싫어."

"그래, 그건 너무하다."

영구도 한 마디 했다.

"뭐? 싫다고?"

"그래, 싫은 것은 싫은 거다. 단연코 싫다."

철수도 발 벗고 나섰다.

"야, 이 무지몽매한 온달이 사촌 같은 녀석들아. 너희들과 오늘부터 부자의 인연을 끊자."

"잘 안 들리니 좀 더 큰 소리로 말을 해라."

"닥쳐!"

순간 문수가 소리를 질렀다. 장난이 아니었다. 안경 쓴 얼굴이 금세 벽돌색으로 달아올랐다.

"너희들은 불한당이다. 좋은 일인데 어째 나쁘다는 거냐?"

"한 마디 하겠다."

동혁이가 일어섰다.

"이것은 우리들끼리 정할 문제가 아니다. 다음 주 토요일 정기 모임에서 같이 의논할 문제다."

"그래, 그게 좋겠다."

이번엔 내가 말을 했다. "그렇게 하기로 하자. 어떠냐?"

나는 문수 대신 아이들을 둘러보았다.

"동순이 말이 공자 말씀이다."

철수가 한 마디 했다.

1. 나는 결코 밤을 새우지 않았습니다. 그 대신 아침 일찍 일어나서 정신이 맑을 때 두 시간 동안 열심히 예습했습니다. 복습보다 예습이 중요했습니다.

2. 나는 그날 배운 것은 그날 복습하고 잊어버리지 않도록 노력했습니다. 수업 시간에 배운 것은 철저히 이해하려고 노력했습니다.

3. 나는 참고서 한 권을 잡으면 절대 이 참고서, 저 참고서를 넘나보지 않았고, 한 가지를 끝까지 세 번 이상 보았습니다.

4. 암기하는 과목들은 될 수 있는 한 먼저 주욱 읽어 이해를 하고 우선 간단 간단하게 메모를 해가면서 외웠습니다. 그리고 그런 과목들은 계획을 짤 수 있는 한 시험 보기 한 달 전쯤에 완전히 외우기 시작했습니다.

5. 어학, 특히 영어와 독일어는 문장을 외우려고 노력하였습니다. 배운 과목은 숫제 모두 외워 버렸습니다.

이상은 작년 S대학교에 1등으로 붙은 학생의 경험담이다.
시험이 다가오자 나는 무지무지하게 공부를 했다. 그동안 승혜에게 몇 번이고 전화를 걸고 싶었지만 참았다. 나는 공부를 하다말고 멍하니 찬 겨울바람이 창밖에서 윙윙거리며 마른 가지를 뒤흔들어대는 날카로운 모습을 바라보다가는 승혜의 모습을 떠올리곤했다. 그럴 때마다 나는 이를 악물고 공부를 했다. 공부는 나에게 새로운 열병이요, 고통이었다. 열흘 동안 밀린 공부 때문에 더욱 힘이 들었다. 약속을 지켜야 한다. 승혜와의 약속은 지켜야 한다. 그녀가 설사 지나가는 말로 약속을 했다손 치더라도 동순이 너는 승혜에게 약속을 지켜야 한다. 차라리 그것은 형벌이었다.

승혜의 얼굴이, 승혜의 웃음이 나를 괴롭히고 있었다. 자나 깨나 누워서나 거리를 다닐 때에도 승혜의 얼굴이 눈에 스치곤 했다. 보고 싶다, 라고 나는 중얼거렸다. 승혜 너를 보고 싶다, 라고 중얼거렸다. 지독한 외로움이 가슴을 저며 들고 있었다. 정말 악몽과도 같은 고투 속에서 나는 2학기 말 시험을 치렀다. 그리고 끝이 났을 때 나는 형편없이 시험을 못 친 자신을 발견하고 말았다.

그날 저녁, 울었다. 도서관 뒤 춥고 추운 뒷동산 골짜기에서 나는 울었다. 무언가 가슴 속에서 무너져 내리는 소리가 들리는 것 같았다. 메마른 나뭇가지 사이로 빠져나가는 찬 겨울의 휘파람소리 같은 바람소리도 들려왔다.

열여덟 살 나이가 갑자기 무서워졌다. 나는 내가 지금 과연 어디에 있는 것일까를 생각해 보았다.

나는 눈을 감고, 바람에 사르락대는 나뭇잎들과 예리한 겨울의

공기를 찢는 바람소리, 그 속에서 번득이는 차디찬 빛과 같은 소리
를 들었다.

나는 마종기라는 시인의 시를 생각해냈다.

전송하면서
나는 살고 싶네.

죽은 친구는 조용히 찾아와
봄날의 물속에서 귓속말로 속살거리지
죽고 사는 것은 물소리 같다.

그럴까, 봄날도 벌써 어둡고
그 친구들, 그 허전한 웃음 끝을
몰래 배우네.

메리 크리스마스

학기말 시험이 끝나고 어느 정도 한가해졌을 때 우리 머저리 클럽과 샛별 클럽은 오랜만에 모여 서로 그동안 예뻐졌다느니, 못 보던 사이에 여드름이 많이 늘었다느니 한바탕 상대편 측들을 놀려 댔다. 그리고 우리는 이번 크리스마스를 어떻게 지낼 것인가를 의논했다. 꽤 오랫동안 많은 의견이 오갔는데, 결국 그날 결의된 안건은 지난 1년 동안 모은 회비를 몽땅 털고 그것에 약간의 회비를 추가하여 꼭 5만 원을 만들고, 거기에 집에서 입던 옷가지들과 동화책들을 모아 고아원을 방문하기로 한 것이었다.

이 계획은 썩 훌륭했다. 결정을 하고 난 뒤 우리의 가슴은 무언가 훌륭한 일을 계획하고 났을 때와 같은 충족감으로 채워졌다. 우리는 우선 재정 담당 책임자인 이문수 군의 저금통장에서 전년도 결산액을 찾아서 그것에 2천 원씩 더 돈을 보태 5만 원을 채웠으며, 겨울방학이 시작되기 전까지 1주일 동안 집에서 들고 온 어린이용 옷과 동화책을 매일 모았다. 우리는 예전에 입던 옷들, 혹은 막내 동생의 헌옷들을 집에서 떼를 쓰다시피 해서 모아 가지고는 샛별 클럽이 모이는 신우관 창고에 차곡차곡 개어 놓기 시작했다.

"여러분."

옷가지들을 정리하고 있는 여학생 그룹을 향해 영민이가 싱글 싱글 웃으면서 소리쳤다. "이 옷은 보다시피 이문수 군이 여섯 살 때 입던 옷입니다."

그는 시장판에서 싸구려를 외치는 행상처럼 문수가 들고 온 털 내의를 번쩍 들어 보이면서 구변 좋게 한마디 했다.

"여러분도 아시다시피 이문수 군은 6개월에 한 번 목욕을 합니다. 더구나 이 옷은 한창 개구쟁이 어린 시절의 내의니까 냄새가 보통이 아닐 것입니다. 이것을 그대로 보내 드릴 수는 없는 게 아닙니까?"

"야! 뭐, 뭐라고?"

문수가 비명을 질렀다. "취소해라. 그게 무슨 말똥구리 소리냐. 이 옷은 보다시피 우리 집 막내둥이가 한창 전성기에 한 번밖에 입지 않은 옷이라고. 그리고 이 옷으로 말할 것 같으면 케네디가 어렸을 때 딱총 장난하면서 입던 바지라는 것을 모르냐?"

이문수 군이 항의를 했지만 어쨌든 옷이 한 가지 한 가지 모일 때마다 묵은 옷들이라 냄새가 나는 것은 당연한 일이었다. 별 수 없이 다섯 명의 여학생들이 분담하여 집에서 그것을 빨아 다리기로 결정을 했다. 여학생들이 그것을 빨 때 큰 고역을 치를 것은 보지 않고도 알 수 있는 일이었다.

계획은 착착 진행되었다. 옷이 어느덧 50벌가량 모였으며 책은 300권가량이 모여 있었던 것이다. 우리는 그 옷과 책 이외에도 약간의 준비한 돈으로 학용품과 과자류를 사기로 결정했다. 문제는 남자 측들에서 누군가 하나는 산타클로스 할아버지로 분장해야 하는 일이었다. 그것은 우리의 계획이 아니었다. 고아원 사무실 담당 측의 제안이었다.

우리는 크리스마스 날 방문하려는 고아원을 미리 수소문해 두고 있었는데, 그 고아원 측에서 이왕이면 아이들에게 꿈을 심어 주는 것이 어떻겠느냐고, 마침 고아원 사무실에 산타클로스 복장이 있으니 한 사람쯤은 산타클로스 할아버지로 변장해도 좋지 않겠느냐는 제의를 해왔던 것이다. 그 제안은 훌륭하고도 멋졌다. 하지만 문제는 남학생들 모두가 산타클로스 할아버지로 변장하고 싶어서 야단을 친다는 것에 있었다. 별 수 없이 우리는 가위바위보로 결정을 했는데 영민이가 행운의 산타클로스로 선정되었다. 문수는 억울한 나머지 침을 퉤퉤 뱉으며 못마땅해 했다.

"아무래도 너 나한테 양보해라. 암만 해도 너보다는 내가 산타클로스 할아버지에 어울릴 것 같다."

크리스마스가 다가오자 거리는 완전히 축제 분위기로 일렁이고 있었다. 거리 거리에는 반액 대매출을 외치는 상점들로 생기 있게 번득이고, 수많은 사람들은 두툼한 털 코트를 걸치고서 무언가 이번 연말을 즐겁게 보낼 획기적인 사건이 없을까 눈을 부라리며 돌아다니고 있었다. 크리스마스 캐럴이 거리마다 물결쳤다. 우리는 참으로 즐겁게 살고 있습니다, 라는 것을 악을 써서 알리고 싶은 듯한 광란의 축제 분위기가 온 거리를 휩쓸고 있었다. 그러나 그 축제는 오직 자기만을 위한 축제에 불과했다. 어른들은 술이나 퍼 마시고 혹은 여인들과 낄낄거리면서 남들의 시선을 아랑곳하지 않고 성스러운 날을 소일하고 있었다.

그러한 일들은 우리 가슴을 우울하게 만들었다. 실상 어른들은 우리에게 도덕적인 것을 강요하고 있으면서도 모범은 보이지 않았으며 그들은 젊은 학생들을 색안경이나 쓰며 보고 있었던 것이었다.

나는 생텍쥐페리가 쓴 《어린왕자》에 나오는 한 구절을 떠올렸다. 그곳엔 어린 왕자가 어리석은 어른들을 구하려고 애를 쓰다가 결국엔 '어른들은 무엇이든지 자기 편한 대로 생각하거든. 그러니까 어른들은 얼마나 바보냐.' 라고 중얼거리며 자기가 두고 온 고향으로 돌아가 버리는 얘기였다. 정말 그 말을 빌리지 않더라도 어른들의 행동에는 불가사의한 부분이 엄청나게 많았다.

나는 황명걸이라는 시인의 시 한 구절을 생각해냈다.

어머니.

잠깐 이마에 얹어주세요. 전 지금 팔팔 열에 떨고 있어요. 그런데 당신은 손이 없으시다고요.

네, 그러세요. 그러시고말고요. 뭐 전 당신 자식이 아니니까요.

어머니.

한 방울 젖을 떨어뜨려주세요.

전 지금 바작바작 입술이 타고 있어요.

그런데 당신은 젖이 없으시다고요. 네, 그러세요. 그러시고말고요. 뭐 전 당신 자식이 아니니까요.

징글벨.

올나이트하는 캬바레의 네온사인이 강상(江上)의 유선(遊船)의 불빛처럼 흐르는데 찢어진 포장지(包裝紙)가 칼바람에 쓸리는 미도파 앞 빙판(氷板) 같은 포도(鋪道) 위에 거적 덮인 어느 고아가 누워 있네.

12월 23일, 오후 여섯 시에 우리는 모였다. 두툼한 복장을 하고 우리는 주머니에 손을 꾸욱 찌른 채 모여 앉아 묵묵히 그동안 모아놓은 선물들을 한 아름씩 등에 메고 거리로 나왔다. 거리는 이미 네온을 밝히고 떠들썩한 소용돌이로 빠져 들어가고 있었다.

"메리 크리스마스다. 크리스마스다."

영민이가 책을 한 아름 들고 이죽거렸다. 거리 한 끝에서 구세군이 종을 딸랑이고 있었다. 그러나 그곳에 돈을 넣는 사람은 아무도 없었다.

우리는 버스를 타고 고아원으로 향했다. 버스 안 라디오에서는 달콤한 목소리로 '썰매를 타고 달리는 기분 상쾌로와라'라는 노래가 흘러나오고 있었다. 나는 차창에 머리를 기댄 채 차창에 잠시 떠올랐다기 사라지는 승혜의 얼굴을 보고 있었다. 승혜는 나의 오른편에 자리 잡고 있었기 때문에 차가 어두운 곳을 지날 때마다 승혜의 흰 얼굴이 차창에 투영되고는 했다. 우리는 가끔 차창 속에서 시선이 마주 닿곤 했다. 그럴 때마다 승혜는 가느다랗게 웃음을 띠었다.

우리는 종점 못 미쳐서 내렸다. 드문드문 인가가 흩어져 있었고 동리 주민들이 간이용 포장 술집에서 술을 마시고 있었다. 그들의 노랫소리만이 조용한 동리의 침묵을 깨뜨리고 있을 뿐 어둠과 한겨울의 거리는 싸늘한 냉기가 흐르고 있었다. 호, 하고 입김을 불면 흰 입김이 어둠 속으로 녹아 사라지고는 했다.

우리는 한 아름의 짐들을 들고 묵묵히 산비탈을 오르기 시작했다. 맵고 찬 바람이 언덕 위에서부터 불어오고 있었다. 우리는 허이허이 산비탈을 오르며 가쁜 숨을 몰아쉬었고, 그러면서도 코끝에 배인 땀방울을 면도칼로 베어내는 듯한 추위를 선뜻선뜻 느끼고 있었다.

　고아원은 산정에 있었다. 산비탈 둘레에는 무허가 판잣집들이 드문드문 널려 있었고, 그 안에서는 가끔 어린애 우는 소리가 들려왔다. 그것은 먼 곳의 다듬이질 소리처럼 침묵을 문득 깨뜨리고 있었다. 이곳에서도 사람들이 살고 있구나, 하는 느낌 때문에 나는 아주 기묘한 감동을 느끼고 있었다.

　누구의 무덤일까. 지나는 오솔길 양편에 무덤이 완만한 곡선을 그리며 누워 있었고, 그 주위로는 유난히 바람을 타는 잎 바랜 겨울 소나무가 잉잉대고 있었다. 거대한 송전탑이 산비탈에 우뚝 서 있었다. 나는 잠시 눈을 들어 투명한 송전탑 위에 화로 속의 불티처럼 쫘악 깔린 별들과 송전탑 위에 이어진 전선줄이 아득히 어둠과 겨울의 냉기 속으로 뻗어간 곳을 바라보았다. 누군가 휘파람을 불기 시작했다. 우리는 조용히 그 휘파람소리를 들으면서 산을 올랐다. 어디선가 기적 소리가 났다. 우리는 약속이나 한 듯 짐을 내리고 뒤를 돌아 우리가 올라온 산 아래를 내려다보았다. 맑은 어둠 속에서 마을의 불빛들은 물속에서 빛나는 사금파리처럼 반짝이고 있었고, 멀리 찬 달빛에 잠긴 산허리를 돌아 기차가 흰 연기를 뿜어 올리면서 벌판을 지나가고 있었다. 우리는 심호흡을 하면서 그 풍경을 내려다보고 있었다.

　기차가 이윽고 벌판을 가로지르며 사라졌다. 우리는 다시 산을 올라 고아원을 향해 출발했다.

　고아원은 산꼭대기에 철조망으로 둘러쳐져서 조그마한 분지를 이루고 있었다. 고아원 안은 몇 개의 조그마한 단층집으로 형성되고 있었는데 그 안에서 밝은 불빛이 새어나오고 있었다. 고아원 정문 뜰에 세워진 작은 소나무는 크리스마스트리로 장식되어 있었고, 빈약한 색등이 매달려 있었다.

"이거 어디 살겠냐?"

문수가 한 마디 했다. "시어머니 죽고 산에 오르기는 처음이다. 얘 며늘이기야, 이제 정말 나 온 거냐?"

문수가 가쁜 숨을 가누면서 오랫동안 용케 참았다는 듯 사뭇 익살을 부렸다.

"예, 다 오셨습니다. 수고하셨습니다."

어둠 속에서 느닷없이 검은 그림자가 나타났다. 우리는 놀라서 움찔했으나 좀 후에 그 그림자가 고아원의 남자 선생님인 것을 알아차렸다.

"헤헤, 이거 미안합니다."

문수가 낯을 붉히면서 사과를 했다.

"수고했습니다. 수고하셨어요. 몸 좀 녹이셔야죠."

그는 우리의 손을 덥석덥석 쥐고 흔들더니 앞장섰다. 사무실 안에는 난로가 타오르고 있었다. 우리는 염치 불구하고 난로 옆에 앉아 추위로 굳어진 몸을 풀면서 손을 비비고 있었다.

"아이들은 어디 있습니까?"

동혁이가 물었다.

"고아원 자체 내에서 약소한 축제를 열었거든요."

사내가 상냥하게 말했다. "그리고 산타클로스 할아버지를 기다리고 있습니다. 저는 여러분들을 산타클로스 할아버지라고 소개해 두었습니다. 누가 산타클로스 할아버지로 분장하시겠습니까?"

"접니다."

영민이가 다소 쑥스러운 듯 일어섰다.

"자, 이것을 입으세요."

사내는 난로 옆에 쌓인 산타클로스 옷을 가리켰다.

"잠깐."

장말숙이가 일어서서 말을 막았다. "저두 산타클로스 할아버지로 분장하고 싶습니다."

"하지만 옷이 하나밖에 없어요. 그리고 저는 산타클로스 할아버지가 계시다는 소리는 들었지만 산타클로스 할머니가 계시다는 말은 못 들었습니다."

와하하, 남자 측들이 웃었다.

"이건 정말 너무한데요."

혜련이가 한 마디 거들었다. "여기서 남녀 불평등이 이루어지고 있잖아요. 하지만 참겠어요. 저도 산타클로스 할머니라는 소리는 못 들었으니까요."

영민이는 입고 온 옷 위에다 두툼한 빨강색 복장을 입기 시작했다. 장화까지 신었다. 좀 어설프기는 하지만 그런대로 쓸 만한 할

아버지로 변했다.

"잠깐, 수염 없는 할아버지가 어디 있어?"

문수가 자기 역을 빼앗긴 것이 아직 분한지 씩씩대며 소리를 질렀다.

"아, 그렇군요. 잠깐 기다리세요."

사내가 무언가 치약 같은 것을 눌러 영민이의 턱 주위에 잔뜩 바르기 시작했다.

"냄새가 역하더라도 좀 참으세요."

그리고는 수염을 턱 위에 듬성듬성 붙이기 시작했다. 그러자 영민이는 갈 데 없는 완벽한 산타클로스 할아버지로 변하고 말았다.

와아, 하고 우리는 웃고, 그리고 소리 질렀다.

"에헴, 이 애들 손주 녀석들아. 늙은이 한 잔 하시겠다. 길 좀 열어라."

영민이가 특유의 익살을 부렸다. 우리는 웃음을 킥킥 참으면서 사내가 들고 온 큰 부대 안에다 학용품과 과자, 옷가지들을 모두 집어넣었다. 그러나 부대는 하나로 모자라 두 부대에 가득가득 채우고도 남았다.

"애들아, 손주녀석들아, 이것을 내가 어떻게 혼자 들겠느냐?"

영민이가 겨우 자루 하나를 어깨에 둘러메면서 말을 했다. 그는 제힘에 못 이겨 비실거렸다. 우리는 나머지 부대를 들고 다시 밖으로 나왔다. 천천히 걸어 계단을 올라 고아원 원아들이 기다리고 있는 조그마한 마루방으로 올라서자 사내는 우리에게 잠시 기다리라고 말하고는 먼저 문을 활짝 열고 방 안으로 들어섰다. 밝은 불빛 아래 수십 명의 원아들이 앉아서 이쪽을 쳐다보았다.

"여러분, 여러분들이 일 년 동안 착한 일을 많이 했기 때문에 산타클로스 할아버님이 좋은 선물을 많이 주시려고 이처럼 와 주셨습니다. 할아버님, 어서 들어오세요."

영민이가 부대 자루를 둘러메고 성큼성큼 방 안으로 들어섰다. 그러자 방 안에선 큰 소란이 일어났다. "와아! 산타클로스 할아버지다!"라고 소리치며 앉아서 비스킷을 먹고 있던 아이들이 올망졸망 덤벼들어 삽시간에 영민이, 아니 산타클로스 할아버지를 에워싸고 말았다.

"안녕하세요, 할아버지."

"어서 오세요, 할아버지."

"할아버지, 만세!"

영민이는 잠시 정신이 없는 듯 멍하니 서 있었다. 그러다가 이내 갑자기 몸을 굽혀 늙은이 소리를 내었다.

"어여쁜 여러분들을 한시라도 빨리 보고 싶어서 시베리아에서 썰매를 타고 왔어요."

와아! 아이들이 영민이를 향해 덤벼들었다. 어떤 녀석은 어깨를 타고 올라섰고 어떤 녀석은 영민이의 팔을 잡았다. 영민이는 수염을 떨어뜨리지 않으려고 턱을 손으로 가리면서 그중에서 가장 어린 아이를 품에 안아 올렸다.

"너, 몇 살이냐?"

"네 살이에요."

어린애가 손에 안긴 채 대답했다.

"내가 누군 줄 아느냐?"

영민이가 수염 속에서 웃으며 능청스럽게 늙은 목소리를 냈다.

"알아요. 산타클로스 할아버지예요."

"오라, 맞았다. 그래 이름이 뭐지?"

"영림이요."

"오, 착하지. 우리 영림이 착하고말고. 그래 영림이는 일 년 동안 무슨 착한 일을 했지?"

"저어, 저어…… 저어."

꼬마가 안긴 채 입에 손을 넣어 빨면서 생각하려고 애를 썼다. "전번에 10원짜리 동전 하나 주워서 선생님께 드렸어요."

"오우, 착하구나."

영민이는 어린애의 머리를 쓰다듬어 주었다. "상을 주어야지."

그는 부대에서 과자와 장난감을 집어 영림이에게 주었다.

"고맙습니다, 할아부지."

"오오냐, 또 착한 일을 해야 한다."

영민이가 손에서 어린애를 내려놓았을 때였다.

"나도요."

"나두요."

"할아버지, 나두 좋은 일 했어요."

"저도 좋은 일 했어요."

수십 명의 아이들이 영민에게 달려들었다.

"오오냐, 다들 얌전히 앉아서 기다려야지. 이렇게 모두 달려들면 이 할아버지가 기운이 없어서 선물을 줄 수가 없어요. 알겠어요?"

"예에."

모두 말을 듣고 제자리로 옹기종기 모여 앉았다.

"너는 이름이 뭐지?"

"예, 전복길입니다."

키 큰 사내애가 씩씩하게 대답했다.

"그래, 무슨 착한 일을 했느냐?"

"저어, 우리 반에서 2등을 했습니다. 그리고 전번에 윤자가 몸이 아팠을 때 제가 업고 병원까지 갔습니다."

"알아요, 복길인 착한 학생이에요."

뒤에서 누군가가 한 마디 했다.

"나도 알아요. 아, 할아버지도 윤자가 아팠을 때 복길이가 업고 가는 것을 구름 위에서 봤어요. 아주 착한 학생이에요."

영민이가 부대에서 학용품과 책을 한 권 꺼내어 주었다.

우리는 한 곳에서 말도 없이 서서 영민이와 어린아이들의 대화를 듣고 있었다. 우리의 가슴 속에는 안개비와 같은 차자분한 눈물기가 부옇게 흐려 오고 있었다.

"할아버지, 저 뒤에 서 있는 사람들은 뭐예요?"

누군가 하나가 선물을 받으며 영민에게 물었다.

"저저, 저저, 저 사람들은……."

영민이가 꽤나 당황한 듯 말을 더듬었다. "내가 데리고 온 학생들이에요. 여러분들에게 노래를 불러 주신냈어요."

"영민이 자식."

문수가 투덜거렸다. "이따 끝나면 보자. 이젠 우리에게 노래까지 시킬 모양이로구나."

"좋아요, 좋아. 노래 불러 주세요!"

아이들이 우리를 보고 소리 질렀다.

"큰일인데. 아는 노래가 있어야지."

영구가 속삭였다.

"노래 불러 주세요. 노래요!"

아이들이 다시 소리 질렀다.

"에라 부르자, 불러!"

동혁이가 말했다. "징글벨 부르자. 여학생 측들은 징글벨 가사 다 압니까?"

말숙이가 말을 받았다.

"그럼요. 다 같이 불러요."

영구가 느닷없이 징글벨을 부르기 시작했다.

"흰 눈 사이로 썰매를 타고 달리는 기분 상쾌로와라아. 종이 울리면 장단 맞추며 흥겨워서 소리 높여 노래 부른다. 징글벨, 징글벨, 종소리 울려……."

처음에는 조심스러운 노래였으나 좀 후에는 모두 따라 불러 소리소리 질러가며 합창했다. 물론 그 소리는 화음이 맞지 않는 노래이긴 했으나 무슨 경연대회에 나가 부르는 듯한 건강함이 있었다.

그러자 꼬마들도 하나하나 그 노래를 따라 부르기 시작했다. 조그마한 입들이 벌려지면서 손뼉을 치면서 마룻바닥을 발로 차면서 손을 비비면서 노래를 따라 부르기 시작했다. 온 방 안이 삽시간에 노래로 채워졌다.

"할아버지, 따라 불러요. 할아버지."

누군가 영민이를 꾸욱꾸욱 찌른다. 영민이도 수염 한쪽이 어느 틈엔가 벗겨진 것을 잊어버리고 노래를 따라 부르고 있었다. 우리는 말하자면 고아원으로 위문을 온 합창단이 되었던 것이다.

나는 그때 영민이가 울고 있는 것을 보았다. 수염 속에서, 모자 아래에서 불빛에 반짝이는 눈물이 소리 없이 솟아올라 볼 위로 구르는 것을 보았다. 아니, 그것은 비단 영민이뿐만은 아니었다. 여학생들도 이미 원아들의 생활에 가려진 목멘 목소리와 더불어 눈물을 흘리고 있는 것을 보았다.

우리의 노래는 몇 번이고 반복되었다.

복이 있으라, 티 없이 맑은 아이들이여. 그대들이 커서라도 어른들에게서 악은 배우지 말아라. 언제까지나 이 세상에 산타클로스 할아버지가 살고 있다는 동화는 믿어야 한다.

나는 노래를 부르며 순진하게 노래를 따라 부르는 티 없는 아이들에게 축복을 빌었다. 어느 틈엔가 문수가 합창대 옆에서 빠져나가 아이들을 등허리에 태우고 마루 위를 엉금엉금 기었다.

"썰매를 타고 달리는 기분 상쾌로와라."

아이는 문수의 허리 위에서 썰매를 탄 기분을 내었다. 우리도 그들 무리에 들어가 하나씩 둘씩 아이들을 허리 위에 태우고는 온 마루 위를 뒹굴었다. 우리는 얼마나 유쾌했는지 모두들 가득히 웃음을 빼물고 있었다. 여학생 축들은 여자애들을 태우고 빙글빙글 춤을 추었다. 노래는 우리의 넋을 타고 허공을 맴돌았다.

나는 어린애의 가벼운 체중을 등허리에 받으며 나도 언젠가 어렸을 때엔 이처럼 맑은 웃음 속에서 뛰어놀았을 때가 있었음을 상기해냈다. 그러나 문득 비애를 느꼈으며 그 애를 번쩍 두 손으로 받쳐 들고 그 애의 볼에 수없이 입을 부볐다. 그러면서도 줄곧 노래를 계속하고 있었는데 그러다가 승혜를 보았더니 그녀는 그러한 입맞춤을 하고 있는 나를 환히 웃으면서 쳐다보고 있었다.

그리고 그녀가 가볍게 말을 건넸다.

"메리 크리스마스."

겨울이야기

겨울의 밤에는 빙초산 냄새가 난다. 남들이 다 자는 밤 내실의 불을 켜고 혼자 앉아 있다 보면 유리창 위에 성에가 핀다. 성에를 손톱으로 긁어내리고 눈을 가만히 창으로 가져가면 겨울의 밤, 겨울의 어둠, 겨울의 바다와 만날 수 있다. 자세히 보면 그곳에 거인이 휘파람을 불며 달려가는 것이 보인다. 말을 향해 내리치는 채찍질을 후익후익 내가면서.

나는 긴긴 겨울밤을 뚜렷이 하는 일 없이 지내고 있었다. 스탠드에 불을 켜고 마춰된 겨울의 밤과 그 밤을 해부했다. 사과를 깎듯이 침묵과 소리의 껍질을 벗기고 있었다. 정현종이라는 시인의 시구처럼.

나는 소리의 껍질을 벗긴다.

그러나 오래 걸리지 않는다.

사랑이 깊은 귀를 아는 소리는

도둑처럼 그 귀를 떼어 가서

소리 자신의 귀를 급히 만든다.

소리 자신의 목소리에 귀를 붙인다.

모든 소리의 핵 속에 들어 있는 죽음.

모든 소리는 소리 자신의 귀를 그리워한다.

자세히 들여다보면 겨울의 밤에서는 주전자 끓는 소리가 난다. 쉬익쉬익 하면서 비등점을 향해 달아오른다. 허술한 밤의 나선형 나사를 조인다. 어디선가 털 가는 개의 부르짖는 소리가 들린다. 군불 지피는 소리가 들려온다. 새벽 한기 속에 배달되는 두부모처럼 고체화된 종소리가 들린다. 겨울에 키우는 관상용 마늘처럼 밤이 투명한 유리컵 위에 경작된다. 유리컵 사이로 수염과 같은 마늘의 뿌리가, 겨울밤의 수염이 보인다. 상상이 부풀어 오른다. 어둠을 향해 돌을 던져 그 파문 위에 부력을 이용해 흔들리듯 상상이 뜬다. 먼 곳에서 찹쌀떡과 메밀묵을 외치는 목쉰 소리가 들려온다.

나는 겨울방학 동안 혼자서만 지냈다. 간혹 친구 녀석들에게서 스케이트를 타러 가자는 전화가 오는 일도 있었지만 나는 바쁘다는 것을 핑계로 거절하고 있었다. 동혁이는 고3이 되면 아무래도

학과 시간에 쫓겨 운동을 게을리 할 수밖에 없기 때문에 마지막 시
즌인 겨울철을 이를 악물고 지내보겠다고 스케이트장에서 운동부
친구들과 합숙을 하고 있었다. 그러나 운동시합을 하면 번번이 우
리 학교는 무참한 스코어로 지고 말았다.

　언젠가 혼자서 인근 골목 어귀에 있는 군고구마 집에서 고구마
를 사다가 누이하고 그것을 먹고 있을 때였다. 초인종 소리가 나더
니 누군가 나를 찾아왔다고 대문간에서 소리치는 목소리가 들려왔
다. 나는 어슬렁어슬렁 대문간으로 나가 보았다. 굉장히 추운 날씨
였다. 대문을 열자 골목길 기둥 밑에 누군가 혼자 서 있었다. "동순
이냐?" 하고 그가 말을 건넸다. 영민이었다.

　"그래, 나다. 웬일이냐?"

　나는 의외의 방문을 받고 들어오라는 몸짓을 했다. "들어와라."

　"아니야."

　영민이가 말을 했다. "웬만하면 나오렴."

　"어이, 이렇게 추운데 나가서 뾰족한 일이 있냐?"

　"네가 보고 싶어서 왔다. 발이 시리다. 아, 환장하게 춥다."

　"그러기에 들어오라잖아. 군고구마나 먹자."

　"나오라니까."

　영민이가 다시 한 번 재촉했다.

　"그럼, 잠깐 선 자리에서 기다려라. 금세 나가마."

　나는 집으로 들어와 겨울용 스웨터를 겹쳐 입고 그 위에 두툼한

코트까지 걸치고 대문 밖으로 나왔다.

"어디로 갈 셈이냐?"

나는 장갑의 마디마디에 손을 꾹꾹 눌러 끼면서 영민이를 쳐다보았다.

"걷고 싶다. 오랜만에 네 녀석하고 걷고 싶다."

영민이는 주머니에 손을 꾸욱 찌른 채 앞서 웅크리며 그 녀석 특유의 걸음걸이로 걷기 시작했다.

"오늘 밤은 참 기분이 이상해. 문득 니가 환장하게 보고 싶더라."

영민이의 입에서 흰 입김이 새어나와 겨울의 냉기 위로 녹아들어갔다.

"너, 돈 좀 가진 거 있니?"

영민이가 지나가는 말 비슷하게 불쑥 말을 꺼냈다.

"좀 있다."

나는 나란히 그의 옆에 서서 보조를 맞추면서 언덕길을 내려가고 있었다. "천 원짜리 석 장, 백 원짜리 동전 너댓 개 있다."

"다행이군."

영민이는 웃지도 않고 대답했다.

"그것으로 무엇을 할 수 있을까 생각해 보자. 우리 둘이서."

"어디 싸구려 극장에 들어가서 중국 칼쌈 영화 보는 게 어떠냐?"

나는 빙그레 웃으면서 그를 보았다. 우리의 키는 거의 비슷했다.

"그건 참 따분한 일이야. 그렇지 않아?"

“그렇군.”

나도 동의를 했다. “그럼 친구 녀석들을 불러낼까?”

“그것도 따분한 일이다. 난 동순이 너하고만 같이 있고 싶다.”

영민이가 주머니에서 털실로 짠 모자를 꺼내 뒤집어쓰면서 우울하게 말을 뱉었다.

“생각이 날 때까지 걷기로 하자.”

“그러자.”

거리는 추위 때문인지 텅 비어 있었다. 두꺼운 코트를 입은 사람들이 거리거리를 휩쓰는 차가운 냉기 때문에 총총걸음으로 사라져 가고 있었다.

“춥지 않아?”

영민이가 한참 후에 말했다. 그의 말은 겨울 한기 속에서 진폭이 짧게 끊어졌다.

“춥다.”

나는 대답했다. “하지만 견딜 수 있다.”

거리 위로 씽씽 날파람을 불러일으키면서 자동차가 마귀의 눈과 같은 찬 라이트를 켜고 질주하고 있었다.

“동순이 너, 겨울 좋아해?”

영민이가 오랜 침묵 후에 다시 말을 했다. 그런 식이었다. 그날의 우리는 늘 그가 먼저 말을 꺼냈고, 나는 주로 듣는 셈이었다.

“좋아한다. 겨울에선 빙초산 냄새가 난다.”

나는 웃었다. 그러나 영민이는 웃지 않았다.

"난 겨울이 싫다. 난 겨울이 싫어 죽겠다."

영민이는 거리에 구르는 깡통을 발로 찼다. 깡통이 요란한 소리를 내며 굴러 사라졌다.

"겨울엔 생각나는 일이 너무 많다. 어머니가 겨울에 돌아가셨다."

영민이는 내 쪽을 보지 않고 말을 꺼냈다.

"네가 언젠가 우리 집에 와서 본 여자는 두 번째 어머니다. 내 진짜 어머니는 겨울에 돌아가셨다. 돌아가실 때 아버지가 어디 계셨는지 아니? 술집에서 술을 마시고 계셨다. 어머니는 누워서 내게 문을 꼭꼭 닫아 달라고 했다. 물론 문은 바람 한 점 새어 들어오지 않을 정도로 닫혀 있었다. 방 안은 펄펄 끓듯이 달아오르고 있었다. 그런데도 어머니는 춥다고 하시면서 문을 꼭꼭 닫아 달라고 했다. 나는 몇 번이고 문을 닫았지. 어머니는 펄펄 끓는 손으로 내 손을 몇 번이고 쥐었다. 그리고 좀 후에는 가서 아버지를 모셔 오라고 부탁했다. 나는 그러마 하고 약속을 하고 겨울, 망할 놈의 겨울이 탁탁 튀기고 있는 거리로 뛰쳐나갔다. 그때 나는 어머니가 돌아가시고 있다는 막연한 영감을 받았다. 그러나 울지 않았다. 어린 마음에도 마음을 독하게 먹고 있었다. 나는 아버지가 어디 있는지 잘 알고 있었다. 아버지는 술집 아니면 노름을 하고 있을 거라는 것을 잘 알고 있었다. 우선 술집에 들렀다. 시장 거리의 술집을 샅샅이

뒤졌다. 그러나 아버지는 술집 어디에도 없었다. 그래서 노름방에 들렀지. 수염이 까칠까칠한 아버지가 화투로 섰다를 하고 있었다. 며칠 밤을 새운 탓인지 눈이 충혈되어 있었다. '아버지.' 하고 내가 말했다. 뛰어온 걸음이라 숨이 차고 몸에선 더운 물에 털 벗긴 닭처럼 김이 솟고 있었다. 아버지는 내가 부르는 소리를 듣고도 그냥 노름을 계속하고 있었어. 나는 숨이 가쁘게 다시 한 번 아버지를 불렀다. 그제야 아버지는 나를 보셨다. 아버지 앞엔 지폐가 수북하게 쌓여 있었다. '너, 웬일이냐?' 아버지가 기운 없는 목소리로 물으셨다. '어머니가 아버지를 찾으셔요.' '곧 간다고 전해라.' 아버지는 그날따라 돈을 따는 모양이었다. 나는 뚜렷이 노름이 무엇인지 모르며 아버지가 돈을 긁어모을 때마다 지폐가 마치 헌 신문지 조각처럼 쌓이는 것을 보았다. 나는 다시 아버지를 불렀다. '아버지, 어머니가 급하게 아버지를.' 그러나 내 목소리는 아버지의 고함으로 움찔하고 말았다. '곧 간다고 전하래두!' 나는 다시 겨울, 망할 놈의 겨울이 탁탁 튀는 시장 거리로 나왔다. 동순아, 나는 그때의 겨울 풍경을 잊을 수가 없다. 겨울이 수은처럼 빛나고 있고, 칼바람이 시장 골목에 넘실대고 있었다. 나는 그제야 울기 시작했다. 어렴풋이 지금 가면 어머니가 돌아가셨을 거라는 확신이 고개를 쳐들기 시작했다. 내 확신은 틀림이 없었다. 집 안에선 어머님이 숨져 있었다. 아버지는 새벽녘에 돈을 한없이 벌어 오셨다. 겨울은 내게 어머니를 떠올리게 한다. 어머니가 빈 방에서 혼자 돌아가신 모습을 상상하게 만든다. 겨울 동치미 국물을 마실 때마다 나는 어머님의 식은 체온을 느끼곤 한다."

우리는 조용히 걸음을 계속하고 있었다. 나는 진지하게 듣고만 있었다.

"난 가끔……."

영민이는 다시 대화에 굶주려 있는 사람처럼 얘기를 꺼냈다. "내 자신이 미워 죽겠다. 난 내가 삐뚜로 자란 녀석이라는 것을 안다. 내 자신에 대해 침이라도 뱉어주고 싶은 혐오감을 느낀다. 그럴 때마다 난 동순이 너를 생각한다. 너는 구김살 없이 자랐다. 사람이 구김살이 없이 자랄 수 있다는 것은 참 좋은 일이야."

우리는 말없이 육교를 건넜다. 뚜렷한 목표 없이 우리 둘은 방황하고 있었고, 나도 어느새 영민이가 던지는 참으로 무겁고 참으로 끈적끈적한 우울한 세계 속으로 젖어 가고 있었다.

"언젠가 난 라디오에서 어떤 가수가 노래 부르는 것을 들은 적이 있다. 그것은 노래가 아니고 일종의 암송시였는데 제목은 〈겨울 이야기〉였다. 그 가사는 이렇게 시작되더군."

영민이가 육교 계단을 내려가며 나지막이 가사를 읊기 시작했다.

"제 여인의 이름은 경아였습니다. 나도 언제든 경아가 아이스크림을 먹는 것을 보고 싶었습니다. 제가 경아의 화난 표정을 본 적이 있을까요? 언젠가 경아는 저를 보면 유충(幼蟲)처럼 하얗게 웃었습니다. 언젠가 저는 경아의 웃음을 보며 그 애가 치약 거품을 물고 있는 듯한 착각을 받았습니다. 부드럽고 상냥한, 아이스크림을 핥는 풍요한 그 애의 눈빛을 보고 싶다는 나의 작은 소망은 이상하게도 추위를 잘 타는 그 애를 볼 때마다 내 가슴을 아프게 했습니다. 우리가 만난 것은 이른 겨울이었고, 우리가 헤어진 것은 늦은 겨울이었으니, 우리는 벗은 두 나목(裸木)처럼 온통 겨울에 열린 쓸쓸한 파시장을 종일토록 헤맨 두 마리의 길 잃은 오리새끼라 불러도 좋을 것입니다. 거리는 온통 얼어붙어 쌩쌩이며 찬 회색의 겨울바람을 겨울 내내 불어 젖혔습니다. 나는 여느 때의 겨울처럼 발이 시려서 잠 못 이루는 밤을 지냈습니다. 그것은 경아도 마찬가지였습니다. 우리는 모두 봄이건, 여름이건, 가을이건, 겨울이건 언제든 추워하던 가난한 사람이었습니다. 우리에게 따스한 봄이라는 것은 기차를 타고 가서 저 이름도 모르는 역에 내렸을 때나 맞을 수 있는 요원한 것이었습니다. 마치 우리는 빙하가 깔린 시베리아 역사에서 만난 한창의 피난민 같은 사람들이었습니다. 우리가 그 겨울을 춥지 않게 지낼 수 있었다는 것은 내 몸의 체온엔 경아의 체온이, 경아의 체온엔 나의 체온이 합쳐져서 그 주위만큼의 추위를 죽였기 때문이었습니다. 우리가 서로서로에게 줄 수 있는 것은 열아홉 살의 뜨거운 체온뿐 아무것도 없었습니다. 왜냐하면 우리는 그 이외의 아무것도 가진 것이 없었기 때문이었습니다. 경아는 내게 너무나도 황홀한 애인이었습니다. 경아는 외투도 없이 그 긴 겨울의 골목 입구에서 끝까지 내 곁을 동행해 주었습니다. 그리고 봄이 오자 우리는 약속이나 한 듯 헤어졌습니다. 그것뿐입니다."

영민이는 혼자서 시를 읊더니 주머니에 손을 찌른 채 묵묵히 걸음을 옮겼다. 어느 틈에 깨끗한 하늘 위에서 싸락눈이 내리기 시작했다. 그것은 함박눈처럼 포근한 눈이 아니라 살결에 쓸리는, 키질하여 거르는 낱알의 작은 부스러기처럼 조용히 흩날리고 있었다. 우리는 동시에 하늘을 쳐다보았다. 도시의 더러운 하늘과 고층 빌딩 사이에서 미립자 같은 눈이 스물스물거리며 흔들리고 있었다.

"하느님이 머리를 감지 않으신 모양이다. 자꾸 비듬을 터는 것을 보니까."

영민이가 웃었다. 나도 따라 웃었다. 누가 만들어 놓은 것일까, 거리엔 빙판이 누워 있었는데 그 빙판 위에 눈이 쌓여 한결 매끄럽게 번질거리고 있었다. 갑자기 영민이가 뛰더니 빙판 위를 지쳐 탔다. 나도 같이 빙판 위를 지쳤다.

"아! 생각났다, 생각났어."

영민이가 크게 소리를 질렀다.

"2천 원 한도 내에서 우리 자신을 즐겁게 할 수 있는 곳이 생각났다."

"뭐냐?"

나는 얼어붙은 얼굴의 근육을 움직여 주었다.

"음악 감상실에 가자. 미치게 베토벤의 음악이 듣고 싶다. 〈합창교향곡〉, 참 기가 막힌 음악이더군."

"그래, 그것 참 좋은 생각이다. 난 슈베르트의 〈겨울 나그네〉를 듣고 싶다."

"겨울 나그네?"

영민이가 말을 받았다.

"바로 우리를 말하는 것 같구나."

음악 감상실은 텅 비어 있었다. 몇몇 사람들이 앉아서 턱을 괴고 스피커에서 흘러나오는 음악에 심각하게 귀를 기울이고 앉았거나 아니면 끄덕끄덕 졸고 있었다. 우리는 맨 뒷좌석 구석진 곳에 앉았다. 그리고 티켓의 신청란에 희망곡을 적었다. 레지가 왔을 때 그것을 주고 영민이는 커피를, 나는 홍차를 시켜 마실 수 있는 작은 표를 건네주었다.

우리는 의자에 비스듬히 기대었다. 영민이의 외투 위에 맺혔던 눈 녹은 물이 방울져서 흘러내렸다. 물 위에 감상실 안의 불빛이 반짝이고 있었다. 누가 시킨 곡인지, 지리하고 단조로운 실내악이 스피커에서 나오고 있었다.

"너하고 단둘이 앉아 있는 것은 작년 이래 처음이군."

영민이가 턱을 괴고 자못 로댕의 생각하는 사람 같은 포즈를 취하면서 나를 돌아보았다.

"그래."

"내년 이맘 때 우린 무엇을 하고 있을까?"

영민이가 중얼거리면서 시선을 아래로 향했다. 추운 데에 있다가 갑자기 더운 데에 들어온 탓인지 얼굴 위로 열기가 몰려오고, 나른한 권태감이 슬금슬금 스며들고 있었다. 우리는 커피와 홍차를 마셨다. 나는 다리를 쭉 뻗고 음악이 권태 속에 젖어 점점 가볍게 가라앉는 것을 느꼈다.

그때였다. 흐릿한 시선이 누군가 감상실 안으로 들어오는 것을 보았다. 흐린 시선으로 나는 멍하니 그녀의 모습을 쫓고 있었다. 그러다가 나는 놀라서 눈을 부릅떴다. 소림이었다. 소림이가 머플러를 두르고 감상실 안으로 들어오고 있었다. 나는 영민이를 쳐다보았다. 영민이는 반대편으로 몸을 비끼고 눈을 감은 채 음악을 듣고 있었다. 사람들이 함박눈으로 변하였는지 코트와 머플러 위에 눈이 수북이 쌓여 있었다.

소림이는 혼자서 우리 뒤쪽으로 오다가 나와 시선이 마주쳤다. 놀란 것은 소림 쪽이었다.

"오랜만이군요."

나는 엉거주춤 몸을 일으켰다.

"오랜만이에요."

그제야 영민이가 무슨 일인지 고개를 이쪽으로 돌렸다. 영민이는 소림이를 보자 느닷없이 깔깔거리면서 웃기 시작했다.

"어, 이거 참 이상하게 되었는걸. 어째 육감이 이상하더니만. 이리 가운데에 앉으십시오, 소림 씨. 오랜만입니다."

나는 영민이의 말처럼 가운데 자리를 비워 주고 옆 자리에 앉았다. 소림은 가운데에 앉았다.

"웬일이십니까?"

영민이가 소림에게 물었다. "이 엄동설한에 어인 행차이십니까?"

"그것은 영민 씨도 마찬가지인데요."

"저야 동순이가 오자고 해서 온 것뿐이지요. 헛허허."

"정말 그런가요, 동순 씨?"

소림이가 천성적인 밝은 표정으로 내 쪽을 바라보았다. 땋은 머리를 풀어서 그녀의 머리는 한결 길게 보였고, 때문에 그녀는 거의 어른처럼 보였다.

"그렇군요."

나는 식은 홍차를 들이켜면서 대답했다. "제가 오자고 했으니까요."

스피커에선 영민이가 시킨 베토벤의 교향곡이 흘러나오고 있었다.

"군밤 드시겠어요?"

소림이가 나를 쳐다보았다.

"물론 좋지요. 군밤 그거 좋아합니다."

영민이가 말을 가로막았다. 나는 소림이가 벗은 코트 위에 눈이 녹아 방울방울 촛물처럼 굴러 떨어지는 것을 보았다. 코트를 벗자 눈부신 빨강 스웨터가 나타나고 성인용 치마가 보였다. 소림은 털실 장갑을 벗고 거리에서 뭉쳐 가지고 온 눈뭉치를 탁자 위에 놓았다.

"누굴 만나러 오셨나요?"

영민이가 소림에게 물었다.

"예."

소림이가 웃었다.

"애인을 만나러 오셨나요? 그렇다면 여기 앉아 계시면 곤란하지 않을까요?"

영민이가 여전히 이죽거렸다.

"상관없어요. 우리 그 사람은 이해심이 깊으니까요."

무섭게 변모하고 있다, 라고 나는 생각했다. 지난겨울 내가 가슴 설레며 바라보았던 나대로의 안타까운 불면의 밤을 지낼 때 느끼던 소림의 이미지와는 무섭게 달라져 가고 있었다. 그것은 소림이의 실제 모습과는 상관없이 나 혼자 일방적으로 만들어냈던 소림이의 이미지와 실제 그녀 사이에서 오는 차이일 수도 있었다. 아니면 그녀의 성장이 그처럼 빠른 것인지도.

"새해를 알리는 정각 열두 시에 어디 있었어요?"

소림이가 누구를 지적하지 않고 물었다.

"제게 물으셨습니까?"

영민이가 물었다.

"아니에요. 동순 씨에게 물었어요."

"글쎄요."

나는 무겁게 입을 열었다. "방 안에서 선인장의 가시를 자르고 있었습니다."

"핫하하."

영민이가 크게 웃었다. 음악을 듣고 있던 사람들이 모두 영민이를 쳐다보았다.

"역시 동순이는 유다른 데가 있어. 선인장의 가시라, 핫하하!"

영민이의 냉소적인, 자기 자신으로서는 어쩔 수 없이 생리화된 웃음과 빈정댐이 내 말을 가로막고 있었다. 나는 얼른 조그만 아이가 겨울 차가운 한데에서 발가벗은 채 쉴 새 없이 제자리뛰기를 하고 있는 모습을 상상했다. 그것은 추위를 막기 위한 것이 아니라 자기 자신의 괴로움을 잊기 위해, 뜀뛰기라도 하지 않으면 견딜 수 없는 몸부림일 거라는 생각이 들었다. 그러자 나는 누구든 용서해줄 수 있을 듯한 가라앉은 평온을 느꼈다.

나는 이 녀석, 영민이를 용서해주고, 내가 할 수만 있다면 그의 안간힘을, 이를 악무는 자기혐오를 감싸주고 싶은 충동을 받았다.

그때 나는 무언가 뛰고 싶은 기쁨을 맛보았다. 우리는 이렇게 자라고 있다. 어릴 때 보던 호박순은 보이지 않을 때 움썩움썩 자라고 있었다. 나는 그 호박순이 언제 자라나는지 알기 위해 한나절 동안 지켜본 적이 있었다. 마치 시계의 장침이 한 시간에 정확한 원을 그리는 윤전을 지켜보듯이. 하지만 아무리 눈을 부릅뜨고 보아도 시침은 도저히 움직이고 있는 것처럼 보이지 않는다. 그러나 잠시 한눈을 팔았다 싶으면 어떤 보이지 않는 공간에 일정한 획을 그리면서 움직이고 있다.

자라나는 호박순도 마찬가지로 한밤을 지새우고 나면 찬란한 아침 이슬 사이에서 놀랍게 자라 있나. 키 크는 것을 격려하기 위해 꽂아 놓은 받침대 위에서 더듬더듬 움썩움썩 자라고 있다.

나는 내 자신이 보이지 않는 무위의 시간에서 움썩움썩 자라온 모습을 보았다. 나는 지난겨울보다 성장했다. 하루하루의 달력을 찢어 가며 나는 보이지 않는 눈금 위에서 상승하였다.

나는 조용히 몸을 일으켰다.

"어디 가냐?"

영민이가 물었다.

"화장실에 간다."

나는 명랑하게 말을 했다. 그리고 밖으로 나왔다. 계단을 내려가 음악실의 문을 열어 젖혔을 때, 아, 겨울이, 겨울의 거리가 뽀얗게 열리고, 지나가는 차의 경적 소리가 녹이 슬어 쌓인 눈 속에 갇혀 있었다. 어지러운 눈발이 미친 듯이 흩날리고, 체인을 감고 가는 차의 바퀴가 요란하게 탁탁 튀기고 있었다.

무한히 뻗친 겨울이다. 한이 없을 것 같다. 죽어라고 달음박질을 쳐도 막다른 골목이란 없을 것 같다.

　나는 거리 위의 눈을 지치며 성큼성큼 뛰듯이 걸었다. 그때였
다. 나는 누군가 나를 부르는 소리를 들었다. 돌아보았다. 소림이
었다. 그녀는 뛰어서 나와의 거리를 좁혀 오고 있었다.

　"그냥 가실 줄 알았어요."

　소림이가 말했다. "회피하고 그 자리에서 떠나버리는 동순 씨
의 수법을 잘 알고 있어요. 여기서 제가 드리고 싶은 말이 있어요."

　나는 주머니에 손을 꽂은 채 어지러운 눈발이 흰 소림이의 얼굴
을 가리는 것을 보았다.

　"새해 복 많이 받으세요."

　"고맙습니다."

　나도 웃으면서 말했다. "소림 씨가 제게 주신 지나간 추억과 더
불어 이 엄숙한 신년 인사를 영원히 잊지 않겠습니다. 영민이와 음
악을 즐겨주시기 바랍니다. 저는 영민이를 사랑하고 있습니다. 부
디 부디 새해 복 많이 받으십시오."

　우리는 장갑을 낀 채 웃으며 악수를 나누었다. 손을 놓자 소림
이는 타박타박 눈길을 헤치며 다시 음악실 쪽으로 가고 있었다. 내
가 다시 고개를 돌려 가려 했을 때 느닷없이 솜뭉치처럼 뭉쳐진 눈
덩어리가 내게 달려들었다. 그것은 나의 등을 정통으로 맞추었다.

　뒤를 돌아보자 소림이가 가슴을 흔들며 계단을 오르는 것이 보
였다.

PART-3 내 키가 자라려고 아팠던 거야

이상한 일이었다.

못 본 지 20여일이 채 못 되었는데도 문수에게서는

함부로 대할 수 없는 이상한 기상이 넘쳐흐르고 있었다.

말투는 옛날과 같이 익살스럽고 우스꽝스러웠지만

그의 태도엔 나를 이끄는 위압감이 있었다.

나는 이상하다고 고개를 저었다.

컸다. 이상하게도 커버렸다.

마치 어른처럼 문수는 의젓해졌다, 하고 나는 직감적으로 느꼈다.

눈부신 태양 아래서의 한때

일요일 아침이었다. 집은 텅 비어 있었다. 모두들 교회에 간 모양이었다.

나는 채광이 잘 되는, 온통 유리로 덮인 테라스 긴 의자에 누워 시집을 읽고 있었다. 빛나는 5월의 태양빛이 유리창 너머 들꽃 위로 반짝이고 기분 좋게 꿀벌들이 닝닝거리는 소리가 조용한 일요일을 알리고 있었다. 어디선가 느릿느릿 열 시를 알리는 라디오 시보 소리가 났다. 그러자 괘종시계가 둔중한 소리로 울기 시작했다.

아직 이르긴 했지만 반바지 위로 비치는 5월의 햇살은 따스하고 부드러웠다. 식모애가 꽃밭에 물을 주고 있었다.

구멍 숭숭 난 물뿌리개로 물을 주는 것이 귀찮아서인지 아예 수도꼭지에 긴 호스를 연결해서 호스 끝을 손가락으로 눌러 수압을 높게 해 그 물줄기 기세로 꽃에 물을 주고 있었다. 시퍼런 꽃잎 사이로 아이의 흰 머리 수건이 마치 햇빛 맑은 냇물에 순간 솟구쳐 달아나는 담수어처럼 번득였다. 목련 위로 물이 하얗게 부서지면서 뿌려지고 있었다.

어디선가 볼륨 높인 트랜지스터 소리가 이어지다 끊어진다. 아이가 우는 소리가 잠깐 스쳐간다. 그리고는 다시 조용, 조용이다.

나는 먹다 남긴 주스를 다시 한 잔 든다. 그리고 읽던 시집을 덮고 뜰로 나선다. 나는 식모에게서 호스를 받아 든다. 호스를 스쳐 나오는 거센 물 기운으로 말미암아 산 생선처럼 손 안이 뿌듯하다.

나는 눈을 들어 빛나는 태양을 본다. 그리고 호스를 뻗쳐 태양을 향해 물줄기를 난사한다. 호르륵호르륵 비늘과 같은 물갈래가 태양을 향해 덤벼들다 제풀에 흩어진다. 안개와 같은 물보라 속에, 목련같이 시퍼런 잎에 태양이 어우러져 깨진다.

5월, 모든 것이 무섭게 빛나 오른다. 유리톱과도 같이 날카로운 5월의 태양 반사.

가야 할 때가 언제인가
분명히 알고 가는 이의
뒷모습은 얼마나 아름다운가.
봄 한철
격정을 인내한

나의 사랑은 지고 있다.

방금 읽다 덮어 둔 시의 한 구절이 떠오른다. 나는 무언가 즐겁
고도 용솟음쳐 오는 기분에 못 이겨 내 몸을 향해 물줄기를 쏘아 올
린다. 그뿐인가. 벌레 먹은 꽃잎을 가위로 자르는 식모아이를 향해
물줄기를 쏜다. 아이는 비명을 지른다.

온몸이 차가운 물줄기에 젖는다.

"왜 그래요? 감기 걸릴려구."

아이가 눈이 둥그레져 놀란다.

"괜찮아. 괜찮아."

나는 아랑곳하지 않고, 내 자신의 몸으로 물을 뿌린다. 그러나
나는 상쾌하다.

"전화 왔어요."

식모애가 어느 틈엔가 거실 쪽에서 목을 빼고 소리 지른다.

"어디래?"

나는 물줄기를 꽃잎 쪽으로 향하게 하며 묻는다.

"받아 보세요. 후훗훗, 여자예요."

식모애는 제풀에 제가 웃는다.

나는 슬리퍼를 벗으며, 함부로 몸에 물줄기를 뚝뚝 떨어뜨려가
면서 전화기를 받았다.

"전화 바꿨습니다."

"동순 씨예요? 저예요, 승혜."

"오우."

나는 놀란 나머지 소리를 높였다. "웬일이십니까? 전화를 다 걸어주시고."

"무얼 하고 계세요?"

"목욕 중입니다."

나는 웃었다. "꽃에 물을 주다가 이젠 제 자신에게 물을 주고 있습니다. 승혜 씨는요?"

"성당에 다녀오는 길이에요. 나오시지 않겠어요?"

"거기 어딘데요?"

"덕수궁이에요. 아주 좋아요. 조용하고 사람도 별로 없어요. 마침 꽃 전시회도 하고 있네요."

"나가겠습니다. 금방 0.5초 내로. 기다려 주십시오. 어디서 기다리겠습니까?"

"분수대 옆에서 기다리겠어요."

"알겠습니다. 0.5초만 기다려 주십시오."

나는 전화를 끊었다. 그리고 부랴부랴 옷을 갈아입었다.

버스는 산으로 가는 등산객들로 가득 차 있었다. 그들은 버스 속에서부터 큰 소리로 노래를 불렀다.

시청 앞에서 내렸다. 건물 위에 붙어 있는 시계집의 시계는 10시 40분을 가리키고 있었다. 인파를 뚫고 성큼성큼 뛰었다. 덕수궁 정문 앞에 졸망졸망한 꼬마애들이 풍선들을 들고 서 있었다. 인근 교회에서 단체로 나온 소풍객인 모양이었다. 나는 입장권을 사 들고 덕수궁 안으로 들어섰다.

담 하나의 차이는 굉장한 것이었다. 밖은 소음과 사람, 자동차들로 붐비고 있었지만 고궁 안은 한결 조용하고 호젓했다. 색 바랜 건물들이 5월의 눈부신 태양 밑에 정좌해 있었다. 나는 성큼성큼 분수 있는 쪽으로 뛰듯이 걸었다.

승혜는 분수 옆 벤치에 혼자 앉아 있었다. 꼼짝도 않고 세찬 기운으로 뻗어 내리는 분수만을 보고 있었다. 산재된 벤치에 앉아 있는 사람이라고는 승혜뿐이었다. 등나무 넝쿨 그늘 아래 승혜의 분홍빛 스웨터 색깔이 잔디 위에 떨어진 수건처럼 한결 돋보였다. 나는 걷던 걸음을 멈추었다.

승혜는 무엇을 보고 있을까, 깎아 세운 듯이 분수만을 보고 앉아서.

"안녕하세요."

나는 승혜를 바라보며 웃었다.

"아, 언제 왔어요?"

"조금 전에 왔습니다. 그리고 앉아 있는 승혜 씨의 옆얼굴을 넋이 빠져라 쳐다보고 있었습니다."

"싫어요."

승혜가 가느다랗게 비명을 발했다. "혼자 있을 때의 표정을 남에게 들킨다는 것은 부끄러운 일이에요."

"아름다웠습니다."

나도 벤치에 앉으며 솔직하게 말했다. "한 폭의 그림 같았습니다. 그런데 웬일이십니까? 이렇게 다 불러주시고."

"가끔 고궁에 나오는 건 좋은 일이니까요."

5월의 바람이 성근 승혜의 머리칼을 날리었다.

"무엇을 하고 지내세요, 요즘은?"

"아무것도 하는 일이 없습니다. 공부도 잘 안 되고, 그저 우울하기만 합니다. 잠깐! 제가 콜라를 사올게요. 언젠가 겨울에 제가 한턱 단단히 얻어먹은 적이 있는데, 그것을 갚아야죠."

"겨우 콜라 한 병이에요?"

"와핫하하, 한 대 얻어맞았습니다."

나는 뛰어서 매점으로 갔다. 찬 콜라 두 병을 손에 들고 벤치로 왔을 때 승혜는 어느 틈엔가 빵 몇 개를 펼쳐 들고 있었다.

"들어오기 전에 몇 개 샀어요. 우리 소풍 나온 셈치고 이걸 먹기로 해요."

우리는 얼음처럼 찬 콜라를 마시며 나란히 머리를 맞대고 식사를 했다.

"승혜 씨는 누이 같기도 하고 어머니 같기도 하고 할머니 같기도 합니다."

나는 웃었다. "그리고 제 동생 같기도 하고, 제 손주 같기도 합니다. 핫하, 핫하하."

"거짓말을 잘하시네요."

승혜도 따라 웃으면서 살짝 붉혔다.

"목련 구경 가지 않으실래요? 목련들이 활짝 피었더군요."

"목련꽃도 좋지만, 더 좋은 것은 승혜 씨와 이곳에 앉아 있는 것입니다."

"두 번째 거짓말. 우리, 목련꽃 구경 가요."

둘은 나란히 일어섰다. 나는 주머니에 손을 찌르고, 승혜는 소형 여행용 가방을 어깨에 메었다. 나는 후익후익 휘파람을 불기 시작했다.

다른 벤치에는 일가족을 데리고 나온 가장이 카메라 셔터를 눌러대고 있었다. 아이들은 한결같이 풍선을 들고 있었다. 그러다가 한 아이가 깜빡 들고 있던 풍선을 놓쳤다.

"엄마, 풍선이…… 풍선이."

꼬마의 슬픈 음성이 고궁 안에 울렸다. 풍선은 이내 고궁 위로 떠올라 높은 추녀를 넘어 움썩움썩 키가 자라며 물감보다 파란 하늘, 바다보다 푸른 하늘 위로 둥실둥실 떠올랐다.

"아, 만세! 만세!"

어느 틈엔가 풍선을 놓쳐버린 아이도 풍선을 바라보며 기쁜 환호성을 발했다.

"우리가 공기보다 가볍다면 저 풍선에 매달릴 텐데……."

나는 이미 점이 되어 하늘에 떠 있는 풍선을 바라보며 중얼거렸다.

"그런 동화 많이 있잖아요? 풍선에 매달려 여행을 하는."

승혜가 말을 받았다. 그때였다.

"여, 학생! 학생. 이 카메라 셔터 좀 눌러주겠어?"

배가 나온 사내가 나를 불렀다. "거리는 다 맞춰 놓았으니 그저 셔터만 누르면 돼요."

"알겠습니다."

나는 카메라를 받았다. 일가족이 벤치에 앉아 있었다. 아이들은 풍선과 화관을 메고.

나는 카메라의 파인더를 통해 그들을 겨냥했다. 움직이는 물체도 카메라로 찍으면 정지한다. 역시 움직인다는 것은 정지된 순간 순간의 연속일 뿐인 것이다.

"자, 웃으세요."

아이들이 웃었다. 어머니도, 아버지도. 그들은 심각하게 카메라 렌즈를 향해 시선을 모았다. 나는 셔터를 눌렀다.

"고맙군. 고마워요. 그 대신 한 장 찍어줄까? 어때? 데이트하는 모양인데, 거기가 좋겠군."

"괜찮아요."

나는 사양했다.

"괜찮긴. 잔디밭 위에 둘이 나란히 앉아 봐요."

"어떻게 할까요? 한 장 찍을까요?"

나는 승혜의 동의를 구하며 돌아보았다. 여학생들은 될 수 있는 한 남자하고 같이 사진 찍는 것을 좋아하지 않는다는 것을 잘 알고 있었기 때문이다. 언젠가 누이의 앨범을 들춰본 일이 있었다. 그때 나는 누이의 사진 중의 상당수가 반이 뚝 잘려 있거나 가위로 교묘하게 오려져 있는 것을 발견한 적이 있었다. 내가 "이거 웬일이유?" 하고 묻자, 누이는 "그거야 바보 빙충이 얼간이 삼룡이 같은 남자들이니 잘라버렸지." 하면서 깔깔대었다.

"그럼 찍기는 왜 찍었어? 혹시 시집갈 때 남편에게 오해받을까 봐 그러는 거야?"

"누군 찍고 싶어서 찍었니? 자꾸 치근덕대니까 찍어줬지."

오우, 망할. 이 사진을 같이 찍었던 남자들은 이렇게 자기 얼굴이 난도질당했으리라고는 짐작조차 하지 못했을 것이다.

"한 장 찍으시겠어요?"

내가 재차 묻자, 승혜는 대답 대신 고개를 끄덕였다.

우리는 나란히 잔디밭에 앉았다.

"잘 어울리는 한 쌍이군."

배가 잔뜩 나온 뚱뚱한 사내가 카메라 렌즈를 우리 쪽으로 비추며 웃었다.

우리는 사진을 찍었다. 그리고 집 주소를 사내에게 알려주었다.

다시 우리는 나란히 걸음을 옮겼다. 나는 끊겼던 휘파람을 불기 시작했다. 목련이 정원 가득히 피어 있었다. 너무도 현란한 색깔이었다. 5월의 태양 아래 꽃들이 저마다 아름다움을 만개하고 누워 있었다. 화판에 기댄 학생들이 목련꽃을 수채화로 그리고 있었다. 우리는 그들의 그림 솜씨를 어깨 너머로 감상했다.

"그림 잘 그리세요?"

승혜가 나를 쳐다보았다.

"못 그립니다. 언제나 미술 점수는 60점입니다."

"목련꽃을 노래한 시 중에 좋아하시는 것 있으세요?"

"하나 알고 있습니다. 목련꽃 그늘 아래서 베르테르의 편지를 읽는다 하는."

"그것은 박목월 씨의 시구요, 이형기 씨의 시 중에도 좋은 것이 있어요."

맑게 사리라. 목마른 뜨락에
스스로 충만하는 샘물 하나를
목련꽃.

창마다 불 밝힌 먼 마을 어구에
너는 누워서 기다렸지, 진종일

뉘우침은 실로
크고 흡족한 침실 같다.

눈을 들어라.
계절의 신비여, 목련꽃.

어둡게 저버린 옛 보람을
아, 손짓하다.

해질 무렵에 청산에 기우는
한결 서운한 그늘인 채로

너는 조용한 호수처럼
운다, 목련꽃.

"어때요, 이 시?"
"좋은데요. 아주 좋은데요."
내가 대답했다.
"땅 뺏기 놀이 할 줄 아세요?"
승혜가 문득 고개를 들며 내게 물었다.
"아, 땅에 그림 그려 가지고 하는 놀이 말입니까? 할 줄 알지요."

"그거 할래요?"

"좋습니다."

우리는 잔디밭에 앉아 땅 뺏기 놀이를 했다. 세 판 했는데 두 판
은 승혜가 이기고 한 판은 내가 이겼다. 우리는 놀이를 마치고 잠시
잔디밭에 비스듬히 누워 푸른 하늘에 흘러가는 구름과 같은 석조
전 건물을 올려다보았다.

오영구의 연애 대작전

1

여름이 되면서 우리는 모두 눈코 뜰 새 없이 바빠졌다. 그래서 우리 여섯 명은 자연 어울리는 기회가 적어지고 샛별 그룹의 아가씨들과도 한 달에 한 번 만나는 정기집회 이외에는 거의 만나지 못하게 되고 말았다. 정말이지 우리는 한눈을 팔 시간조차 박탈당하고 말았던 것이다.

어느 날, 문수와 나 그리고 영구가 같이 도서관 쪽에서 어슬렁어슬렁 걸어 나올 때였다. 큰 운동장에서 야구부 부원들이 볼을 받고 있었고, 휘두른 배트에 맞은 흰 공이 큰 포물선을 그리며 하늘로 날아가고 있었다. 뚜렷이 할 일이 없는 하급반 학생들은 스탠드에 앉아서 운동 연습을 구경만 하고 있었다.

"동순아."

영구가 갑자기 망설이다가 말을 꺼냈다. "저녁에 시간 있냐?"

"있지."

내 대신 문수가 말을 받았다. "왜 자장면이라도 사줄 테냐? 그리고 영화라도 구경시켜줄 테냐? 아아, 정말 시어머니 죽은 이래 영화 구경 한 번을 못해봤으니, 이거 어디 살겠냐, 살겠어?"

문수기 침올 퉤퉤 내뱉으면서 이죽거렸다.

"저녁 때 K여고에서 음악회 있다는데 구경 안 갈 테냐?"

영구가 물었다.

"차이코프스키, 변도변(베토벤), 이런 것 말이냐? 야야, 팝송이면 몰라도 해골이 복잡해. 관두자, 관뒤."

"표도 석 장 있다."

영구가 주섬주섬 윗주머니에서 개교기념일 음악회 표를 석 장 꺼냈다.

"너, 이 자식."

나는 웃으면서 말을 꺼냈다. "이제 보니 K여고에 아는 여학생 있구나. 엉큼한 자식인데."

"그게 아니다, 그게 아냐."

영구가 묻지를 말아라, 묻지를 말어 하는 식으로 말을 받았다. "여기엔 심각하고도 애틋한 사연이 있다."

영구가 남의 일을 보듯 익살스럽게 말했다.

"일테면 이런 식이냐? 달 밝은 대동강 가 부벽루에 앉아 있는 여자의 이름은 심순애, 남자의 이름은 이수일. 오우, 순애야, 순애야. 내 너를 알기를 금강산 비로봉의 다이아몬드로 알았기로 너는 나를 알기를 인천 앞바다의 썩은 동태 눈깔로 알았단 말이냐. 에라, 모르겠다. 서울에 가서 다이야정 장사나 해야겠다. 이런 식이냐?"

"저 자식은 밤낮 저런 식이다. 이 자식아, 좀 조용히 해라. 어쩔 테냐? 동순이, 너 같이 갈 테냐?"

"글쎄, 문수 넌 어쩔래?"

"가야지, 암 가고말고. 그런데 맨입으론 안 가겠다. 자장면을 책임져라. 점심 해치우고 한 시간이 넘었으니 어디 사람이 살겠냐?"

"책임지겠다. 참고서 사고 남은 돈 2천 원이 있다."

"만세! 니가 내 친구다. 니가 진짜 내 친구 될 자격이 있다. 가자!"

"어디로?"

"북청루. 북청루 자장면이 제일 맛있다. 음악회는 몇 시부터냐?"

"오후 일곱 시부터니까 앞으로 두 시간 남았다. 그동안 내 신세 한탄이나 들어라. 그리고 제군들의 깊고도 우애 깊은 협조를 빈다."

"원, 세상에 공짜는 없는 법이로군."

밴드부들은 붕작붕작 성자의 행진을 연주하고 있었다.

중국집 2층 구석진 방은 자장면 한 그릇씩 먹고 누워 있기엔 미안하지만 아주 나른한 식곤증을 달래기에는 안성맞춤이었다. 우리는 벽에 몸을 기대고서 엽차를 홀홀 마시기도 하고, 제법 이쑤시개로 이를 쑤시기도 했다.

영구가 낮은 어조로 말을 꺼냈다.

"얘들아, 너희들 내 사랑 얘기 좀 들어볼 테냐?"

"몇 시간 상영이냐? 될 수 있는 한 짧은 게 좋겠다."

"오늘 우리가 가는 음악회에는 김숙희라는 아리따운 아가씨가 출연한다."

"야. 제 눈에 안경이지. 아리따운지, 어쩐지 알 게 뭐냐?"

여전히 문수가 이죽거렸다.

"넌 좀 가만히 있어."

내가 문수를 막았다. "그래 자초지종을 이야기해봐라."

"실은 나하고 초등학교 동창인데 내가 초등학교 어린이회 부회장일 때 김숙희는 총무를 맡았던 여학생이다. 그때부터 난 그 애를 볼 때마다 사귀고 싶다는 생각이 들었다."

"거짓말 마라. 초등학교 때부터 여자애한테 야심을 품는 꼬마가 어디 있냐? 그렇다면 넌 천재다, 천재야."

"정말이다. 천지신명께 맹세하겠다. 그 앤 초등학교 때부터 피아노를 쳤는데 오늘 프로에도 피아노를 치더라. 고등학교 때에도 거리에서 가끔 우연히 서너 번 만난 적이 있다."

"만나면 인사라도 나누냐?"

"그저 웃기만 하는 게 인사다."

"공부해라, 공부해. 공부해서 남 주는 게 아니다. 조그만 녀석들이 엉덩이부터 뿔이 나서 하라는 공부는 안 하고 여학생들 꽁무니나 졸졸 따라 다녀?"

"이 자식아, 그건 너희 아버지가 너한테 하는 설교잖아. 어쨌든 거두절미하고 단도직입적으로 말해서 그 애하고 얘기라도 나누는 친구가 되고 싶다."

"미쳤구나, 미쳤어. 드디어 고등학교 3학년 됐다고 공부 좀 하더니 돌았구나, 돌았어."

"난 오늘 꽃다발을 선사하고 싶다. 물론 우리는 서로 안면깨나 있으니 우스꽝스러운 일은 아닐 거야. 그리고 좀 자주 만나서 얘기를 나누는 여자친구와 남자친구가 되었으면 좋겠다."

"그거라면 어려운 일이 아니지. 절대로 어려운 일이 아냐."

"야, 술 한 잔 먹을 생각 없냐?"

영구의 말에 갑자기 문수가 정색을 하면서 고개를 들었다. "정말 울화통이 터져 못 살겠다. 아무리 생각해도 내 머리가 돈 것 같다. 공부가 안 된다. 글쎄 저번 모의고사에선 문과반 368명 중에서 295등을 했다. 이거 어디 살겠냐? 남자 나이 열아홉이면 옛날 같으면 손주 자식 볼 나인데…… . 야. 우리 술 한 잔 마셔보자."

물론 우리 대부분은 가족 제삿날이나 아버지 생일 때 술을 몇 잔씩 받아먹은 경험이 있다. 그뿐인가? 술에 취해 귀가한 아버지가 상을 받아 반주를 하실 때 우리는 으레 한두 잔씩 술을 받아먹기도 한다. 물론 술맛은 쓰고 맵고 무겁고 명랑해지며, 먹은 후에 거울을 보면 불그레한 얼굴과 약간 나른한 상태 속에서 짐짓 거울 속에 서 있는 내 모습을 향해 혀라도 내 보이고 싶은 유희를 느끼게 된다.

"그래. 딱 한 잔만 먹자. 그런데 너 이 자식, 문수는 유아 세례까지 받은 녀석이 술을 머을 수 있냐?"

"그렇지. 성스러운 교직자의 아들이."

"이것 봐. 예수님도 포도주는 마셨어. 이거 왜 이래?"

문수는 느닷없이 손뼉을 쳤다. 그러자 "예이." 하고 큰 소리로 보이가 대답을 하며 다가왔다.

"빼갈 하나 주쇼."

"예?"

보이가 눈을 휘둥그레 떴다.

"빼갈 하나라니까."

"곤란한데요."

"왜요?"

"미성년자한테는 술을 팔 수가 없습니다."

오우, 이런 망할 미성년자! 미성년자! 정말 아니꼽고 더럽고 매스껍고 치사해서라도 고등학교를 빨리 졸업해야겠다.

"우리, 미성년자가 아닌데."

"곤란합니다."

"이것 보슈. 우리가 오늘 의형제를 맺거든. 그런데 술이 없단 말씀이요. 보소. 우리가 뭐 불량소년같이 봬요. 깡패같이 보이느냔 말이오?"

"그야 그렇진 않지만."

"허허. 뭘 그러슈? 이보쇼, 딱 한 병만 먹겠소."

"그 대신 노래를 부르거나 소리를 지르면 안 됩니다. 그리고 딱 한 병만 드리겠어요."

"그야 물론이죠."

보이는 좀 주저주저하더니 빼갈 한 병을 갖다 주었다. 문수는 잠자코 술을 약간 엎질러 그 위에 성냥을 그었다. 이건 또 웬 일? 술 위에서 불꽃이 피어오르는 게 아닌가.

"보다시피 우리는 술을 마시는 게 아니다. 불을 마시는 거지. 자, 이거 한 잔씩 먹고 김숙희 군과 오영구 양의, 아니지 김숙희 양과 오영구 군의 천생연분 인연을 맺어주기 위해서 용약 출전하자. 자, 브라보."

우리는 꿀떡 술을 마셨다. 크으으으, 이건 다르다 달라. 아버지가 가끔 건네주시던 술하곤 차원이 다르다. 영구가 사래 들린 노인처럼 술을 토했다.

"인마, 이건 코 막고 마시는 술이야."

우리는 코를 막고, 마치 다이빙하는 꼬마처럼 술을 마셨다. 뱃속이 화끈거렸다. 술을 모르는 우리는 한 잔 술에 마구 취하는 것만 같았다. 우리는 금세 얼굴이 달아올랐다. 문수는 딸꾹질을 시작했다.

"이 자식! 영구, 이 자식, 딸꾹. 니 얼굴이 바알간 게 이쁘다, 이뻐. 자, 술도 마셨겠다, 출전하지, 출전해."

우리는 거리로 나왔다. 거리는 이미 땅거미가 어둑어둑 깔려 있었다.

"훈육주임 있을지 모르니 걸음걸이 주의해라."

"야야, 웃긴다. 술 한 잔 먹고 딸꾹거리는 촌놈이 어디 있어? 딸꾹."

"어쨌든 너 꽃다발 갖다 준다며. 하나 사야지."

마침 눈앞에 화원이 있었다. 우리는 잠시 주머니에서 각각 얼마씩 가지고 있는가 모두 털어보았다. 그리고 2천 원짜리 꽃다발을 하나 샀다. 그리고 K여고를 향해 돌진했다.

이미 K여고 강당에선 음악회가 시작되고 있었다. 흔히 남학교 예술제에 여학생들이 자리를 메우듯 여기에도 남학생들이 앉아서 자리를 메우고 있었다. 우리는 가운데쯤 빈 좌석에 앉았다. 첼로 연주가 시작되고 있었는데, 다들 숨을 죽이고 열심히 듣고 있었다.

"야, 동순아. 저 자식들 표정 좀 봐라."

문수가 내 곁을 쿡쿡 찌르면서 히히덕거렸다. 나는 그가 가리킨 곳을 보았는데 그곳엔 남학생이 제법 심각하게 로댕의 생각하는 사람처럼 턱을 고이고 음악에 심취해 있었다.

"저 자식, 아무래도 음악 들으러 온 것보다는 우리처럼 여학생 하나 사귀려고 온 게 분명하다. 딸꾹."

"좀 조용히 해주세요."

걸스카우트 복장을 한 안내 학생이 조용히 문수에게 주의를 주었다.

"아, 죄송합니다. 주의하겠습니다. 죄송천만입니다. 딸꾹딸꾹."

주위에 앉았던 사람들이 오히려 더 큰 소리로 사과하는 문수의 목소리에 놀라 문수를 쏘아보았다.

"원, 제기랄. 난 졸려서 음악 못 듣겠다. 호세 펠리치아노라면 몰라도 저런 깍쟁이는 졸립다, 졸려."

"조용히 하라니까."

영구가 급한 나머지 문수의 입을 막았다.

"알겠다, 딸꾹. 그럼 본인은 한참 잘 테니까. 김숙희 양이 나오면 깨워라. 아직 나오려면 멀었냐?"

"다음 다음 프로다."

문수는 영구의 어깨에 머리를 기대고 잠이 들었다. 나는 무대 위에서 연주하고 있는 여학생을 쳐다보았다. 여학생은 단정한 옷차림으로 첼로를 조심스럽게 타고 있었다. 첼로의 둔중한 음의 물결이 조용히 흘러서 강당 안을 빠져나가고 있었다.

나는 김영태라는 시인의 〈첼로〉라는 시 한 구절을 생각해냈다.

흰 말(馬) 속에 들어 있는

고전적인 살결.

흰 눈이

저음으로 내리어

어두운 집

은빛 가구 위에

수녀들의 이름이

무명으로 남는다.

화병에다 나는

꽃을 갈았다

얼음 속에 들은

엄격한 변주곡

흰 눈의

소리 없는 저음

흰 살결 안에

램프를 켜고

나는 소금을 친

한 잔의 식수를 마신다.

우리가 첼로의 음악 속에서 느낄 수 있는 이미지를 모자이크처럼 묘사해낸 시인의 시가 이상하게도 선명히 떠오르고 있었다.

이상한 일이야, 이상한 일이군. 나는 눈을 감은 채 조용히 중얼거렸다. 첼로의 음이 그림으로 그려질 수 있군. 소금을 친 한 잔의 식수를 마시는 것처럼 첼로의 음을 마실 수도 있군.

그때였다. 우리는 드디어 우리의 위대한 문수가 코를 골기 시작하는 소리를 들었다. 그것도 보통의 코고는 소리가 아니었다. 거짓말하는 것이 허용된다면 오히려 첼로 소리보다 더 클 정도였다.

"저, 이 분 친구분이세요?"

걸스카우트 복장을 한 소녀가 울상이 되어 다가왔다.

"아닙니다. 모르는 사람입니다."

영구가 시치미를 뗐다.

"어쨌든 좀 깨워주세요."

"댁이 깨우쇼."

그러자 여학생은 징그러운 벌레라도 만지듯 조심스럽게 문수를 깨웠다. 문수는 눈을 갑작스레 떴다.

"이보세요. 여기서 코를 골고 주무시면 어떡해요?"

"아, 미안합니다. 앞으로 주의하겠습니다."

키득키득 뒤쪽에 앉았던 여학생들이 웃기 시작했다.

김숙희 양의 피아노 연주가 시작된 것은 조금 후였다. 흰 드레스를 입은 여학생이 나오자 갑자기 영구는 생리가 급한 사람처럼 박수를 치면서 눈을 꿈쩍꿈쩍했다.

"저 아가씨냐? 김숙희라는 여학생이?"

"그렇다."

휘익휘익 문수가 될 대로 되라는 식으로 휘파람을 불었다.

"야, 이쁘게 생겼다. 사람 참 환장하겠다. 원미경 쩜쩌 먹게 생겼다. 천사다. 아니다, 악마다. 잠자는 미녀다. 풀숲의 이슬이고, 뛰노는 기린이다. 모가지가 길어서 슬픈 사슴이다. 야, 그런데 저런 여학생이 너 같은 녀석하고 사귀자고 하겠냐?"

"이 자식이!"

갑자기 영구가 팔꿈치로 문수의 옆구리를 쥐어박았다. "날 도와주러 온 건지, 훼방 놓으러 온 건지, 간첩인지 모르겠군."

"조용히 합시다."

나는 그들의 실랑이를 막았다.

"솔직히 말하면 질투가 나서 그런다."

김숙희의 피아노 연주가 시작되었다. 우리는 숨을 죽이고 무대를 응시했다. 문외한인 내가 듣기에도 꽤 훌륭한 솜씨인 것처럼 여겨질 정도로 그녀의 연주는 볼륨이 있었고 세련되어 있었다.

음악이 끝났을 때 느닷없이 문수가 벌떡 일어났다.

"앵콜, 앵콜!"

와하하. 사람들이 웃었다.

"재청이요! 앵콜이요!"

"이자식이!"

영구의 팔뚝이 또 문수의 옆구리를 강타했다.

"이거 왜 이래요?"

여전히 걸스카우트 아가씨가 울상을 지으며 달려왔다.

"조용히 해주세요."

"야야, 나가자."

문수가 책가방을 치켜들면서 걸어 나갔다. 우리도 하는 수 없이 문수의 뒤를 따라 강당 밖으로 나왔다.

"여기 무대 뒤가 어딥니까?"

문가에 앉아 안내를 맡고 있는 여학생에게 문수가 물었다.

"저 뒤쪽인데요. 왜요?"

"김숙희 양에게 꽃다발을 전하려고 합니다. 저는 S고등학교의 3학년 4반 오영굽니다."

"5, 0, 9예요."

"이 자식이!"

영구가 세 번째로 문수의 옆구리를 쥐어박았다.

"애애, 김숙희한테 꽃다발이란다. 어머나!"

여학생 서너 명이서 자기네들끼리 호들갑을 떨면서 웃었다.

우리는 천천히 무대 뒤쪽으로 갔다.

"어떻게 할 테냐? 네가 전해주겠냐?"

문수가 영구를 쳐다보았다.

"나 혼자는 도저히 용기가 안 난다. 같이 들어가자."

"이 자식, 신혼 첫날밤에도 친구 녀석하고 같이 갈 놈이군. 좋다, 들어가자."

우리는 무대 뒷문을 잡아당겼다. 무대 뒷면은 잡동사니로 가득 차 있었고 출연자와 대기자들로 혼잡을 이루고 있었다.

"김숙희 씨 면휩니다!"

느닷없이 문수가 소리를 고래고래 질렀다. 그러자 안쪽에서 드레스를 입은 여학생이 이쪽으로 다가왔다.

"아, 안녕하십니까? 딸꾹."

영구가 수줍게 웃으며 딸꾹질까지 해가면서 꽃다발을 내밀었다.

"저, 누구신지요?"

"절, 절 모르시겠습니까?"

영구가 울듯이 비명을 질렀다.

"모르겠는데요."

여학생은 싸늘하게 대답했다.

"저, D초등학교 안 나오셨습니까?"

영구가 거의 울먹이면서, 글쎄 얼굴이 새빨개져서 말을 건네었다.

"네, D초등학교 나왔어요."

"저, 댁은 어린이회 총무이지 않았나요? 이 친구는 부회장이었고. 이제 보니 두 분은 죽마고우시구먼."

문수가 보다 못해 소리를 지르면서 중매 역할을 하러 나섰다. 그러자 무슨 일인지 구경하고 있던 여학생들이 까르륵 웃었다.

"어쨌든 주시는 것이니 고맙게 받겠습니다."

김숙희는 무표정하게 꽃다발을 받아들었다. 짝짝짝! 구경하던 여학생들이 박수를 쳤다. 우리는 별 수 없이 무대 밖으로 나왔다. 하늘엔 별만이 가득했다.

"죽겠다. 죽어버리겠어."

영구가 침을 뱉으면서 말했다.

"이건 정말 수치다. 굴욕이다. 항복 조인이다. 한일합방이다. 이완용이다. 원수놈의 빨갱이다. 전 인류의 남자를 대표해서 오영구 너를 배신자로 삼겠다."

문수가 덩달아서 흥분했다.

우리는 터덜거리고 나섰다. 거리엔 이미 어둠이 내려 야경이 불 붙고 있었고 현란한 네온사인이 돌아가고 있었지만 우리 셋의 가슴 속엔 참담한 패배감만이 가득 차오르고 있었다.

"술 마시자."

영구가 느닷없이 한 마디 했다. "아까 마신 술이, 그게 뭐라는 술이냐?"

"빼갈이라는 것이다."

"그것 몇 개쯤 마시면 지구가 천지개벽되어버리냐?"

"니 솜씨로는 한 병 꿀떡꿀떡 나발 불면 돌 것이다."

"가자. 비상금이 더 있다."

"가만."

문수가 무슨 좋은 생각이 났는지 거리에 우뚝 섰다.

"남자가 칼을 뽑았으면 하다못해 호박이라도 찔러야 하는 법이다. 쇠뿔은 단 김에 빼야지."

"무슨 소리냐?"

영구가 억울해 못 견디겠다는 듯 가슴을 치면서 물었다. "이 자식아, 니가 설치는 바람에 신세 조졌다."

"피해는 보상해주마. 자고로 적을 성복하기 위해선 적을 알아야 한다는 소리와, 호랑이를 잡으려면 호랑이 굴로 뛰어들어야 한다는 속담이 있다. 가자!"

"어디로?"

영구가 못마땅함과 또 한편의 기대감을 드러내면서 얼굴을 들었다.

"너, 숙희네 집 아냐?"

"안다."

"이 자식, 보통이 아니구나. 어디냐?"

"인현동이다. 어린이 놀이터 있는 곳이다."

"호랑이 굴로 뛰어들자."

"그래서?"

"나머지는 따라와 보면 안다. 김숙희는 아직 학교 강당에 있을 거다. 가자. 힘을 내라. 오영구 군, 제군의 뒤에는 우리가 있다."

"뭐가 뭔지는 모르겠지만 니가 진짜 내 친구인 것 같다."

우리는 누가 먼저인지 모르게 손을 잡았다. 그리고 서로 볼을 비볐다. 적당히 생각해주길 바란다. 이 행동은 우리들 우애의 표시라 해도 좋고, 고등학교 3학년, 아아, 미치게 외로운 시기에 돌연 일어난 발작 증세라고 생각해도 좋다. 어떻게 생각하든 무방하다. 어쨌든 우리는 출발했으니까.

밤과 밤이 어우러진 그곳을 향해 출발했으니까.

2

우리는 을지로를 통과하는 버스에 몸을 실었다. 버스는 텅 비어 있었다. 밤이 깊어 거리의 야경이 비틀대고 있었다.

"어쩔 셈이냐?"

영구가 우울한 표정으로 문수를 보았다. "무슨 묘안이라도 있냐?"

"묻지를 말아라, 묻지를 말아. 이 이문수의 고육지계(苦肉之計)가 틀려본 적이 있냐? 틀려본 적이 있냐 말이다."

"그야 물론 없지."

나는 '에잇, 미운 놈 떡 한 개 더 준다'는 심사로 녀석을 추켜 올려주었다.

"고맙다, 동순 군. 니가 진짜 내 친구다. 그러면 이제부터 오영구 양과 김숙희 군의, 아니지, 오영구 군과 김숙희 양의 접선 방법에 대한 묘안을 털어놓겠다. 잘들 들어주기 바란다."

문수는 주머니에서 느닷없이 오징어를 꺼내 질겅질겅 씹으면서 말을 하기 시작했다.

"우선 버스 정류장에서 그녀가 올 때까지 기다리자는 것이다. 이 원수놈의 치욕을, 굴욕을, 한일합방보다도 더 큰 분노를 겪고서 이어 젊은 날을 눈물로야 보낼 수가 있느냔 말이다. 여성에게 수치를 당했으므로 전 인류의 남성을 대표해서라도 수염 나고 여드름 만발한 남성의 우렁찬 기상을 보여주자."

"알겠다, 알겠어. 그만 비분강개하고…… 버스 정류장에서 기다린 후엔 어쩔 셈이냐?"

영구가 애가 타는지 가슴을 치면서 물었다. "성사만 시켜준다면 너에게 영어 콘사이스 한 권 선사하마. 그뿐이냐? 1년밖에 사용 안 한 스케이트를 무료 대여하겠다."

"어쨌든 고맙다."

문수는 손가락을 펴 브이 자를 크게 그렸다. 그의 계략은 대략 다음과 같았다. 우선 김숙희 양이 버스에서 내리면 문수가 나선다는 것이다. 나머지 나와 영구는 엄호사격, 일테면 양 측을 호위해야만 한다는 것이다. 여자는 마치 토끼와 같아서 걸핏하면 도망치니까, 도망치지 못하게 주위에서 몰이를 하라는 것이다.

"이봐, 뭐 숙희가 토끼냐? 토끼야?"

"여자야말로 토끼지."

문수가 눈을 부라리면서 화를 냈다.

"이것 봐. 기회는 앞에만 눈이 있고 뒤쪽은 못 본다는 것을 알아둬. 아차 하는 순간에 우리는 지나치고 말거든. 은근과 끈기. 그것만이 토끼, 귀여운 암토끼를 생포하는 방법이지."

"어쨌든 그래서?"

나는 웃으면서 문수를 재촉했다.

제3단계 방법은, 그것은 전적으로 문수 자신의 말편치 실력에 달려 있으니 둘은 듣기만 하라는 것으로 문수는 입을 닫았다. 그러자 무슨 기묘한 묘수를 기대했던 우리는 어처구니가 없어서 순간 피익 하고 웃어버렸다.

"야아, 집어치워라! 집어치워."

영구가 울화통 터진다는 듯 고함을 질렀다. "니 식으로 해서 모든 청춘남녀가 짝을 찾았다면 로미오와 줄리엣도 죽지 않았을 것이다."

"야야, 이 어린 녀석들아. 정말 너희들 이 할애비의 솜씨를 믿지 못하겠단 말이냐? 좋다. 그럼 나중에 후회하지 말거라."

버스는 국도극장 앞에서 섰다. 우리는 우르르 내렸는데 우리의 계획을 엿듣고 있던 젊은 대학생들이 웃으면서 "학생들 잘해봐."라는 격려의 말을 던져준 것이 글쎄 행운의 암시였는지 혹은 불운의 전조였는지는 두고 볼 일이었다.

어쨌든 우리 셋은 문수를 추진위원장으로 추대했으므로 일이

밥이 되건 죽이 되건 일단 문수에게 일임하자는 합의를 보았고, 때문에 휘파람을 후익후익 불면서 주머니에 손을 꾸욱 찌르고 새로운 버스가 정류장에 설 때마다 그녀가 내릴 것인가 어쩐가를 기웃거리고 있었다.

아아, 밤도 깊어 거리는 취객들로 가득했다. 초여름의 달착지근한 훈기가 밤의 열기를 식히는 가로수 밑을 뚜렷한 이유야 있건 없건 주머니에 손을 찌르며 걷고 있다는 사실은 무언가 우리를 우울하게 했다. 이 세상은 우리, 나이 열아홉 먹은 청년들과는 너무나도 무관한 것 같아 우리는 버려진 고아처럼 비애에 차서 나중에는 거의 길거리에 구르는 깡통을 차 내갈기는 작업을 계속하고 있었다. 그래서 우리는 시선이 마주쳐도 서로의 눈길을 외면하면서 국도극장 앞 거리에 내걸린 포스터 사진을 들여다보고만 있었던 것이다.

"동순아."

영구가 슬쩍 내게 따라와서 말을 걸었다. "문수 저 자식, 공연히 일을 그르치지 않을까 무서워진다. 니 생각은 어떠냐?"

나는 가볍게 웃었다.

"문수 저 자식의 솜씨를 나는 믿는다. 일단 믿어보기로 하자. 내가 널 위해 좋은 시를 하나 가르쳐줄까? 구자운이라는 시인의 시 중에 다음과 같은 구절이 있다."

그대들 둘이서 하나를 이루려면

상기 한참 동안 머물러야 한다.
흐름 위에 옮아가는 꿈의 그늘과
갈풀의 희살댐에 불붙는 눈물로써.

얼은 검을 꿰뚫어야 한다.
이는 구름의 날아오름과 새의 몸바꿈과의
분간키 어려운 한때의 웅성거림
상기 한참 동안 손과 깃쭉지와의 사이사이.

충실한 바람은 쓸어버릴 테지.
허지만 상기 한참 동안
그대들의 무게가 하나를 이루려면
눈뜬 골짜구니를 밟아야 한다.

"어떠냐? 그대들 둘이서 하나를 이루려면 상기 아직 기다려야 한다는 시구가."

"글쎄. 좋아 뵈긴 하지만 동순아, 이건 어디까지나 시가 아니고 현실이라는 것을 알아둬라."

그때였다. 휘파람을 불면서 버스를 기웃거리던 문수가 순간 고개를 들어 우리들을 향해 "비상경계!" 하고 소리를 질렀다. 우리는 얘기를 멈추고 버스 정류장을 노려보았다. 과연 여학생 한 명이 버스에서 내리고 있는 것이 보였다.

"엄호지원 잊지 마라."

문수가 헐떡이면서 속삭였다.

"최선을 다하자."

나는 웃으면서 문수의 손을 쥐었다.

"사정거리 접근. 각자 각개전투 돌입."

우리는 문수의 지휘 하에 사방으로 흩어졌다.

김숙희 양은 좀 전에 영구가 떨리는 손으로 건네준 꽃다발을 들고 무표정하게 걷기 시작했다. 밤의 그늘 속에 꽃을 안은 숙희의 얼굴이 한결 환히 돋보이고 있었다. 영구의 침 삼키는 소리, 뜨거운 심장의 고동이 헐떡이는 조바심, 선 채로 그 자리에서 쓰러질 듯한 숨 가쁜 안간힘이 눈앞에 선히 보이는 듯싶었다. 그래서 나는 쿡쿡 낮은 소리로 웃었다. 이윽고 주춤주춤 따라만 가던 문수가 날쌔게 숙희 양의 곁으로 달라붙었고, 우리는 드디어 다가온 순간으로 인해 손에 뜨거운 땀이 흠씬 고였다.

"실례하겠습니다."

문수는 정중히 첫말을 꺼냈다. 그러자 김숙희는 흘깃 문수를 쳐다보고는 얼핏 시선을 정면으로 곧추세웠다.

"좀 전에 꽃다발을 주었던 학생입니다. 먼저 말해드리고 싶은 것은 우리를 거리의 불량배로 생각하지는 말라는 얘기입니다. 우리는 선량한 학생들입니다. 정말입니다."

문수 특유의 말투가 수도꼭지를 열어놓기 시작했다. 그러나 여전히 김숙희의 시선은 상방 15도, 턱은 목에 밀착시킨 차렷 자세, 그리고 묵묵부답이었다.

"아까 귀양의 피아노 연주는 그야말로 드라마틱했고 기막혔습니다. 우린 모두 넋을 잃었습니다. 헌데 한 가지 말씀드리고 싶은 것은 댁의 예의범절이 돼먹지 않았다는 사실입니다."

여전히 묵묵부답.

"돼먹지 않았단 말입니다. 어디 성춘향의 절개를 이어받은 대한의 아들딸, 아니 딸들이 감히 남아의 인사를 사양하는 것이야말로 귀양의 가정교육이 틀려먹은 것이라는 엄연한 사실을 스스로 드러낸 처사라는 것입니다."

"저 자식, 미치지 않았냐? 쥐약 먹은 게 아니냐?"

영구가 보다 못해 헐떡이며 내게 달려왔다.

"저 자식, 지금 제정신인지 어떤지 모르겠다."

"기다려보자. 다 속셈이 있는 모양이니."

나는 씩씩거리는 영구를 만류하면서 늦추었던 걸음을 재촉했다.

"귀양은 이 세상 남자들의 시선에 대해 매우 자신만만하신 모양인데, 우리 집 아버지 어머니 예를 들어도, 부부싸움을 하면 늘 어머니가 지게 마련이라는 것을 알려드리는 바입니다. 충고할 말은 여자는 모름지기 상냥해야 된다는 만고의 진리를 잊지 말라는 것입니다."

모두들 제풀에 흥분하기 시작해서 내가 들어도 이미 정도를 벗어나고 있었지만 김숙희는 여전히 무표정, 묵묵부답이었다.

"당신은 건방집니다. 오만합니다. 자신만만합니다. 치사하게 자만감이 가득 차 있습니다. 우리는 당신과 같은 여학생을 경멸합니다."

문수는 이미 손을 내어지르며 웅변을 토하기 시작했다.

"대답하십시오, 김숙희 양."

그러나 묵묵부답, 또렷한 발걸음.

"자신의 행동을 반성해보십시오. 입이 열 개라도, 아니 천 개라도 못할 것입니다."

그러나 여전히 묵묵부답, 또렷한 발걸음.

"아가씬 귀머거리요? 귀머거리?"

울화통이 치민 문수가 갑자기 걸어가던 김숙희의 진로를 막았다. 그러자 김숙희는 가던 걸음을 되돌려 온 거리의 반대 방향으로 걷기 시작했다.

"막아라, 육탄용사여! 오영구, 김동순 군, 살았거든 대답하라. 퇴로를 차단하라!"

에잇, 모르겠다. 될 대로 되라! 나는 거의 울상이 된 영구를 외면하고 그녀의 퇴로 앞을 막아섰다.

"용서하십시오. 저희들은 깡패가 아닙니다."

여학생은 순간 내 얼굴을 흘깃 보았다. 무섭도록 차디찬 냉혹한 얼굴로 나를 쏘아보더니 갑자기 가까운 거리에 '어서오십시오. 무 엇을 도와 드릴까요.' 라고 적혀 있는 파출소로 걸어가기 시작했다.

"야단났다, 야단났어."

영구가 그 파출소로 곧장 걸어가는 숙희의 뒷모습을 보며 숨 가 쁜 소리를 냈다.

"일이 잘못되어 가는 것 같다. 어떡할까, 튈까?"

영구가 물었다.

"싫다."

영구가 이를 악물며 대답했다. "난 끝장을 보겠다. 정말 분하고 원통하고 울화통이 치민다. 우리 증조할아버지의 유언이 여자하고 빨갱이에겐 절대 지지 말라는 것이었다. 가자!"

"어디로 말이냐?"

이번엔 내가 물었다.

"파출소로 가자."

"참아라."

나는 영구의 어깨를 막았다.

"이거 봐라! 사나이 갈 길을 붙들지 마라."

그때였다. 김숙희 양이 파출소에서 튀어나왔다. 혼자가 아니었 다. 곁에는 정복을 입은 경찰이 동행하고 있었다. 그럴 줄 알았다, 그럴 줄 알았어. 아마 파출소에 들어가서 동리 깡패들이 치근덕댄 다고 말했겠지. 그러니 순경 나리는 민중의 지팡이 구실을 하려고 따라나섰을 거야. 어쩌면 자기들 고등학교 옛 추억을 상기해가며 '어서오십시오. 무엇을 도와드릴까요' 하는 구호를 충실히 이행하려 들 거야. 퉤퉤. 참, 더러워서 어쩌지 못해먹겠군. 이러지도 저러지도 못하겠군.

"가자."

영구가 바보처럼 침통한 표정으로 말을 했다.

"그래, 작전싱 후되하는 게 나을 것 같다."

나도 그의 말에 동의를 하고 터덜터덜 거리를 걸어 나왔다. 문수가 연신 퉤퉤 침을 뱉으면서 어쩔 수 없다는 듯 안경을 벗어 손수건으로 쉴 새 없이 안경을 닦았다.

"아까 그 술이 뭐랬지?"

용구가 다시 문수를 쳐다보았다.

"빼갈이라는 술이다."

"그 술 열 병 니 말대로 꿀떡꿀떡 나발 불면 죽어버리냐?"

"네 병만 마셔도 조간신문에 날 거다."

"먹으러 가자. 비상금이 더 있다."

"저 자식은 위기에 처할 때마다 비상금이 자꾸 생겨나는군. 어쨌든 이대로 돌아갈 수는 없다."

갑자기 문수가 걷던 걸음을 멈추었다.

"뭐라고?"

"비장의 마지막 방법을 사용하자."

"그게 뭔데."

"정공법이다."

"관둬라, 관둬. 네 말은 이제 안 믿겠다. 안 믿겠어."

영구가 쉰 목소리로 말을 막았다.

"날 목욕(모욕)시키지 마라. 원수를 갚으러 가자."

"어디로 말이냐?"

나는 그를 올려다보았다.

"집으로 가자."

"뭐?"

"호랑이 굴로 뛰어 들잔 말이다. 김숙희의 집으로 가자."

"너 미쳤니?"

영구가 물었다.

"나, 나 말이냐? 미쳤냐고? 안 미쳤다. 절대로 안 미쳤어. 내 손가락은 열 개. 눈의 시력은 0.3, 0.4다. 내 이름은 이문수. 우리 집 주소는 혜화동 287번지다. 그런데도 날 정신병자 취급할 거냐? 가자."

"난 안 가겠다."

영구가 강하게 말했다.

"비겁한 자는 물러가도 좋다. 동순이 넌 이 시저의 뒤를 따를 것이냐, 아니면 칼을 들겠느냐?"

나는 좀 생각해보았다.

"그래 니 생각에 나도 따르겠다."

영구도 나를 올려다보았다. 나는 주머니에서 10원짜리 동전을 하나 꺼내 들었다.

"운명에 맡기자. 자, 하나씩 골라라. 내가 던지겠다."

"좋다. 난 탑 있는 쪽으로 하겠다."

문수가 말을 했다.

"그럼 난 그 뒷면을 내 의사표시로 하겠다. 자, 던져라."

우리는 야경이 불붙는 거리에 섰다. 길 잃은 사람들처럼. 나는 동전을 손가락 위에 올려놓았다. 동전의 금속 부분이 빛을 반사하면서 번득였다. 나는 순간 그 동전을 하늘 높이 던져 올렸다.

동전은 밤과 어둠, 빛과 열기, 웃음과 슬픔, 별과 달빛, 혼탁한 바다와 같은 하늘 위로 비늘이 달린 생선처럼 튀어 올랐다. 우리는 국기 게양대에 걸린 국기를 보듯 엄숙하게 공중으로 솟구치는 동전을 응시했다. 동전은 분수처럼 하늘로 치솟았다. 그리고 쩔렁이는 소리를 내면서 포도 위에 굴러 떨어졌다.

"뭐냐?"

문수가 시선을 피하여 나를 쳐다보았다.

"탑이다. 석가탑인지 다보탑인지 잘은 모르겠지만, 어쨌든 탑이다."

"가자!"

문수가 버럭 소리를 질렀다.

"그래, 가자."

영구도 이를 악물었다. 그래서 우리는 새로운 용기를 얻고 손을 휘저으면서 영구의 안내대로 숙희 양의 집을 향해 출발했다.

그녀의 집은 공원 바로 앞에 있었다. 어두웠지만 가등이 비추고 있었다.

"이 집이냐?"

문수가 영구가 가르쳐준 집 앞에 서서 속삭였다.

"그렇다."

그러자 순간 문수가 느닷없이 벨을 눌렀다. 벨소리가 너무 크게 나서, 순간 우리는 무척 놀랐다.

"자, 각자 복장 단정이다."

문수가 눈을 부라리며 명령을 했다. 우리는 이미 던져진 주사위라는 심정으로 옷깃을 바로 잡았다. 안에서 신발 끄는 소리가 났다.

"누구세요?"

"저어, 저어, 뭐 여쭤볼 말이 있어서 왔습니다."

"누구신데요?"

나이 먹은 여인의 음성이었다.

"잠깐만 대문을 열어주십시오."

"물건을 팔러 온 분이시라면 가주세요. 밤이 늦었으니까요."

"아닙니다."

문수가 소리 질렀다.

"저희들은 고학생이 아닙니다."

"그럼 기다리세요."

덜컥덜컥 문이 열렸다. 그리고 나이 먹은 여인, 아마 숙희 양의 어머니로 짐작되는 여인이 나타났다.

"무슨 일인가요?"

"저, 저희들은 김숙희 양을 만나러 왔습니다."

"숙희를 만나러 왔다고요?"

"그렇습니다."

"무슨 볼일이죠, 이 밤중에?"

"급한 일이 있어 왔습니다. 저희는 같은 클럽을 하고 있어서 급히 전해줄 말이 있어 왔습니다."

"그래요. 그럼, 들어오세요,"

"아니, 여기가 좋습니다."

"그럼 기다려 봐요. 애애, 숙희야!"

여인은 큰 소리로 집 쪽을 향해 소리를 질렀다. 예, 하고 먼 곳에서 대답하는 소리가 들려왔다.

"이리 나와 봐라. 손님들이 왔구나."

"예, 나갈게요."

우리는 단단히 마음을 먹고 서 있었다. 쿵쾅거리며 복도를 건너오는 소리, 현관을 여는 소리가 나더니 세수를 반쯤 마친 참일까, 물기 있는 얼굴에 목에는 수건을 두른 문제의 장본인이 드디어 나타났다.

숙희 양은 잠시 놀랐다.

"너하고 같이 클럽 활동하는 학생이라더라."

"안녕하십니까?"

문수가 큰 소리로 인사를 했다.

"클럽의 진행을 알려드리려고 왔습니다."

"엄마, 난 이 학생들을 몰라요."

숙희 양이 서서 말을 했다. 그러나 여러분, 놀라운 일이 일어났던 것을 잊어버리지 말아주기 바란다. 아, 글쎄 그 순간, 그 얼음과 같이 차갑던 숙희 양의 얼굴에 드디어 미소가 번졌다는 사실을 말이다.

"아니, 뭐라고?"

숙희 양의 어머니가 놀라서 말했다. 그러나 이내 웃었다.

"사과하겠습니다."

문수가 갑자기 허리를 90도 아니 180도 굽혀 인사를 했다.

"사실을 말씀 드리자면 저희들은 김숙희 양과 같은 클럽이 아닙니다. 헷헤헤헤헤헤헤."

"으핫하하!"

우리 모두 웃기 시작했다. 어머니도, 숙희 양도 어쩔 수 없이 문수가 파 놓은 함정에 빠져버리고 말았던 것이다. 이것 봐, 웃음 끝에 거절하는 사람 있다는 소리 들어봤니? 없지? 없고말고. 아무렴 없고말고.

"알겠어. 학생들이 우리 숙희 뒤를 따라왔던 학생들이구면. 그리고 꽃다발도 주었고. 귀한 손님들일세. 자, 모두 들어와서 커피나 한 잔 하지."

이런 고마운 분이 있을 수 있나. 아아, 정말 놀라우리만치 인자하고 자상한 김숙희 양 어머니, 만세! 만만세!

"늦어서 미안합니다. 밤이 늦었는데 염치가 없습니다."

영구가 쾌활하게 한 마디 했다.

"자, 다들 들어와요. 허기야 학생들도 그렇지. 밤늦게 여학생 따라다니면 어떡하지?"

"죄송천만입니다. 그런데 저희들 양말에서 냄새가 좀 날 것입니다. 그리고 제 양말은 빵구가 났습니다. 흉보시지 말기 바랍니다."

"자, 다들 들어와요."

우리는 꿈을 꾸는 기분으로 여인의 뒤를 따라 집 안으로 들어섰다. 집 안에선 소시지 굽는 냄새가 났고 어디선가 서투른 피아노 치는 소리가 났다.

우리는 응접실로 안내되었다. 응접실에는 상패가 나란히 놓여 있었는데 짐작해보면 김숙희 양의 상패인 것 같았다. 우리는 구두 시험 치르는 학생처럼 단정히 앉아서 헛기침만 연발하고 있었다.

"숙희는 가서 과일하고 커피를 끓여 오너라. 옆에서 자꾸 웃지만 말고."

어머니는 옆에 서서 자꾸만 웃고 있는 숙희 양에게 한 마디 했고, 숙희 양은 밖으로 사라졌다.

"보아하니 나쁜 학생들 같지는 않구먼."

"나쁜 학생이라뇨?"

문수가 말을 받았다.

"아닙니다. 따님이 너무 예쁘고 아리땁기 때문에 저희들이 그만 주책을 부렸던 겁니다. 정말 예쁜 따님 두신 것에 심심한 축하를 드립니다. 헷헤헤헤헤."

와하하. 우리는 웃었다.

"그럼 우리 숙희는 미인이고말고. 난 딸만 셋을 키우고 있다우. 아버지도 안 계시고 내 손으로만 키웠어요. 나도 지금 여자 고등학교 선생님으로 있지."

"옛?"

우리는 놀랐다. "선생님이십니까?"

"그래요, 그렇다니까. 그런데 왜들 놀라죠?"

"아닙니다. 혹 저희들의 이름을 학교에 밀고, 아니 통지하실까봐 놀랐습니다. 헷헤헤헤헤."

"혹 그럴지도 모르지. 하지만 얼굴들을 보니 나쁜 학생들은 아닌 것 같아 그러지는 않기로 약속하지. 자, 얘기해 봐요. 우리 딸의 뒤를 쫓아왔던 이유를."

"제, 제가 말씀 드리겠습니다."

영구가 용감하게 나섰다. "사귀고 싶습니다."

"사귀다니? 연애 걸자는 말인가?"

"아, 아닙니다. 그런 뜻이 아니고, 저어…… 저어, 뭐 적당한 표현이 없겠니?"

영구는 문수를 쳐다보았다.

"이 친구 말은 친구로 사귀고 싶다는 말입니다."

문수가 받아서 거들었다.

"그렇습니다. 친구로 사귀고 싶다는 말입니다. 서로 이해하고 위로해주는 친구로 사귀고 싶습니다."

"하지만 제군들은 지금 고등학교 3학년이 아닌가요?"

"그렇습니다."

"한참 공부할 땐데."

"그렇습니다."

"그럼 내가 제안하기로 하지. 어때, 내 말대로 하겠어요?"

"하겠습니다."

우리 모두가 대답했다.

"내가 어떤 제안을 할지도 모르면서."

"사모님, 아니 선생님, 아니 어머님 말씀은 모두 우리의 마음과 하등 다를 게 없는 것으로 여겨집니다. 헷헤헤헤."

모두가 아첨을 했다.

"그렇다면 내가 한 마디 하지. 난 남학생, 여학생들이 빵집에서

만나는 것은 제일 싫어하거든. 그러니까 만나는 것은 우리 집에서
만나기로 하고, 그 대신 한창 공부할 때이니까 한 달에 한 번씩이
어때? 그리고 서로 약속하지. 대학교에 들어가기로 말이야. 어때,
내 제안이?"

"좋습니다."

우리는 합창을 했다.

"그리고 앞으로는 밤늦게 여학생 뒤꽁무니를 쫓아다니지 말 것
이며, 또 밤늦게 남의 집을 방문하지 않기. 어때, 내 제안이?"

"조옷습니다."

우리는 함께 약속을 했다.

그때 우리는 김숙희 양이 김이 무럭무럭 나는 차와 과일을 들고
들어오는 것을 보았다. 그 순간 영구가 벌떡 일어났다.

"제가 들겠습니다. 무겁습니다."

그러자 김숙희 양은 정말 아까의 냉정과는 판이하게 활짝 웃으
면서 찻잔을 영구에게 건네주었다.

그날의 우리는 얼마나 즐거웠던지, 참으로 여러 가지 얘기를 나
누었다. 나중에는 숙희 양의 피아노 반주에 맞추어 다 같이 합창도
했는데, 우리는 서너 곡도 더 넘게 소리소리 질러 합창을 했다. 그리
고 헤어질 무렵 그 집의 어린 꼬마가 잠옷을 입은 채 느닷없이 "언
니, 이 중에서 언니한테 꽃다발 준 사람이 누구야?" 하고 물었다.

산사에서 쓴 편지

1

학기말 시험이 끝나고 고등학교 입학 후 세 번째 맞는 여름 방학, 그러니까 마지막 여름 방학이 다가왔다. 그러나 이 방학은 여느 때처럼 마음껏 뛰어놀 수 있는 방학이 아니었다. 오히려 평소보다 더 눈 부릅뜨고 공부해야만 하는 지겨운 방학이었던 것이다. 흔히 우리는 선배들로부터 들어왔다. 여름 방학이 입시 준비의 고비라고. 이 고비의 시기에 대강 판가름이 난다는 것이다. 그래서 나는 합격과 불합격의 판가름이 나는 방학을 맞아 어디론가 떠나야겠다고 결심하고 있었다.

그것은 오래전부터 생각해온 계획이었다. 조용한 산사(山寺)를 찾아 떠나야겠다는 생각이 학기 초부터 집요하게 나를 사로잡고 있었던 것이다. 그래서 방학이 되자 나는 아버지와 어머니에게 말을 꺼냈다.

아버지는 나의 말을 들으시더니 껄껄 웃으셨다.

"그래, 어디로 가겠단 말이냐?"

"조용한 절로 가겠습니다."

"머리 빡빡 깎고 입산수도 하겠단 말이냐?"

"그런 셈입니다."

"그래, 어느 절로 정했느냐?"

"청주 지방에 가면 절이 많다고 들었습니다."

그러자 아버지는 잠시 무엇인가 생각하는 눈치더니 갑자기 말을 꺼냈다.

"그래 며칠이나 있을 예정이냐?"

"한 달 꼬박 있겠습니다."

"너무 긴 것 같지만, 너 좋을 대로 해라."

아버지는 승낙하셨다. 나는 그날 저녁 당장 짐을 챙겼다. 참고서와 책을 싸고 트렁크에 넣으니 한 짐이 되었다.

다음 날 나는 출발했다. 아무에게도 얘기하고 싶지 않았다. 승혜에게 전화를 걸까 생각했지만, 곧 전화를 걸지 말아야 한다고 스스로에게 다짐했다. 그래서 조용조용 서울을 출발했다. 강남 터미널에서 아이스크림을 하나 사먹었다. 맛이 좋았다.

땀을 흘리면서 나는 고속버스 의자에 앉아 서울의 거리가 무더운 일광 속에 끓어오르는 것을 보았다. 마치 유리로 도금한 듯 염천의 번쩍이는 태양이 서울 시가를 짓누르고 있었다. 나는 헐떡이면서 창밖을 내다보았다. 떠나야지. 떠난다는 것은 홀가분한 일이야. 창에 머리를 기대자 무거운 졸음이 다가왔다.

나는 깊은 오수에 빠져들기 시작했고 내가 잠들어 있는 새에 고속버스는 숨바꼭질하는 소년처럼 서울을 빠져나왔다. 나는 내가 새가 된 꿈을 꾸었다. 나는 몇 번 깨었고, 또 몇 번 잤다. 깨었을 때마다 차가 한적한 시골길을 달리고 있는 것을 보았다. 나는 그럴 때마다 안심하고 다시 잠이 들었다.

두 시간 후 차는 청주에 도착했다. 청주의 거리는 깨끗하고 밝았다. 거리 한복판에 수많은 꽃들이 만개해 있었다. 거리의 건물 그림자가 가로에 선명히 누워 있었고 어디선지 철늦은 유행가가 들려왔다. 나는 땀을 뻘뻘 흘리면서 가방을 들고 거리를 헤쳐 나갔다.

조용한 음식점에서 냉면을 사먹었다. 음식점 주인이 내가 땀을 흘리면서 냉면을 먹고 있는 모습을 물끄러미 보고 있다가 말을 건네었다.

"어디서 오는 길인가?"

"서울에서 왔습니다."

"어디 가려고?"

"마땅한 절이 있으면 알려주십시오."

"그럼 고시공부 하러 가는가?"

"아닙니다."

나는 웃었다.

"입시공부 하러 갑니다."

"절이야 이 청주 근처엔 무지하게 많지. 가만있자, 좋은 절이라……. 좋은 절이라면 그래, 약수터 쪽으로 가보쇼. 그 근처에 조그만 암자들이 많지. 유명한 절들은 오히려 시끄러우니까."

"고맙습니다."

나는 한결 가뿐한 기분으로 뜰 안의 세발자전거를 타고 노는 꼬마를 보았다. 꼬마는 온통 발가벗은 채 뜰 안을 돌고 있었다. 땀을 빨빨 흘리면서.

2

산사 외딴 암자에 누워 물 흐르는 소리, 매미 우는 소리를 듣고 있다. 나는 방금 도착한 길이다. 굉장히 깊은 절로 몇 시간 걸어온 것이었다.

하늘엔 구름이 잔뜩 끼어 있지만, 간혹 그 틈새로 밝은 햇볕이 내려쬐기도 해 온 산은 여름의 향내와 정기, 계곡을 타고 흐르는 서늘한 냉기, 저만큼인가 천 년 바위를 핥으며 쏟아지는 물 위에 피어 있는 야생초의 빛깔, 꼭 집어 말할 수 없는 산 냄새를 맡으면서 한나절을 종일토록 올라온 것이다.

산은 깊고 완만해서 한없이 들어가긴 하나 아무리 올려 보아도 절은 보이지 않았다. 그뿐인가. 하늘을 가리는 낙엽송의 청아한 나무숲 그늘 사이로 산정(山頂) 위의 우울한 하늘은 무겁게 젖어 있었다. 물론 우비는 갖춘 길이었으나, 암자에 도달하기 전에 비가 오지 않을까 조마조마한데 걸음은 마음과 달리 더디었고 숨은 허이허이 차왔다. 하지만 이상하게도 젖은 하늘 밑에서 풀잎들이 오히려 더욱 더 친근해지고, 먼 세곡을 향해 무너져 내리며 땅을 울리는 폭포의 소리마저 귓가에서처럼 사근거리는 것이다.

다행히도 비를 맞지 않고 산사에 도착했지만, 걸음을 재촉한 탓에 적지 않게 지쳐 주지 스님이 내미는 쪽박의 차가운 샘물을 받아들자 질긴 피로가 덤벼들었다. 나는 주지 스님이 내미는 쪽박 위 청빛 한 잔의 예리한 청강수 위에 홀연 떠서 맴도는 솔가지를 슬쩍 손가락으로 훑어 올리면서 가쁜 숨을, 그리고 피로를 씻어버렸다. 그 물 맛은 참으로 날카로워서 이가 시리고 온몸을 떨게 했다.

절 앞의 뜰에는 꽃이 만개해 있었다. 수국과 백일홍 그리고 더 많은 꽃들이 이슬에 젖어 가늘게 바람에 흔들리고 있었는데 그 위로 나비들이 낮게 날아다니고 있었다.

날개를 쳐라. 날개를 쳐. 청산 가는 나비 훨훨훨. 벌 지나 남빛 강 건너 또 계곡을 날고. 나래 아프면 청무우밭 쉬고, 나래 지치면 절벽을 찾고, 날개 부러지면 남원강에 떨쳐 죽고.

뉘 시켜서 아니라 스스로 그 작은 목숨 걸고 나래치는 아름다운 넋. 풀잎에 이슬 치듯 소리도 없이 남몰래 나래치며 사라질 너.

너에게 끝 있음을 노래 부르고 나에게도 끝 있음을 노래 불러라.

주지 스님은 외딴 방 하나를 내게 권했다. 그 방은 작고 서늘한 한기가 서려 방 벽마다 마치 푸른 이끼가 낀 듯싶었다. 짐을 풀어 무거운 신발을 풀고 샘물에서 퐁퐁퐁 쉴 새 없이 흘러내리는 차가운 물속에 발을 담그자 온몸이 시려오고 하늘 위로 산새가 울면서 난다.

몸을 씻고 방에 누우니 성긴 빗방울이 듣기 시작했다. 갑자기 하늘이 더욱 무거워지고 앞산이 홀연 물러서더니 슬쩍 던져보는 수상스런 눈짓인양 비가 쏴아아 오기 시작했다. 키 큰 옥수수는 벌서는 아동처럼 고개를 꺾고 한데에서 무안스레 비를 맞고 흘러가는 시냇물은 더욱더 지껄인다. 수국 꽃 사이로 청개구리 한 마리가 놀란 듯 뛰어오르더니 이윽고 작은 공터에 나와 음흉스런 눈빛으로 하늘을 노려보고 있다.

하늘과 숲이 한데 어우러져 마치 벼루 위에 고운 솜씨로 먹을 갈아놓은 듯 묵화를 그린다. 앞산과 하늘이 맞닿은 언저리에서부터 뽀얀 물보라가 조용히, 그리고 천천히 내려와 하늘과 하늘 사이에 엷은 장막을 펼친다. 그러자 처마에 앉아 있던 제비들이 일제히 짖기 시작한다. 나는 그제야 제비들을 발견한다. 그들은 주둥이를 쉴 새 없이 벌리면서 빗속을 뚫고 날아온 어미가 물고 온 먹이를 원한다. 나는 턱을 괴고 그들의 수군거리는 식사를 보기로 한다.

깔고 누운 온돌방의 유독 차고 습습한 습기가 방 안을 맴돌자 나는 뒷문을 열고 뒤뜰로 내려가 처마 바깥쪽은 비에 젖고, 그 안쪽은 어린애의 체온처럼 따스한 바짝 마른 잔솔가지에 불을 당긴다. 아궁이는 깊고 완만해서 불길을 쉴 새 없이 빨아들인다. 나는 절절 끓는 송진에 손끝을 데이면서 빗속을 뚫고 연기가 흐느적거리면서 하늘로 향해 머리 풀고 날아가는 것을 본다.

3

염불 소리도 사라진 산사에 밤이 오기 시작한다. 마지막 염불을 읊던 스님이 타종하던 법당의 종소리도 사위었고, 스님이 붙인 석등의 불빛만이 칠흑처럼 어두운 절 안을 깜박인다. 달도 없고 별도 없는 산사의 밤. 단청 고운 처마에 걸린 댕그렁대는 풍경 소리만 밤을 깨우고 뜰에 핀 꽃들이 일제히 밤을 향해 피어난다. 나는 방 안의 촛대에 불을 당길 것인가, 말 것인가를 궁리하다 당기지 않기로 마음먹는다.

풀벌레 소리만 요란하고, 뒷산에서 가끔 짐승이 운다. 꽁지에 스스로의 형광으로 빛을 밝힌 반딧불이가 꽃 위에서 파란 인광을 발하면서 숫자를 그린다.

나는 맨발로 뜰에 나선다. 나는 반딧불이를 잡기 위해 심호흡을 한다. 기회를 보다가 이윽고 허공을 찢는다. 그러나 반딧불이는 내 손보다 빨리 하늘로 솟구친다. 포르르포르르, 반딧불이 꽁무니에 서 빛이 떨어진다. 나비의 몽정 같은 빛이. 그러나 나는 포기하지 않는다. 잡으리라. 잡고야 말리라.

새로운 반딧불이가 나타난다. 이번엔 한 마리가 아니다. 세 마리, 네 마리, 다섯 마리……. 많은 반딧불이가 어둠 속에서 그림을 그린다. 나는 오므린 손으로 허공을 향한다. 한 마리의 반딧불이가 나의 손아귀에 걸렸다. 잡았다. 나는 기뻐서 맨발로 뛰어오른다. 반딧불이를 잡았다. 어둠을 뛰어 노는 빛을 쥐었다. 나는 조심스레 손 안을 들여다본다. 손바닥 안에 든 반딧불이의 날갯짓으로 손이 마치 반투명체의 유리를 통과하는 것처럼 말갛게 비쳐 보인다. 손 금이 비쳐 보인다. 손톱이 비쳐 보인다.

어둠 속에서, 바람이 부는 어둠 속에서 켜든 한 개의 성냥불은 금세 타오르며 주위를 비추다 스러지나 나의 반딧불은 꺼지지 않 는다. 나는 빈 콜라병 속에 반딧불이를 채집한다. 한 마리, 두 마리, 세 마리…… 콜라병 속에 반딧불이가 모일 때마다 콜라병은 충실 한 내용물에 의해 질 좋은 램프처럼 빛을 발한다. 아아, 밤 어딘가 에도 빛이 있어 나의 램프를 밝혀주는가. 작은 벌레가 강산에 쌓인 눈에 파묻혀 자신의 체온만큼 주위의 눈을 녹이듯 나의 작은 등불 은 그 아름다운 빛만큼의 주위를 밝혀 들고 있다. 빛이 허락하는 자그마한 영지.

밖을 보면 어둠에 묻힌 숲과 나무들, 흐르는 물과 야행동물들, 서걱거리면서 달려가는 숲 사이의 바람, 음모와 탐욕에 젖은 밤의 광기, 그 속을 나의 등불이 비추고 있다. 낮에 내린 비로 온 산은 습기 찬 바람이 불어오고 하늘엔 짙은 어둠과 함께 빠른 바람에 엇샤 엇샤 달려가는 낮은 구름. 잠 못 이뤄 뒤척이는 노승의 기침 소리가 들려올 뿐.

산사의 밤은 깊어간다. 차곡차곡 밤이 몇 겹씩 채워져 간다.

4

산사에서 두 사람을 만났다. 한 사내는 무슨 병인가 몹쓸 병에 걸려 요양을 왔다고 했다. 그는 어깨 위까지 떨어지는 긴 머리칼을 하고 있었다. 얼굴이 병적으로 희고 키가 컸으며 몹시 마른 사내였다. 절에서 지내는 무료함 때문에 그 사내를 만날 때마다 말을 건네고 싶어 하는 눈치를 보이면 그는 스스로 피해서 지나치고는 했다.

나는 그를 만날 때마다 말을 걸고 싶은 충동을 억누를 수가 없었다. 그러나 그럴 만한 틈을 주질 않았다. 그는 나무를 깎아 만든 피리를 하나 들고 다녔는데, 밤마다 그가 부는 피리 소리가 듣기 좋아서 그와 많은 이야기를 나누는 친구가 되고 싶었다.

우리가 쉴 새 없이 쓸데없는 말들로 말의 홍수를 만들고 살고 있는 순간에 그는 내부의 타는 눈빛으로만 얘기하는 사람처럼 보였다. 그가 도대체 무슨 병을 앓고 있기에 3년도 넘게 이 절에 있는지는 모르지만 나는 그가 이 절에서 지낸 몇 년 동안 입이 퇴화해버린 것이 아닐까 하는 근심을 버릴 수가 없었다.

절에서 일하는 동자에게 그에 관해서 물었지만, 그 소년은 고아인 자신이 부모를 모르는 것처럼 그가 어디서 무엇을 하다가 온 것인지 모른다고 대답했다. 찾아오는 사람도 없고 간혹 편지만 올 뿐이라고 했다. 그 외에는 아무것도 그에 대해서 알려진 것이 없는데, 어쩌면 약간 돈 사람인지도 모른다고 말하며 껄껄 웃었다.

나는 그 이후부터 그와 얘기하고 싶은 충동을 느끼지는 않았다. 그러나 그와 마주칠 때마다 날로 그의 눈매가 따사로워지는 것을 느끼곤 했다. 나는 그와 한 마디도 나누지 못했고, 또 그가 원하지 않기에 앞으로도 그럴 것이지만 우리는 이미 벗이다. 나는 그것을 믿는다.

내가 산에서 만난 또 한 명의 사내는 약초를 캐는 산사람이었다. 내가 뒷산 깊은 숲 속에서 도라지꽃을 채집하고 있을 때 갑자기 거인 같은 사람이 불쑥 나타났다. 나는 놀란 나머지 채집한 도라지꽃을 떨어뜨렸다. 그는 수염이 덥수룩하고 어깨에서부터 허리까지 크나 큰 바랑을 걸치고 있었다.

먼 길을 걸어온 탓일까, 얼굴엔 피로의 빛이 역력하고 다리엔 억센 갈풀꽃들이 붙어 있었다. 다리엔 뱀의 습격을 피하기 위한 낡고 긴 장화가 신고 있었다.

"성냥이 있으면 빌려주쇼."

사내는 무표정한게 담배꽁초를 입에 문 채 말했다. 나는 주머니에서 성냥을 꺼내 주었다. 절에서 성냥은 요긴한 물건이었으므로 늘 주머니에 넣고 다니고 있었기 때문이었다.

그는 내가 준 성냥을 그어 담배를 맛있게 빨아들였다. 푸른 연기가 숲 사이로 피어올랐다. 그의 등 뒤로 햇살이 나무를 뚫고 부챗살처럼 비치고 있었다.

"약초를 캐십니까?"

"그렇슈."

그는 성냥을 내주려 했으나 나는 그에게 그것을 주었다.

"어디서 오는 길이에요?"

"제천서 산만 타고 오는 길이지."

"그럼 산 속에서 며칠을 주무셨겠네요."

"집 떠난 지 사나흘 됐을까."

나는 그의 바랑에 한가득 약초가 들어 있는 것을 보았고 그가 멘 한 자루의 부대 속에서도 반 이상 이름 모를 약초가 들어 있는 것을 보았다.

심심산곡에 산이슬만을 먹고 자라던 약초는 그의 눈길에 뜯겨지고 다듬어져서 한방약으로 보내어진다. 언젠가 나는 맡은 적이 있다, 이웃집 한약방에서 볕에 말리던 약재들의 냄새를.

"아저씨, 산삼을 캔 적이 있으세요?"

"있지."

사내가 퉁명스럽게 대답했다. "꼭 한 번."

"꼭 한 번밖에요?"

"한 번도 많아. 내 약초 캐는 걸 10년 했지만 10년 넘게 해도 한 번도 못 캔 사람들이 수두룩한 걸."

"산삼 캐는 얘기나 들려주세요."

그러자 사내는 더듬더듬 자기가 캔 산삼에 대해 얘기하기 시작했다.

산삼을 발견했을 땐 즉시 캐면 안 된다는 것. 목욕재계하고 몸을 정히 한 다음 그것을 캐야 한다는 것. 산삼을 놀라게 해서는 절대 안 된다는 것. 놀라게 하면 산삼이 도망가버린다는 것.

"정말이에요? 산삼을 놀라게 하면 산삼이 도망간다고요?"

"그럼. 나도 그런 경험이 있지. 약초를 캘 땐 잠든 산을 깨워서는 안 돼. 산이 깰세라 조심조심 캐야 한다는 거여."

나는 우리가 앉아 있는 산도 지금 깊은 수면 속에 빠져 있는 것 같은 느낌이 들어 잠시 주위를 살폈다.

"그럼 가야겠네. 성냥 고마워."

"언제 고향에 돌아가실 거예요?"

"모르지. 한 사나흘 더 있다가."

"산삼 꼭 캐세요."

"맘먹은 대로 되나."

"잘 가세요."

사내는 뒤도 돌아보지 않고 성큼성큼 무성한 수풀을 헤치면서 사라져버렸다. 나는 그가 사라지기 전까지 한 번 돌아봐줄 것을 기대했다. 그러나 그는 한 번도 돌아보지 않았다. 그러나 우리는 언젠가 또 한 번 만나리라. 그가 캐준 약초와의 인연으로.

5

승혜 씨.

안녕하세요? 그동안의 무더운 여름을 어떻게 지냈는지요. 공부는 열심히 하고 있는지요.

저는 지금 절에 들어와 있습니다. 절에 들어온 지도 벌써 20일이 넘었습니다. 20일 동안은 공부도 열심히 했고 책도 많이 읽었습니다. 가져온 책은 서너 권밖에 안 되었지만 읽고 또 읽고 읽어서 이제는 거의 외울 정도가 되었습니다.

방학 동안에 어디 안 가셨습니까? 그냥 서울에만 눌러 있었습니까? 승혜 씨는 아마 공부를 굉장히 열심히 했을 것 같군요.

산에서의 생활은 매우 만족스럽습니다. 처음 며칠간은 솔직히 적적해서 혼났습니다만, 이제는 며칠 있다 이 산을 내려갈 생각을 하면 오히려 서운해집니다. 그냥 몇 달 더 이 산에 눌러 있으면 싶습니다. 그러나 며칠 있다 이 산을 내려가야 합니다. 부모님과 한 달만 있다가 가겠다고 약속했으니까요.

승혜 씨.

도라지꽃을 동봉해서 보내겠습니다. 이 도라지꽃의 신선한 보랏빛이 승혜 씨에게 이 편지가 도착했을 때까지 여전할지 어떨지 모르겠습니다만, 어쨌든 이 편지 받으셨을 때 겉봉을 뜯는 순간 산의 정기가 승혜 씨의 코 안으로 스며들었으면 좋을 것 같은 생각이 드는군요.

오늘은 저 산등성이 너머까지 가보았습니다. 절에서 일하는 동자와 같이 갔습니다. 그 녀석은 이 절에서 사는 것을 무지하게 싫어해서 언젠가는 이 산을 타고 도회지로 나갈 것을 꿈꾸고 있습니다. 그래서 내가 서울에서 왔다고 하니까 자기를 서울로 데려다 달라고 조르는 것입니다.

나는 그녀석이 상상으로만 바라고 있는 도회지가 그다지 훌륭한 곳이 아니며 막상 찾아가면 때 묻고 더러운 환경에 실망할 거라는 사실을 알려줄 수 없습니다. 왜냐하면 녀석의 나이가 겨우 여섯 살이기 때문입니다. 이 산에 있는 나의 유일한 말벗입니다.

녀석이 아침에는 뱀을 잡으러 가자고 유혹했습니다. 나는 군화를 신고 그를 따라서 저 산 너머까지 가보았습니다. 물론 뱀을 한 마리 잡았습니다. 녀석은 그것을 절 안으로 가져가면 혼이 날까 봐

성냥불을 꺼내더니 구워 먹자고 했습니다. 익숙한 솜씨로 뱀의 껍질을 벗기고 그것을 굽기 시작했는데 어찌나 솜씨가 빠른지 놀랄 정도였습니다. 그는 다 익자 내게도 먹어보라고 주었는데 나는 먹지 않았습니다. 그러자 그 녀석은 별로 권유도 하지 않고 자기 혼자 한 마리를 다 먹어치웠습니다.

서산에 노을이 지기 바쁘게 우리는 출발했는데 절에 도착하니 벌써 캄캄한 밤입니다. 식사를 하고 누워 승혜 씨에게 편지를 쓰고 있는 것입니다. 낮의 행군으로 피로하지만 승혜 씨에게 편지를 쓰고 있다는 사실로 생기가 돌아오는 듯합니다. 마치 뱀을 구워 먹은 소년처럼요.

승혜 씨!

이 편지는 1주일에 한 번 오는 집배원 아저씨께 전해져서 닷새 후에야 승혜 씨에게 갈 것입니다. 답장은 하지 마십시오. 승혜 씨의 답장 오는 시기와 제가 떠나는 시기가 거의 같을 것이기 때문입니다.

서울에 도착하는 즉시 승혜 씨에게 전화 걸겠습니다. 그러면 나와주시기 바랍니다.

보고 싶은 승혜 씨!

절에서 석가에 관한 책도 보았습니다. 생노병사에 회의를 느껴

출타한 석가의 고행이 낱낱이 적혀 있었습니다. 내 나름대로 그의 사상을 종합해보면, 일체의 탐욕을 버리고 무(無)로 돌아가라는 것 같았습니다. 저 같은 범인은 감히 상상도 못할 경지이지만 깊은 감명을 받았습니다. 우리의 일체의 괴로움이 헛된 욕망에서부터 출발한다는 것이 어찌 틀린 얘기이겠습니까.

승혜 씨.

여름 방학도 갑니다. 승혜 씨가 있으므로 풍요로웠던 여름이, 그리고 나의 고교시절도 차차 지나갑니다. 이 밤이 지나면 다시 찬란한 아침이 오기를 믿듯이, 먼 훗날 우리의 이러한 대화가 좋은 추억으로 영원하길 빌겠습니다.

이 밤 안녕히 주무십시오. 승혜 씨의 건강을 빌고 또 빌겠습니다.

동순 올림

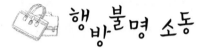

행방불명 소동

1

　산사에서 돌아온 지 이틀 후였다. 8월 중순의 낮 기운과 햇볕이 마지막 발악을 하며 서울을 푹푹 찌개 만들고 있었다. 우리 중의 몇 명은 학교에서 실시하는 고등학교 3학년 과외공부에 나가고 있었고, 몇 명은 아예 두문불출한 채 집에서 혼자 공부하고 있었다.

　망할 놈의 수영도 제대로 못 해보고 그 흔한 아이스하드 하나 제대로 못 빨아보고 우라지게 더운 여름과 씨름하노라니 아까운 우리의 청춘이 이대로 주저앉고 말 것 같은 비애감이 뭉클뭉클 솟아올랐다. 거리에서 고등학생 같은 청소년들을 보면 북한 인민군보다 더 지독한 원수처럼 보였으며, 고3생같이 보이는 녀석이라도 만나면 저 녀석들이 내 동포는커녕 언젠가는 나와 경쟁할 녀석이라는 엄숙한 숙명감 때문에 뒷골목 으슥한 곳에서 패주고 싶다는 생각이 들기도 했다. 더구나 그 많은 학력고사 과목의 참고서를 모조리 펴들고 앉아 있을라치면 까닭 없이 골이 쑤셔오고 내 자신의 능력이 이것밖에 안 되는가 하는 모멸감이 솟아오르는 것이었다.

물론 공부하는 방법도 각자 다르다. 문수 녀석은 영어사전을 숫제 통째로 외우겠다고 A부터 시작되는 단어를 외우고 있었으나, 기껏 ability라는 단어를 잊어버렸고 abandon이라는 단어를 잊어버렸고, 그래서 그는 한 많은 영어사전을 던져버렸다. 사실 그것은 무모하기 짝이 없는 공부 방법이었다. 물론 나이 많은 여러분이야 영어사전을 통째로 외우겠다고 처음부터 달달 외우는 사람을 어리석다고 할 것이다. 그리고 '이봐, 영어는 문장으로 외우는 거지, 단어 자체로는 외우기 힘든 거야.' 라는 식의 충고를 할 수도 있을 것이다. 하지만 급한 당사자로서는 그런 방법이라도 시도해보지 않고서는 불안하고 우울하고 초조하고 무서운 것을 어쩌란 말이냐.

동혁이 녀석은 수학 공식을 낱낱이 기입해서 눈에 띄는 곳, 이를테면 천정, 거울 위, 문손잡이, 변소 문에 모조리 붙여놓았지만 그렇다고 외워지는 것이 아니었으니, 이에 그 커닝페이퍼 만드느라고 골머리를 앓다가 나중에는 에라 모르겠다 벌렁 드러누워 울분을 달래고 있었다.

영구 녀석은 몇 월 며칠까지는 1페이지에서 19페이지까지, 며칠까지는 19페이지에서 38페이지까지라고 스스로 경제 5개년계획

을 확정했지만, 처음 며칠뿐 나중에는 배운 것을 다 잊어먹는 것 같
아 수학 참고서를 갈기갈기 찢어버렸다.

철수 녀석은 방 안에 '바쁜 벌은 슬퍼할 시간이 없다', '인내는
쓰다. 그러나 열매는 달다', '노력 끝에 성공', '인생이 그대를 속일
지라도 그대는 노하거나 슬퍼하지 말라', '한 걸음 또 한 걸음', '한
술 밥에 배부르랴' 라는 식의 고금동서를 총망라한 격언, 명언, 속
담들을 붙여놓고 자못 비장한 표정으로 죽기 아니면 살기 식의 정
신무장을 강화했지만, 작심삼일. 나중에는 자기가 아무리 결심하
더라도 결국엔 자기를 속이고 말 것이라는 자기혐오증에 걸려 아
예 멍하니 키에르 케고르의 〈자살예찬론〉 따위나 읽고, '오, 세상
은 허무해, 허무해.' 라는 햄릿 식의 독백을 남발하기 시작했다.

영민이는 좀 달라서, 자신은 아예 SKY에 가기 틀렸으니(SKY는
서울대학, 고대, 연대의 약자) 차라리 건빵 공장이나 차리든지, 국화빵
가게나 차리든지 하겠다고 했지만 오히려 제일 실속 있게 미래를
준비하는 편이었다.

그러니 우리 친구들은 모두 약간씩 돌아 있는 셈이었다. 그 전
처럼 모여서 즐거운 얘기를 나눠본 적은 별로 없었다. 모두 불안한
눈초리라 재미없는 얘기 몇 마디 나누다가는 자장면이나 한 그릇
먹고 헤어질 수밖에 없었다.

이상한 사건이 일어난 것은 바로 그 즈음이었다. 문수가 행방불
명되어버린 것이었다. 문수가 행방불명되기 며칠 전 우리(머저리 클

럼)는 학교 앞 분식 센터에 앉아서 냄비우동을 나눠먹었다. 그때 문수는 제일 늦게 나타났는데 글쎄 눈 위에 반창고가 나란히 붙어 있었다. 그 모습이 참으로 코믹했다. 눈썹이 있어야 할 곳에 나란히 붙은 두 개의 반창고 때문에 그의 얼굴은 마치 나이 많은 할아버지 같이 보이기도 했고, 완전히 백지상태 같아 보이기도 했다.

"웬일이냐?"

동혁이가 물었다. "니가 왜 이렇게 하루아침에 늙어버렸냐? 어디 가서 싸웠냐? 아니면 문둥병에 걸려버렸냐?"

"밀었다."

문수가 보지도 않고 대답했다.

"밀다니?"

동혁이가 의아해서 물었다. "불도저로 밀었냐?"

"면도날로 밀었다."

"어디 좀 보자."

동혁이가 문수의 얼굴을 들었다. 그러나 문수는 반항했다.

"손을 대지 마시오."

"니가 뭐 전람회 조각이라도 되냐? '손을 대지 마시오'게."

"어쨌든 손대지 마라."

그러나 동혁이와 영민이는 달려들었다.

"좀 보자. 서로서로의 겨드랑이 털까지 보여주는 우리의 의리다. 그렇게 재지 마라."

"재는 것이 아니다. 정 보고 싶으면 너희들도 밀어버리면 되지 않느냐?"

"도대체……."

철수가 물었다. "눈썹하고 원수졌냐? 애꿎은 눈썹은 왜 밀었냐?"

"공부하려고 밀었다. 눈썹이 다시 나려면 한 달쯤 있어야 한다. 그러면 창피해서라도 밖에 나가지는 않을 것이 아니냐."

"오늘은 그럼 왜 나왔냐?"

"너희들이 환장하게 보고 싶더라."

갑자기 문수가 영구의 목을 붙들고 뽀뽀를 했다.

"징그럽다, 징그러워, 이 녀석아."

영구가 벌레라도 피하려는 듯 놀라면서 몸을 솟구쳤다.

"정말 외롭고 쓸쓸해서 못 견디겠다. 요새 같아선 세상에서 제일 머저리 같은 녀석이 나인 것 같다."

"너 자신을 알라의 충실한 제자이시군."

"비아냥거리지 마라. 정말이다."

어느 틈엔가 창밖에는 추적추적 비가 뿌리고 있었다. 우리는 창밖으로 내리는 비를 멍하니 바라보았다. 나는 문수의 얼굴을 바라보고 있었다. '그렇다.'라고 나는 생각했다. 눈썹을 깎는다는 것은 결코 공부하는 것과 하등 연관이 없다. 눈썹을 깎아 모두 공부를 잘했다면 이 세상 사람들은 모두 눈썹을 깎았을 것이다. 언젠가 어느 축구 선수가 머리를 박박 깎은 적이 있다. 물론 그의 삭발과 축구공과는 아무런 관련이 없다. 하지만 그것이 바로 우리의 삶인 것이다. 괴로우면 무언가 자신을 학대하며 새로 일어서려고 한다. 팽이처럼 우뚝 서려고 한다. 눈썹을 깎지 않으면 안 될 만큼 우리를 사로잡는 것은 무엇인가. 복이 있기를. 문수에게 이 여름에 깊은 복이 있기를…….

바로 지난 저녁에 문수가 행방불명되었다. 그날 밤이 깊어서 전화가 왔기에 받았는데, 문수였다.

"웬일이냐?"

내가 묻자 녀석이 대답했다.

"니 목소리가 환장하게 듣고 싶었다."

잠시 뒤 덧붙였다. "난 내 자신이 미워 죽겠다."

문수의 목소리는 차분히 가라앉아 있었다. "막 떠들고 싶다. 잠자코 들어라. 너는 마땅히 들어줄 의무가 있다."

"거기 어디냐?"

전화선 저쪽에서 차의 경적 소리가 흐르고 있었다.

"묻지 마라, 동순아. 외로워 환장하겠다. 난 아무래도 부족한 놈인 모양이지. 뭐가 뭔지 모르겠다. 정말이다. 내가 어릴 때 이런 경험이 있다. 몇 살 때인지 기억은 안 나지만 아주 어릴 때로 기억된다. 그때 나는 불면증에 걸려 있었다. 정말이다. 어린 나이에도 불면증에 걸려 있었다. 이유는 밤이 무서웠던 것이다. 밤과 어둠이 내겐 아주 무서웠다. 그래서 밤엔 변소에도 절대 혼자 가지 못했다. 변소에 가려면 누이를 데리고 가야 했다. 그러면 누이는 굉장히 싫어했지. 나는 변소에 앉아 있었고 누인 변소 문 앞에 앉아 있곤 했다. 하지만 나는 내가 변소에 앉아 있을 때 누이가 혼자 슬그머니 사라져버리거나, 밤의 어둠 속에 삼켜버릴 듯한 무서움이 새삼스럽게 밀려오곤 했다. 그러면 나는 큰 소리로 '누이야' 하고 누이를 찾았다. 누이는 '왜 그래' 하고 대답을 해주었지만 그 대답이 끝나고 나면 나는 또 다시 누이가 이 어둠 속에 나를 혼자 내버리고 가버렸을 것이라는 두려움에서 다시 '누이야. 누이야. 거기 있니?' 하고 찾곤 했다. 그러면 누이는 내게 노래를 시키곤 했다. 차라리 가만히 앉아 있느니보다는 무언가 열중하라는 듯이 누이는 내게 노래를 시켰다. 나는 그러면 학교에서 배운 노래를 힘차게 불렀다. 기찻길 옆 오막살이 아기아기 잘도 잔다. 치익 포옥 치익 포옥, 칙칙폭폭, 칙칙폭폭. 기차소리 요란해도 아기아기 잘도 잔다. 나의 목소리는 변소 안에서 우렁차게 울리고는 했다. 그러다가 정말 누이가 없어진 것 같기도 해서 다시 누이를 찾으면 누이는 내게 안심하라는 듯 새로운 노래를 불러주곤 했다. '올해도 과꽃이 피었습니다. 꽃밭 가득 예쁘게 피었습니다.' 그러면 나도 그 노래에 맞추어 힘차게 2중창을 부르곤 했다. 이 기묘한 밤의 2중창은 밤마다 계속

되었다. 그때 느낀 생각은 이런 것이었다. 누이와 나는 왜 가까이 있으면서도 꼭 먼 곳에, 아주 먼 곳에 있는 것 같은 걸까. 철로 연변에 귀를 대고 있으면 저 먼 산모퉁이를 돌아오는 기차의 레일 소리를 쿵쿵 들을 수 있었으면서도 왜 누이는 어둠 저편에 있었던 것으로 생각되었을까. 그것이 바로 외로움이었던 것 같다. 노래를 같이 불러야 하지 않으면 무서운 것, 그것이 외로움이 아니고 무엇이겠냐. 동순아, 내가 마치 개똥철학자 같다. 그래서 오늘 밤 내가 너에게 전화를 건 거다. 이 밤중에. 그럼 끊겠다. 속 시원하다. 잘 자라."

문수는 자기 혼자 한참 동안 지껄여대더니 자기 혼자 끊었다. 나는 수화기를 든 채 좀 멍하니 앉아 있었다. 나는 안다. 그 녀석은 내게 전화를 걸고 나서 후회했을 것이다. 왜냐하면 나는 그가 아니기 때문에.

우리는 10원짜리 동전 2개를 집어넣고 전화가 통화되는 그 순간에 만났다가 그것이 끊어지는 순간에 다시 헤어진다. 나는 그날 밤 10원짜리 동전 2개를 들고 어두운 거리에서 공중전화를 찾아 헤매는 문수를 꿈꾸었다. 나는 꿈속에서 울었다. 그러다가 깼더니 눈에 눈물 자국이 그대로 남아 있었다. 새벽 한기가 머리맡에 자리끼처럼 고여 있었다.

눈떠 새벽 한참은

우리에게 제일 가까운

웃음과 웃음이 아직 없고

돌에 물 스미는가
물에 돌 젖는가
아스라한 헤아림을
세상의 공기 또한 창호지 가에
슬픔 반, 기쁨 반으로 밀려와
말없이 담담히 바라본다네.

나는 박재삼이라는 시인의 시를 떠올렸다.

그날 이후부터 문수는 사라졌다. 처음 문수네 집에서는 가까운 친구 집에서 자는 모양이라고 과히 걱정하지 않았지만 원래부터 외박은 하지 않는 아이였고 외박이 연 사흘씩이나 계속되자 놀라서 우리를 소집했던 것이다.

우리 머저리 클럽 멤버들은 머리를 맞대고 도대체 문수가 어디로 가버렸는지, 문수를 최후로 만난 사람이 누구였던가를 의논했다. 그런데 그날의 심야의 통화가 그와 나눈 유일한 마지막 대화였고 그 이후엔 그를 본 녀석도 말을 나눈 사람도 없다는 비관적인 결론에 도달했다. 그러자 친구 녀석들은 내게 그와 마지막 나누었던 통화 내용이 무엇이었던가를 꼬치꼬치 캐물었다.

"혹시 자살하겠다는 얘기가 아니었냐?"

동혁이가 눈이 벌개져서 물었다.

"재수 없는 소리 마라."

영구가 펄쩍 뛰었다. "문수가 자살할 녀석이냐?"

"그런데 그 녀석 하필 이럴 때 행방불명된 이유가 도대체 뭐냐?"

철수가 물었다.

"그야 뻔하지."

영민이가 대답했다.

"그게 뭔데…"

"날씨가 더워서 그런 거다. 날씨가 더워서."

"너 이 새끼야!"

동혁이가 눈을 부릅떴다. "지금 뭐 우리가 말장난 하고 있는 줄 아냐? 우리의 친한 친구 문수의 사활 문제를 논의하고 있는 순간이다."

"미안하다. 취소하겠다."

"어쨌든 동순에게 그녀석의 마지막 말을 들어보자."

동혁이가 나를 쳐다보았다.

"너 아까부터 마지막 말, 마지막 말 하는데 그런 말은 집어치워라. 마지막이 뭐냐? 마지막이."

철수가 흥분했다.

"취이소하겠다. 동순아, 얘기하라."

나는 별 수 없이 그날 밤 나누었던 얘기를 낱낱이 보고했다. 무슨 비장한 내용을 기대했던 친구들은 모두 실망한 눈치였다. 그래서 우리는 잠자코 매우 근심스러운 표정이었던 문수의 식구들 얼굴을 떠올리며 잠시 침묵을 지켰다.

"야야……."

동혁이가 침묵 끝에 기지개를 켰다. "나도 어디론가 행방불명되었으면 좋겠다."

그러나 우리는 그의 말에 아무도 동조하지 않았다.

"어쨌든 이 녀석 어디로 갔을 성싶으냐?"

철수가 말했다.

"난 아주 먼 곳으로 갔을 성싶다."

영구가 말을 받았다.

"먼 곳이라면 어디로 말이냐?"

"부산, 제주도 같은 곳으로 말이다."

"그건 틀렸다."

"아니 왜?"

"문수 어머니가 그러시는데, 돈도 아침에 천원 준 것밖에 없었다고."

"그거야 모르지. 그 녀석 안된 이야기지만 어디서 생겼는지."

"내 생각엔……."

동혁이가 말을 했다. "먼 곳으로 가지 않고 이 서울 어딘가에 있을 것 같다."

"그건 왜?"

"모르겠다. 단지 직감이다."

우리는 다시 별 수 없이 우울하게 턱에 난 몇 개의 수염을 만지작거리거나 얼굴에 돋은 여드름을 만지작거리면서 서로서로를 쳐다보고 있었다. 그때였다.

"가만있자. 좋은 생각이 떠올랐다."

영민이가 느닷없이 무릎을 쳤다.

"좋은 생각이라니, 도대체 뭐냐?"

우리는 모두 무한한 존경심을 가지고 영민이를 우러렀다.

"모든 사건 뒤에는 언제나 여자가 있는 법이다. 강혜련. 강혜련 양에게 물어보면 혹 문수의 행방을 어렴풋이 추적할 수 있을지도 모른다."

"그거 아주 좋은 생각이다. 누구 혜련이 전화번호 아는 사람 없냐?"

"여기 있다."

언제나 여학생 전화번호를 적고 다니고 있는 것을 자랑으로 알고 있는 동혁이가 수첩을 꺼냈다.

"누가 걸래?"

"동순이가 제일 낫겠다. 동순이가 걸어라."

별 수 없이 나는 만장일치의 추대를 받고 용약 공중전화 부스를 향해 출발했다. 물론 그 녀석들은 추대만 해놓고 동전은 투자하지 않았다.

나는 다이얼을 돌렸다.

"아, 저 강혜련 씨 있으면 바꿔주십시오."

전화가 떨어지자 나는 정중하게 낮은 목소리를 내었다.

"전데요."

바로 전화 받은 주인공이 대답했다. 반가웠다.

"아, 저 동순입니다."

"아, 안녕하세요."

혜련이의 목소리는 밝았다. 나는 잠시 망설였다.

"승혜하고 만날 약속 좀 해달라는 거예요? 왜 우물쭈물하시죠?"

"아, 아닙니다."

나는 당황해서 말을 더듬거렸다.

"허기야 만나고 싶으시면 동순 씨가 직접 연락을 하겠지만."

"아, 아닙니다. 제 일이 아닙니다."

"그럼요."

"우리 모두의 문제입니다."

나는 엄숙하게 말을 했다.

"모두의 문제라니요. 남북통일이 된다는 얘긴가요?"

"그게 아니라 바로 문수 얘기입니다."

"문수 씨요?"

"그렇습니다."

"왜요? 문수 씨가 어떻게 됐나요?"

"놀라지 마십시오."

나는 그녀를 놀라게 해서는 안 될 것 같은 생각에 제법 부드럽고 상냥하게 말을 꺼냈다.

"정말 놀라지 마십시오. 문수가, 문수가 행방불명이 되었습니다."

"뭐, 뭐라고요?"

"벌써 1주일째입니다. 행방이 묘연합니다."

"벌써 1주일째라니요?"

"그렇습니다. 그래서 전화를 거는 겁니다. 혹 문수를 만난 적이 없습니까?"

"있긴 있어요. 한 닷새 전이에요."

"닷새라고요? 그래, 문수가 뭐라고 그랬습니까?"

"그건, 그건 말하기 곤란해요."

"아니, 왜 그렇습니까?"

"그건 프라이버시예요. 하지만 이상한 말은 나눈 적이 없습니다."

"어쨌든 바쁘시지 않다면 지금 곧 이리로 좀 나와 주시겠습니까?"

"거기 어디예요?"

"여긴 무교동 도라지 분식 센터입니다."

"알고 있어요. 금방 나갈 테니, 기다려주세요."

"그럼 기다리겠습니다."

나는 전화를 끊었다.

"뭐래냐? 도대체 무슨 일이 있었대냐?"

다들 내게로 몰려들었다.

"곧 이리로 나온단다. 기다리기나 하자."

나는 의자에 털썩 주저앉았다.

문수, 이 자식! 어디로 가서 우리를 이렇게 골탕 먹이려 드는가 말이다. 염치도 없는 녀석 같으니라구.

혜련이는 금방 나타났다.

"앉으십시오."

우리는 모두 애도의 뜻을 표하면서 그녀를 선풍기가 제일 잘 도는 시원한 자리로 안내했다. 우리는 잠시 서로서로의 눈을 피하면서 우물쭈물하고 있었다.

"얘기해보십시오."

영민이가 제일 먼저 얘기를 꺼냈다. "닷새 전에 만나셨다면서요?"

"그랬어요."

"죄송하지만 어디서, 언제, 무엇 때문에, 누구를, 어떻게라는 육

하원칙에 의해서 대답해주십시오."

영민이는 민완형사처럼 굴었다.

"언제 만나셨습니까?"

"닷새 전 오후 일곱 시예요."

"죄송합니다. 어디서 만나셨습니까?"

"삼일로 빌딩 밑 분식 센터에서 만났습니다."

그러자 영민이가 마치 신문기자처럼 혜련이가 말하는 대로 메모를 했다.

"용건은 무엇이었습니까?"

"문수 씨가 배가 고프다고 밥 좀 사달라고 해서 만났어요."

혜련이가 약간 짜증을 냈다.

"그것뿐입니까?"

영민이가 재차 물었다.

"아니, 제가 왜 이런 질문에 대답해야만 하는 거죠?"

혜련이가 발딱 덤벼들었다.

"난 문수 씨가 배고프다고 해서 간단히 우동을 사준 것밖에 없어요. 그리고 문수 씬 내게 돈을 꾸어달라고 했어요."

"옛?"

우리는 모두 놀랐다. "돈을 꾸어 달라고 했다고요? 그래서 돈을 꾸어주셨습니까?"

"꾸어주었어요."

"얼마 정도 꾸어주셨습니까?"

"한 5천 원 정도 꾸어주었어요. 그 대신 1주일 내로 갚기로 했어요. 마침 오빠 레코드 가게가 그곳에 있어서 돈을 줄 수 있었어요."

"그리고 문수의 복장은 어땠습니까?"

"노란 티셔츠에 청바지 차림이었어요."

"책가방은 가지고 있었나요?"

"들고 있었어요."

"무엇을 드셨습니까?"

"저는 아이스크림을, 문수 씨는 냄비우동을 두 그릇 먹었어요."

"두 그릇이라고요? 알겠습니다. 그리고 뭐 나눈 얘기 없습니까?"

"있긴 하지만 말씀드릴 수 없어요."

혜련이의 얼굴이 다소 붉어졌다.

"아닙니다. 말씀해주셔야 합니다."

"말씀 못 드리겠어요."

"부탁입니다. 이건 문수를 찾으려는 이유 때문입니다."

"하지만 말씀을 못 드리겠어요. 다만 문수 씨의 행방을 찾는 데 도움이 될 만한 얘기는 아니었다는 것은 말씀드릴 수 있어요. 개인적인 이야기일 뿐이었어요."

"알겠습니다. 혜련 씨의 크나큰 조언을 바라겠습니다."

느닷없이 영민이는 손을 내밀어 혜련에게 악수를 청했다. 그러자 혜련이는 잠시 머뭇거리는 눈치더니 망설이다가 손을 잡았다.

다음 날 조간신문엔 다음과 같은 광고가 났다.

이문수 군을 찾습니다.

오른쪽 사진의 학생을 보는 사람은 전화 (92)458X로 연락해주

십시오. 연락하시는 분에게 후사하겠음.

문수야, 모든 것을 용서할 테니 돌아와 다오.

문수야, 너를 기다리는 이 부모들은 몸이 아프다.

2

문수는 우리의 노력에도 불구하고 동으로 꺼졌는지, 서로 꺼졌

는지 오리무중이었다. 여름방학이 거의 끝나고 신학기가 시작되려

할 때까지도 소식이 없었다. 행방불명이 되고 20일이 지나고도 소

식이 없다는 것은 정말 이상하고도 요상스러운 일이었다.

문수네 집에서는 거의 실신상태가 되어 눈물 그칠 새가 없었고

우리도 거의 매일이다시피 모여 머리를 맞대고 수군거렸지만 뾰족

한 생각은 떠오르지 않았다.

"망할 자식, 우리한테는 고사하고라도 부모님한테 엽서 한 장

이라도 띄워야 할 것 아니냐."

동혁이가 화가 나서 툴툴거렸다. 그것은 합당한 말이었다. 사

춘기 때 부모에게 스케이트 사달라고 조르다가 사주지 않을 때 잠시 의사를 관철하기 위해 한 이틀 가출하는, 목적이 있는 가출이라면 또 모른다. 이것은 목적도 없고, 의도도 없는 무작정, 무작정의 가출이었으니 친구인 우리의 가슴은 물론 부모님의 입장은 그야말로 캄캄절벽이었던 것이다.

어디서 무엇을 하고 있을까. 문수 녀석은······.

"혹 망할 자식, 죽은 게 아냐?"

철수가 행여행여 조마조마하게 눈치를 보다가 한 마디 하자 우리 모두는 깜짝 놀라 펄쩍 뛰었다.

"야야, 재수 없는 소리 마라!"

나머지 우리는 화를 냈지만 실은 은근히 겁을 집어먹고 있었던 것이 사실이었다.

문수네 가정에서는 가족회의를 열어 경찰에 가출 신고까지 했지만 경찰 측에서도 문수의 행방에 대해서는 아무런 단서도 잡지 못하고 있었다.

"아아, 나도 문수 녀석처럼 가출이나 했으면 좋겠다."

영구가 허리를 펴고 기지개를 켜면서 한 마디 했다. 무더운 여름도 다 가고 뚜렷이 한 일도 없으면서 여름방학을 무위로 보냈을 때 가슴에 스며드는 불안과 초조, 허탈감과 더불어, 지금 이 순간 어느 낯선 거리를 헤매고 있을 자유인(自由人) 문수를 생각할 때마다 어쩐지 질투가 나기도 하고 부럽기조차 한 것도 사실이었다.

아아, 우리들의 시대, 열아홉 살엔 왜 이렇게 구속이 많은 것인
가. 아아, 우리들의 시대, 열아홉 살엔 왜 이렇게 지켜야 할 의무도
사명감도 많은 것인가. 보라. 바깥세상은 우리와 무관하게 흘러가
고 있다. 하늘엔 구름, 검푸른 녹음, 뜨거운 햇살……. 아아, 우리들
의 시대, 열아홉 살엔 왜 이렇게도 우울한 일이 겹치고 있는 것인가.

생각해 보라.

일류 대학을 간다는 것이 도대체 무엇이란 말인가. 너는 우리
집 맏아들이다, 맏아들. 맏아들 구실을 해야 한다. 원, 제기랄. 일류
대학이 뭐 밥 먹여주나? 좋은 학교에 들어가, 군대에 갔다 와서 취
직을 하고, 한 달 30만 원짜리 월급쟁이 노릇을 하다가 결혼하는 인
생을 살기 위해 도대체가 머리를 싸매고 공부해야 한다는 사실은
무엇을 의미하는가.

퉤퉤퉤, 자기들의 실의를 아들들에게 보상 받으려는 나이 먹은
부모들의 음흉스런 속셈을 보라. 아아, 아아, 아아! 어디론가 숨어
버렸으면 좋겠군. 어디론가 도망가버렸으면 좋겠어.

교육 행정이란 것은 장관 바뀔 때마다 바뀌는데 내년이면 또 알
게 뭐야. 대학교도 무시험제가 될지. 길 막고 물어보라. 고등학교
졸업한 여학생에게 《로미오와 줄리엣》을 읽어보셨어요, 하고 물어
보면 십중팔구 로미오는 읽었는데 줄리엣은 아직 못 읽었어요, 하
고 말을 할 것이다. 물론 그 아가씨를 흉봐서는 안 된다. 아, 더럽다,
입시. 대학 입시 공부만 시키는데 어느 틈에 《로미오와 줄리엣》을

읽느냔 말이다. 그러면서도 신문에서는 요새 학생들이 어쩌구저쩌구 욕들을 하시는데 요새 학생 좋아하시네. 요새 학생 사랑하시네. 흥분한 김에 한 마디 더 하겠지만…… 뭐라고요, 뭐요? 아, 어른들이 듣고 있다고요. 알겠습니다. 에에, 이 순간 어른들은 저만큼 나가주십시오. 영화관엔 '미성년자 출입금지'라고 씌어 있지만 지금 이 순간엔 '성년자 출입금지'입니다. 어른들은 나가주세요. 다 나갔습니까? 네(대답소리). 전부 학생들만 모여 있습니까? 네(대답소리).

그러면 이제부터 친애하는 학생 여러분, 공해와 더불어 어른들을 모조리 쫓아버렸으니까 더우신 분은 러닝 바람에 양말까지 벗으시고 내 말을 들으세요. 여학생들도 얘기를 들으세요. 지금부터 스트레스에 시달린 여러분을 위로하고자 즉흥 오락회를 개최하겠습니다. 노래 부르실 분 나와주세요. 저요. 어느 학교 누구십니까? 태광고등학교 3학년 5반 26번 김갑철입니다. 무슨 노래 하시겠어요? 노래는 그만두고 한 마디 하겠습니다.

친애하는 학생 여러분.

자나 깨나 반공, 아니지 공부 전선에서 얼마나 수고하십니까. 생각해보십시오. 어른들은 얼마나 불쌍합니까. 우리는 이처럼 밝고 명랑하게 자라고 있는데 어른들을 보십시오. 어른들은 술을 마시고 누드 사진에 눈이 벌게 있고 때가 묻어서 슬슬 눈치만 보고 그들의 꿈을 송두리째 우리들에게 실현시키려고 전전긍긍하고 있습니다.

옳소!(우렁찬 박수소리)

　　며칠 전 저는 여름 방학에 여학생들과 교외로 놀러 가려 했습니다. S여고 다니는 아가씨들하고 말입니다. 와아!(웃음소리) 그런데 부모에게 물어보니 허락을 않는 것입니다. 왜냐고 내가 여쭤보자 불결하다는 겁니다. 정말 우리가 불결한지 어떤지 여러분에게 물어보겠습니다. 우리가 불결합니까?

　　천만에요.(대답 소리)

　　감사합니다, 친애하는 학생 여러분. 보다시피 어른들은 우리들을 색안경 끼고 바라보고 있는 것입니다. 얼마나 불쌍한 저들입니까. 시간만 있으면 낮잠이나 자려 하는 아버님과, 텔레비전 프로에 넋을 잃고 있는 우리의 어머님이 얼마나 불쌍합니까. 그래서 나는 차라리 그 놀이에 참석하지 않고 부모님의 기대에 어긋나지 않는 편이 낫다고 생각했던 것입니다. 다 같이 불쌍한 우리들의 부모님과 만천하의 어른들을 위해서 묵념합시다. 묵념!

　　풀잎

　　박성룡

　　퍽도 아름다운 이름을 가졌어요.

　　우리가 '풀잎' 하고 그를 부를 때는

　　우리들의 입 속에서는 푸른 휘파람 소리가 나거든요.

바람이 부는 날의 풀잎들은

왜 저리 몸을 흔들까요.

소나기가 오는 날의 풀잎들은

왜 저리 또 몸을 퉁퉁거릴까요.

그러나 풀잎은

폐도 아름다운 이름을 가졌어요.

우리가 풀잎, 풀잎 하고 자꾸 부르면

우리의 몸과 맘도 어느덧

푸른 풀잎이 돼 버리거든요.

묵념 끝!

이상으로 지하방송 젊은이의 광장 시간을 미치겠습니다. 안녕히 계십시오, 전국의 젊은이 여러분. 내일 이 시간까지 몸 건강하시고 불쌍한 어른들을 위해 비위를 맞춰주시기 바랍니다.

문수가 나타난 것은 8월도 거의 끝나가는 어느 날 밤이었다. 나는 그날 집에 누워《젊은 베르테르의 슬픔》이라는 책을 읽고 있었다.

얼핏 누군가 내 이름을 부르는 것 같았다. 처음에 나는 잘못 들은 것이겠거니 하고 모른 체 계속 책을 읽고 있었지만 신경이 거슬렸다. 왜냐하면 누군가 나를 찾아왔다면 초인종을 누를 것이기 때문이었다. 틀림없이 내 이름이었다. 큰 소리가 아니었다. 자신 없는 목소리였다. 그래서 나는 신발을 질질 끌며 대문 밖으로 나가 보았다.

그리고 나는 보았다. 문수가 희미한 가로등 밑에 혼자 서 있는 것을. 나는 너무나 놀란 나머지 그만 눈물부터 나왔다. 나뿐만이 아니었다. 문수도 나를 보자 울었다. 그리고 우리는 서로를 부둥켜안았다.

"너 이 자식, 죽지 않았구나."

문수의 몸은 여위고 말라 있었다. 초췌하고 남루해서 시장거리의 장사치 같아 보였다.

"도대체 어떻게 된 거냐?"

나는 정말 감격스럽고도 어처구니없어서 울음 반 웃음 반으로 녀석의 얼굴을 들여다보았다.

"자식, 돌아왔구나. 짜아식!"

나는 녀석이 내 애인 같아서 녀석의 볼에 내 볼을 마구 비볐다. 녀석의 턱에서 수염이 까칠까칠 부딪쳐왔다.

"얘기고 뭐고 배고프다."

"들어가자."

"싫다."

문수는 단호히 뿌리쳤다.

"싫다니."

"너희 왕초들이 내가 가출한 것을 알지 않느냐?"

"그럼 됐다. 나가자."

우리는 골목길을 걸어 행길로 나왔다. 이상한 일이었다. 문수를 못 본 지 20여일이 채 못 되었는데도 문수에게서는 함부로 대할 수 없는 이상한 기상이 넘쳐흐르고 있었다. 그의 말투는 옛날과 같이 익살스럽고 우스꽝스러웠지만 그의 태도엔 나를 이끄는 위압감이 있었다. 나는 이상하다고 고개를 저었다. 컸다. 이상하게도 커버렸다. 마치 어른처럼 문수는 의젓해졌다, 하고 나는 직감적으로 느꼈다.

우리는 거리에 있는 조그만 음식점에 들어갔다. 문수는 라면을 곱빼기로 시켰다. 밝은 데서 바라본 문수는 안경 너머로 찌를 듯이 안광이 빛나고 있었다.

"참으로 오랜만이다."

씨익 문수가 웃었다. "그동안 뭘 했냐?"

"말 말아라. 고생 좀 했다."

"어디 있었냐?"

"안 다녀본 데가 없다."

"어디 어디 갔었냐?"

"춘천, 강릉, 양양, 영덕, 포항, 대구, 부산, 여수, 목포, 광주. 제주도만 빼고 다 다녀왔다. 지금 청량리에서 내리는 길이다."

"자식, 돈이 어디서 났냐?"

"혜련이한테 5천 원 꾼 것하고 주머니에 2천 원쯤 있었다."

"그것 가지고 다 어떻게 돌아다녔냐?"

"천천히 물어라. 배고파 환장하겠다."

"너 집에서 얼마나 걱정했는지 아냐? 편지 한 장이라도 띄웠어야 했을 것 아냐?"

"잘못했다. 잘못인 줄 알면서도 편지를 안 띄웠어. 일부러 속 썩이려고 그런 것은 아니었다. 다만 나 혼자 할 수 있는 일이 얼마만큼 될까 하고 시험해보고 싶었다."

"그래서?"

"자신을 얻었다. 대한민국 땅덩어리가 좁기는 하지만 돌아다니면서 많은 풍속과 인습을 보고 배웠다. 그리고 자신을 얻었다. '하면 된다'라는 확신을 얻었다. 그동안 속을 썩인 것은 미안하게 생각한다. 하지만 어느 날 아침 벌떡 일어나 나를 구속하는 것과 모두 헤어져 먼 곳으로 떠나고 싶은 충동을 느꼈을 때 이번만큼은 아무에게도 알리지 않고 떠나고 싶었다. 나는 바다와 하늘, 숱한 나무와 초가지붕을 보았다. 배도 타봤고, 도움도 많이 받았다. 우리가 싫어하는 보리밥이 꿀맛인 것을 알았다. 우리가 요따위 고생쯤으로 고민하는 것은 정말 한갓 검부스러기만큼 느껴졌다."

"정말 귀한 경험을 했구나. 그래 밥을 먹고 집으로 들어갈 거냐?"

"그래서 왔다. 그 문제가 좀 곤란하다."

문수는 우울하게 탁자를 응시했다.

컸다. 문수는 우리들의 시대에서 한 발자국 넘어서고야 말았다. 저 늠름하고 침착한 눈짓을 보라. 나는 침을 꿀꺽 삼켰다.

"부끄러운 이야기지만 내 발로 집에 들어가기엔 어딘가 쑥스럽다. 그래서 동순이 네 도움을 받으려고 왔다."

"어떻게 말이야?"

"너하고 같이 우리 집에 갔으면 한다."

"그리고?"

"네가 먼저 집에 들어가서 내가 왔음을 알려주기 바란다."

"그건 어째서냐?"

"내가 내 발로 혼자 들어가면 어머니는 더욱 놀라실 것이다. 어머니는 너도 알다시피 몸이 약하시다."

"알겠다. 밥 먹고 같이 가자."

"그리고 동순이 너, 공부 많이 했냐?"

"조금 했다."

"그동안 밀린 것을 복구해야겠다. 그러기 위해서는 네게 도움을 청해야겠다. 그리고 이것들은 내가 여행 중에 사귄 친구들의 주소록이다."

문수는 웃옷의 주머니에서 헐은 종이조각을 끄집어냈다. 그곳엔 깨알처럼 작은 글씨로 주소들이 새까맣게 적혀 있었다.

"답장을 해주어야겠다. 모두 좋은 친구들이다. 이 세상엔 좋은 자식들이 참 많았어."

"자식, 그것 봐라. 이 세상에 있는 사람은 모두 네 벗이지 않니? 이 세상에 혼자가 아니라는 사실을 드디어 발견했구나."

"그래."

문수는 음식 기다리기에 지친 듯 단무지 한 조각을 덥석 깨물었다. "그동안 있었던 일을 대충 얘기해다오."

"너희 부모님께선 병이 났어. 신문에도 1주일이나 광고를 냈다니까."

"알겠어."

문수는 고개를 떨어뜨렸다. "내가 잘못하긴 했어."

"친구들도 모두 걱정했다. 혜련이도 만나보고."

"혜련이를 만났다고?"

"그래, 걱정이 돼서 견딜 수 있어야지."

"뭐라고 그러더냐?"

"우동 두 그릇을 사주었다고 하더라."

"핫하, 핫하하!"

문수는 배고픈 사람치고는 느닷없이 크게 웃었다. 그러는데 곱빼기로 시킨 라면이 왔다.

"미안하다. 혼자 먹어서……"

문수는 별로 미안한 표정도 아니면서 눈 깜짝할 사이에 한 그릇을 해치웠다.

나는 그가 밥을 먹는 것을 바라보면서 한편 대견하기도 하고 한편 어처구니없어서 자꾸 어깨를 들먹이면서 웃었다.

그가 다 먹기를 기다려 우리는 나왔다. 거리엔 여름밤의 달짝지근한 훈기가 넘쳐흐르고 있었다.

"아아, 여름이 다 갔구나."

문수는 주머니에 손을 찌르고 걷다가 문득 중얼거렸다.

"그래 입추도 지났다."

"이젠 또 가을이구나."

우리는 말없이 도시에 걸린 달을 쳐다보았다. 달은 도시 속에서서 빛바랜 색으로 우리를 마주 보고 있었다.

"우리 집까지 갈 차비가 있냐?"

"버스표가 있으니 문제없다."

"됐다. 그럼, 가자."

우리는 버스 정류장에서 혜화동으로 가는 버스에 올랐다.

"서울을 고향이라고 생각해본 적은 한 번도 없었다."

문수와 나는 마침 빈자리가 났기에 앉았다. 문수는 물끄러미 차창 밖으로 스쳐 지나가는 야경을 바라보다가 혼잣말로 중얼거렸다. "하지만 서울도 이제는 고향 같은 기분이 드는구나. 참 아늑하고 기분 좋다."

버스 안에 음악이 흘렀다. 문수는 내 어깨에 머리를 기대고 끄덕끄덕 졸기 시작했다.

　나는 문수의 머리를 어깨로 받으면서 무언가 가슴속에서 우리가 우리도 모르는 새에 크고 있는 것이 아닐까 하는 느낌을 받았다. 밤중에 호박덩굴이 움썩움썩 크듯 그리하여 우리가 잠든 새에 호박덩굴이 수수깡 울타리를 타고 넘듯 우리의 성장은 우리가 모르는 새에 이루어져서 우리의 키를 넘고 있을지도 모른다. 우리는 한참 클 때 문지방에 기대서 키를 재었다. 그곳에는 지금도 키가 자란 눈금이 그어져 있다. 우리가 우리를 객관화시켜 볼 수 없듯이 우리의 성장을 객관화시켜 볼 수는 없을 것이다.

　시계의 시침은 자세히 들여다보면 움직이지 않는 것처럼 보이지만 사실은 움직이고 있는 것이다. 그렇다. 우리도 그렇게 자라고 있을 것이다.

　버스가 혜화동 로터리에 이르렀을 때 나는 문수를 깨웠다. 그의 집으로 들어서는 골목 어귀에 이르렀을 때 그를 올려다보았다.

　"떨리지 않냐?"

　나는 웃었다.

　"떨린다."

　"돌아온 탕자로서의 기분이냐?"

　"어쨌든 빨리 어머니를 보고 싶다."

　집 근처에 가까워지면 질수록 우리의 걸음걸이는 점점 느려지고 있었다. 그의 집 앞의 교회에는 불이 켜져 있었고 찬송가가 흘러

나오고 있었다.

"저녁 예배가 열리는군."

문수가 조용히 중얼거렸다. 오랫동안 떨어졌던 생활이 차츰차츰 그의 곁으로 침식해 들어가고 있었다.

우리는 교회 앞을 지나 그의 집 대문 앞에 섰다. 나는 잠시 그의 얼굴을 쳐다보았다. 어둠에 가려 잘 보이지는 않았으나 그의 얼굴에선 벌써부터 눈물이 흘러내리고 있었다.

"어때? 각오는 되었냐?"

"되었다."

문수가 목멘 소리로 대답했다.

"누를까?"

나는 초인종을 손으로 가리키면서 물었다.

"눌러야지."

문수가 대답했다. "암, 눌러야지."

"그럼 저만큼 떨어져 있어라."

문수는 어둠 속에 웅크리고 서 있었기 때문에 밝은 이쪽에서는 보이질 않았다. 나는 초인종을 눌렀다. 손끝에 가벼운 경련이 두 번 세 번 일었다. 그러자 한참 만에 발소리가 나더니 문이 열렸다.

"누구세요?"

문수 어머니 소리가 났다. 나는 동전보다 큰 달이, 이미 추색(秋色)이 완연한 달이 나를 마주보며 빙그레 웃는 것을 노려보았다. 나는 심호흡을 했다.

"접니다. 동순이에요."

"웬일이냐, 이 밤에? 들어와, 들어와라."

"아닙니다. 저⋯⋯어머니, 놀라지 마십시오."

"놀라지 말라니?"

나는 크게 웃었다.

"제가 무슨 말을 해도 놀라지 않겠습니까?"

"무슨 소리냐?"

"문수가 돌아왔습니다."

나는 크게 소리를 질렀다. "문수가 왔습니다. 어머니, 문수가 돌아왔어요. 그것도 혼자 온 게 아니라 크나큰 성장과 크나큰 어른스러운 침묵을 안고 돌아왔어요, 어머니."

그 다음 이야기를 나는 여러분께 말씀드리지 않겠다. 이후에 빚어진 일에 대해서는 그냥 알아서 상상해주기 바란다. 어머니는 순간 선 자리에서 펄쩍 주저앉으셨고, 문수가 느닷없이 어둠 속에서 튀어나와 어머니를 껴안았고, 기쁨에 섞인 눈물바다가 터져 흘렀음은 두말할 나위도 없는 일이다.

문제는 나의 처신인데, 그거야 간단하다. 그들 모자가 감격에 겨워 있을 때 슬그머니 빠져 나오는 것뿐. 나는 그날 비탈길을 내려오면서 휘파람을 불었다. 내 휘파람 소리는 밤과 어둠 사이로 빠져 달아나고 있었다.

PART-4 우리들의 시대

다들 고등학생이라기엔 늙어 있었다.

침몰한 폐선들 같았다.

턱수염은 마치 기른 것처럼 자라 있었고, 행동들은 느릿느릿했다.

이상하게도 아침마다 세수를 거르는 애들이 없었는데도

다들 세수를 사나흘 거른 애들처럼 보였다.

나는 고개를 들어 겨울 하늘을 노려보았다.

마른 가지에 나뭇잎이 한 개 붙어서 바람에 대롱대롱 흔들거리고 있었다.

기억하고말고. 저것은 꼭 기억해두지. 다른 친구가 모르는 바로 저것을 기억해두자.

재미있는 사건

새로운 가을이 온다. 봄이 가고 여름도 간다. 수런대는 발자국 소리를 남기면서, 찬란하고 풍요했던 여름이 스러져간다.

신문에 학력고사 날짜가 11월 20일로 정해졌다는 기사가 실렸다. 그렇다면 불과 두 달도 채 안 남은 것이다. 본격적인 입시가 눈앞에, 아니 코앞에 다가온 것이다. 이젠 주저앉아서 '제기랄'이라는 불평만 남발할 수는 없다. 죽이 되건 밥이 되건 한번 부딪쳐보는 거다.

나는 학교 뒤 운동장에 누워 있었다. 토요일 오후의 빈 교정은 조용하고 쓸쓸했다.

푸른 하늘은 티 한 점 없이 맑게 개어 있었고, 한참 들여다보면 몸이 풍선처럼 둥둥 떠올라 하늘 속으로 빨려 들어갈 것 같다. 하늘에 금속을 반짝거리면서 비행기 한 대가 지나가고 있다. 먼 교실 쪽에서 하급생들의 고함소리가 간혹 들려올 뿐 주위는 너무나 조용하다. 들었던 영어 참고서를 놓으며 나는 방심한 상태로 하늘과 붉게 물드는 나뭇잎을 쳐다본다. 몇 송이 낙엽이 부는 바람에 하늘하늘 멀어져 숲 사이에 눕는다. 나뭇잎은 숲 사이에 누워 썩을 것이다. 그리고 새로운 잎으로 돋아날 것이다.

아아.

나는 길게 기지개를 켠다. 아아, 새로운 가을이 다가왔다. 장화소리 저벅이며, 검은 망토를 펄럭이면서. 모든 숲은, 나뭇잎은 가을에 고요히 고개를 숙이고 깊은 기도를 드리고 있다. 어떤 시인이 낙엽 떨어지는 소리를 관에 못 박는 소리로 비유했던가.

새 학기 가을엔 참으로 재미있는 사건이 벌어졌다. 동혁이와 관련된 일이었는데 그 내용은 다음과 같다.

마침 버스에서 내려 동혁이는 문수와 같이 학교에 오는 중이었다. 아침 등굣길은 바쁘기 마련으로 둘은 별로 얘기도 나누지 않고 걸어가고 있었다. 등굣길은 인근 여학교로 향하는 여학생들의 수많은 인파로 넘실거려 매우 붐비고 있었다. 더군다나 남학생들의 발걸음과 여학생들의 발걸음은 서로 엇갈리기 마련이었다. 이상한 것은 남학생 무리 중에 여학생이 하나 끼어 있을 때는 자연스러운데 여학생 무리 중에 남학생 하나가 끼어 있게 되면 그 남학생은 어딘지 주눅이 들고 영 바보스럽게 되어버리는 것이다.

아침 등굣길도 마찬가지였다. 수많은 여학생과 남학생은 자기네 학교를 향해 엇갈린 걸음을 걷게 된다. 그런데 거기에서 문제가 생기는 것이다. 여학생들은 오히려 재잘재잘 떠들면서, 수다를 떨면서, 수틀을 들고, 혹은 주판을 들고 자기네들끼리 희희낙락하며 등교하는데 반하여 남학생들은 육사생도처럼 허리를 곧추세우고 공연히 화난 표정으로 그 사이를 뚫고 지나가는 것이다. 그러면서 한 3년간 등굣길을 지나다 보면 으레 낯익은 사람을 점찍어 두게 되는 게 보통이다. 등교시간은 대개 일정해서 그 시간에 그 여학생이 버스 정류장에 있다거나, 그 시간엔 어느 여학생이 어제와 마찬가지로 다정한 모습으로 길 모퉁이를 돌아오고 있더라는 사실에 익숙해져 있는 것이다.

그런데 문제는 바로 그럴 즈음에 일어났다. 동혁이와 문수가 책가방을 끼고 마음속으로 구령에 발을 맞추며 잰걸음으로 학교로 오고 있는데 앞에 가던 여학생 하나가 순간 길거리에 쓰러지고 말았던 것이다. 처음에 놀라기도 했지만 동혁이와 문수는 아마 돌부리에 채이거나 발을 헛디뎌 넘어졌으리라 생각하고 무심코 스쳐 지나가려 했다. 그런데 그 여학생은 쓰러진 채 움직이지 않았다.

요새의 거리에서는 웬만한 싸움이나 교통사고가 나도 서로 눈깜짝하지 않는 판이었다. 그러니 여학생이 쓰러졌는데도 같은 학교 여학생들은 빙판에 넘어진 사람을 보듯 무심코 스쳐 지나가는 것이었다.

"어떡할까?"

동혁이가 순간 문수를 돌아다보았다. "어디 아픈 모양이다."

"놔둬라, 놔둬."

문수가 말했다. "발을 삔 모양이다. 내버려두면 낫겠지. 그리고 우물쭈물하다간 지각이야, 인마."

웬일인지, 문수는 평소의 의협심은 버려두고 만류했다.

"안 돼. 병원에 데려가야겠다."

순간 동혁이는 성큼성큼 그 여학생 쪽으로 다가갔다. 그는 처음엔 무척 망설이다가 결심한 듯 여학생을 들어 등에 업었다.

"내 책가방 좀 들어다오."

동혁이는 별로 힘들이지 않고 여학생을 업고는 거추장스런 책가방을 문수에게 맡겼다.

여학생의 얼굴은 하얗게 질려 있었다. 이미 의식을 잃고 있었는지 동혁이가 업어도 눈을 뜨지 않았다.

생각해 보라. 아침 부산한 등굣길에 성숙한 여학생을 둘러업은 남학생의 모습을.

지나가던 여학생들은 영문도 모르고 웃었다. 창피한 쪽은 오히려 문수였다. 그는 동혁이의 책가방까지 합쳐 들고 어슬렁어슬렁 동혁이의 뒤를 따라야 했다. 지나가던 하급생이 거수경례를 하면서 빙긋이 웃었다.

"인마, 왜 웃어?"

문수가 화나고 창피해서 한 마디 했다.

"재미 많이 보십쇼, 선배님."

하급생은 여전히 웃으면서 스쳐 지나갔다.

이런, 젠장! 간밤에 꿈이 사납더니 별 괴상할 일도 다 있군. 동혁이는 운동으로 다듬어진 몸이라 별 힘도 들이지 않고 건널목을 건너 성큼성큼 병원으로 가기 시작했다. 그는 마치 일제시대 때의 익숙한 인력거꾼처럼 보였다. 지나치는 버스에 탄 승객들이 입을 가리며 웃었다.

병원으로 들어서서 응급실로 들어갔을 때 마침 의사와 간호사가 앉아서 조간신문을 읽고 있다가 깜짝 놀랐다. 동혁이와 문수는 여학생을 침대 위에 눕히고 손을 툭툭 털면서 그간의 경위를 얘기했다. 의사는 누운 여학생의 맥박과 체온을 재고 입을 벌려보더니 혼잣말로 가스 중독인 것 같다고 중얼거렸다.

"어떻습니까?"

동혁이가 마치 보호자나 되는 듯이 근심스레 물었다.

"위독하지 않습니까?"

문수가 건방지게 한 마디 보태자 동혁이가 팔꿈치로 옆구리를 쥐어박았다.

"괜찮을 것 같다."

의사가 빙그레 웃으면서 말을 했다.

"됐습니다. 그럼 됐어요."

동혁이가 그제야 땀이 찬 맨손을 벅벅 문질러 씻으면서 한숨을 쉬었다. "그럼 저희들은 가겠습니다."

동혁이가 꾸벅 인사를 했다.

"잠깐."

의사가 돌아가려는 동혁이를 불렀다. "이름하고 주소를 써 두고 가라."

"그건 왜요? 보호자도 아닌데요?"

"그래도 필요할지 몰라."

"관두겠습니다. 저 여학생이 지금 정신이 없길망정이지, 깨어난다면 얼마나 부끄러워하겠습니까?"

문수가 생색을 냈다. "무슨 새벽에 영화 촬영하는 것도 아닐 텐데, 그러니 우리 이름을 아예 모르는 게 낫지 않겠습니까?"

"그래도 적어놓아라."

간호사가 종이와 연필을 들고 왔다. 별 수 없이 둘은 학교와 주소, 성명을 쓰고 물러나왔다.

이미 시간이 꽤 흘러 있어 지각은 따 놓은 당상이었다. 들어가면 그 꼬장꼬장한 담임선생님으로부터 잔소리 한 사발쯤은 각오해야 한다. 그런데 아아, 청량한 가을 아침 공기는 얼마나 시원하고 맑은지.

"야, 문수야. 우리 학교 땡땡이치고 영화 구경이나 갈래?"

동혁이가 한 마디 했다.

"싫어. 난 학교 가겠다. 공연히 니가 우국지사인 체하는 바람에 이제 잔소리 듣게 됐다. 운수 나쁘면 빳다 다섯 대 정도는 각오해야 할지도 모른다. 책임져라."

"그럼 어떡하냐? 그 여학생이 아파서 쓰러진 걸."

"인마, 니가 아니더라도 누군가가 병원으로 데려갔을 게 아니냐?"

"야야, 요새 세상에 그런 사람이 어디 있냐, 어디 있어? 그건 그렇고……."

동혁이가 은근하게 한 마디 물었다. "그 여학생 예쁘더냐?"

"이 자식 보게. 너 속셈은 딴 데 있었구나. 생명의 은인 어쩌고 저쩌고하면서 은근히 딴 걸 노렸구나. 너 그러다가 말숙이한테 혼난다, 혼나."

"야, 난 등에 업었는데 예쁜지 어떤지 알 수 있겠냐? 뭐 내가 뒤통수에 눈이 달렸는지 아니?"

"야, 무겁데?"

"가볍더라."

"어쨌든 넌 그래도 운수가 좋아. 난 재수 없게 니 무거운 책가방만 들고 쫓아다녔다. 내가 초롱 밝혀든 방자냐? 넌 이 도령이고? 참, 더러워서."

문수가 침도 뱉지 않고 툴툴거렸다.

"야, 이따 점심시간에 주스라도 하나 사 들고 문병 가자."

동혁이가 한참 만에 중얼거렸다.

"어, 이 자식 봐라. 이젠 한술 더 뜨네? 주스 좋아하시네."

문수가 비아냥거렸다.

등교시간이 지난 거리는 거짓말같이 한산했다. 아아, 막 아침 햇살이 타오르는 이 무렵에 학교로 들어간다는 것은 억울하고 섭섭한 일이다. 도시락도 있겠다, 에이, 먼 곳으로 가서 풀밭에 누워 도시락이나 까먹으며 낮잠이나 잤으면 한이 없겠군. 어쨌든 둘은 늦게야 학교에 도착했고 꼬장꼬장한 담임선생님에게 빳다는 맞지 않았지만 한 시간 넘어 꾸중을 들어야 했다.

그런데 일이 묘하게 되어갔다. 동혁이와 문수가 까마득히 이 일에 대해 잊어버린 지도 오래인 1주일가량 후 느닷없이 동혁이와 문수는 문교부로부터 선행 학생 표창장을 받게 되었고, 그 여학교 측에서는 그 여학교 교장 이름으로 된 감사장과 더불어 그 여학생의 부모로부터 장학금 명목하에 5만 원씩을 수여하겠다고 한 것이다. 그 일은 월요일 날 조회 시간에 일어났다. 이 엄청나게 꿈같은 일이 정말 눈앞에 실현이 되어 다가왔던 것이다.

중고등학교 통틀어 개근상 하나 받아본 기억밖에 없는 동혁이와, 또 동혁이는 그럴 권리가 있다손 치더라도 그냥 옆에서 책가방이나 들어다준 문수까지 '타의 모범이 되었으므로 선행학생 표창장을 수여한다. 문교부 장관'이라는 내용의, 우등상장쯤이야 새발에 피인 상장을 받게 된 것은 도대체 무슨 신의 조화란 말인가.

월요일 아침 조회시간은 그야말로 축제 분위기였다. 여학생의 학교인 E여고에서 교장 선생님을 대신하여 교감선생님이 출석했고 밴드부까지 쿵짝쿵짝 연주해주었으니…… 오, 신이시여, 내게 복을 주시려면 내 옆에 걸어가는 여학생이 구공탄 냄새 약간 맡고 현기증 일으켜 쓰러지게 해주십시오.

하지만 아무리 빌어본댔자 그런 기회가 흔치 않은 걸 어쩐란 말인가. 게다가 그 여학생 부모들이 장학금이라는 명목으로 일금 5만 원씩을 주었으니, 이 또한 무슨 해괴한 변고인고. 하지만 동혁이와 문수의 이 장쾌한 쾌거는 정말 치하하고도 남음이 있었다. 그날 저녁 우리 머저리들은 오랜만에 모여 자축 파티를 열었다.

"살다 보면 이런 일도 있어야지, 안 그래?"

영민이가 한 마디 했다. "그런데 아참, 더럽다 더러워. 이젠 나 혼자만 상 못 받아 본 홀아비 신세로구나."

창밖으로 비가 내리기 시작했다.

가을을 재촉하고 추위를 재촉하는 비였다. 우리는 한바탕 떠들고 웃고 하다가 일제히 창밖을 내다보았다. 우리는 막연히 이런 생각을 하고 있었다.

우리들의 시대는 가고 있다. 어수선한 발자국을 남기면서 쫓기듯이 사라지고 있다.

우리는 마치 애어른 같은 모습으로 멍하니 창밖에 내리는, 아니 가슴으로 내리는 비를 쳐다보았다. 이제 조금 있으면 학력고사, 졸업식, 입시, 그러면 우리는 마음대로 다방에 가고, 담배도 피우고, 영화관에도 가는 어른의 시대를 맞이한다. 아아, 우리가 우리 자신의 지나간 과거를 다시 볼 수 있다면. 마치 TV에서 슬로우 비디오로 스쳐 지나가는 순간을 재현시키듯 우리 자신들의 빛나는 과거를 다시 보여줄 수 있다면.

낙엽 한 장

10월은 이상하게도 노는 날이 많다. 노는 날이 많다고 나쁠 것은 조금도 없다. 달력을 보면 10월엔 공휴일임을 알리는 붉은 글씨가 드문드문 심심치 않게 산재되어 있다. 간혹 운수가 좋으면 공휴일이 연달아 겹쳐질 때가 있다. 황금의 시간이다. 아버지는 벼르고 별렀던 낚시를 떠났고, 누이는 설악산으로 떠났다.

요즈음 누이는 수상해져서 연애를 거는 모양인지 공연히 웃는 횟수가 많아졌다. 거리에 나서면 관광을 떠나는 등산복 차림의 사람들로 홍수를 이루었고 먼 곳으로 떠나는 전세버스가 가을의 햇볕 밑에 누워 있기 일쑤였다.

사람들은 떠나고 또 떠난다. 가을을 찾아서. 서울의 가을은 이미 열기에 그슬리고 찌들어 빛이 나지 않는다. 그러나 우리는 뭐

냐? 그 좋은 공휴일, 그 좋은 가을 날씨에도 별 볼일이 없다. 학력고
사가 한 달도 모자라게 남아 있으니 어쩔 것이냐. 아아, 제기랄. 대
신 복을 주시려면 점수 복을 주시옵소서.

공휴일 아침 나는 늦잠을 잤다. 간밤에 늦게까지 책상머리에 앉
아 있었던 탓에 거의 열두 시가 되어서야 일어난 것이었다.

아침을 먹고 정원에 나와 긴 의자에 몸을 뉘었다. 정원의 꽃들
은 가을 햇볕 속에 유리제품인 양 투명하게 반짝이고, 어디서 날아
왔는지 모를 고추잠자리 한 마리가 코스모스 위를 맴돌고 있다.

고추잠자리. 참으로 오랜만에 본 서울의 고추잠자리. 꽁지가
빨간 고추잠자리.

그 고추잠자리는 코스모스 꽃잎 속에 파묻혀, 바람을 타고 하늘
하늘 춤을 추고 있었다. 나는 맨발로 살금살금 잔디 위를 걸었다.
손가락을 오므려 고추잠자리를 겨냥했다. 순간 나는 고추잠자리를
낚아챘다. 그러자 고추잠자리의 날개가 손 안에 푸드득거리며 걸
려들었다.

잡았다! 나는 뛰어올랐다.

잡았다! 고추잠자리를.

자세히 들여다보면 어딘지 우스꽝스러운 잠자리 한 마리. 머리
는 툭 불거져 있고 두 개의 눈은 크며 날개에는 수많은 무늬가 새겨

져 있고 몸통은 연지로 그린 듯 붉다. 잠자리는 날개를 퍼득인다. 나는 쥐었던 손가락을 풀어버린다. 그러자 잠자리는 손끝을 벗어나 하늘을 차며 비상한다.

끝 간 데 없는 가을 하늘이 순간 눈앞에 가득 찬다. 어지럽다. 하늘에 뜬 빨간 고추잠자리를 바라보니 눈앞이 어지럽다. 나는 다시 방으로 돌아와 옷을 갈아입었다.

"너, 어디 가니?"

누이가 외출을 하려는지 옷을 갈아입고 나오다 물었다.

"남이야 어디 가든 말든. 그건 그렇고, 요새 누나 수상해. 설악산 다녀온 뒤로 더 예뻐졌어. 수상해. 수상하단 말이야."

"얘는."

누이는 눈을 살짝 치켜뜨고 하얗게 눈을 흘긴다.

"허기야 누나 요새 그럴 때도 됐지. 여자 나이 스물넷이 적은가? 잘못하다간 안 팔리지, 안 팔려."

"이게."

갑자기 누이의 손이 내 팔뚝으로 덤벼든다. 공습경보. 누이가 손끝을 보이면 공습경보다. 지독스런 흉기다. 나는 부부싸움이 왜 대개 여자의 승리로 끝나는지 알고 있다. 여자에게는 손톱이 있기 때문이다. 물론 남자도 손톱이 있다. 하지만 남자의 손톱은 퇴화되었다. 거기에 비하면, 여성들은 밤낮 손톱을 뾰족하게 갈고 닦는다. 그뿐인가? 그 위에 색깔까지 칠한다. 마치 인어처럼. 나는 누이의 손톱 위력에 대해 좋은 경험을 한 적이 있다.

언젠가 늦게 집으로 올 때였다. 집안 골목은 조금만 해가 져도 어두웠고 오직 대문 앞에 가로등 한 개만 있었을 뿐 처음 오는 사람은 장님 점자 더듬듯 더듬더듬하기 마련이다. 한참 골목길을 올라오다 말고 나는 깜짝 놀랐다. 웬 사람들이 서 있었다. 한쪽은 남자였고 한쪽은 여자였다.

누나다.

나는 직감적으로 알아차렸다. 그래서 나는 골목길 담에 찰싹 몸을 붙였다.

"내일 시간 있으십니까?"

사내가 정중하게 물었다.

"없어요."

누나가 다소 쌀쌀하게 대답했다. 없다니. 없긴, 왜 없어. 나는 큭큭 웃었다. 밤낮 심심해서 못 견디겠다며, 심심해하고 기지개만 켜곤 했었는데 저렇게 태연자약하게 거짓말을 하다니. 그러니까 자고로 여자의 노우라는 대답은 예스라는 말과 같다는 말이 있잖은가.

"그럼 모레는 어떻습니까?"

사내는 다시 정중하게 물었다.

"모레도 시간이 없겠는데요. 할머니 산소에 가야 해요."

거짓말. 할머니 산소라니? 그게 무슨 소리야.

"아, 그렇습니까? 그럼 글피는 어떻습니까?"

원 저렇게도 눈치 없는 사내가 있담. 조그만 여자한테 쩔쩔매고 있다니.

"글피는 안 되겠는데요. 그날 저녁에 무슨 일이 있어요."

"그럼 그럼 도대체 언제 만나주시겠다는 겁니까?"

사내가 숨 막히는 듯한 목소리로 물었다.

"전화 걸어주세요."

잠시 있다가 누나가 대답했다.

"알겠습니다. 그럼 안녕히 가십시오."

둘은 헤어졌다.

나는 황급히 몸을 숨겼다. 사내가 사라져버리길 기다려 나는 뛰어서 누나에게로 갔다. 나는 누나의 두 눈을 가렸다.

"누구예요. 점잖지 못하게."

나는 그 남자의 목소리를 흉내 내었다.

"동순이구나."

"헤헤헤, 이제 보니 누나 순 엉터리야. 거짓말도 보통이 아냐."

"깍쟁이, 너 지켜봤구나."

"봤으면."

"이 깍쟁이."

순간 누나의 손이 내 팔뚝으로 달려들었다. 오, 하느님! 여자의 손톱에 면도칼을 달아준 이유는 무엇입니까?

아야야야야야야! 나는 소리 질렀다.

"약속해. 아무에게도 얘기하지 않는다고."

"하겠어. 하겠다니까!"

그제야 누이는 꼬집는 것을 멈추었다.

"그건 그렇고, 그 남자 누구야."

"누구면?"

"아니, 무슨 남자가 그렇게 숙맥이야. 그렇게 하다간 일 년 열두 달 다 가도 누나에게 프러포즈 못하겠다. 누난 그게 뭐야? 날더러 심심하다고 밤낮 그러면서 시치미를 떼다니."

누나는 뭐가 우스운지 깔깔 웃었다.

이렇게 누나의 손톱에 대해 익히 그 명성을 몸소 겪어본 나는 방어태세를 취했다.

"지금 누이는 그 남자 만나러 가는 거유?"

"그렇다면."

"참 좋은 세상이로구나."

"좋은 세상이라면."

"뭐 그렇다는 이야기지."

"넌 지금 어딜 가는 길이야? 같이 가자."

"안 된다면."

"할 수 없지. 혼자 가는 수밖에. 어쨌든 내가 그쪽으로 가는 길이니 같이 나가자. 택시 태워줄게."

"와아, 이게 웬 떡이람. 같이 나갑시다."

우리는 나란히 밖으로 나갔다.

오늘이 무슨 날일까? 집집마다 국기가 꽂혀 있었고, 국기는 바람에 펄럭이고 있었다.

"빨리 택시 잡아. 여자들은 말이야, 택시 빨리 잡는 남자를 좋아하게 되어 있거든."

나는 뛰어서 한길로 나갔다. 차는 거의 교외로 빠져나가는 사람들로 가득가득 차 있었다. 나는 이리 뛰고 저리 뛰어서 달려오는 빈 택시를 잡았다. 우리는 택시에 올라탔다.

"혜화동으로 가주세요."

누나가 운전수에게 말했다.

누나는 뒷좌석에 앉아 손거울을 꺼내들고 얼굴의 화장을 고치기 시작했다. 왜 저렇게 얼굴을 들여다보고 들여다보는 것일까, 여자들은.

"얘, 너 대학에 들어갈 자신 있냐?"

"밖에 나와서까지 공부공부 하지 마쇼. 사람 죽겠수다."

"그래도 얘, 난 너 대학 떨어지면 동생으로 여기지도 않을 거다."

누나는 눈을 흘기며 대답했다. 전에 느껴지지 않던 고운 향기가 누이에게서 나고 있었다.

"누나, 향수 발랐수?"

"발랐어."

누나는 쫑알대었다. "들켰구나, 들켰어."

우리는 차 안에서 웃고 떠들고 재미있게 얘기를 나누었다.

나는 중앙청 근처에서 차를 내렸다. 소풍 나온 길이었을까, 아니면 국전에 단체 입장하는 것일까, 사생대회라도 하는 것일까. 많은 어린이들이 화판을 둘러메고 줄을 지어 걷고 있었다.

"하낫 둘."

줄 앞쪽에서 호령하면,

"셋 넷."

줄 뒤쪽에서 말을 받았다.

흰 운동모를 뒤집어쓴 남자 애들은 손을 힘차게 휘두르고 있었고 여자애들은 소리 높여 번호를 부르고 있었다. 나는 그들이 지나가길 기다리면서 꼬마들의 천진난만한 행렬을 지켜보고 있었다.

내게도 저런 때가 있었다. 소풍 가는 전날에는 왜 그렇게 잠이 오지 않던지. 자다 눈을 떠도 창문 쪽은 어두웠고, 눈을 떠도 아직 새벽은 찾아오지 않았다. 누이와 어머니가 싸준 김밥과 캐러멜 그리고 사이다 한 병을 륙색 속에 넣고 소풍 가는 가을의 거리는 힘차고 생생하고 즐거웠다.

지나가는 버스를 손들어 세우고 하낫 둘 구령을 붙이거나, 도토리 점심 가지고 원족(遠足)을 가는 행렬에 서서 친한 친구와 조심조심 까먹는 캐러멜의 맛을 지금도 잊을 수가 없다.

그뿐인가. 다 먹은 사이다 병에 냉수를 채워 들고 하늘을 향해

따따따 주먹나팔 불듯이 맹물을 마시고 나면, 물배만 가득 차 씨익 씨익 돌아오는 소풍의 파장. 얼굴은 하루 종일 볕에서 놀아 새까맣게 타가지고 뛰어오는 귀로는 즐겁고 유쾌했다. 아아, 나도 저 꼬마들의 뒷줄에 서서 하낫 둘, 따라갈 수만 있다면.

나는 주머니에 손을 찌르고 경복궁 담을 따라 걸었다. 많은 여학생들이 떼를 지어 경복궁에서 나오고 있었다. 한손에 카메라를 든 여학생이 있는가 하면, 손에 손에 색종이인 양 낙엽송이를 들고 있는 여학생도 많았다. 나는 까닭 없이 즐거웠다. 입술을 꼬부려 후익후익 휘파람을 불기 시작했다.

입장권을 사서 궁 안으로 들어갔다. 고궁 안에 수많은 사람들이 앉거나 서거나 잔디밭 위에 뒹굴고 있었다. 어떤 사람들은 둥그렇게 둘러앉아 놀이를 하고 있었고 풍선을 든 꼬마들이 술래잡기를 하고 있었다.

나는 사람들을 헤치고 오솔길을 따라 전람회장으로 갔다. 나는 원래 그림을 좋아했다. 나는 글을 쓰는 것보다는 그림을 더 사랑했는데 내가 제일 좋아하는 그림은 루오의 그림이었다. 그림은 음악과 소설보다도 더 격정적인 예술이었다. 빛과 어둠의 조화가 화폭 위에 담겨져 있는 그림의 예술은 사실보다 더 빛나고 찬연했다.

나는 그림 중에서 동양화보다는 서양화를 더 좋아했다. 빈 시간이면 복사화들을 감상하기 좋아했는데 그림엔 그린 사람의 혼이 담겨져 있다는 생각이 들고는 했다. 태양광선 빛깔 중에서 순간적인 빛을 포착하여 밝은 색깔로 그림을 그리는 인상파 그림보다는 반추상화 그림을 더 좋아했다.

그러나 전람회장 안은 그림을 감상하기엔 너무 어수선했다. 그림들이 너무 가깝게 붙어 있었고 단체 입장하는 사람들의 행렬로 전람회장이라기보다는 오히려 무슨 시장거리 같았다. 무질서한 발자국 소리와 사람들의 잡담 소리가 조용해야 할 전람회장을 시끄럽게 만들고 있었다.

나는 차분히 그림 감상할 기회를 잃어버렸다. 불쾌한 일이었다. 나는 사람들의 인파에 밀려 떠다니고 있었다.

그때였다. 나는 어떤 인물화 앞에서 여학생 한 명이 혼자 그림을 감상하고 있는 것을 발견했다. 깜짝 놀랐다. 승혜였다. 아주 단정한 자세로 그림을 감상하고 있었다. 나는 심장이 뛰는 소리를 들었다. 반가워서 단숨에 달려갔다.

"안녕하세요?"

승혜에게 인사를 했다.

"아!"

짧게 승혜가 놀랐다. "웬일이세요?"

"웬일이라니요? 승혜 씨와 마찬가지죠."

우리는 웃었다.

너무나 뜻밖의 해후였다. 그동안 우리 샛별 클럽은 남자 측이나 여자 측이나 입시준비에 바빠서 자주 만나지 못했기 때문이었다.

"이상한 데서 만나는군요."

승혜가 입을 가리며 웃었다. "마치 전시된 그림 같군요. 승혜 씨랑 나랑."

우리는 나란히 그림을 감상하기 시작했다.

"그림 좋아하세요?"

승혜가 한참 만에 나를 쳐다보았다.

"좋아합니다."

나는 대답했다. "승혜 씨는요?"

"전 모르겠어요."

승혜는 솔직하게 대답했다. "구상은 그런대로 알겠는데 추상은 영 전멸이에요. 동순 씨는요?"

"저도 마찬가지입니다. 하지만 추상은 추상대로의 아름다움이 있어요. 우리의 눈은 이미 고정관념의 세계에 빠져 있거든요. 일테면 사람의 얼굴이라면 눈이 두 개, 코가 한 개, 입술이 한 개로 고정의 세계로 고착되어 있다는 거죠. 또 그뿐 아니라 사과는 붉고 하늘은 파랗고 귤은 노랗다는 느낌을 가지고 있지요. 조건반사 실험할 때 보면 신 오렌지 생각만 해도 침이 솟지 않아요? 바로 그거죠. 오렌지가 시다고 생각하고, 먹지도 않았는데 침이 샘솟는다는 것은 우리 의식 속에 사물의 고정화가 되어 있다는 증거지요. 그 고정관념을 깨뜨리는 것이 추상이라고 생각돼요. 우리가 사과를 그릴 때 사과를 사과답게 그리는 구상에 비해, 사과를 그릴 때 우리가 사과로 인해 겪었던 개인적인 경향, 사상, 자기의 예술관이 들어가 있는 것이 추상이지요. 그렇다고 그 개인적인 경험이 자기 혼자만의 세계로 귀착되어 있다면, 일테면 보편화되어 있지 못하면 그것은 공감을 줄 수 없을 거예요. 중요한 것은 자기의 사상과 개인적인 사고가 보편타당성 있는 질서의 세계에 속할 때 곧 추상 미술의 구상화가 성공적으로 이루어진다고 봐요. 어때요? 내가 무슨 미술 선생님 같지 않아요?"

나는 크게 웃었다.

"쉿."

승혜가 입을 손가락으로 막았다. "조용히 하세요."

우리는 소리 내지 않고 웃었다.

"이 그림이 무엇일까요?"

승혜가 어느 그림 앞에 서서 다소 장난기 있는 표정으로 물었다. "우리가 교육을 잘못 받아온 것 같아요. 보세요. 〈인물 A〉라는 설명이 붙어 있는데 이게 어디 인물이에요?"

"그게 벌써 우리가 우스운 교육을 받아왔다는 증거예요. 우리가 배워온 것은 1더하기 1은 2라는 것밖에 없어요. 도대체 입시, 온통 입시 지옥이에요. 보세요. 〈인물A〉라는 제목에서 벌써 승혜 씨나 나나 사람의 얼굴을 생각하잖아요. 그래서 이 그림을 이해할 수 없는 거예요. 우리는 미술 감상할 때 고정관념의 세계를 깨뜨리지 않으면 안 돼요. 일테면 하늘을 빨갛게 그렸다고 합시다. 그러면

우리의 미술 선생님은 59점을 줄 거예요. 하지만 그 그림의 제목이
〈전쟁〉이라면 하늘이 빨갛게 물들 수도 있지 않겠어요? 그러니까
있는 그대로의 미를 더 확실히 그려주는 것이 외적인 표현의 형태
라면 내적인 형태의 표현은 바로 이런 추상의 세계예요. 어떻습니
까? 이제 그만 잘난 척해야지요. 하지만 이렇게 말하는 나도 실은
잘 모르겠어요. 잘 알고 있다면 심사위원 노릇 하게요."

"난 조각은 좋아해요."

승혜가 그림 전람회장을 나서면서 말했다. "조각에 대해선 내
가 설명해 드릴까요?"

승혜가 계속 장난기 어린 눈으로 나를 쳐다보았다.

"설명 안 해도 되겠습니다. 승혜 씨가 곧 산조각이니까 말이에
요."

우리는 천천히 모든 그림과 조각을 감상했다. 그리고 밖으로 나
왔을 때 우리는 어두운 곳에 있다가 갑자기 눈을 찌르는 햇빛의 난
무로 눈을 찡그렸다. 우리는 걸어서 못가까지 나왔다. 많은 학생들
이 그림을 그리고 있었다.

"옛날 왕으로 태어났으면 좋았겠는데."

"왜요?"

승혜가 물었다.

"시험이고 뭐고 없었을 게 아니에요."

"과거 시험이 있잖아요."

"아참, 그랬던가?"

고궁의 가을은 무르익어 있었다. 쓸리는 바람에 우수수 낙엽이 떨어져 흩어졌다. 청소부 한 사람이 긴 빗자루로 낙엽을 쓸어 모으고 있었다. '사랑은 나뭇잎과 흡사한 것'이라고 누군가 말했던가. 나뭇잎은 떨어져 땅 위에 눕는다. 밤이 큰 키로 일어서기 시작한다.

　　이 노란 장미꽃은

　　어제 그 소년이 나에게 준 것이다.

　　오늘 나는 이 장미꽃을 그 소년의 새 무덤으로 가지고 간다.

나는 조용히 시를 읊기 시작했다.

"어때요, 이 시?"

"좋은 시군요. 누구의 시예요?"

"릴케의 시예요. 릴케가 예닐곱 살에 쓴 시예요. 놀라운 시죠. 인생을 꽃 한 송이에 비유했고, 또한 눈물과 아침 이슬들로 비유했어요. 놀랍죠. 참 좋아요. 가을은, 계절의 축제일인 것 같아요."

우리는 나란히 벤치에 앉았다. 연못 위에 연이 떠 있었고 흩어진 낙엽들이 못 위에 둥둥 떠 흐르고 있었다.

"우리의 고등학교 시절의 마지막 가을이군요."

승혜가 한숨과 같은 말을 했다.

"곧 싫은 세월이 오겠죠. 자신을 자기가 책임을 져야 하는."

"쉬잇."

승혜가 투정하듯 입을 막았다. "더 이상 얘기하지 마세요. 우리의 미래를. 그것은 없어요."

낙엽이 하나 승혜의 블라우스 위로 떨어졌다. 그것은 승혜의 어깨 위를 자랑스러운 견장처럼 치장했다.

"고등학교 시절 일생동안 결혼하지 않겠다고 결심하는 여학생의 말이 거짓이듯이 우리 이제 이런 일들은 까마득히 잊어버릴지 몰라요."

승혜가 맑은 눈으로 나를 올려다보았다. "나가요. 나 배고파요. 우리 거리에 나가서 냄비우동 먹어요."

승혜가 갑작스레 훌훌 떨면서 일어났다.

어깨에 걸렸던 낙엽이 땅에 떨어졌다. 낙엽은 땅에 떨어진다. 그리고 썩어 흙에 묻힌다. 우리는 아무도 어제의 것을 기억하지 못한다.

우리 모두의 생일 파티

　새로운 겨울이 다가왔다. 뜰 앞에 남아 있던 한 줌의 햇볕이 아직 어디론가 사라지지 않은 낙엽 한 장을 이리저리 비추고 있다. 살아간다는 것에 시작과 끝이 있고, 모든 사물과 살아 있는 것에 출생과 임종이 있는 것이라면 계절도 그러하다. 계절도 봄과 여름, 가을 그리고 겨울로 나누어진다. 우리가 언젠가 죽어 한줌의 흙이 되듯 우리는 한 개의 나뭇잎에 불과한 것, 자연 우리에게 많은 교훈을 준다.

　겨울을 종말로 생각해서는 안 된다. 겨울은 새로운 출발의 전조다. 아침이 열리고 낮이 기울어 밤이 된다고 서러워할 필요는 없다. 밤은 아침이 열리기 전의 전조에 불과하다. 모든 사물을 비관적으로 생각해서는 안 된다. 인생도 나뭇잎에 불과해서 떨어져 쌓이면 겨울 내내 썩어 새로운 생명으로 태어난다.

종말을 노래하고 종말을 찬미한다. 우리가 그 겨울의 노래를 부를 수 있는 것은 새로운 봄이 있기 때문이다. 그들의 슬픔에 노하거나, 주저앉아서는 안 된다. 슬픔이 있으면 그 깊이만큼의 기쁨이 있기 때문이다. 보아라. 떨어져 쌓인 낙엽 밑에서 한 겨울의 개구리는 동면하고 있다.

나는 고등학교 마지막 겨울에 오히려 기쁨이 솟아오르는 것을 느꼈다. 이전 같으면 계절의 탈바꿈에 나는 민감해하고 허무해하며 낙엽에 대해서도 슬퍼했을 것이다. 중학교 졸업 때만 해도 나는 여자처럼 울었다. 중학생이라는 세계를 떠나 고등학생이라는 미지의 세계로 다가서는 것이 한없이 무섭고 두려웠다. 하지만 지금, 졸업을 앞둔 심정은 판이하게 다르다.

껍질을 벗는 애벌레를 보라. 그들은 낡은 껍데기를 탈피하여 찬연한 나방으로 다시 태어난다. 우리가 보낸 고등학생의 나날은 일종의 애벌레 시절이다. 다가오는 성인의 시대를 미리 겁내거나 우울해할 필요는 없다. 특히 여학생들은 졸업을 앞두면 진학하는 여학생과, 취직을 하거나 집에서 놀거나 혹은 빠르면 시집가는 아가씨들도 생긴다. 그래서 여학생들이 특히 졸업에 대해 두려움을 가지며, 여학교의 졸업식은 으레 눈물바다로 변하기 마련이다. 그러나 생각해보면 졸업은 새로운 입학에 불과하다.

세월은 흘러가는 것이지 고여 있지 않다. 흐르는 물도 고여 있으면 썩어 모기를 키운다. 세월은 우리를 가만두지 않는다. 세월이 지나면 시간은 우리를 먼 곳으로 흘려보낸다. 하지만 그것은 우리에게 새로운 출발을 약속해준다.

고등학교의 마지막 겨울, 음산한 뜰엔 바람이 불고 밤새 눈보라가 쳐서 덜컹이는 유리 창문 사이로 차가운 겨울의 혼이 떠다니고 있었다. 그러나 이 마지막 겨울은 내게 오히려 훈훈한 즐거움을 주었다.

나는 학교에서 오면 창 앞에 앉아 몇 시간이고 뜰과 다가오는 회색빛의 저녁 어둠을 바라보곤 했다. 그것은 나의 유일한 즐거움이었다. 우리는 모든 이에게 안녕히 계십시오, 라는 말을 할 때의 아름다움을 잊어서는 안 된다. 안녕이라는 말은 다시 만날 수 있다는 즐거움의 또 다른 시작이기 때문이다. 가을이 스쳐 지나가면서 우리에게 속삭인다. 안녕히, 안녕히, 라고.

왜 모든 사물은 영원히 그 모습 그대로 그냥 있지 못하고 움직이고 스러졌다가 다시 피는가. 그것은 우리에게 교훈을 주기 위함이다. 우리는 스러져가는 불티에서 지나간 여름의 무성했던 녹음과 따스했던 여름을 생각해낼 수밖에 없다.

계절은 모든 생의 끝을, 지나간 일을 반성하고 뉘우치게 한다. 보라. 어항의 금붕어는 수천 년을 두고 진화하지 못했다. 어쩌면 금붕어가 눈을 감지 않기 때문에 진화하지 못했는지도 모른다. 눈을 감고 울 줄 아는 사람만이 진화한다. 물고기는 잘 때도 눈을 뜨고 있지 않은가.

우리는 떠나는 모든 이들에게 제단을 차려주어야 한다. 가을에 축제가 흔하듯, 그리하여 추수감사절이 있듯 우리는 풍요로운 종말에 감사를 드려야 한다. 그리고 좋은 책을 읽으면 책장을 덮어야 하듯 우리의 계절을 덮어야 한다. 그리고 조용히 눈을 감자. 눈을 감으면 우리는 볼 수 있다. 사라져가는 여름이 내게 안녕히 계세요, 인사를 하고, 지난 가을에 주웠던 낙엽 한 장이 안녕히 계세요, 또 만나요, 인사하는 것을.

헤어지는 연습을 하고 살아야 한다. 헤어질 때 헤어지는 사람의 뒷모습은 아름답고 착하고 예쁘다. 그리고 그처럼 아름다운 헤어짐은 만남을 기다리게 만든다.

학교의 친구들은 이제 곧 다가올 헤어짐을 아쉬워하고 있다. 학력고사도 끝나고 이제 조금 있으면 졸업이다. 옆에 앉아 있는 짝은 몇 십 년 후 동대문시장에서 고등어를 팔고 있을지도 모른다. 방구석에 처박혀 밤낮 낮잠만 자던 아이는 군대에 가서 훌륭한 장군이 될지도 모른다. 헤어지는 것이, 떠나는 것이 섭섭하다고 백운대 암석에 자기가 왔다 갔다는 흔적을 남기기 위해 이름을 새겨 놓듯 우리 이름을 책상에 새겨 놓을 필요는 없을 것이다.

문지방에는 우리의 키를 재었던 성장의 눈금이 남아 있다. 중학교 때는 152센티미터밖에 안 되는 키가 고등학교 졸업 때는 168센티가 되었다. 중학교 때는 〈한 송이 장미꽃〉을 미성으로 부를 수 있었지만, 지금은 변성하여 굵고 낮은 저음을 내야 한다. 수염 자리도 제법 거뭇하고 그 흔하던 여드름도 슬슬 사라져간다. 우리는 컸다. 키도 몸도, 모든 것이 크고 말았다.

중학교 때 체육복 안 빌려 준다고 방과 후에 싸웠던 철식이도 지금은 친하게 지내고, 중학교 때 낮잠 선수이던 형만이도 지금은 낮잠을 초월했다. 이제는 과거에 우리를 슬프게 했던 체육복이, 낮잠이, 구슬치기가, 딱지 묶음이, 만화책이, 날쌘돌이가, 황금박쥐가 산 아래의 초가집처럼 내려다보인다. 그래, 우리는 그렇게 크고 있는 것이다.

이제 우리 앞에는 좀 더 크고 넓은 세계가 놓여 있다. 새로운 우리들의 시대가 열린 것이다. 이 넓은 길을 각자 그동안 배워온 대로 뛰어나가는 것이다. 헤어지지 말자고, 우리 시집가지 말고 영원히 같이 살자고 맹세한 순애와 명자도 몇 년 후에 시집을 갈 것이다.

우리는 우리가 가는 길을 깨끗이 돌아보아야 한다. 이사를 가면서 살던 집을 청소해주어야 하듯 우리는 떠나갈 때 앉은 자리를 돌아보아야 한다. 혹 떨어뜨린 것이 없는지, 인사는 빼놓지 않고 드렸는지, 돌아보고 그리고 우리는 깨끗하게 떠나야 한다.

학력고사를 끝내고, 우리 머저리 클럽 멤버들은 오랜만에 모였다. 발표야 연말에 있을 예정이지만 다들 그저 신통하지는 않아도 그런대로 시험을 치른 모양이었다.

우리는 동혁이 집에서 모였다. 거리거리엔 눈이 내리고 있었다. 오랜만에 함박눈이었다. 그래서 우리들의 어깨 위엔 흰 눈이 소복소복 쌓여 있었다. 우리는 그동안 격조했고 오랜만에 만났으므로 수없이 떠들 것 같았는데 막상 만나고 보니 별 할 이야기가 없었다. 더구나 문수가 아직 도착하지 않았다. 철수, 영구, 동혁이, 영민이 다 모였는데 문수가 아직 도착하지 않았다. 문수는 우리 클럽의 사무총장이었다. 그가 말문을 터뜨리지 않으면 우리는 멍하니 서로서로의 눈을 쳐다볼 수밖에 없었다.

"문수 이 자식, 웬일이야?"

한참 후에 철수가 한 마디 했다.

"눈길이 미끄러운데 오다가 사고 난 게 아니냐?"

영민이가 그 특유의 독설로 말을 받았다.

"전화 걸어보자. 야 동혁아, 어디 전화 걸어봐라."

영구가 자기 집에 불러 놓고 멍하게 앉아 있는 동혁을 재촉했다.

별 수 없이 동혁이는 일어서서 전화기 앞으로 갔다. 그리고는 돌아오더니 말했다.

"벌써 오래전에 우리 집 간다고 나갔다는데."

그러자 침묵이 다시 찾아왔다. 우리는 조심조심 서로의 시선을 엇비끼면서 창밖에 내리는 눈을 멍하니 보거나, 방 안에 흐르고 있는 음악을 듣고 있었다.

"아아, 따분하군."

누군가 기지개를 켰다.

"크리스마스도 가까워오는데, 이거 어디 고등학교 졸업 때까지 데이트 한번 못해봤으니."

영민이가 따분하게 중얼거렸다.

"누군 했냐?"

동혁이가 말을 받았다.

"큰일은 큰일이야. 고등학교 때 추억이 없으니 말이다. 기억나는 것이라고는 저 자식하고 코피 나도록 싸운 것밖에 없다."

동혁이가 영민이를 가리키면서 웃었다.

"거짓말 마라. 넌 그래도 말숙이가 있잖아."

영구가 핀잔을 주었다.

"그래, 그래. 말숙이가 있지."

철수가 빈정거렸다.

"말 말아라. 만나면 난 아이스하키 얘기, 그 애는 농구 얘기밖에 한 것이 없다. 그리고는 내내 입시 준비 얘기였다. 우린 고등학교 3년간을 입시 입시 입시 입시 얘기만 하고 지내버린 것 같애."

"그렇군."

내가 말을 받았다.

"그래."

또 누군가 말을 받았다. 그리고는 또 침묵이었다.

"추억 많기는 동순이 자식이 제일 많을 거야. 승혜하고 친했으니까. 저 시인자식은 늘 개똥철학자 같은 폼을 잡고 다녔을 거야."

영민이가 나를 쳐다보았다.

그때였다. 우리는 초인종 소리가 길게 나는 것을 들었다. 원래 동혁의 집은 텅 비어 있었으므로 아무도 대문으로 문을 열어주러 나가는 기색이 없었다.

"틀림없이 문수가 왔다. 초인종 소리를 들어보니."

"내가 나갈까?"

오히려 집 주인 동혁이는 가만히 있고 철수가 일어났다. 그리고 그는 대문으로 나갔다.

"제일 늦는군. 언제나 제일 늦게 오신단 말이야. 막차로 온 손님들인가? 젠장."

영민이가 또 한마디.

그 순간 우리는 수많은 발자국 소리를 들었다.

그것은 문수 혼자만의 발자국 소리가 아니었다. 여러 사람이 동시에 내는 시끌시끌한 소리였다. 우리는 의아해서 서로의 눈을 쳐다보았다. 그때 문이 왈칵 열리면서 한 떼의 사람이 들어왔다.

우리는 놀라고 말았다. 문수가 오긴 왔지만 혼자가 아니었다. 많은 여학생들을 이끌고 온 것이었다. 자기가 무슨 동방박사라고. 어쨌든 오, 브라보! 오랜만에 우리의 아가씨, 예쁜이, 착한 샛별 회원들이 제법 성숙한 표정으로 들어오고 있는 것이다. 그뿐인가 하면 그들은 들어서자마자 손에 들었던 선물상자를 내려놓으며 큰소리로 노래 부르기 시작했다.

"해피 버드 데이 투유. 해피 버드 데이 투유."

우리는 그제야 흥이 나기 시작했다. 우리들 영원한 구원의 동심이 짓궂게 고개를 들기 시작했다.

"동혁이 네놈 듣거라. 네놈이 오늘 우리를 초대했지만 네놈이 오늘 열아홉 번째 맞는 생일이라는 것을 잘 알고 있다. 이 세상에 제일 머저리 같은 자식이 날 속이려고 수를 쓰지만 난 안 속는다. 그래서 너의 모처럼의 생일날 케이크를 샀다. 색색 양초도 열아홉 개 사왔다. 그리고 또 빼놓을 수 있냐? 파티가 있는데 여자가 없을 수 있겠냐?"

"아, 아니 뭐라고?"

말숙이가 반발했다. "아니, 우리가 무슨 호스티스인 줄 아세요? 취소하세요."

"취이소하세요."

여학생들이 합창해서 소리를 질렀다.

"취이소합니다."

문수가 낄낄 웃었다.

"죽지 않으니 다 모이는군. 이 녀석들아, 얼른 일어서서 여자분들을 모셔라. 얘들이 언제 철이 들까."

"오랜만입니다."

철수가 벙글벙글 웃으면서 말을 했다.

우리는 각각 인사를 나누었다. 나는 승혜를 쳐다보았다. 아아, 이젠 처녀티가 조금씩 나고 있었다.

"시어머니 죽고 처음입니다."

영민이가 큰 소리로 말을 했다.

"장내가 혼잡하오니 데리고 오신 아이들을 깔고 앉아주십시오."

문수가 장내 정리하는 안내원인 양 소리를 질렀다.

"사실이다."

동혁이가 그제야 일어섰다. "오늘은 내가 열아홉 번째 맞는 생일이다. 그래서 집에 간단한 음식도 차리고 어머니와 아버님한테는 우리끼리 놀 테니 방해하지 마시고 극장이나 가시라고 했다. 어른들이야 우리가 노는 데 방해될 뿐이니까. 그런 점에선 안심해라. 우리 집은 오늘 열시 반까지 우리 소유다. 집에는 식모 아주머니밖에 안 계신다. 그분은 그동안 하신 음식을 날라주실 거야. 이젠 우리들 세상이다. 그런데 내가 생일이라는 것을 미리 밝혀두면 여러분에게 어떤 부담감이 생길 것 같아 안 알렸다. 그 점 양해해라. 그런데 눈치 빠른 조조 녀석 문수가 눈치를 채고 케이크를 사가지고 여자 친구들을 몰고 왔다."

"취이소하세요. 케이크는 우리끼리 돈 내서 산 거예요."

"취이소하세요. 우리가 개나 말인가요, 몰고 오게? 모시고 왔지."

"취이소하겠습니다."

와아! 우리는 크게 웃었다.

"케이크를 들고 문수가 아가씨들을, 아니 공주님들을 모시고 왔다."

"잘한다."

"잘하는 짓이다."

"그러니 만사 제쳐놓고 즐겨주기를 부탁한다. 생각해보면 우리의 고등학교 시절도 며칠 안 남았다. 그동안에 즐거운 일도 우울한 일도 많았다. 하지만 지금 생각하니 지나간 여고시절이다. 그러니 맘껏 즐기자. 미성년자이니까 술이야 안 되겠고 포도주 조금 허락 맡아서 각자 브라보하기로 했다."

"와아, 기분 좋다."

문수가 대단한 술꾼인 것처럼 소리를 질렀다.

"자, 파티를 시작하자."

엄숙하고도 즐거운 동혁의 개회 선언이 있었다.

"포도주부터 가져와야지."

"동혁이의 생일이지만 우리 생일이라 해도 무방하다."

나는 일어섰다. "꼭 동혁이의 생일이라 생각하지 말고 저물어가는 우리의 자축 파티라고 생각하자. 어때?"

"그것 재청이다, 앵콜이다, 옳은 소리다."

우리는 여학생들이 사온 과자 상자를 풀었다.

"이거 미안하다. 우리는 몰라서 아무것도 못 사왔다. 용서해주라."

영구가 장난 아닌 진담으로 정색을 하면서 말을 했다.

"이젠 그런 소리 그만하자. 자, 다들 둘러앉아라."

우리는 사이좋게 나란히 테이블을 가운데로 하고 둘러앉았다.

"이거 왜 이래요. 우리가 무슨 송충이요. 따로따로 앉게. 자, 이러지 말고 하나씩 하나씩 끼어 앉읍시다."

"그것, 브라보다. 자, 사이 좋게 나란히 앉읍시다."

우리는 다정한 오누이처럼 쌍쌍이 앉았다. 우스운 것은 누가 시키지도 않았는데 말숙이는 동혁이 곁에 앉고 혜련이는 문수 곁에 앉고, 승혜는 내 곁에 앉아주었던 것이다.

우리는 상자를 끄르고 케이크를 꺼냈다. 케이크는 눈처럼 하얗고 아름다웠다. 우리는 양초 하나씩에 불을 켰다.

우리는 아무런 말도 하지 않았다. 불을 켜 양초에 댕기는 것이 진지한 주기도문 외는 것처럼 우리는 조용히 불을 댕겼다. 그리고 나란히 케이크의 둘레로 촛불을 꽂았다. 빛나는 열아홉 개의 촛불. 빛나게 타오르는 열아홉 개의 나이. 우리가 쌓아온 열아홉 개의 지난 세월이 한꺼번에 명멸하고 있었다.

누군가 방 안의 스위치를 내리고 불을 껐다. 어두워진 창밖으로 끊겼던 눈발이 하얗게 쏟아지고 있었다. 우리는 가만히 서로의 눈들을 쳐다보며 감사를 드렸다.

우리를 키웠던 부모님께 감사를.

우리를 가르쳐준 선생님께 감사를.

우리에게 옛날얘기 해주던, 지금은 돌아가신 할머니께 감사를.

우리를 잠재웠던 무더운 여름날의 나무 그늘에 감사를. 우리의 머리를 적시던 비에 감사를. 우리를 기쁘게 혹은 슬프게 했던 모든 지나간 사람들에 감사를. 이렇게 모여 있는 기쁨에 대해 감사를.

우리는 서로서로의 눈에서 신뢰를 읽었다. 우리는 우리들의 시대, 우리끼리 모였을 때 느꼈던, 말하지 않아도 눈짓으로만 알 수 있는 깊은 애정을 느꼈다.

"먼저 불을 끄세요."

말숙이가 동혁이에게 부드럽게 말했다. "소원을 말하세요."

"그래요. 소원을 말하면서 촛불을 끄는 거래요."

"저 자식이야 대학교 들어가는 거지."

"관둬라, 관둬. 그런 건 빼기로 하자."

갑자기 동혁이가 우리를 돌아다보았다.

"고맙다, 정말 고맙다. 난 요새 이 세상에 나 혼자만 있는 듯한 고독감을 맛보았다. 그런데 너희들을 보니 이 세상엔 나 혼자만이 아니라는 기쁨을 느낀다. 오늘은 내 생일이 아니라 우리 모두의 생일이다. 그러니까 나 혼자서 소원을 빌고 나 혼자서 이 촛불을 끌수는 없다. 우리 모두 같이 소원을 빌고 불을 끄도록 하자. 어떠냐?"

"그래, 그것 좋다."

문수가 말을 했다.

"누구에게 소원을 빌까. 그래, 우리 모두에게 복을 빌면 어떨까?"

"그래요. 그게 좋아요."

혜련이가 맑고 큰 소리로 말했다.

"그럼 그게 좋겠군. 자, 삥 둘러서세요."

우리는 촛불을 가운데로 하고 나란히 둘러섰다.

"시작합니다. 우리 모두에게 복이 있기를. 모든 감사하는 사람에게 복이 있기를."

혹, 불이 꺼졌다. 방 안은 어두웠다. 그러나 아무도 불을 켜려 하지 않았다. 무어랄 것도 없이 가만히 서서 밤과 어둠이 속삭이는 소리를 들었다. 창밖에 내리는 눈 소리도 들었다.

'이젠 가요. 떠나야 할 시간이에요.'

스쳐 지나가는 한 겨울의 바람이 조용히 귓가에 속삭였다.

나는 어둠 속에서 승혜를 보았다. 빛이 없어도 우리는 보이지 않는 어둠 속에서 서로의 마음을 읽었다. 나는 입으로 말하지는 않았지만, 눈으로 승혜의 행복을 빌었다고 속삭였다. 그러나 나는 의심치 않았다. 그녀가 그것을 들었고, 그녀도 내게 같은 말의 인사를 보냈음을……

일기

묵은 해가 가고 있다. 나는 방 안에 앉아서 지난 고등학교 시절의 일기책을 끄집어낸다. 오늘 하루만 지나면 내 나이는 열아홉 살로 접어든다. 열여덟 살은 다시 돌아오지 않는다. 아직 투표권은 없지만 그래도 미성년자라는 레테르는 떨어지고 말 것이다.

아아, 미성년자. 우스꽝스러운 미성년자.

'미성년자 출입금지'라는 표시가 곳곳에 나부끼는 거리로 우리는 다가가고 있다. 문턱에 걸려 있는 달력이 다 떨어져 마지막 날짜를 가리키고 있고 탁상시계는 12시로 숨 가쁘게 치닫는다. 이제 30분만 지나면 새해다. 다시는 돌아오지 않을 한 해가 가고 있다.

눈을 감으면 지나간 일 년이 눈앞에 주마등처럼 스쳐간다. 아니, 지나간 고등학교 삼 년이 주마등처럼 지나가고 있다. 나는 눈을 뜨고 일기장을 들춰본다.

19XX. 3. X. 맑음

오늘은 고등학교 입학 후 첫 등교일이다. 새 옷에 새로운 배지와 새로운 가방을 들고 나서니 아버지가 내게 마치 잘 닦아 놓은 식기 같다고 놀리신다. 그리고 "인마, 이제는 중학생이 아니다. 철부지가 아니야. 옛날 같으면 벌써 장가가서, 아들딸 낳았을 나이야." 하고 놀리신다.

학교에 등교하여 반 배정을 받았다. 나는 8반에 속했다. 담임 선생님은 김민희 선생님. 역사를 가르치시는 선생님이다. 선생님은 우리에게 급훈이 '우애'와 '성실'이라고 말씀해주셨다. 나는 28번이었다.

반 배정만 받고 두 시쯤 학교가 파했다.

중학교 때는 우리 친구가 8명이었는데 3명은 다른 학교로 배정되어버렸다. 문수, 철수, 영구, 동혁 그리고 나, 그렇게 모여서 오랜만에 단팥죽을 먹었다. 다들 고등학생이 되어 신나는 눈치였다. 그리고 퇴교하는 길에 양호실에 들러서 감기약을 하나 받았다.

아무래도 몸이 으슬으슬 춥고, 어딘가 감기에 걸린 것 같다.

약을 받다가 말고 키와 몸무게를 재었다. 키는 159cm, 몸무게는 46kg이다. 잘은 기억할 수 없지만 중학교 1학년 들어올 때보다 10여 센티미터나 큰 것 같다. 빨리 커서 우리 아버지보다도 더 키가 크고 싶다.

19XX. 4. X. 맑음.

오늘 영민이와 싸웠다.

녀석은 정말 이상한 녀석이다. 좀 조숙한 녀석이라고 할까.

우리와는 다른 중학교에서 온 녀석인데 좀 괴짜로 논다. 선생님에게 '짱구박사'란 별명을 붙여서 부르기도 하고, 체육시간에 몸이 아프다는 핑계로 교실에 남아 있다가 우리가 교실로 들어오면 도시락을 조금씩 먹어버리곤 한다. 그래서 혼을 내주겠다고 생각하고 있었는데, 그건 녀석이 건방지게 굴기 때문이다.

며칠 전에 동혁이가 녀석을 혼내주었고, 문수가, 철수가, 영구가 차례차례 혼을 내주었다. 그런데 그렇게 독한 녀석은 처음 보았다. 사정없이 두드려 맞으면서도 매일매일 우리 친구들에게 도전을 한다. 하기야 첫날 우리가 학교 뒷동산에서 좀 심하게 혼을 내주었지만 그렇게 집요하게 덤벼들리라고는 생각지 못했다. 별로 힘도 없을 것 같은 녀석이 차례차례 우리에게 싸움을 건다. 그래서 오늘은 드디어 내게까지 도전을 해왔다.

학교 뒤 공터에서 우리는 싸웠다. 사실(이건 분명히 변명이 아니다) 난 그 녀석에게 지지는 않을 것이다. 난 힘이 있다. 팔씨름을 해도 동혁이 이외엔 져본 적이 없었다. 하기야 동혁이는 운동선수니까. 그런데도 나는 오늘 녀석에게 맞았다. 싸우고 싶지 않았다. 나는 힘도 쓰지 않고 녀석이 때리는 대로 맞았다.

사실 그 녀석에게 시비를 건 것은 나다. 그러니 녀석의 화를 풀어주어야 하는 것도 나다. 생각해보면 녀석의 얼굴은 매일의 싸움으로 엉망진창이 되어버렸다. 그런 모습을 보니 가슴이 아프다.

친구들은 왜 내가 힘도 쓰지 않고 맞는가 의아하게 생각했다. 하지만 까짓 몇 대 맞는 것이 대수이겠는가. 나는 성질이 너무 급하다. 까닭 없이 사람을 오해하고 금방 평가해버린다. 제발 그런 버릇을 없애야 할 텐데. 이번 일만 해도 내가 성질이 급해서 그런 것이다. 고등학교 땐 그런 성질을 고쳤으면 좋겠는데.

체육 시간에 턱걸이를 열 번 했다. 달리기는 15초에 뛰었다. 영민이하고 친구가 되고 싶다. 녀석에게 맞은 눈언저리가 시큰시큰 쓰라리다. 파스를 하나 붙여보았는데도 막무가내다.

19XX. 6. X. 흐림.

도서실에서 《젊은 베르테르의 슬픔》이란 책을 보았다.

울었다. 베르테르가 롯데에게 마지막 편지를 보내는 장면이 인상 깊다.

19XX. 8. X. 비.

나는 왜 이처럼 약할까. 나는 왜 이처럼 무능할까. 나는 왜 이처럼 바보 같을까. 까닭 없이 자신이 원망스럽고 보기 싫어진다.

19XX. 12. X. 눈.

나는 오늘 소림이를 만났다. 영민이와 함께 도서관으로 찾아가서 소림이를 만났다.

아름답고 정말 예쁜 아가씨다. 나는 아무런 말도 하지 않았다. 주로 얘기한 쪽은 소림과 영민이였고, 나는 혼자 웃기만 했다.

오늘은 함박눈이 내렸다. 참 멋지게 내렸다. 소림이의 얼굴이 꼭 베르테르의 애인 롯데와 같다는 생각을 해보았다. 그렇다면 나는 베르테르란 말인가.

19XX. 12. X. 맑음.

《독일인의 사랑》이란 책을 보았다.

사랑하는 사람을 너무 높이 보면 비극이 옵니다, 라는 구절이 인상 깊었다.

19XX. 1. X. 흐림.

나는 떠난다. 겨울 바다를 보기 위해서 떠난다. 나는 모든 것이 싫어졌다. 소림이도, 영민이도, 어머니도 다 싫어졌다. 집에다 편지를 남겨두고 싶었지만 생각을 고쳐먹었다.

그냥 떠난다. 겨울의 바다를 보는 것이 근래의 내 욕심이었다.

(이 일기는 기차간에서 썼다)

겨울의 바다.

그것은 인상 깊었다. 눈보라가 바다 위에서 갈라지고 있었다. 파도는 성이 나서 잔뜩 부풀어 겨울의 사장을 때리고 있었다. 몸이 날릴 것처럼 바람이 분다.

발레리의 시처럼, '바람이 분다. 살아야겠다'라는 시 구절을 얼핏 생각했다.

겨울의 바다 앞에 서자 나는 한없이 부끄러워졌다. 내가 서울에 있을 때에도 겨울의 바다는 저 혼자 넘실거리고 저 혼자 모래사장을 핥고 있었을 것이다. 그런데 나는 와서 보았다. 그리고 확인했다. 나는 이 우주의 조그만 점에 불과하다는 것을 알았다.

어머니와 헤어진 것이 하루인데 집에 가고 싶다. 난 곧 짐을 꾸릴 것이다.

19XX. 3. X. 맑음.

자신을 너무 비극적으로 생각지 말자. 이것이 근래의 내 숙제
다.

19XX. 3. X. 비.

신이 있는 것일까. 나는 그것을 알고 싶다.

없다면 어떻게 뜰의 나뭇잎은 어김없이 봄날에 눈을 뜨는가.

신이 없다면 어떻게 하늘의 별이 무너져 내리지 않는 것일까.

19XX. 4. X. 맑음.

Y여고의 학생들과 클럽을 만들었다. 이름은 〈샛별 클럽〉. 이
름이 여학생 취향이긴 하지만 그럴 듯했다.

신우관 2층에서 만났다. 친구 녀석들은 여학생 하나 사귀려고
눈들을 번득이고 있다. 이상하게도 여학생과 애기를 나눌 때면 다
들 건전해지고 모범 청년들이 되어버린다. 서로 잘 보이기 위해서
유식한 체도 하고, 제각기 떠든다. 재미있다. 나는 오늘 그곳에서
승혜라는 여학생이 마음에 들었다. 물처럼 눈매가 맑은 여학생이
었다. 잘 웃었지만 수다스럽지는 않았다.

모임이 끝나고 헤어져서 집으로 오려다가 그 여학생을 다시 만

났다. 가슴에 한 아름 꽃을 안고 있었다. 아버님의 병문안 가는 길이라고 했다. 나는 그 여학생이 병원 가는 길까지 바래다주었다.

승혜, 노승혜. 참 좋은 이름이다.

나는 일기를 덮었다. 문득 수치심이 치밀었기 때문이었다. 지금 읽으면서, 그때 왜 나는 그토록 엉뚱하고 유치하고 어리고 철없는 짓들과 생각들을 했는지, 우스워졌기 때문이었다. 그러나 그 당시만 해도 일기를 쓰는 그때에는 누구보다 진지하고 엄숙하고 심각했던 것을 나는 기억해냈다. 내 별명은 그때 '개똥철학자'가 아니었던가.

나는 소리 내어 웃었다.

나는 컸다. 어느 틈엔가 크고 말았다. 큰 나무의 밑둥을 잘라보면 나이테가 새겨져 있다. 내 몸의 어딘가에도 나이테가 새겨져 있을 것이다. 일기의 진전이 바로 내가 지나온, 스쳐온 발자국이 아닌가.

나는 소중하게 일기를 덮었다. 그때 무엇인가 툭 일기장에서 방바닥으로 떨어졌다.

나는 그것을 허리 굽혀 집었다. 승혜의 그림엽서였다. 속리산에서 부쳐 온 그림엽서. 2년 전 여름의 문안 편지였다. 나는 그것을 다시 일기장 틈에 끼웠다.

시계는 12시 5분 전을 가리키고 있었다.

아래층 거실에서는 전야제를 중계하는 텔레비전의 소리가 왕왕대며 들려오고 있었다. 아마도 새해의 종소리를 전국에 중계하는 모양이었다. 아나운서의 열띤 음성이 고조되고 있었다.

책상 앞에는 친구에게서 부쳐온 크리스마스 카드와 연하장이 붙여져 있었다. 나는 으레 연말이면 친구들에게서 받은 카드를 벽에 압침으로 붙이는 버릇이 있었다. 그중에서 승혜의 것은 사슴 두 마리가 하얀 눈밭 위에 나란히 서 있는 예쁜 카드였다.

동순 씨에게

즐거운 새해를 맞이하세요.

승혜 올림

평범한 인사말이었지만 나는 빈 시간이면 그녀가 보내준 평범한 인사말 중에 숨겨진 모든 의미를, 향기를 애써 읽고 그리고 즐거워하고 있었다.

즐거운 새해를 맞이하십시오.

나는 승혜에게 조용히 말했다.

시간은 3분 전을 가리키고 있었다. 시간은 2분 전을 가리키고 있었다. 시간이 1분 전을 가리키고 있었다. 그리고 초점이 마지막

정점을 향해 달리기 시작했다.

　모든 사람에게 복이 있기를, 안녕, 안녕히……. 댕, 댕, 댕, 댕.

　아래층 텔레비전에서 종소리가 들려오기 시작했다. 나는 눈을 뜨지 않았다. 몸은 새해를 맞이하고 있지만 나는 눈 속에 지난해를 담고 있다. 눈을 뜨지 않는 한 내 눈엔 지난해가, 내가 필름처럼 인화되어 있을 것이다. 나는 보지 않으리라. 눈을 떠서 보지 않으리라. 떴다가 순간 눈을 감으면 눈에 사물에 대한 영상이 조금 남듯이 내 감은 두 눈 속엔 지나간 일 년이 박혀 있다. 나는 그것을 조금이라도 늦추기 위하여 사정없이 눈을 꼭 감고 있었다.

다시 시작되는 우리들의 시대

학력고사를 치른 지 거의 두 달 만에 대학 입시가 다가왔다. 그 동안 눈코 뜰 새 없이 공부했던 덕분에 우리 머저리 클럽들은 모두 학력고사에서 그런대로 좋은 성적을 받았다. 그러나 대학에 입학 하기 위해서는 아직도 대학·학과 선택의 치열한 눈치 경쟁이 남아 있는 것이었다.

그래서 크리스마스다, 연휴다, 신정이다 하는 것은 우리와는 무 관했다. 입시 정보를 얻는 데 모든 신경을 곤두세워야 했다.

졸업식 전날, 우리 친구들은 오랜만에 모였다. 간단하게 졸업식 예행연습을 끝내고 나오는 길이었다. 날씨가 살인적으로 추웠는데 도 대강당엔 불을 때주지 않았다.

"제기랄, 폐품이니까 대접을 안 해주는군. 만일 신입생 환영회

라면 난로를 활활 때줬을 텐데."

누군가 불평을 했다.

썰렁한 강당은 어찌나 추웠던지 앉아 있어도 손발이 시렸다. 무릇 모든 행사의 예행연습은 신통치 않고 따분한 것처럼 일생일대의 한 번 있는 고등학교 졸업식 예행조차도 권태로웠다. 그러나 다들 철이 들어 있었으므로 지루하고 추운 날씨였는데도 누구 하나 불평하지 않았다.

교가나 애국가를 합창할 때엔 일어서서 변성기를 벗어난 아기 아범 같은 목소리로 노래를 불렀다. 조회 시간에 노래를 부르면 중학생 애들은 소프라노, 고등학교 학생들은 바리톤이 되어 뚜렷하지 않은 2중창이 되어버리는데 고등학교 3학년도 마지막에 접어든 예비 성년자들이 모여 이루는 합창 소리는 삐죽삐죽 솟아오르지 않고 뭉뚱그려져 둔중한 강물이 흘러가는 듯한 저음이었다. 강당 안이었는데도 입김이 하얗게 피어 나오고 있었다.

교장선생님은 나오지 않고 생활지도부 주임이 교장선생님을 대리로 해서 인사를 받았다. 그는 즐거운 듯 우리의 경례를 다섯 번 연거푸 받았다. 물론 명목은 우리의 인사 태도가 돼먹지 않았다는 핑계였지만 선생님은 '교장선생님께 대하여 경례' 라는 구령과 더불어 8백 명의 학생이 일제히 경례를 하는 연단에 서 있다는 것이 신나는 모양이었다. 그래서 우리는 선생님한테 그동안 우리들을 지도해 주시느라고 고맙습니다 하는 표정으로 많은 인사 연습을 해주었다.

다들 무언가 고등학교 학생이라기엔 늙어 있었다. 침몰한 폐선들 같았다. 턱수염은 마치 기른 것처럼 자라 있었고, 행동들은 느릿느릿했다. 이상하게도 아침마다 세수를 거르는 애들이 없었는데도 다들 세수를 사나흘 거른 애들처럼 보였다.

졸업식 예행연습을 마치고 강당 밖으로 나온 나는 고개를 들어 겨울 하늘을 노려보았다. 마른 가지에 나뭇잎이 한 개 붙어서 바람에 대롱대롱 흔들거리고 있었다.

기억하고말고. 저것은 꼭 기억해두지.

다른 친구가 모르는 바로 저것을 기억해두자.

그리하여 수십 년 후 친구들에게, "이봐, 너희들은 모르겠지만 그 졸업식 전날 말이야. 나뭇가지에 나뭇잎 하나가 대롱대롱 매달려 있었던 것을 기억하는 사람은 드물 거야 아마. 하지만 그거야말로 나 혼자만 본 것이지. 알겠니, 알겠냐?" 하며 한번 씩 웃어버릴 것이다.

누군가 툭툭 차기에 돌아보니 문수였다.

"자식, 머저리 친구가 다 모였다. 가자. 고목나무 밑에서 기다리고 있다."

졸업식 날은 아침부터 찌푸려 있었다. 어쩐지 눈이라도 한바탕 퍼부을 것 같은 날씨였다.

아침부터 집 안은 온통 야단들이었다. 아버지는 내 졸업식을 축하하기 위해서 직장까지 쉬신다는 것이었고 어머니는 모처럼 미장원에 들려서 오신다는 것이었다.

아침에 일어나 양치를 하려고 목욕탕으로 가다가 나는 어머니 아버지가 안방에서 얘기 나누는 것을 들었다. 그때 어머니는 아버지의 새치를 뽑고 계셨다.

"여보, 동순이가 오늘 졸업식이니 당신이나 나나 늙었구려."

"그러게 말이오. 이때 새치가 날로 더하지, 헛헛헛."

"웬걸요. 당신은 점점 젊어만 가요."

"그건 그렇고, 아이들 키우느라고 그동안 고생이 많았소. 이젠 동순이도 고등학생이 아니야. 성인이요, 성인. 자식, 대학교에 붙어 줘야 할 텐데."

얼핏 들은 몇 마디의 말이었지만 나는 불현듯 마음이 가라앉는 것을 느꼈다. 그래, 나는 컸다. 이제 오늘로서 고교시절은 끝나는 것이다.

사실 졸업은 나보다도 어머니와 아버님의 날이다. 그들은 내 졸업식에서 자랑스러운 지난날과 성장한 자식의 대견함을 느끼고 있는 것이다.

나는 찬 물에 손을 담그면서 영광된 오늘이 나의 날이 아니라, 부모님의 날임을 새삼 확인했다.

우리는 모두 모여 한 식탁에서 아침을 들었다. 식사는 내가 제일 좋아하는 만둣국이었는데 어머니는 내 그릇에 가득가득 만두를 넣어주셨다.

"많이 먹어라. 졸업 축하한다."

아버님이 잡수시다 말고 느닷없이 허허허 웃으셨다.

"네놈이 불알구실 하는가 어떤가는 이제부터다. 남자구실은 이제부터 하느냐 못하느냐에 달려 있다. 나는 네놈이 언제나 법대에 가주길 바랐다. 판사나 검사가 되어주기를 원했지만 네가 문과대학 간다는 말을 듣고 처음에는 솔직히 실망했지. 하지만 대학교 가서 글을 쓴다는 말을 듣고 나도 양보했다. 모든 건 네 노력 여하에 달렸으니 이왕 글을 쓸 바에야 노벨문학상까지 받아주길 바란다. 헛허허."

"아버진 참. 노벨문학상이 무슨 경품권 이름인 줄 아세요?"

누이가 볼멘소리로 한 마디 거들었다.

"넌 사해엔 시집이나 가, 인마. 전번에 본 미스터 리하고 잘 되고 있냐? 어때, 여보? 가끔 수상한 편지가 오가는걸 보니 바야흐로 무르익는 모양이지."

아버지는 어머니를 쳐다보셨다.

"그래서 자식은 키워봐야 아무 소용 없다우. 다 자기 갈 데로 가니까 말이오."

"어머니두 참, 난 시집 안 가구 어머니하고 살 거예요."

"우하하하."

나는 삼킨 만두를 거의 뱉을 뻔했다. "누나가 시집 안 가겠다고?"

"그래, 정말이다."

"만세. 누나 만세. 누나의 위대한 거짓말 만세."

모두들 웃음을 터뜨렸다.

"그래, 졸업식은 몇 시부터냐?"

"열 시부터예요."

"우리는 좀 늦게 출발할 테니 먼저 가거라. 학교 안이 복잡할 테니 아예 만나기로 하는 장소를 정해 놓자. 고목나무 밑에서 만나자."

"그러죠."

학교 부근 근처까지 많은 사람들로 혼잡을 이루고 있었다. 꽃을 파는 사람들, 졸업장 케이스를 파는 사람들, 기념 사진사, 선배님들, 주차된 차들, 학부형들, 경마장의 말처럼 뛰어 다니는 아이들, 많은 사람들이 시장 안처럼 끓고 있었다.

나는 주머니에 손을 찌른 채 그들을 피하여 학교로 들어갔다. 수위 아저씨도 새 옷을 입고 교문에 서 있었고 온 학교는 축제 분위기로 변해 있었다.

나는 학교 건물 뒤의 북한산이 음산한 겨울 날씨를 등 뒤로 하고 우뚝 솟아 있는 것을 쳐다보았다.

6년간. 실로 비가 오나 눈이 오나 오고 가던 나의 정든 학교.

나는 알고 있다. 뒷동산 어느 나무에서 살구꽃이 무성하고, 어느 약수터의 물맛이 가장 멋진가를. 나는 또 알고 있다. 뒷동산에서 이가 파래지도록 먹던 버찌나무 밑 그늘이 도시락 먹기에 가장 좋은 장소임을. 그리고 내가 달리는 아래 운동장 철봉대 밑엔 우리가 새겨 놓은 동혁이 바보, 문수는 바보다라는 장난스러운 낙서가 건재해 있음을.

그뿐인가. 지금은 철이 지나 비어 있는 풀장에 물을 가득가득 채우던 지난 여름날, 도서관에서 공부하다 수영복이고 나발이고 아예 발가벗고 그곳에서 야밤의 수영을 즐기던 기억들. 그뿐인가. 나는 이 학교에서 지냈던 6년간을 모조리 기억할 수 있다.

합창반에 끼어 나도 〈푸른 도나우의 물결〉을 불렀다. 체육관 탁구장에서 오랫동안 기다리다 나중엔 카운터까지 부르고 겨우 들어가서 형편없는 스코어로 지고는 투덜투덜 내려오던 하학길의 무료함. 도서관에서 빌린 《닥터 지바고》를 읽으면서 눈물 흘리던 2층 구석진 나의 전용 딱딱한 의자와 도서관의 회색 벽을. 우리가 점심시간이면 먹던 3백 원짜리 우동과 그 따뜻한 국물. 오징어 튀김의 기름지고 찰진 맛을. 정문으로 나가기 싫어 뒷동산 찔레꽃 사이를 빠져나가려다 온통 팔뚝을 가시에 찔려 상처가 나서 선혈한 피가 솟던 여름날의 오후를. 생물반 표본실에 틀어박혀 개구리 표본이나 박쥐 표본 따위를 감탄하며 쳐다보았고, 물리반에서 우리는 물에서 수소와 산소를 만드는 간단한 실험도 했다.

아아, 나는 이 학교의 모든 것을 알고 있다. 눈을 감고도 나는 나의 반 3학년 6반 교실과 나의 자리를 찾아 들어가 앉을 수 있다.

나는 터덜터덜 걸어서 강당으로 들어갔다. 강당 안은 이미 졸업생들로 꽉꽉 차 있었고 뒤쪽에 남는 좌석엔 학부형들로 인산인해를 이루고 있었다. 나는 내 자리로 비집고 들어갔다. 졸업식은 정확히 열 시부터 시작되었다. 개회 선언이 있은 뒤부터 어제 예행연습을 한 대로 식은 진행되었다.

교장선생님 훈화, 송사, 답사, 상장 증정, 교가 합창 그리고 또 몇 가지의 행사가 있은 뒤 졸업식은 끝났다. 다들 식이 끝나기까지 아무런 말도 없었다.

모범생들처럼 입을 꾹 다물고 열심히 연단 위를 쳐다보고 그리고 노래 불렀다. 밴드부는 쿵작쿵작 쇳소리를 내면서 학교 교가를 연주했다. 우리는 3절까지 모두 노래했다. 그리고 졸업식은 끝났다. 자기 반으로 돌아가서 졸업장을 하나씩 받으면 이젠 정말 끝이었다.

우리는 열을 지어서 어슬렁어슬렁 우리의 반으로 향했다. 그때 문수가 내 어깨를 툭 치더니 싱글벙글 웃었다.

"이봐, 이따 끝난 뒤 체육관 앞에서 다들 모이기로 했어. 우리 같이 사진 찍자. 그리고 빅 뉴슨데 샛별 아가씨들이 올지도 모르겠어. 그 아가씨들은 어제께 졸업식을 했거든."

우리는 마지막으로 3학년 6반 교실에 앉아 있었다. 다들 추웠기 때문에 웅크리고 떠들고 있었다. 나는 내 자리에 앉아 선배들로부터 대대로 이어져 내려왔을 책상에 쓰인 커닝페이퍼를 쳐다보았다.

간혹 우리는 볼 수 있다. 벽이라든지 책상 위에 커닝을 목적으로 삼각함수 공식이라든지 역사 혹은 생물 노트를 베껴 놓은 낙서를.

나는 쿡쿡 웃었다. 그때 우리의 담임선생님이 손에 가득히 우리의 졸업장을 들고 들어오셨다.

"차렷."

우리는 앉은 자리에서 고개를 숙였다.

"제군들의 졸업을 축하한다."

담임선생님이 엄숙하게 서두를 꺼내셨다.

"난 지금까지 고등학교 선생만 22년을 해왔다. 해마다 맞는 졸업이요, 해마다 맞는 입학이긴 하지만 해마다 느끼는 감정이 다르다. 내가 제일 먼저 가르쳤던 학생들은 지금 나이들이 마흔이 넘고 너희 같은 자식들을 다 가지고 있다."

와, 하고 우리는 웃었다.

"너희 중에 내가 가르쳤던 제자의 아들이 있을지도 모른다. 우리 반에도 한 명이 있다. 나는 너희들을 보내는 졸업식 때마다 무언가 가슴이 메고 목이 멘다. 내가 과연 너희들을 올바르게 가르쳤는가, 부모님들의 소원대로 너희들을 바르게 키웠는가, 조국의 앞장설 수 있는 훌륭한 사내자식들로 키웠을까를 늘 반성하고 있다."

선생님은 우리 모두를 둘러보셨다.

"시대는 늘 움직이고 있다. 너희들이 배워온 지식은 정말 아무것도 아니다. 문제는 이제부터이다. 그 지식이 사회와 조국에 부딪쳤을 때 어떻게 반응하는가, 그것이 진짜 교육이요, 지식이다. 나는 차라리 방관자보다는 비겁한 밀고자가 더 용감하다고 생각하고 있다. 이제 너희들은 바다로 나아간다. 어떤 녀석은 공무원이 될 것이고 어떤 녀석은 나처럼 고등학교 선생님을 할지도 모른다. 문제는 어디서나 언제나, 너희들이 무엇을 하든 그 자리에 없어서는 안 될 사람이 되라는 것이다. 이 세상엔 세 종류의 사람이 있다. 첫째는 그 자리에 없어서는 안 될 사람이요, 둘째는 그 자리에 있으나마나 한 사람이요, 셋째는 그 자리에 없어야 될 사람들이다. 너희들은 언제나 그 자리에 없어서는 안 될 사람이 되어주길 바란다. 부지런하고 책임과 약속을 지키는 사람이 되어주길 바란다. 우리 학교 공부는 바로 그러한 너희들을 만들어주기 위한 초보적인 과정에 불과하다. 그리고 과연 이곳에서의 교육이 너희가 그런 사람이 되기에 충분했는지 어땠는지는 미지수다. 이제부터 너희들의 시대가 열리기 때문이다. 너희들의 시대엔 부정하지 말고, 겸손하고, 조국을 사랑하고, 강한 자에 강하고, 약한 자에 약하며, 부모를 공경하고, 이웃을 도우며, 부지런한 국민이 되어주길 바란다. 내 말이 길었지만 22년 동안 고등학교 선생을 해오면서 느낀 감상은 이런 것들이다. 너희들의 시대가 오고 있다. 우리는 너희들에게 건전한 국민성을 키워주기 위하여 가끔 때리고, 정학을 주고, 잔소리하고, 시어머니처럼 행동했던 것이다. 이제부터 졸업장을 나눠주겠다. 보다시피 조그만 종이 쪼가리에 불과하지만 이것은 너희들이 비가 오나 눈이 오나 다녔던 대가에 대한 빛나는 영예다. 부디 모교를 사랑하고, 이웃을 사랑하는 자세를 잊어버리지 말기 바란다. 차례차례 1번부터 졸업장을 타러 나와주길 바란다."

누군가 울기 시작했다. 다 큰 녀석들이 글쎄 주책도 없이 바보처럼 눈물을 흘리면서 주먹으로 눈을 씻고 있었다. 그러자 하나둘 그 눈물을 따라 같이 울기 시작했다. 담임선생님의 눈도 벌겋게 상기되고 충혈되어 있었다.

우리는 하나둘 졸업장을 타러 나갔다. 내 차례를 기다려 담임선생님 앞에 섰을 때 나는 담임선생님에게서 마치 친아버지와 같은 친근감을 느꼈다. 우리 담임선생님. 저 머리에 빛나는 머리칼과 분필 가루에 희게 탈색된 손가락……. 이제야 나는 알았다. 담임선생님의 말씀 한 마디 한 마디가 우리의 무엇을 성장케 했는가를.

오래오래 건강하십시오. 나는 마음으로 기원했다.

"김동순 군."

선생님이 나를 쳐다보았다.

"예."

나는 크고 높게 대답했다.

"언젠가 자네가 뒷동산에 혼자 누워서 가을 하늘을 쳐다보던 것을 내가 본 일이 있었다. 난 그때 자네를 부르고 싶었지만 방해될까 그냥 스쳐 지나갔지. 자넨 아주 멋진 학창시절을 보냈어. 난 주의 깊게 자네를 관찰해왔다. 왜냐하면 난 승혜의 작은 아버지이니까."

"옛?"

나는 놀라서 선생님을 올려다보았다.

"놀라는 것도 무리는 아니겠군. 승혜가 자네에게만 전해달라고 하더군. 축하하러 오겠다고 하더군. 좋은 친구가 돼. 난 자네가 조카애의 좋은 친구가 될 것을 믿어 의심치 않는다."

"감사합니다."

나는 졸업장을 받아들고 선생님이 내민 손에 힘찬 악수를 했다.

그랬었구나. 선생님이 승혜의 작은 아버지였구나. 그래서 승혜가 나를 몇 개월 만나지 못했어도 나의 일거수일투족을 훤히 알고 있었구나. 나는 근질근질한 웃음기가 솟아오르는 것을 느꼈다.

그래, 좋은 친구가 되고말고. 우리의 시대에 우리가 만났던 손꼽아 몇 명 안 되는 우리의 친구들. 그 모두에게 좋은 친구가 되고말고.

우리 반 전원은 졸업장을 받았다. 선생님 탁자 앞에 놓인 졸업장이 다 없어지자, 담임선생님이 일어나셨다.

"이젠 정말 마지막 수업이다."

선생님은 힘주어 한 마디 한 마디 낭독하듯 말씀하셨다. "그리고 너희들을 이처럼 이곳에서 보는 것도 마지막이다. 앞으로는 혹 대폿집에서 만날지도 모른다. 잘 가거라."

선생님은 안경을 벗어 닦으셨다.

"자, 잘 가거라. 어이, 반장."

"차렷!"

조용히 우리는 고개를 숙였다.

그때였다. 경례가 끝나고 나자 하나씩 둘씩 우르르 연단으로 뛰어나갔다. 그리하여 삽시간에 수십 명의 급우들이 선생님을 에워쌌다. 누구라고 할 것 없이 약속이나 한 듯이 선생님을 들어올렸다.

"건강하십시오!"

"오래오래 사십시오!"

"우리 선생님 만세!"

우리는 선생님을 높이높이 행가래쳤다. 몇 명은 선생님 가슴에 카네이션을 달아주고, 몇 명은 어린애처럼 선생님과 뽀뽀를 나누었다.

졸업장을 하나씩 들고 우리는 밖으로 나왔다.

눈이 내리고 있었다. 어느 틈엔가 온 누리에 새의 깃털과도 같은 눈이 나는 듯 나는 듯 내려오고 있었다.

우리를 찾으려고 고개를 내밀고 기다리고 있던 학부형들이 와아, 하며 다가왔다. 우리는 부모님들에게 파묻혀버리고 말았다. 우리는 개선해 오는 용사와 같은 대접을 받았다.

나는 고목나무 밑으로 사람들을 헤치고 뛰어갔다.

그곳엔 아버님과 어머님, 그리고 누이가 서 있었다. 누이의 애인이라는 훤칠한 키의 사내가 이때다 기회를 틈 탄 것처럼 건방지게 한 가족처럼 서 있었다. 그러나 나는 빈정대거나 개의치 않기로 했다. 왜냐하면 오늘은 우리의 날이기 때문이었다.

아버님은 대견한 듯 나를 쳐다보며 악수를 청하셨는데 그때 내 키가 아버지보다 훨씬 큰 것을 처음 알았다. 그것은 나를 자랑스럽게 하기도 했고, 어쩐지 우울하게도 했다.

어머니는 머플러를 두르시고 새색시처럼 눈이 부신 듯 흰 눈을 등 뒤로 하고, 쉴 새 없이 내리는 눈을 맞으면서 나를 쳐다보며 기쁘나 슬프나 그 여느 때의 버릇처럼 눈물을 흘리고 계셨다.

나는 어머니를 얼싸안았다. 생각보다 어머니는 가벼웠다.

"자, 기념사진을 찍읍시다."

누이의 애인이 사진사처럼 카메라를 꺼냈다. "아버님, 어머님도 그 옆에 서십시오."

건방지도다. 자기가 언제부터 장인, 장모를 운운하게 되었는가 말이다. 속이 빤히 보이도록 음흉한 남자의 속셈이여. 이 기회를 틈타 점수 따려는 저 사나이의 야심이여.

그러나 우리는 고목나무를 배경으로 섰다. 고목나무엔 하얀 눈이 피어 있었다.

"웃으세요."

장래 나의 매부가, 누이에겐 남편이, 아버지로 보면 사위가 사진기를 들이밀었다. "동순 군은 졸업장을 강조하지. 자, 웃읍시다."

나는 그때 아버지를 보았다. 아버지는 마치 자기가 졸업을 하듯 가슴을 펴고 크게 치약거품을 물듯이 웃음을 머금고 계셨고 어머니는 다소 수줍은 듯이 아버님 곁에서 조금씩 조금씩 웃고 계셨다. 나도 이를 보이면서 있는 힘껏 웃었다. 찰칵, 카메라가 물매미처럼 울었다. 우리는 서너 장의 사진을 더 찍었다.

"가자."

아버님이 말씀하셨다. "오늘 맛있는 것 좀 사줘야겠군."

"글쎄 아버지가 보너스를 탔다는구나."

누이가 눈을 끔쩍대면서 내 옆구리를 찔렀다.

"잠깐만 친구들 좀 만나고 오겠습니다. 잠깐이면 됩니다."

나는 부모님에게 허락을 받고 뛰어서, 체육관 앞으로 갔다. 그곳엔 우리 머저리 클럽이 모두 모여 있었다. 다들 결혼식장에 들어선 신랑처럼 가득히 꽃을 들고 있었다.

문수, 동혁, 영구, 철수, 영민이 모두 모여서 악수를 나누고 웃음꽃을 피우고 있었다. 그들은 나를 보자 크게 만세를 불렀다. 우리는 얼싸안고 우리의 피가 우리의 가슴으로 수혈되듯 통하고, 그리하여 우리 모두가 우리들의 시대를 같이 헤엄쳐 나갈, 깊은 신의와 우정 속에 맺어진 머저리 동지임을 재확인했다. 누구의 제안 없이도 우리는 죽 둘러섰다. 운동선수처럼 스크럼을 짰다.

"머저리 만세."

우리는 모두 합창했다.

어릴 때 사타구니로 내다본 세상은 언제나 물구나무서기를 하고 있었다. 하늘이 땅으로, 땅이 하늘로 바뀌져 있었다. 그처럼 우리가 손을 맞잡고 허리 굽혀 내다본 하늘은, 흰 눈이 덮인 뒷동산은 한 개의 화환처럼 아름답게 눈에 들어오고 있었다.

"정말 즐거웠다. 우리의 고등학교 시절이."

스크럼을 풀지 않고 문수가 한 마디 했다.

"정말 너희들 때문에 나도 즐거웠어."

영민이도 한 마디 했다. 우리는 영원히 그 스크럼을 풀고 싶지 않았다. 그때였다. 박수 소리가 들려왔다. 다들 허리를 펴고 박수 소리 난 곳을 보았다. 그곳엔 우리의 벗, 아가씨들이 서 있었다.

"축하해요."

아가씨들이 소리 높여 합창을 했다.

"후배들의 졸업을 축하해요."

말숙이가 말했다. "하루 먼저 졸업해도 먼저는 먼저니까요."

"취이소하십시오."

문수가 말을 받았다.

"취이소할게요."

아가씨들이 합창을 했다.

우리는 악수를 나누었다. 여학생들은 날씨가 추우니 그냥 장갑을 끼고 악수하는 실례를 용서해달라고 했다. 우리는 용서해주기로 했다. 나는 승혜의 손을 잡았다.

"오늘 승혜 씨가 와주신 것을 보고 놀랐습니다. 그보다 놀란 것은 저희 선생님이 승혜 씨의 작은아버지라는 사실을 안 것입니다."

승혜가 눈처럼 희게 웃었다.

"졸업식 날 못 가서 미안합니다."

"괜찮아요."

이미 승혜는 여학생이 아니었다. 그녀의 얼굴은 이미 우리가 고독한 밤에 생각하고 괴로워하던 그런 막연한 소녀의 얼굴이 아니었다. 그녀의 얼굴은 누이의 얼굴이었다. 그래서 내가 놀라 다시 한 번 쳐다보자 승혜는 낯을 붉히면서 시선을 피했다.

"대학교에 들어가서 친해질 수 있을 거예요."

승혜가 밝게 웃었다. 나는 그때 내 가슴속에 어떤 묘한 감정이 스쳐 지나가는 것을 느꼈다. 이것이 사랑인지도 모른다고 나는 얼핏 생각했다. 그러나 그런 것은 아직 이른 감정으로 좀 더 남겨두고 생각해야 할 것임을 나는 잘 알고 있었다. 그래서 나는 그저 큰 목소리로, "어어이." 하고 소리를 질렀다.

[끝]